JESSE ANDREWS

문문

MUN MUN

제시 앤드루스 지음 · 서지희 옮김

내인생의책

유이스 은행

크기 및 문문 도표

M10,000,000	2배 스케일
M9,000,000	
M8,000,000	
M7,000,000	
M6,000,000	
M5,000,000	
M4,000,000	미들 리치 · 타조
M3,000,000	판사
M2,000,000	
M1,000,000	미들 스케일 · 미들 자동차
M900,000	
M800,000	
M700,000	
M600,000	
M500,000	
M400,000	
M300,000	미들 푸어
M200,000	우유 상자 · 절반 집
M100,000	하프 스케일
M10,000	4분의 1 스케일 · 리틀 푸어
	8분의 1 스케일
M1,000	
M0 - 500	10분의 1 스케일

문문(M)

도토리   다람쥐   고양이 청소차   경찰관

빅 리치

미들 리치

화면 전화기

사과

세인트버나드

비교하지 않으면 큰 것도 작은 것도 없다.

— 조너선 스위프트, 《걸리버 여행기》

1.

프레이어

삶과죽음의세계

리틀 푸어로 사는 건 별로다.

그래그래, 이미 다 아는 이야기이겠지만, 그냥 좀 들어주었으면 한다.

이게 웃기는 이야기인지 알고 싶으니까? 어떤 미들 리치 애가 우리 집을 밟는 바람에 우리 아빠가 거기 눌려 돌아가셨다. 그리고 같은 해에 쓰레기장에서 고양이가 우리 엄마를 공격해 척추를 부러뜨려 놓았다. 거기, 이제 그만해. 방금 키득거리며 웃었지? 안 그랬다고. 그래 알았어. 안 웃어줘서 고맙고. 민중의 지팡이를 우습게 만들어서 미안. 나한테 그리 재미있는 이야기가 아니라서. 하지만 다른 사람들은 좀 재밌나 보네. 그들 대부분이 덩치 큰 사람들이지. 짓밟히고, 짓눌리고, 고양이 때문에 불구가 되고, 하수도에 빠지고, 진흙에 묻힐 것 같은, 리틀 푸어가 흔히 노심초사하는 일들 따위는 걱정할 필요가 하나도 없는 사람들.

우리는 미들 스케일의 10분의 1. 쥐 크기 정도 되는 리틀 푸어다. 쥐보다는 다람쥐라고 하는 게 더 좋긴 한데, 다람쥐가 조금 더 크고 당연히 덜 역겹기 때문이다. 하지만 다람쥐는 8분의 1, 우리는 10분의 1이니, 우리는 다람쥐보다는 작고 평균적인 쥐 크기에 더 가깝다. 우리는 해변에 있는 로시 인디카의 수도, 부두 근처 골목길에 산다. 우리 집은 우유 상자를 엮어 만든 단층 구조에 지붕과 벽은 짓눌린 깡통으로 되어 있었다. 밤마다 난로 연기가 허파를 간질이고 살갗에 스며들었다.

우리 아빠를 죽인 미들 리치 아이는 이름이 재스퍼였는데, 우리보다 스무 배, 어쩌면 스물두 배 더 컸기에 2배 스케일에 속한다고 할 수 있다. 게네 반은 '미들독스를 보자'라는 주제로 현장학습을 나왔고, 다른 더 큰 미들 리치들이 그 애를 괴롭히며 밀치고 있었다. 아이들은 골목까지 쫓아와 그 애를 밀었고, 균형을 잃은 그 애의 한쪽 발이 바로 우리 집 지붕을 관통해 우유 상자의 플라스틱 격자판을 부러뜨리고 우리 아빠를 즉사하게 했다. 완전 즉사는 아니었다. 나는 소리를 지르며 플라스틱 파편에 찔린 아빠의 몸에서 뚝뚝 떨어지는 피를 지혈하려고 했다. 아빠는 나를 바라보며 몇 마디 우물거렸다. 하지만 아빠의 허파는 이미 납작해져 말소리를 낼 수 없었다. 그렇게 아빠는 저세상으로 가셨다.

재스퍼란 아이는 겁에 잔뜩 질린 듯이 보였다. 그 애를 괴롭히던 다른 애들도 당황한 듯 슬그머니 꽁무니를 내뺀 걸 보면 말이다. 재스퍼란 놈은 울면서 머뭇거리더니 갑자기 줄행랑쳐 버렸다. 마치, '뭐야, 나도 여기 남아있을 필요 없잖아. 다행이다.' 라는 것처럼.

빅 리치와 좀 큰 미들 리치가 사고로 사람을 죽이는 경우, 일부는 죄책감을 느낀다. 그들은 '이제 나는 이 일에 관해 덜 괴로워해도 돼' 라는 목적의 문문을 내기도 한다. 하지만 운이라고는 지지리도 없는 우리에게는 그런 운도 따르지 않았다. 드림월드에서 재스퍼의 부모를 만났을 때, 그들은 "다른 애들이 괴롭히고 밀어서 댁의 집을 밟게 된 게 오로지 불쌍한 내 새끼 재스퍼의 잘못이라고 할 수 있어? 이렇게 덜덜 떨면서 울고 있는 애를 좀 봐. 완전히 충격을 받았어. 트라우마가 생기지 않을까? 사실 얘도 이 일의 피해자야." 라고 하며 아무것도 줄 수 없다고 했다.

나는, '재스퍼가 인간쓰레기라, 남의 집을 밟게 될 정도로 정신없이 괴롭힘을 당했을 수도 있잖아요? 그러니까 그 애의 잘못이라고 할 수 있죠.' 라고 물어볼까 생각했지만, 그게 사실이 아닐 수도 있고, 어쨌든 그 애 부모를 이해시킬 수 없었을 것이다.

그래서 다음 날 밤 드림월드에서 우리는 재스퍼를 따돌리던 애들의 부모를 찾아갔지만, 역시나 그들도 발끈하며 우리가 문문까지 요구하는 건 씨알도 안 먹힐 일이라고 했다. "이봐, 그런 일을 당한 건 정말 유감이지만, 너희 집 지붕을 짓밟아 너희 아버지를 죽인 게 우리 애들은 아니잖아. 그런 일로 우리가 문문을 내고 우리 덩치를 줄이는 게 정말 공평하다고 생각해? 진심이야? 뭐. 원하는 대로 생각하렴. 하지만 민사법원에 세울 변호사를 사느라 문문을 낭비하고 싶지 않다면, 부디 더는 연락하지 마. 다시 한번 밝히지만 우리는 너희가 그런 참변을 당한 것에 정말 심심한 유감을 표해."

결국, 우리는 문문 한 푼도 못 받고 리틀 푸어로 남은 것도 모자라, 이제는 아빠는 없고 집은 다 부서져 버려, 우리 엄마, 프레이어 누이와 나는 해안가에 있는 리틀 푸어들로 복작거리는 공원으로 이사를 해야 했다. 누가 기부한 건지, 버린 건지 알 수 없는 유이스 해안경비대 초소는 뿔뿔이 흩어진 가족과 고아들이 가족을 찾기 위해 모이는 곳으로, 절도나 홍수, 혹은 쥐의 공격 같은 건 걱정하지 않아도 되었다.

그 재수 없는 해에 우리 엄마가 한밤중에 쓰레기장에서 해진 천, 철사, 태울 수 있는 석탄, 기름 같은 나부랭이를 주우려고 나갔다. 그때, 갑자기 얼룩 길고양이가 쫓아오는 바람에 엄마가 타이어 구멍으로 뛰어들었다. 고양이가 타이어 가장자리에 앉아 앞발로 타이어 안을 툭툭 치고 이리저리 뒤지는 통에 우리 엄마는 몇 번이나 머리와 등을 맞고 뾰족한 앞발에 얼굴을 베이었다. 고양이가 엄마를 이리저리 굴려 척추 일부가 부러져, 꿈쩍도 못 했다. 그러자 고양이는 흥미를 잃고 자리를 떠나버렸다.

나중에 의사는 프레이어와 내게, 엄마를 타이어 밖으로 끌어내는 과정에 엄마의 척추가 더 심하게 손상된 것 같다고 했다. 우리가 그래서 "선생님, 어떻게 하면 될까요?" 하고 묻자 의사는 "음, 아마 도움이 될 만한 장비가 없을 거다." 라고 실토했다. 우리 크기에 맞는 구급차, 들것, 휠체어 등의 제품이 있을 리 만무하니까. 우리가 할 수 있는 거라고는 엄마를 타이어 밖으로 끌어내 천 위에 눕힌 다음, 각 모서리를 잡고 다섯 시간쯤 걸어 가장 가까운 리틀 푸어 병동으로 옮기는 것뿐이었다. 의사들도 자기가 할 수 있는 한 최선을 다했다. 다만 제일 작은 의사들이라고 해도 불쌍한 우리 엄마보다 최소 열 배는 더 컸고, 자기 손 크기 정도밖에 안 되는 환자를 제대로 치료하기란 애당초 불가능했다.

결국, 의사들은 엄마의 척추를 고치지 못했고 다리를 잘라내지 않았지만, 어쨌든 엄마는 더는 다리를 쓸 수 없었다. 그에 더해 한쪽 눈이 먼 데다가 짓이겨진 얼굴은 리틀 푸어 손가락의 절반만 한 간격으로 엉성하게 꿰매졌다. 우리를 불쌍히 여긴 간호사가 자기 아이의 인형의 집에 있던 의자를 주며 휠체어로 쓰라고 했다. 엄마가 앉기에는 너무 작았지만, 우리는 그걸 쓸 수밖에 없었다. 그게 아니면 천 쪼가리를 해먹처럼 만들어 썼을 테니까.

아빠는 돌아가시고, 엄마는 더는 일을 나가지 못하게 되었다. 프레이어 누이는 열다섯 살. 나는 열세 살이다. 우리는 다른 여자, 아이들과 함께 살며 종일 개미를 잡아 구워서 다른 리틀 푸어들에게 팔았다. 우리 리틀 푸어는 문문을 가지고 은행에 가려 할 때마다 그나마 보잘것없는 우리 문문들을 도둑맞기 일쑤였다. 암울했다.

"프레이어, 워너." 엄마가 말했다. "왕이신 주 하나님은 지혜롭고 위대하시지만, 어느 때에는 너희 둘이 계획 같은 걸 세워야 할 필요도 있단다."

나는 항상 분노가 차 있었기 때문에 좋은 계획이 떠오르지 않았다. 내 계획은 전부 강해지는 것에 관한 거였다. 끈질긴 운동과 묘기에 가까운 위험한 행동들을 통해 강해지고, 또 칼이나 검 또는 갖고 다닐 수 있는 무기를 소지하고자 했다. 무엇보다도 다른 리틀 푸어들로부터 일정한 대가를 받고 은행에 가는 길에 동행하는 사람이 되고 싶었다. 아니면 은행 근처를 어슬렁거리는 조직에 들어가 보호자가 없는 사람을 따라가 털거나. 하지만 엄마와 프레이어는 그 어느 것도 좋게 보지 않았다.

"아니, 절대 그런 일을 해서는 안 돼." 엄마가 잔소리를 늘어놓았다. "워너, 그런 어리석은 계획은 왕이신 주 하나님을 슬프고 화나게 만들고 말 거야."

"정말 똑똑한 계획인데요." 내가 항변했다.

"동생아, 왜 그것들이 어리석은지 말해줄게." 프레이어 누이가 타일렀다. "네 계획은 전부 근육이랑 무기에 관한 것들이야. 그러니까, 네 게으른 뇌는 '날 그냥 내버려 둬. 네 근육과 무기들을 쓰면 되잖아.' 라고 말하는 셈이야. 그게 바로 네 그 게으른 뇌에서 나온 계획들이 멍청하다는 걸 알려주는 결정적인 증거지."

"아니, 멍청한 건 누이야." 반박했다. "내 똑똑한 뇌는 이렇게 굴러 갈걸. 워너의 최고 재능과 자산이 뭐지? 음, 아마 단단한 근육들과 달리기 능력, 주먹 싸움 기술은 지존이라고……."

"맙소사, 너 그 뇌 좀 제대로 작동해봐." 프레이어가 한심하다는 듯 말했다.

"왕이신 주 하나님 생각도 좀 하고." 엄마가 덧붙였다.

하지만 프레이어의 계획도 특별히 머리를 썼다거나, 왕이신 주 하나님을 고려한 걸로 보이지 않았다.

그것은 프레이어 나이 정도 되는 예쁘장한 리틀 푸어 여자애들에게는 가장 기본적이고 평범한 계획으로, 구체적으로 읊자면 드림 월드에서 멋지고 똑똑하고 헌신적인 미들 리치 남자를 찾는 것인데……. 만약 그 남자가 프레이어에게 흠뻑 빠져서 결혼하고 우리 가족과 문중을 나누게 되면 그의 덩치는 줄어드는 반면, 우리 덩치는 적어도 미들 푸어, 그러니까 평균적인 개와 같은 크기로 커지게 되는 것이다.

"어째서 내 계획들만 생각 없고 멍청하다고 하고, 프레이어의 생각은 좋다는 거죠?" 내가 따졌다.

"사실 내 계획이라고는 할 수 없어." 프레이어가 고백했다.

"아니, 맞아." 엄마가 우겼다.

"알았어요." 프레이어가 동의했다.

"우리의 계획이라고." 엄마가 말했다.

"알았다고 했잖아요." 프레이어가 소리쳤다.

"정말 괜찮은 자기 인생보다 프레이어의 얼굴을 더 사랑하는 미들리치 남자를 찾기만 하면 만사형통이다. 그렇죠?" 내가 다시 물었다.

엄마랑 프레이어는 내 말에 일언반구도 더하지 않았다.

"어쩌면 지금 드림월드에 납셨을 수도 있으니까 내가 가서 찾아볼게요." 이번에도 내 말은 철저하게 무시당했다.

내가 말을 이었다. "나는 드림월드를 날아다니며 외칠 거예요. 여러분. 프레이어를 팝니다. 열다섯 살에, 외모는 평균 이상, 성가신 저희 누이를 아주, 아주 싸게 데려가세요. 프레이어뿐 아니라 저희 엄마와 저도 드립니다. 한 푼이면 됩니다."

바로 그때 프레이어가 끼어들어, "워너, 너는 우리 문문을 나눠 쓸 수도, 덩치를 키워줄 수도 없으니 우리랑 함께 살려면 미들 하우스 옆에 붙어있는 작은 새장에 갇힌 애완동물로 살아야 할 거야." 라고 했고, 엄마는 프레이어한테 쓸데없는 소리 하지 말라고 했지만, 어쩌면 누이의 말이 농담이 아닐 수도 있겠다 싶었다.

드림월드

리틀 푸어일수록 드림월드를 더 좋아하는 건 분명하다. 드림월드는 리틀 푸어를 비롯한 모두가 미들 스케일인 데다 아무도 함부로 공격받거나 도둑맞거나 살해당하지 않았다. 게다가 자동차를 운전할 수 있고, 전화를 쓸 수 있으며 총을 쏠 수 있었다. 삶과죽음의세계에서는 사용할 수 없는 것들을 전부 사용할 수 있는 곳이다.

사실 드림월드는 삶과죽음의세계에 비해 말로 할 수 없을 만큼 좋아서 수많은 리틀 푸어는 거기에 빠진 나머지 죽음에 이르기도 했다. 이유는 이렇다. 그들은 온종일 꿈을 꾸고 싶어 하지만 약이 없이는 오래 잠을 잘 수 없다. 결국, 맥주나 대마초 같은 것에 잔뜩 취한 그들은 조심성 따위는 접어두고 홈통이나 주차장처럼 위험한 곳에서 잠이 들었다가, 버스에 짓이겨지거나, 물에 익사하거나 뱀 또는 매 혹은 저 멀리 사막에서는 큰 거미들에게 잡아먹혔다.

드림월드에서는 다른 사람의 꿈이 잠입할 수 있으므로 항상 의심의 끈을 거두어서는 안 된다. 비록 자기 꿈을 남의 머릿속에 이식할 정도로 잘 꾸는 사람은 많지 않지만, 아니, 거의 없지만, 그러니까 꿈을 잘 꾸는 사람이면 다른 사람들의 머릿속에 꿈을 심을 수 있다.

사람들의 꿈속에 뭔가 좋은 것, 아름다운 장면들을 심어주는 건 정말 끝내주게 기분이 좋은 일이다. 내 생각에 그럴 만한 재능과 열정만 있다면, 사람들에게 난생처음, 보는 멋지고 신나는 걸 보여주고 "와! 맙소사! 누가 이런 멋진 꿈을 만든 거지." 라는 말을 듣는 게 드림월드의 최고의 미덕인 것 같다.

예를 들면 구름 수영장이나 이빨 산을 만들 수 있다는 얘기다. 먼지뿐인 땅에서 나무들이 자라나 가지를 뻗고 빽빽한 과수원을 이루게 할 수도 있다. 아코디언식 궁전, 고래 버스, 덩굴 길을 허둥지둥 오르는 사륜 개미 자동차의 행렬도, 가스레인지에 뒷다리 달기, 태양에 강아지 귀 달기, 언뜻 보면 나뭇잎 같은 물고기 떼 모양 치마 입기, 큰 고양이의 심장 속에 방 꾸미기, 온 동네에 바다 천장을 만들어 지붕에서 다이빙하고, 그때 발밑으로는 셀 수 없이 많은 별이 반짝이는 밤하늘이 펼쳐지게 할 수도 있다.

이런 것들은 내가 꾸는 꿈들로, 나는 '무언가로 다른 무언가를 만들기'를 제대로 하는, 현재로서는 유일한 드리머이지만, 아마 나 말고도 할 수 있는 사람이 존재할 수 있을 것이다.

어쨌든 내 드림 존을 여행하는 사람들의 마음속에 뭔가를 심어 넣고자 한다면 더할 나위 없이 좋은 기회다. 하지만 만약 슬픔, 화, 좌

절과 분노를 느낄 때는 덫이나 지하 감옥 등을 만들 수도 있다. 하늘
이 보이지 않는 개떡 같은 광경과 세상의 이면에 감춰진 미로 같은
시궁창 지대, 우글거리는 탄 먼지, 악취가 나는 독 이슬, 볼품없는 작
은 태양들에 엉겨 붙은 공기, 너무 흐릿하고 생기가 없어서 가슴을
말라버리게 하는 가짜 빛, 처진 살처럼 허물어진 방들, 죽지도 못하
게 하는 무기들, 더 안 좋은 곳으로 이어지는 출구들뿐인 곳.

슬프고 화가 나서 미들 리치를 나쁜 꿈에 빠트리고 싶다면 이런
방법을 쓸 수도 있다. 하지만 이게 효과를 발휘해 몇 안 되는 미들 리
치가 고작 하룻밤 그 꿈속에 머문다고 해서 무슨 소용이 있겠는가?
실제로 그들은 다치지 않는다. 드림월드에서 다치는 일이란 있을 수
없기 때문이다. 결국, 우리가 골탕 먹였던 미들 리치는 아침이 되면
온갖 새로운 못된 짓에 관한 아이디어와 자기가 충분히 실행할 수
있는 끔찍한 일들을 기억한 채 다시 삶과죽음의세계에서 깨어난다.
우리가 실제로 피를 흘리고 굶주려 죽을 수 있는, 우리의 연약한 뇌
를 쥐고 있는, 바로 그 세계에서 깨어나는 것이다.

떠나기 며칠 전날 밤 내가 곧잘 하는 짓인 시궁창 만들기에 빠져
있었을 때 프레이어가 날 붙잡았다.

"워너, 궁상 좀 떨지 마." 프레이어가 말했다. "이런 거 말고 멋진
드림 존을 만들란 말이야."

"미칠 것 같아서 그래." 나는 이렇게 대꾸하고는 한창 수다 중인
보송보송한 피부의 애송이들을 향해 날아다니는 거미 떼를 날려 보

냈다. 물론 그놈들은 깜짝 놀라 펄쩍펄쩍 뛰었다.

"역겨워." 프레이어가 말했다. "그만해."

"싫어." 나는 그것들을 휘휘 돌려 거미 회오리바람으로 만들었고, 거미들을 쫓으려 허둥대지만 그러지 못하는 그놈들을 구경하는 건 꽤 신나는 일이다. '참 안됐다. 이 자식들아.'

"알았으니까 들어 봐." 프레이어가 말했다. "우쭐대지는 말고. 네 꿈은 정말 굉장해. 네가 원하면 아주 멋진 꿈을 꿀 수 있잖아."

"거기에 대해서는 뚜렷하게 반박할 말이 없네." 내가 순순히 인정했다.

"그래, 입 다물고 듣기나 해." 프레이어가 말했다. "내 말은 우리 중 대부분은 대개 꿈속에서 아무것도 만들어내지 못하고 다른 사람들이 대충 만들어 놓은 뿌연 쓰레기 같은 꿈에서 떠다니는 게 전부야. 그러니까 야단법석 떨지 말고 제발 우리를 위해 좋은 꿈을 좀 만들어 줘. 알겠지? 난 지금 자는 중이고, 휴식이 필요하단 말이야."

결국, 나는 그 거미들을 치우고 희미한 빛을 뿜어내는 투명한 해파리가 마치 물속에서처럼 공중에서 떠다니는, 마음이 진정되는 꿈을 꾸었다. 하지만 화가 나거나 슬플 때는 좋은 꿈을 꾸려고 아무리 노력해도 꼭 부정적인 요소가 생기게 마련이다. 그래서 이 해파리들의 진주를 꿴 줄 같은 투명한 촉수들은 때로는 어떤 놈의 목이나 팔 주변을 무심한 듯 맴돌다가 목을 살짝 조르기도 했다.

대체로 몸집이 큰 빅 리치일수록 드림월드를 덜 좋아한다. 삶과죽음의 세계에서는 리틀 푸어와 비교가 안 될 정도의 우월감을 느끼지만, 드림월드에서는 일부 리틀 푸어들이 자기보다 더 강력한 꿈을 꿀 수 있기 때문이다. 게다가 보통은 불가피하게 가난한 사람들과 말을 섞게 되고, 그들의 고통에 대해 듣고, '이봐. 너도 작게 태어났다면 네 삶도 나와 별반 다르지 않았을 거야.' 같은 잊고 싶은 사실들을 상기시키며, 그러다 보면 리틀 푸어의 집을 부수거나 쓰레기를 던져버리다가 때로는 리틀 푸어를 죽이면 죄책감을 느끼게 되는 것이다.

하지만 부자들은 자기가 꾼 꿈을 잘 기억하지 못하므로, 슬프거나 나쁜 꿈도 그다지 신경 쓰지 않는다.

가끔은 나도, 다들 하는 것처럼 그저 뒹굴고 떠다니며 다른 사람의 꿈을 들여다보는데, 대부분은 프레이어가 말했던 것과 같았다. 나만큼 멋진 꿈을 꾸는 사람은 없었다. 어쩌다 뭔가 새로운 걸 만나면, 내가 나중에 발전시킬 만한 아이디어 같은 게 떠오르기도 했다. 하지만 대부분은 잡초만 무성할 뿐, 꽃 한 송이가 자라나지 못하는 황폐한 드림 존을 떠돌 뿐이었다.

한 번은 나만큼 뛰어난, 솔직히 비교하자면 나보다 낫다고 할 만한 사람을 본 적이 있다. 어느 작고 추운 숲 위에 있었는데, 주위에 누군가 있는 것 같은 불안감을 느낀 순간, 나무 꼭대기에서 솜털 씨앗들이 구름처럼 뿜어져 나왔다. 그 씨앗은 반짝거리며 꽃봉오리가 되었고, 그 꽃봉오리에서는 새들이 나타났다. 그 새들은 1천 개의 문이 달린 떠다니는 집을 끌고 왔고 그때 조용한 허밍 소리가 내 귀가 아닌 온몸을 통해 들려와, 마치 아득한 곳에 있는 엄청나게 큰 뭔가가 웅얼대는 것만 같았다.

문 하나를 열자 어떤 목소리가 아주 진한 음료처럼 쏟아져 나오는 바람에 나는 공중에서 넘어지고 말았다. 스무 가지의 머리가 띵한 맛들이 들어있는 그 목소리는 여러 음으로 된, 음들로 된 노래를 부르고 있었다. 나는 움직일 수조차 없었다. 겨우 발걸음을 뗀 나는 다른 문을 열었다. 그러자 다른 목소리가 흘러나와 아까 그 목소리를 펄럭이는 리본으로 휘감았다. 이번에도 나는 움직일 수 없었다. 다시 다리 근육이 풀려 문들을 차례로 열자 모든 목소리가 서로 뒤엉켜 사방으로 쏟아져 내렸다. 안으로 밖으로, 앞으로 뒤로, 시간의 안과 밖으로. 그 노랫소리는 점점 커져 내 몸을 씻어 내렸고, 내 피부는 액체가 되고 뼈에서는 빛이 났다.

나는 행복과 동시에 슬픈 아픔이 차올라 흐느꼈다. 슬펐던 이유는 그 소리를 한 번 듣고 나면 영원히 사라져 버릴 것 같았기 때문이다. 그리고 그 노래는 내 꿈의 한계보다 훨씬 먼 곳에 있어서 나는 기억조차 못 할 터였다.

그 노래가 나오는 떠다니는 씨앗꽃새집이 없으면 다시는 그 노래를 들을 수 없다는 생각에 가슴이 아팠고, 음악의 파도와 아름다운 꽃들 모두가 내 가슴을 꽉 움켜쥐었다.

어느 문으로 고개를 집어넣어 들여다보니, 눈을 감고 있는 내 또래 여자아이가 있었다.

나는 집 안으로 비집고 들어가려 했지만, 나를 얽어맨 공기 때문에 그럴 수가 없었다. 여자아이는 눈을 뜨더니 미소를 지었다.

"어." 나는 말했다. "음, 맞다. 안녕, 난 워너라고 해. 네 이름은 뭐니?"

하지만 여자아이는 고개를 가로저었다.

"괜찮아, 말 안 해도 돼." 내가 달랬다. "있잖아, 너한테 뭔가 만들어줄 만한 게 생각나서 말인데. 이리 나와서 좀 봐줬으면 해."

여자아이가 또다시 고개를 저었다.

"아니, 제발 부탁이야." 나는 말했다. "내 말을 잘 이해 못 하는 것 같은데, 난 이런 걸 진짜 잘하거든. 정말 좋은 걸 만들어줄 수 있다고."

"일어나서 아침 학교에 갈 시간이야." 여자아이의 작고 우울한 목소리가 내 마음을 완전히 공허하게 만들었다. 그 꿈이 차츰 흐려져 사라지던 중 아침 학교라는 말에 그 애가 미들 리치라는 걸 알았기에 상심이 컸다. 잠에서 깬 바보 같은 리틀 푸어 내 얼굴에는 아직 다 마르지 않은 눈물이 묻어 있었다.

삶과죽음의세계

하지만 나는 밤이건 낮이건 그 여자아이 걱정을 할 시간이 없었는데, 프레이어의 쓸데없는 계획을 실행해야 했기 때문이다.

그래, 프레이어 누이가 귀엽긴 하지. 프레이어의 크고 깊은 눈과 활짝 웃는 긴 입은 남자들이라면 귀엽다고 할 만했다. 게다가 프레이어의 피부는 루비와인색이라 루비색 피부를 좋아하는 남자들이 특히 좋아할 터였다. 단점은 머리통이 좁고 꼭 콩처럼 생겼고, 팔은 긴 데다 끝에는 마치 주걱 같은 마디가 울퉁불퉁한 손이 달려있다는 거다. 그리고 긴 다리야 남자들이 좋아할 만하지만 큰 발은 싫어할 터였다. 프레이어의 머리카락이 무지 가는데, 이건 보기 안 좋게 얇다는 뜻이다. 숱도 별로 없어서 가까이 다가가면 징그러운 분홍색 두피가 들여다보였다. 그러니까 내 말은, 프레이어가 귀엽긴 하지만 미모가 압도적인 정도는 아니라는 거. 그런데 어쩌면 내가 남동생이라서 이렇게 생각하는 것이지, 새끼 쥐 색깔 두피를 보고 좋아하는 남자들도 있을 수 있지 않을까?

하지만 프레이어가 매력적인 건 사실이라 동네 패거리나 일당 중 일부는 어느 쓰레기더미 속에서 벌어지는 대규모 섹스 타임에 프레이어를 끌어들이려고 했다. 그래서 프레이어는 해안경비대 초소를 나설 때면 내가, 가능하면 다른 남자아이들도 경호원이 되어주기를 바랐다.

그 경호원이란 주로 나랑 어셔였다. 공공농원 출신 고아인 어셔는 피부가 잿빛이고 사팔뜨기며, 나보다 한 살 많지만 새우처럼 구부정한 데다, 몸 어딘가가 살짝 마비된 탓에 키는 나보다 더 작았다. 웬만한 놈과 몸싸움을 하면 승산이 지지리도 낮을 게 분명했다. 그러나 어셔는 적어도 꽤 크게 소리를 지를 수 있었다. 또 멀리서 보면 여자아이가 남자아이 둘과 있는 것만 보일 뿐, 그 남자아이들이 어리거나, 둘 중 한 명이 새우등이라거나 하는 건 표가 나지 않아 패거리들은 쫓아오지 않을 것 같았다. 어쨌든 어셔는 우리 누이한테 상사병에 걸렸으니, 그래, 그럼, 경호원이라도 일을 돕게 놔둬야지.

중요한 건, 프레이어가 미들 리치 남자를 드림월드뿐만 아니라 실제로도 만나야 한다는 거였다. 그러려면 어디가 가장 좋은 장소일까?

"창고." 내가 제안했다.

"안 돼." 프레이어가 말했다. "거긴 미들 푸어뿐이야."

"사무실." 내가 말했다.

"거기 남자들은 결혼했거나, 늙다리야." 프레이어가 투덜댔다.

"늙다리가 더 좋을걸." 내가 말했다. "늙은 노친네들은 외롭고 절망적이잖아. 꼭 내일 죽을 것처럼, 완벽하네."

"넌 이 일을 '누이가 영혼의 반쪽을 만나는 길'이라고 생각하지 않는 것 같아." 프레이어가 말했다.

"프레이어의 영혼의 반쪽은 이미 있잖아?" 나는 손가락으로 가리켰다. "어셔."

"억!" 프레이어가 펄쩍 뛰었다. "주둥이 닥쳐."

"지금, 이 순간 어셔는 누이를 그리면서 찡찡 울고 있거나, 아니면 모래에 구멍을 내고 거기다 거시기를 박고 있을걸." 내가 말했다.

"워너, 더러운 혀 좀 그만 놀릴래." 엄마가 명령했다. "로스쿨! 프레이어의 남편을 찾을 장소는 거기야."

"맙소사." 내가 말했다.

우리가 아는 가장 가까운 로스쿨은 로시 인디카의 반대쪽으로 30킬로미터 떨어진 곳, 샌드 드리머스 교외에 있었다.

"경영대학원은 어때요?" 프레이어가 말했다.

"로스쿨." 엄마는 단호했다.

"경영대학원에 다니는 남자애들은 거래를 하고, 물건을 팔고, 작은 차고에서 큰 사업을 시작하죠. 그저 생각과 말과 자신감으로 문문과 힘을 만들어내는 법을 배우잖아요. 꽤 흥미롭지 않아요?" 프레이어가 몽상에 젖어 들었다.

"로스쿨 아이들은 은행이랑 정부로 가게 돼." 엄마가 말했다. "그게 가장 안전한 거고. 안정이 가장 중요하단다. 가장 중요한 것에 선택과 집중을 해야지. 프레이어, 넌 로스쿨로 갈 거다. 워너, 넌 프레이어를 따라가 경호원이 되어주고, 또 다른 도울 일이 있는지 살폈으면 좋겠구나. 이 엄마는 교회에 갈 거야."

"아니, 아니, 아니. 안 돼요." 나는 수백 가지 이유로 이렇게 우겼다. 멍청한 프레이어가 인생의 섹스파트너를 찾는 그 역겨운 탐색 길에 조수가 되고 싶지도 않았거니와 나보다 똑똑한 미들 리치가 득실거리는 낯설고 새로운 곳으로 가기도 싫었다. 우리 엄마가 형편없는 물이 새는 교회의 리틀 푸어 보호소에서 누군지도 모르는 열댓 명의 사람들과 한 방에 자는 일도 탐탁지 않았다.

하지만 엄마의 결심은 나의 것보다 강하고, 프레이어보다도 강해서, 우리는 그 기에 눌려버렸다. 며칠간의 상의 끝에 결국 우리는 엄마를 왕이신 주 하나님의 미들교회로 데려다주고 작별인사를 했는데, 엄마는 그때조차도 눈물을 보이지 않았다.

아무튼, 프레이어 남편감 찾기의 첫 단추는 그냥 이렇게 꿰었다. 우리에게는 주머니 깊숙이 접어 넣어둔 19문문이 있었지만 그건 비상금이라 이동 경비로 써버릴 수는 없었다. 그렇다면 어떻게 거기까지 공짜로 가지? 뭐? 걸어서 도시를 가로질러도 되긴 했다. 그러나 샌드 드리머프는 센트로우를 한참 지난 곳에 있는 데다 무엇보다도 산 위였다. 걸어가면 최소 한 달은 걸릴 테니, 부디 그 방법은 접어두기를……. 버스 문문 계수기에는 무임승차하는 리틀 푸어들을 쓸어

내기 위한 특수 빗자루가 달려있다. 혼자라면 버스가 멈췄을 때 타이어로 뛰어올라 바퀴 집에 들어가도 되지만, 두 명이니 이 방법도 제외하는 게 낫겠다. 지하철이 가장 가능성이 크지만 그 비법을 대체 누가 안단 말인가? 일단 지하철 지도를 읽어야 할 텐데. 읽는 법을 누가 알지? 그래. 어셔가 있지.

어셔는 교회에서 나오던 우리 앞에 불쑥 나타났다. 우리가 여벌 옷과 물주머니가 든 작은 주머니를 메고 있는 걸 보고는 뭔 일이 있다고 여긴 모양이었다.

"떠나는, 거, 거야?" 어셔가 물었다.

"프레이어가 로스쿨에 가." 나는 어셔의 마음이 다칠까 봐 이렇게 말했다.

"오, 우, 우와." 어셔가 말을 더듬었다.

"그래." 내가 말했다. "자, 프레이어, 작별인사해. 그렇게 오랫동안 누이를 지켜줬으니 고맙다고 표도 좀 내고."

하지만 프레이어는 홉뜬 눈으로 어셔를 바라보았고, 어셔는 동물 사체처럼 얼어버렸다. 프레이어가 뭔 말을 하려는 건지 깨달은 나는 심장이 털썩 내려앉는 기분이었다.

"음 저기." 프레이어가 말했다. "너무 서두르지 마. 어셔, 원한다면 마지막으로 한 번 더 날 지켜줄 수 기회를 줄 수 있는데……."

상사병에 걸린 불쌍한 머저리, 어셔는 달리 어쩔 도리가 없었다. 그래서 우리는 셋이 함께 '집 없는 까마눈 프레이어를 로스쿨로 데려가기' 임무를 수행하러 떠났다.

지하철 독스아이역 입구에는 세 종류의 문이 있었다. 양쪽 끝의 낡은 8분의 1짜리 문은 우리같이 작은 사람들이 지나다니도록 높이가 30센티미터고, 2문문만 냈다. 그 옆에 있는 건 120센티미터 정도 되는 절반 크기의 문들로, 비교적 작은 미들 푸어가 이용하는 것인데 10문문을 냈다. 다음으로 가운데에 있는 크고 매끈한 2와 2분의 1배 스케일 문들은 큰 미들 푸어와 미들 리치 대부분을 위한 것으로, 정장 차림의 숙녀와 트레이닝 슈트 차림의 신사들이 20문문을 내고 통과했다. 물론 2와 2분의 1배 스케일보다 큰 사람들은 애초에 지하철 크기에 맞지도 않았다. 어차피 그 정도로 크다면 굳이 다른 루저들과 섞여 기차에 끼어 타는 대신, 자기 몬스터 트럭을 타고 도로를 질주했다.

모든 입구에는 바닥부터 천장까지 이중슬라이더가 달려있어서 리틀 푸어들이 끼어 통과하기란 불가능했다. 게다가 험상궂은 문문 계산원들이 빗자루를 들고 돌아다녔다. 하지만 리틀 푸어 한 명당 2문문씩, 세 명 치를 내야 한다니! 말도 안 됐다. 다행히 내게는 한 가지 묘안이 있었다.

"생각이 있어." 나는 이렇게 말하며 입구에서 걸어 나와 인도로 올라갔고, 프레이어와 어서도 군말 없이 따라왔다. 우리는 한두 시간 걸어 선로가 땅 위로 나오는 지점까지 갔다. 그럼 그렇지, 인도와 울타리 여기저기에는 쥐들이 비집고 들어갈 수 있는 쥐 크기만 한 구멍 몇 개가 뚫려 있었다.

내 생각이란, 쥐들을 따라가는 건데, 쥐들은 항상 문문을 안 내고 지하철에 탑승했기 때문이다. 우리는 셋이라 쥐들도 별문제가 되지 않았다. 셋이 꼭 붙어있기만 하면 아무도 쥐한테 얼굴을 물릴 일은 없었다.

"워너, 네 계획은 최악이야." 프레이어가 숨을 헐떡였지만, 결국 우리는 그 작전을 실행했다. 구멍들을 비집고 들어간 다음 선로 옆 자갈로 내려갔다. 지하철회사가 리틀 푸어들을 겁주려고 걸어둔 작은 사진 간판들은 무시한 채 다시 독스아이역으로 걷기 시작했다. 동그란 머리의 작은 사람들이 열차에 깔려 팬케이크처럼 납작하게 된 사진, 땅에서 감전되어 죽은 사진 그리고 쥐들에게 물린 사진도 있었다. 감전되어 죽은 사진은 말도 안 된다고 생각했는데, 다행히 어셔가 거기에 적힌 긴요한 말을 읽었다.

"저, 가, 가운데에 있는 서, 선로래." 어셔가 선로들 한가운데 맞물린 지점에 있는 타르색 철봉을 가리켰다. 보기에도 닿으면 즉사할 것 같았다.

우리는 선로 한쪽에 서서 오른손을 그 철로에 올리고, 어셔는 왼손을 프레이어 등에, 프레이어는 왼손을 내 등에, 나는 왼손을 그냥 허공에 뻗은 채 선로를 따라 어두운 지하로 내려갔다. 한 서너 시간을 걸었다.

시끄럽고, 어둡고, 멀었다. 쥐들이 부스럭대고 찍찍거리는 소리가 들렸지만 보이지가 않았다. 열차가 와서 빛이 코앞에 스며들 때는 잠깐잠깐 보였다. 우리가 적당한 곳을 찾아 납작 엎드려 열차가 지나가기를 기다릴 때면, 엄청나게 많은 쥐 떼가 전부 빛과 덜컹대는 소리를 피해 작고 허름한 벙커로 파고드는 장면이 현실화되곤 했다.

마침내 우리가 독스아이역에 도착했을 때, 선로에서 승차장으로 올라갈 방법이 마땅치가 않았다. 그러니까 '어이, 리틀 푸어, 이리 올라와. 아무튼, 여기까지 죽지 않고 온 걸 축하해'라고 적힌 선로부터 이어진 사다리 같은 건 없었다는 말이다.

결국, 우리는 열차에 오르기는 올랐다. 열차는 정차 중이었지만, 경적을 울렸다. 우리는 차례로 바퀴에 올라탔는데, 다들 상상하다시피 마비가 있는 어서는 잘 오르지 못해 사실상 내가 질질 끌고 올라갔다. 무슨 전선 같은 걸 지나 마지막에는 차들 사이에 툭 튀어나온 금속 위에다 밀어 올렸다.

몇 정거장이 지나 문이 열리더니 미들 푸어 아이들 몇 명이 쿵쿵거리며 들어가기에 우리는 그 뒤를 따라 차에 탔다. 그러자 한 친절하고 나이 든 미들 리치 남자가 우리를 손으로 접촉하기는 싫었는지 잡지로 한 명씩 들어 올려 의자에 앉혀주었다. 거대한 사탕도 몇 개 나눠주었다. 의자가 어찌나 부드럽던지 거인의 오줌과 땀 냄새가 좀 났지만, 우리는 지친 나머지 그 위에 쓰러져있다시피 했다.

"정말 끔찍했어. 더는 네 생각에 따르지 않을 거야." 프레이어가 내게 투덜댔지만, 실제로는 적어도 우리는 로스쿨로 향하고 있었다.

게다가 어서도 프레이어의 땀에 젖은 등을 네 시간이나 만졌으니 평생 잊지 못할 시간이 된 건 틀림없다.

드림월드

나랑 프레이어가 자는 동안 어셔가 첫 번째로 보초를 섰다. 나는 깃털처럼 부드러운 산호색 문문 지폐들이 반쯤 찬 열차 꿈을 꾸었다.

우리는 마치 욕조에서처럼 그 안에 앉아 있었다.

"어셔를 속여서 데려온 건 그다지 바람직한 일은 아니야." 내가 힐난했다.

"속인 게 아니야." 프레이어가 잘라 말했다. "걔가 오고 싶어 했어."

"누이가 자기와는 완전히 다른 남자랑 결혼한다는데 어셔가 엔간히 돕고 싶겠다." 내가 반박했다.

"내 이름의 첫 글자도 뱅긋 못하는 입을 가진 사람이랑 결혼할 수는 없잖아." 프레이어가 또 반박했다.

"우와." 내가 소리쳤다. "그런 못되고 끔찍한 말을."

"농담이었어." 프레이어가 사과했다. "미안, 나도 어셔 좋아해. 야,

개가 바보도 아니고, 이 여행의 목적이 뭔지는 개도 다 알고 있어."

"그럼, 내가 어셔한테 말할 테니까, 개가 울면서 달아나면 누이 탓이야." 내가 말했다.

프레이어가 두 번째로 보초를 섰고, 어셔가 졸다가 꿈속으로 빠졌다. 나는 문문 지폐들을 천장으로 올려 햇볕에 말렸고, 지폐들은 페인트 울음을 쏟아냈다.

"어셔, 이런 말 하긴 끔찍하지만, 프레이어는 로스쿨에 공부하러 가는 게 아니야." 내가 입을 열었다.

"알고 있어." 어셔는 꿈에서는 마비되지 않은 모습으로 말했다. "프레이어는 글도 못 읽잖아."

"솔직히 까서 로스쿨 여행은 프레이어의 신랑감을 찾기 위해서야." 내가 솔직하게 말했다. "문문이 많은 로스쿨 졸업생을 만나서 프레이어랑 우리 엄마가 몸집을 키울 수 있도록 하는 거."

"프레이어의 속마음이 그렇다는 건 나도 알아." 어셔가 말했다. "하지만 어떤 일이 벌어질지는 아무도 모르잖아."

"어셔." 내가 한숨을 쉬었다. "너도 바보 취급당하는 걸 원치 않잖아."

"내가 프레이어한테 충분히 좋은 남자가 되어 준다면 어떻게 될지 모르는 일이야." 어셔가 말했고, 그 불쌍하고 멍청한 바보 앞에서 내 가슴은 금이 쩍 갔다.

나는 세 번째로 보초를 서며 샌드 드리머프라는 말이 방송되지 않는지 귀를 기울였고, 나이 든 미들 리치 그 남자는 여전히 자리에 앉아 있었다.

"실례지만." 그는 낮고 진지한 미들 리치식 말투로 말했다. 2배 스케일 정도 되는 그의 양쪽 엉덩이는 각각 한 좌석씩 차지하고 있었다.

"실례지만." 나도 말했다. 미들 리치의 말이니 그저 똑같이 따라 하고 그게 예의 바른 행동이기를 바랄 수밖에.

"네 꿈이 정말 좋았다고 말해주고 싶어서." 그가 말했다. "깜빡 졸았는데 정말 아름답더구나. 심지어는 감동적이기까지 했어."

"감동적이라니! 고맙습니다." 내가 인사했다. "아름답다고요. 음, 다시 한번 고맙다는 말씀을 드립니다. 정말로요."

그는 연민인지 뭔지 모를 감정에 사로잡힌 듯한 미소를 지어 보였다. 그의 피부는 야자나무색에, 햇볕 때문에 군데군데 검은색과 회색 반점이 있었고, 마치 산 위의 나무들 같은 머리카락은 귀를 겨우 덮을 정도였다.

"어디로 가는지 물어봐도 될까?" 그는 조용히 말하려 애썼다.

"네, 그럼요." 내가 말했다. "샌드 드리머프에 있는 로스쿨에 갑니다."

그는 살짝 콧소리를 내며 눈썹을 머리까지 치켜떴다.

"음, 이런, 우연이 있나." 그는 자기가 그 근처 하이 드리머프에 살고 있으니 역에서 우리를 데려다줄 수 있다고 말했다.

"이런, 이런." 나는 고개를 끄덕였다. "정말 기막힌 우연이네요."

나는 어서와 프레이어를 깨워 조용히 의논했다. "시간을 많이 아낄 수 있긴 해. 그렇지만 그를 믿을 수 있을까? 착해 보이는데, 우릴 먹어버리면 어떡해? 워너, 이 바보야! 그럴 일은 없어. 미들 리치들한테는 리틀 푸어보다 훨씬 더 훌륭한 먹을거리들이 많은데 왜? 오히려 우리한테 음식을 나눠줄지도 모르지."

결국, 나는 그 나이 든 미들 리치에게 좋다고 말했고, 몇 정거장 뒤에 그는 우리를 들어 올려 탄 냄새가 진동하는 가죽 가방 바깥 주머니에다 넣었다. 그 안에는 더 많은 사탕이 굴러다녔고 잡지, 책, 병과 스크린인지, 카메라인지 뭔지, 아무튼 사용법을 알 수 없는 구부러지는 플라스틱판도 있었다.

남자가 차양을 피해 몸을 숙이고 카트와 자전거를 넘으며 미들 푸어 동네를 성큼성큼 지나는 동안, 우리는 그의 가방 안에서 폴짝폴짝 뛰며 주머니 위로 밖을 엿보았다. 로스쿨을 찾았다. 다른 사람들의 꿈에서 봐서 어떻게 생겼는지 대충 알았다. 돌로 된 창살들 위에 피라미드들이 장식된 옛날 파르테논 신전 같은 모양. 하지만 그런 건 전혀 없이, 그저 주차장을 가득 메운 먼지 낀 미들 푸어의 이층집과 종이 표지판과 접이식 의자뿐이었다. 남자는 춤을 추듯 그것들을 피해갔다.

독스아이역부터는 크기가 대부분 절반스케일과 미들 스케일 사이인 상점, 음식점, 미들몰 들이 많아, 정말이지 경관부터가 달랐다.

우리는 카드놀이를 하며 수프를 먹고 있는 미들 푸어 노인과 반틈이 싹둑 잘린 절반자동차에 기대어 역시 수프를 떠먹고 있는 어린 데이브들과 역시 수프를 먹으며 깔깔대는 10대들의 머리 위를 쌩하고 지났다. '대체, 이게 다 뭐야. '수프타임 동네'인가?'

우리 위로 보이는 비탈길 저 멀리, 우듬지 위로 삐죽 솟은 진짜 성 같은 건물들이 가끔 눈에 띄었다.

남자가 비탈길을 오르기 시작하자 그 성들이 잘 보였는데, 곧 나는 그것들이 비탈면과 맞닿아 있고 숲으로 둘러싸인 잘 손질된 미들 리치의 집이라는 걸 알게 되었다.

조금 지나자 우리가 정말 로스쿨로 가고 있는지, 걱정이 안 될 수가 없었다.

"어." 마침내 내가 갖은 예절을 최대한 갖추었다. "저기요, 여기가 샌드 드리머프의 어디쯤인지 알 수가 없어서 그러는데, 좀 알려주실 수 있을까요? 무례하게 굴 생각은 티끌만큼도 없어요. 강요하는 것도 아니고요."

"음, 이제 하이 드리머프에 왔어." 남자가 설명했다.

"아." 나는 금세 수긍했고, 우리는 모두 매우 놀란 티를 내지 않으려고 애썼다.

몇 분 뒤 나는 또다시 비굴해졌다. "저기요, 로스쿨은 여기서 정확히 어느 방향으로 가야 하는지 궁금한데요, 있잖아요, 생각해보니까 이제부터는 그냥 저희끼리 걸어가도 될 것 같아요. 그러니까, 물론

제 말은, 신사 아저씨가 괜찮으시다면요, 아무튼 감사합니다."

"아니, 아니, 아니." 남자가 말했다. "얼마 안 멀어. 여기서 그냥 내려줄 수는 없지."

우리는 1킬로 정도를 더 갔다.

"진짜 로스쿨로 가고 있는 거야? 뭐야?" 프레이어가 식식댔다.

"로스쿨이 이 근처에 있는 게 맞는지 좀 궁금한데요. 집이랑 주택이랑 숲밖에 보이지 않아서요." 대신 내가 남자에게 말했다.

"통찰력이 꽤 있군." 남자는 기분 좋은 목소리로 말했다.

그 말이 대체 무슨 뜻인지 몰랐던 나는 그냥 이렇게 말했다. "당신도 통찰력이 꽤 있으시군요. 고맙습니다."

"괜찮다면 잠깐 우리 집에 들렀다 가자." 그가 제안했다.

'좋아요, 괜찮아요.' 말고는 달리 뭐라고 대답할 말이 떠오르지 않았다.

그가 동화 같은 그의 거대한 저택으로 가는 계단을 오르는 사이 우리는 그의 가방 안에서 달그락대고 있었다.

삶과죽음의세계

그 집의 냄새 때문에 우리는 모두 불쾌했다. 가짜 바닐라와 레몬 그라스 향은 코를 찌르는 동물 오줌 냄새를 가리기 위한 것이었다. 대형 홀에서는 최소 여섯 명의 미들 푸어가 세 대의 청소차를 타고 돌아다녔고 기중기와 사다리를 타고 올라가 벽과 테이블 위를 쓸고 닦았다. 남자의 아내는 또 다른 휘어지는 대형 스크린을 접으며 복도에 나타났다.

미들 리치는 이목구비가 커서 그들이 의도하지 않을 때조차 상대를 기겁하게 한다. 그 여자의 크고 번쩍이는 눈과 마주치자 마치 숨이 턱 막히는 것 같았고, 그녀가 입을 열자 그녀의 이가 사납게 반짝이는 형상을 드러냈다. 하지만 정말 최악인 것은 여자의 손에 스라소니고양이가 안겨 있는 것이다. 그것 역시 굶주린 동그란 검은 눈동자로 우리를 빤히 노려보는 거다.

"오, 이런." 여자가 소리쳤다. "새로운 손님들이 오셨네, 흥."

"로스쿨까지 데려다주는 거야." 남자가 변명했다.

"그랜트, 우선 그 말은 믿을 수가 없어." 그랜트라는 남자의 아내가 말했다. "글도 못 읽게 생겼는데."

'어서는 무척 잘 읽거든요.' 두려움이 내 목구멍에 우글대지 않았어도 난 소리를 빽 질렀을 터였다.

"저녁은 언제 먹어?" 그랜트가 물었다.

"좀 전에 펠리컨을 넣어놨으니까 두 시간, 두 시간 반 정도 후에." 그랜트의 아내가 답했다.

"좋아." 그랜트가 말했다. "난 아래층에 있을게."

"음, 대단히 죄송하지만." 내가 말했다. "저희를 로스쿨에 데려다주실 게 아니라면요. 물론 데려다주시면 천 번 만 번 좋지요. 다시 말씀드리면, 그냥 저희를 밖으로 데려가 어디로 가야 하는지 길만 알려주신다면, 어. 진짜 정말 감사하겠어요."

"당연히, 당연히 그렇게 해야지." 남자는 우리에게 말하며 어딘가로 문을 열고 들어가 스라소니고양이가 쫓아오지 못하게 다시 문을 닫았다. 그러고는 계단 몇 칸을 내려가 페인트 냄새가 나는 지하로 향했다. "하지만 부탁인데, 그전에 작은 제안을 하나 하마. 마실 물 좀 줄까? 목욕은 어때?"

깨끗이 살균된 미들 리치의 식수는 결코 거절할 수 없는 일이었다.

남자는 작은 유리잔을 우리에게 주었고, 개수대 가장자리에 서서 잔에 물을 채워 허겁지겁 마시던 우리는 윙 소리와 함께 불이 들어왔을 때, 커다란 동굴 같은 지하에 있는 산과 젖소 쪽을 바라보았다.

물론 그것들은 진짜 산도, 진짜 젖소도 아니었다. 그림으로 그린 가짜, 석고와 플라스틱 들이었다. 지하 전체에 끝도 없이 놓인 테이블들에 리틀 푸어 조각상들과 그에 맞춰 만든 어이없는 풍경이 펼쳐져 있었다. 심지어 우리보다 더 작은 리틀 푸어들이었는데, 알다시피 그건 불가능했다. 그 생쥐 크기만 한 사람들에 비해 우리가 두세 배는 컸다.

그건 그러니까 도시는 없고 농장만 십 수개인 테이블 위의 섬으로, 접착제가 끈끈하게 묻은, 밭 가는 소와 양 들 그리고 뜬금없이 스키를 타는 두 명과 곰 한 마리도 보였다.

섬의 농장마다 철로가 이어져 있어 누군지 몰라도, 5분도 못 걸을 만큼 게으른가 보다 하고 생각하고 있는데, 그랜트가 밝은색으로 칠한 기차들을 철로들 위에 올렸다. 왠지 그 기차들이 중심을 이루는 것 같았다.

"취미였던 게, 이제는 열정을 갖게 됐어. 약간 통제 불능일 정도로. 그리고 모르겠구나. 어쩌면 바보 같다고 생각할 수도 있겠지." 남자가 쑥스러워했다.

프레이어가 입을 열었는데, 나도 처음에는 못 느꼈지만, 프레이어는 우리가 이미 너무 많이 봐서 질려 하는, '나는 돈 많은 남자가 하는 일이라면 무엇이든 칭찬해'라는 태도를 보였다.

"제 생각에는 전혀 바보 같지 않아요." 프레이어가 말했다. "사실 그 반대예요. 오히려 아주 똑똑하다는 뜻이에요. 이걸 전부 다 직접 만드셨다는 게, 가능한 일인가요?"

"음, 어, 그게, 내가 다 만들긴 했지." 남자가 이렇게 말하고는 우쭐해 콧수염 밑으로 진홍색 잇몸을 다 드러내며 웃었다.

그가 마지막 기차를 철로에 올려놓은 뒤 스크린을 누르자 기차들은 잠에서 깬 듯 덜컹 움직이더니 산과 젖소의 섬을 돌기 시작했고, 우리는 꽤 오랫동안 그 기차들을 지켜보았다.

남자의 비위를 맞추기 위해. 프레이어가 무슨 일이 일어나고 있는지를 일일이 이야기했다.

"저기 빨간 기차가 다시 터널로 들어가네요."

"이제 터널에서 나오고 있어요. 들어갈 때와 똑같이 빠른 속도로요." 프레이어가 또 아양을 떨었다.

"이제 속도를 줄여야 하는데. 곡선 구간이 나오거든요." 프레이어는 다시 재잘거렸다.

스라소니고양이가 울부짖으며 지하실 문을 긁는 소리가 두어 번 들렸다. 어셔는 분명 오줌을 지리기 일보 직전이었고, 나도 마찬가지였다.

"재미있니?" 그랜트가 마침내 우리에게 물었다.

"오! 그럼요." 프레이어가 답했다.

"그런데, 뭣 좀 물어봐도 될까?" 그랜트가 물었다.

"뭐든 다 물어보세요." 프레이어가 답했다.

"타는 것도 좋을 것 같지 않아?" 그가 말했다.

우리는 모두 서로를 멀뚱멀뚱 쳐다보았고, 두려운 나머지 차마 지금 무슨 말을 하시는 거냐고? 우리는 저 기차 중 어느 것에도 맞지 않는다고 감히 말하지 못했다.

"내가 진짜 좋아하는 걸 말해볼게." 남자가 진도를 더 뺐다. "나는 너희와 같은 스케일의 사람들이 기차를 타고 시골을 돌아다니는 영화를 찍는 걸 좋아해. 내게는 정말 유쾌한 일이고, 영화들도 놀라울 정도로 괜찮지. 정말이야, 각자에게 대사도 조금씩 줄게."

우리는 또다시 꿀 먹은 벙어리가 되었다.

그랜트는 헛기침하더니 말했다. "너희를 로스쿨에 데려다주고, 시원한 물과 또 저녁으로는 맛있는 펠리컨고기까지 주는 대가로 말이야. 괜찮은 거래라고 생각하는데."

"지금 이게 괜찮은 일인가요, 아니면 납치인가요?" 내가 상황을 정리하려 들었다.

"워너." 프레이어가 식식댔다. "입 다물어."

그랜트가 잠시 말이 없었다. 그러더니 슬퍼했다. "정말이지. 기분이 상하는 말이군. 꼭 내가 정말 그런 짓을 한 것처럼."

"그랜트 씨." 프레이어가 말했다. "제 동생이 무례하고 나빴죠. 제가 나중에 저 바보 같은 얼굴을 때려 주겠어요. 하지만 쟤가 무서워하는 이유는, 저희가 로스쿨에서 문문을 버는 일을 하고 있으므로 늦을까 봐 그러는 거랍니다."

그랜트는 얼굴을 찌푸리며 고개를 주억거렸다. 마치 우리 때문에 싫은 기억이 떠오르기라도 한 것처럼.

"그러니까 저희의 질문은." 프레이어가 다시 좋알댔다. "그 영화를 찍는 대신 문문을 좀 주실 수 있나요? 그러면 상황이 달라질 것 같아서요."

그랜트는 숨을 들이쉬더니 엄청난 양의 뜨겁고 냄새나는 공기를 내뱉었고, 그의 입술은 마치, '맙소사. 네놈들은 일을 정말 성가시게 하고 있어.' 라고 말하는 듯했다.

"한 사람당 10문문씩이요." 내가 말했다.

"오, 알겠다." 그랜트가 말했다. "그럼, 30? 그래. 문제없어. 오, 좋아! 다들 샤워를 하고 의상을 입도록 해."

프레이어 누이는 공주 복장, 나는 군인 복장 그리고 어서는 일본식 가운을 입었다. 내 옷의 옷감은 꼭 나무껍질 같았다.

"이런, 간지럽고 아프잖아." 내가 투덜댔다.

"나는 움직일 수도 없어." 프레이어가 말했다.

"내, 내 건 좋아." 어서가 말했다. 어서의 가운은 발 주위에 끌릴 정도로 길긴 했지만 실크라 좋아 보였다.

"우리 다 어서가 입은 걸로 입어도 될까요?" 내가 물었지만, 그랜트는 안 된다고 했다.

"프, 프프프, 프, 프레이어만이라도 내가 바, 바꿔줄 수 있어요?" 어셔가 말했지만 그랜트는 이번에도 노였다.

"공주가 있어야 하는데 여자여야 해." 그랜트가 설명했다.

내가 말했듯이, 우리가 승객들처럼 기차에 타기에는 우리 신체가 컸기 때문에, 기차 위에 앉기도 하고 뚜껑이 열리는 화차 안에 억지로 몸을 밀어 넣기도 했다.

"잠깐, 실례 좀?" 그랜트는 이렇게 묻더니 어셔를 들어 올려 한 화차 안에 넣고 엄지로 짓눌렀다.

"맙소사, 살살 좀 해 주세요." 내가 급히 소리쳤다.

프레이어 대사가 가장 많았다. 대부분이 "올드 바바리안 선을 타기에 딱 좋은 날이네!"라든가 "자, 누가 역에서 날 기다리고 있을까? 이런, 목사님이잖아!" 같은 것들이었다.

군인인 나는 스턴트를 해야 했다. 대부분이 터널과 관련된 것이었다. 하나는 터널이 기차를 삼켰을 때 기차 지붕의 앞에서 뒤까지 전력 질주하는 것이었는데, 결국에는 해내지 못하고 산비탈에 세게 부딪치고 말았다.

어셔는 대사를 잘 치지 못했기에 그랜트가 웬 흰색, 분홍 눈 쥐들을 어셔와 함께 화차에 앉혀서 카드놀이를 하는 것처럼 보이게 했다.

"다들 완벽하게 길들어서 누구도 해친 적이 없어." 어셔가 식은땀을 흘리며 가쁜 숨을 몰아쉬었지만 그랜트는 별일 아니라는 듯 설명했다.

그다음에 그랜트는 몇몇 객차들의 뚜껑을 열고는 나와 프레이어에게 그 안에 들어가 누우라고 했다. 그건 정말 별로였다. 우린 작은 관 속에 있는 듯 짓눌렸고, 작은 좌석의 윗부분이 몸과 얼굴을 파고들었다. 최악은, 그랜트가 우리 등 위로 뚜껑을 닫고 잠그는 바람에 몸을 옴짝할 수 없는 것이었다.

우리는 철로를 괴물처럼 빠르게 돌았고, 전혀 움직일 수 없었음은 물론 토가 나오려고 했다.

"곧 제가 내릴 역에 도착합니다." 나는 얼굴을 창문에 부딪치는 와중에 말했다.

"이런 주웅위님, 이런 우연이 있나요?" 프레이어가 중얼거렸다.

"좀 더 크고 또박또박하게 다시 해볼 수 있을까?" 그랜트가 말했다.

"이런 주웅위님." 프레이어가 외쳤다. **"이런 우연이 있나요?"**

상황은 점점 더 이상하고 나빠져서, 그랜트는 나를 기차에 내버려둔 채 프레이어를 꺼내 끈으로 휘감은 다음 철로 위에 눕혔다.

"자, 이제 기차가 달려오는 동안 공주는 빠져나오려고 고군분투해. 하지만 너무 세게는 말고, 탈출하지 못하는 것처럼 보이도록. 그리고 너는 기차가 오는 동안 손가락을 높이 들고 슈퍼악당처럼 웃으면 돼." 그가 어셔에게 말했다. "이렇게. **오, 하하하하, 좋오오아, 좋아, 오, 하하하하하하. 이렇게.**"

하지만 어셔는 악마의 미치광이 웃음을 지을 생각이 없었다. 그렇게 할 수도 없었지만, 할 생각도 없었다. 그 대신 철로 위에 누운 프레이어 앞에서 겁에 질려 덜덜 떨며 차라리 자기를 먼저 죽이라는 듯 내가 탄 기차를 향해 손을 흔들었다.

"이건 아주 중요한 장면이야. 사실 이게 핵심인데." 그랜트가 툴툴 거렸다. "제발 한 테이크만 내가 부탁한 대로 해줘."

싫은 듯 어셔는 고개를 필사적으로 가로저으며 철로 위에서 양팔을 벌린 채 좀비처럼 서 있었다.

"맙소사, 기차가 정말로 저 여자 친구를 치게 하지는 않을 거라고." 그랜트가 발끈했다. "어찌 됐든 이건 가벼운 플라스틱인 데다 빨리 달리지도 않아. 그러니까, 내 말은 최악의 상황에도. 아무도 걱정도 할 필요가 없다니까."

우리한테는 다행이게도. 그랜트의 아내가 계단 문을 열고 소리를 질렀다. "그랜트, 저녁 다 됐어."

하지만 우리한테 불행인 것은, 그 여자가 문을 여는 순간 사이코스라소니고양이가 탈옥이라도 하듯 아래로 뛰어 내려왔다. 그 울부짖는 살인마는 자기를 붙잡으려는 그랜트의 손을 피해 테이블 위로 올라왔지만 결국 들어 올려지자 발톱으로 할퀴며 허우적거렸다. 우리는 그저 지켜보며 소리를 지를 수밖에 없었다.

저녁 시간에, 우리는 그랜트의 아이들, 그러니까 프레이어 또래인 아들과 내 또래인 딸을 만났다. 아들은 우리를 모른 체하였다. 딸은 윌로우라고 했는데, 우리가 자기네 집에서 빨리 떠나기를 바랐기에, 어찌 보면 우리를 거기서 벗어나게 해 줄 최고의 희망이었다.

"아빠, *쟤네*는 여기 있고 싶어 하지 않잖아요." 윌로우가 말했다.

"얘야, 맛있는 식사 한 끼는 대접해야 하지 않겠니?" 그랜트가 딸에게 당부했다.

"맙소사, 아빠 아무것도 몰라요." 윌로우가 쨍쨍댔다.

"있잖니, 때로는 너와는 다른 세계의 사람들을 만나보는 것도 좋단다." 그랜트가 타일렀다.

"<u>ㅇㅇㅇㅇㅇㅇㅇㅇ</u>." 윌로우가 말했다.

우리 셋은 테이블 위에서 마치 어린이용 수영장 같은 접시 하나를 앞에 두고 앉아 있었다. 펠리컨과 브로콜리는 짰고 버터 때문에 미끄러워서 먹기가 힘들었다. 그랜트는 스테이크를 작게 잘라 우리에게 주었지만 우리로서는 열 손가락으로 들고 뜯어야 할 크기였던 데다, 손에서 계속 미끄러져 접시에 떨어졌다. 몇 번은 제트스키처럼 테이블 위로 쭉 미끄러지기도 했다.

"음식이 너무 맛있어서 이걸 먹으니 꼭 축복받은 기분이에요." 프레이어가 웬일인지 감사의 인사를 했다.

프레이어가 그랜트의 아들 옆에 앉았다. 이름은 그랜트어게인이었다.

"그랜트어게인, 학교에 다니니?" 프레이어가 물었다.

"어. 그래." 그랜트어게인이 콧방귀를 뀌었다.

"우와, 정말 멋진 학교겠구나. 넌 똑똑해 보이고." 프레이어가 말했다. "무슨 공부를 하는데?"

프레이어가 호기심에 가득 찬 눈을 하고는 손가락 끝과 손톱만을 사용해서 음식을 최대한 우아하게 먹으려 애썼다. 나는 어셔를 흘긋 쳐다보았고 그의 표정은 더없이 우울했지만, 잘 견디고 있었다.

"음, 난 아직 10학년이니까, 알다시피. 뭐든 할 수 있지." 그랜트어게인은 그게 세상에서 제일 뻔한 일이라는 듯 말했다.

"너는 보나 마나 똑똑해서 무슨 공부라도 다 할 수 있을 거야. 그런데 10학년이라고 했니? 진짜 대단해." 프레이어가 혀를 내둘렀다.

"엄마." 윌로우는 애원하는 눈빛으로 말했다. 하지만 엄마는 딸의 말을 무시하며 그 애의 접시를 노려볼 뿐이었다.

우리는 모두 조용히 먹기만 했다. 작은 유리잔이 어셔의 기름진 손에서 미끄러져 테이블보에 물이 쏟아졌다.

"나중에 로스쿨에 갈 생각도 있어?" 프레이어가 그랜트어게인에게 물었다.

"더는 못 참겠네." 윌로우가 벌떡 자리를 박차며 말했다. "그만 먹을래요."

"오, 왜 그러니, 얘야?" 그랜트가 말했다.

"아빠, 저는 할 일이 많다고요. 게다가 이건 정말이지 이상하고 엉망이잖아요." 윌로우가 이렇게 말하더니 쌩하니 방을 나가버렸다.

"미안하다." 그랜트가 말했다. "저 또래 여자애들이 어떤지, 너희도 알지?"

그랜트어게인은 또다시 콧방귀를 뀌었지만, 나는 그가 프레이어를 두어 번 흘긋거리는 걸 목도했다. 프레이어도 꼭 불안한 망아지처럼 머리카락을 이리저리 넘기기는 걸 보니 눈치챈 것 같았다.

저녁을 먹고 나자, 그랜트는 우리에게 지하에서 자고 아침에 로스쿨에 데려다주면 어떻겠냐고 제안했다. 나는 스라소니고양이 때문에 그러기 싫었다. 하지만 프레이어와 어셔가 찬성하는 바람에 나는 따를 수밖에 없었다.

그랜트는 우리를 개수대 옆의 쿠션들 위, 냅킨 밑에 눕게 했는데 나랑 어셔는 같이, 프레이어는 개수대 반대편에 혼자였다. 그랜트는 우리에게 입고 잘 실크 기모노도 주어서 프레이어랑 나는 우리 집이 짓밟힌 이후로 처음 집다운 집에서 잠을 잤다.

드림월드

화도 좀 나고, 감동하게끔 하고 싶기도 해서 하이 드리머프의 스키 슬로프에 있는 꿈을 꾸었다. 그곳은 그랜트의 바보 같은 기찻길들처럼 고리 형태로 되어서, 스라소니고양이 머리를 한 뒤뚱거리는 곰들로부터 달아나려면 스키를 타야 했다. 그래서 우리는 그러니까 나랑 어셔랑 어떤 미들 리치들은 끝없이 빠르게 내려갔는데, 가끔 누군가가 어떤 집이나 칠이 마르지 않은 종이 더미를 들이받으면 스라소니곰이 따라잡아 땅속에 쑤셔 넣고는 기차 지붕을 철컥 닫듯이 그들 위에 앉았다.

우리 위의 하늘에서 기차들이 비틀리고, 휘감아 터널들처럼 서로를 삼키며 꿈틀꿈틀 움직였다. 결국, 이것도 그랜트에게 '이봐요, 나는 그런 기차들 따위를 좋아하지 않는다고요?' 라는 말을 하기 위한 하나의 개떡 같은 광경이나 다름없었다.

하지만 그랜트가 미끄러져 내려왔을 때, 그가 내 뜻을 제대로 이해하지 못했음이 분명했다.

"내가 너한테 이토록 영감을 주었다니 정말 감동적이다." 그랜트가 말하는 방법이라고는 입을 열고 말이 나오기를 바라는 수준이라, 잘 알아들을 수 없는 소리로 구시렁거렸다.

"당연하죠, 그럼요." 내가 말했다.

"내가 너한테 이런 영감을 주었다니, 정말 감동적이다." 그가 다시 읊었다. 본래 꿈꾸는 걸 잘하지 못하는 사람들은 민망하게 똑같은 말을 반복하는 법이다.

"좋아요." 나는 속도를 내며 말했다.

"내가 너에게 영감을 주었어. 특별한 아이야." 그는 소리를 지르려 애썼다.

"고마워요." 나는 그에게서 멀어지며 말했다.

"특별하고도. 특별한 아이야." 그는 이렇게 말하더니 소 인형들에 걸려 넘어져 스라소니곰들에게 붙잡혔다.

"그것들을 조심하셔야죠." 내가 타박했다.

나는 하늘 기차들을 하나씩 땅에 난 구멍들 안으로 떨어트렸고 그것들이 안에서 비틀거리는 바람에 더 많은 드리머들이 부딪치고 말았다.

어셔가 나를 찾았다.

"프레이어가 그랜트어게인이랑 함께 있는 것 같아." 어셔가 말했다.

"왜 그렇게 생각해?" 내가 물었다.

"음, 정말이야. 어떤 집 안에서 속닥이는 걸 봤거든." 그가 털어놓
았다.

"아!" 나는 의아해 외마디 감탄사만 뱉었다.

"음, 사실 얘기만 하는 게 아니었어." 어셔가 덧붙였다.

"엥?" 내가 놀라 물었다.

"대개는 얘기만 하지 않겠지." 어셔가 울먹였다.

"무슨 말인지 알겠어." 내가 말했다.

드림월드에서는 당연히 떡칠할 수 없지만, 누군가에게 자신의 벗
은 몸의 일부 또는 전체 또 자기 몸을 만지거나 춤을 추는 모습 또는
사타구니 부위를 어딘가에 쳐대는 행위나 그 밖의 다른 짓들을 보여
줌으로써 누군가를 흥분시킬 수 있었다. 그러면 그 상대도 곁에서 그
러한 쳐대는 행위를 하게 되어 결국 서로 음란하고 정신없는 섹스
꿈을 교환한다. 그게 바로 어셔가 말하려고 했던 프레이어랑 그랜트
어게인의 개수작이었다. 그게 바로 지금 개수대 반대편 쿠션 위에 누
운 프레이어의 삶과죽음의육체가 하는 일이었다. 생각이 끔찍했던
나는 별수 없이 눈이 더 형편없는 상태가 되도록 꿈을 꾸고, 더 많은
미들 리치들이 속도를 줄여 부딪치도록 하는 일 등등에 착수했다.

"그걸 봤다니 유감이야. 어셔." 내가 투덜댔다. "하지만 진짜 너에
게 해주고 싶은 말은, 나한테 이 비밀을 토로한 게 더 유감이다."

산비탈이 구부러지며 나는 다시 그랜트와 가까워졌다. 그는 파닥

거리고 허우적대던 끝에 나와 속도를 맞추게 되었고, 나는 두껍게 쌓인 개떡 같은 눈이 자꾸만 달라붙는 바람에 그랜트를 앞지를 수가 없었다.

"특별한 아이야. 로스쿨에서 뭔 일을 하니?" 그랜트가 말했다.

이 속 편한 미들 리치놈은 우리를 납치해서 기차 속에 쑤셔 넣고, 징글맞은 동물들 때문에 골치를 썩이게 했다. 게다가 프레이어까지. 언젠가 그놈의 아들이랑 결혼시키는 정신 나간 희망으로 드림 섹스를 하는 상황에서 나는 더는 고분고분할 수가 없었다.

"직업 같은 거 없어요." 나는 그랜트에게 말했다. "난 놈팽이고요. 우리 셋 다요. 우린 리틀 푸어예요. 제대로 된 일자리를 얻기에는 몸이 왜소하죠. 우린 쓰레기 음식을 먹고, 쓰레기 집에서 살면서 서로 쓰레기를 팔고 훔쳐요. 벗어날 길이 없죠."

"특별하고도 특별한 아이야." 꿈도 제대로 못 꾸는 그 얼간이가 혀를 또 마음대로 놀렸다. "로스쿨에서 문문을 벌기 위해 네가 하는 일이 뭐냐고?"

"잘 들어, 얼간아." 나는 그의 스키가 낀 말라가는 콘크리트 위를 떠다니듯 탭댄스를 추며 말했다. "당신이 나 따위는 조금도 신경 안 쓰는 거 알아. 하지만 그건 당신의 멍청한 실수야. 언젠가 난 엄청나게 커질 거거든. 아주 큰 빅 리치가 되어 한 발로 당신네 지붕을 지그시 지르밟아 주지. 내가 몸을 숙여 혀로 핥으면 멍청한 당신네 동네는 이 산비탈에서 싹 자취를 감추겠지."

"워너, 좀 진정해." 어셔가 말했다.

지렁이처럼 땅속에서 꿈틀대는 기차 때문에 딱딱한 땅마저 부풀어 올랐다.

"로스쿨에서 강의하는 내 친구들이 좀 있어." 멍청해서 근심이라고는 없는 그랜트가 말했다. 마침내 그의 꿈은 슬픔을 벗어나 강하고 분명해졌다. "내가 소개해줘야겠네. 마지막에 뭐라고 했지? 그리고 내 스키들은 어떻게 된 거야?"

맙소사, 스라소니곰들을 시켜 이 자식을 잡아먹게 해야 했다.

"이 꿈은 상당히 포악해지는데," 그랜트가 말했다. "넌 꽤 심성이 거칠구나."

윌로우가 고함을 치며 산비탈에서 굴러 내려왔고, 나는 그 애가 화가 나 있어 조금은 신났다. 사실 그 애는 화가 좀 많이 난 듯 보였다.

"역겨운 꿈이야. 난 네가 싫어. 5분 줄 테니까 당장 일어나서 이 집에서 나가." 그 애가 내게 말했다.

"멋진 협박이네." 내가 말했다.

"맙소사, 농담 아니거든." 그 애가 말했다. "내가 아래층으로 내려가 지하실 문을 열 거야. 그럼 빅스퀵이 너희를 쫓아내거나, 먹어치울걸."

그 말을 듣는 순간 난 탭댄스를 멈추었다. 땅이 내 발을 붙들고 놓아주지 않는 것 같았다.

악몽이란 자신의 꿈을 더는 제어할 수 없을 때를 말하며, 나는 악몽을 자주 꿔보진 않았지만 확실히 악몽이 펼쳐지고 있었다.

"좋아." 내가 말했다. "저기, 잠깐만, 좀 거칠고 정신없어서 그렇지. 솔직히 그런 벌을 받을 만큼 나쁜 꿈은 아니잖아."

"너 말고. 이 바보야. 네 난잡한 누이 말이야." 윌로우가 말했다. 그 애가 그냥 못되게 구는 게 아니라 정말로 화가 난 게 보였다. "역겨운 네 누이가 멍청한 우리 오빠랑 섹스 꿈을 꾸고 있다고. 맙소사, 네 천한 누이는 자기가 우리 오빠한테 감히 말이라도 부칠 수 있다고 보는 거니? 아니거든."

윌로우가 입을 닫을 생각을 하지 않자 땅이 나를 삼켜버릴 듯 무섭게 출렁였다.

"같이 대화라도 나눌 만한 주제라도 있을까 모르겠어." 윌로우가 길길이 날뛰었다. "너희 누이는 우리 오빠가 아침에 자기를 혹시라도 기억해줄까 싶어서 온갖 더러운 짓을 해댔지만, 그럴 일은 절대 없어. 우리 오빠랑 자기가 같은 우주에 존재하기라도 한다고 착각하는데, 우리 집에 들어와 우리 오빠랑 섹스 꿈을 꾼다는 생각만으로도 토할 지경이야. 맙소사! 역겹고 쪽팔려 죽겠어. 5분 내로 창문을 열고 여기서 당장 나가지 않으면 빅스퀵을 내려보내고, 아빠한테는 빅스퀵이 문을 열었다고 말할 거야. 솔직히, 너도 이따위 일이 토 나올 만큼 싫겠지만, 너도 다른 리틀 푸어들과 똑같아. 네 멍청한 가족이 역겹고 한심한 일을 해도 상관없어하잖아." 어찌나 쉬지 않고 떠벌리는지, 내가 여기를 떠나는 걸 싫어하는 것처럼 보이나 싶었다. 어쨌든 지나쳤다. 나는 다리를 휙 들어 공중제비를 돌고는 땅으로 착지를 해 꿈속의 나를 완전히 없애버리고 잠에서 깨어났다.

삶과 죽음의 세계

나는 깨어났고, 어셔는 아니었다. 천만다행이었다. 부디 어셔가 괜찮은 꿈, 평균 이상은 되는 꿈을 꾸거나, 그 월로우란 사이코 여자애를 데리고 드림월드에 그대로 있었으면 좋겠다.

잠든 프레이어는 몸을 비틀지는 않았는데, 내숭을 떠는 거겠지만. '알 게 뭐야. 끔찍하고 역겹긴 마찬가지인데.' 프레이어를 흔들어 깨웠다.

"아, 안 돼, 안 돼, 젠장." 프레이어가 잠꼬대를 했다. "아, 워너, 너 뭐야!"

"월로우가 그랜트어게인이랑 섹스 꿈을 꾸는 걸 다 봤어. 그래서 스라소니고양이한테 우릴 먹이로 던져주려고 해. 나는 어쩌면 고귀한 우리의 목숨을 구했는지 몰라. 멍청이야." 내가 조롱했다.

프레이어가 내 뺨을 찰싹 때렸다.

"장난해?" 나는 소리쳤다. "지금 내 따귀를 친 거야?"

"나한테 다시는 그딴 식으로 나불대지 마." 프레이어가 내뱉었다.

"당장 창문을 부수고 여기서 빠져나가야 한다고." 내가 채근했다.

하지만 어둑해서 어디서 어떻게 불을 켜야 할지 알기 힘들었다. 나는 전등이나 창문을 찾아보려고 춤을 추듯 엉덩이를 씰룩이며 개수대 다리를 타고 바닥으로 내려갔다.

"어셔는 어떻게 내려가라고?" 프레이어가 물었다.

"어셔가 죽었는지 살았는지를 누이가 신경 쓰다니! 그런 새로운 관심을 인지하여 깜짝 놀란 내 얼굴 좀 봐 줄래." 내 얼굴을 가리키며 야유했다.

바닥을 뛰어다니며 구멍이나 타고 오를 만한 게 없나 살펴보던 나는 문 하나를 찾아냈다. 나는 그 문이 바깥으로 통하기를 바랐다. 하지만 문 밑으로 비집고 들어가 보니 어두컴컴한 장롱 속이었다.

"워너, 스라소니고양이가 네 소리를 들었나 봐." 프레이어가 말했다. 정말로 그놈이 발로 문을 긁어대며 울부짖는 소리를 들은 나는 10억분의 1초간 부자들은 머리가 얼마나 돌았기에 그런, 사람을 죽이려 드는 녀석을 데리고 살까, 의아했다.

나는 걸레, 빗자루, 온갖 신발, 청소용 용액과 젤 등에 부딪혀가며 앞으로 나아갔다. 그러다 결국 뭔가 시원하고 둥그스름한 것에 부딪혔는데 처음에는 그게 뭔지 몰랐다.

잠시 후 그것의 정체를 알았다.

"프레이어." 내가 말했다. "어셔를 깨워. 그리고 당장 이리로 내려와."

그건 미들 푸어 가정부들이 쓰던 청소차로, 말하자면 큼직하고 투명한 롤러형 통이었다. 그 맨 위에 달린 작은 통을 위로 올려 사다리 크레인처럼 사용할 수 있어 손이 닿지 않는 곳까지 청소할 수 있었다.

그 롤러 통은 적어도 4분의 1 스케일은 되는 사람들을 위해 만들어진 것이었다. 그래서 나 같은 리틀 푸어는 페달과 조종판을 작동하기가 여의치 않았다. 하지만 프레이어가 아래쪽 페달이 있는 공간에 타고 내가 위에서 패드로 조종을 하면서 큰 소리로 명령을 내리면 작동이 될 것 같았다.

어쩌면, 프레이어가 페달을 작동하지 못할 수도 있다. 온몸으로 눌러도 평균적인 4분의 1 스케일 사람의 발힘을 못 따라갈 테니, 설마 그렇지는 않겠지 싶었다. '프레이어가 팔굽혀펴기를 한 번이라도 할 수 있는 걸까?'

"체중을 다 실어서 눌러봐." 소리쳤다.

"네가 직접 눌러보시지." 프레이어도 맞받아 소리쳤다.

그리하여 우리는 서로를 밀치듯 위치를 바꿔 프레이어가 조종판, 내가 페달을 맡았고, 그러는 사이 위층에서 윌로우가 빅스퀵에게 말하는 소리가 들렸다.

"빅시, 너도 일어났구나. 응." 우리는 그 사이코 여자애가 말하는 걸 들었다.

"오, 그래, 빅스. 그렇지. 저것들 진짜 짜증 나지? 날 물면 어떡해. 멍청한 자식아."

나는 땀 냄새가 나는 발밑 공간의 천장에 기대어 죽을힘을 다해 페달을 밟았다. 그러자 마침내 뭔가 작동하나 싶더니 짜잔, 우리는 장롱문을 박차고 지하실로 나가게 되었다. 프레이어가 차를 곧장 테이블 다리에 들이받았다. 산과 젖소의 섬의 한 귀퉁이가 우리 위로 떨어져 사방으로 튕겨 나갔다. 이리저리 부딪치던 나는 다른 페달 위로 올라가 그걸 눌렀는데, 다행히도 브레이크였다.

"오, 이건 말도 안 돼." 프레이어가 말했다. "내 생각엔 왼쪽이 맞아."

삐걱 소리와 함께 지하실 문이 열리더니 빅스큇이 신난 듯 가르랑거리며 계단을 내려오는 소리가 들렸다.

"다시 가속페달을 눌러." 프레이어의 말에 가속페달을 누르자, 우리는 휘청하며 다른 테이블 다리를 부딪쳤다. 더 많은 산과 젖소의 섬 조각들이 바닥에 떨어지며 페인트 부스러기와 석고 연기를 뿜어냈다.

"그래, 왼쪽이 맞아." 프레이어가 말했다. "뭐, 멍청한 짓이긴 한데. 이제 어떻게 할지 알 것 같아."

어셔는 겁에 질린 눈알을 굴리며 개수대 가장자리 너머로 밑에 있는 우리를 내려다보았다. 우리는 소들과 헛간 벽을 밟으며 어셔가 있는 방향으로 움직여 갔다. 빅스퀵은 그 잔해를 뚫고 우리를 쫓아왔다.

'어서 구조팀'의 다음 난관은 개수대 밑에까지 당도했는데 크레인 통을 올릴 수가 없었다.

"맙소사, 화면에 사다리 크레인 그림을 눌러봐." 내가 소리쳤다.

"눌렀어. 바보야. 그냥 글자들이 깜빡이기만 한다고." 프레이어가 소리쳤다.

빅스퀵은 당장 우리를 잡아먹기로 작정한 듯 나와 자기 사이의 투명창을 치고, 치고 또 쳤지만, 다행히 투명창은 아주 강한 마법의 물질로 된 모양이었다.

"니이이이이이이이이이이이이**이야오오오오옹**." 거대한 살인마 고양이가 울부짖었다.

"젠장, 제발, 저리 꺼져." 나는 애걸복걸했다.

우리는 서로 눈이 마주쳤다. 내 눈은 맹하게 굳어버렸고 그놈의 눈은 살아 움직이는 악마의 그것이었다.

그러던 그놈이 어서를 향해 고개를 쳐들더니 미친 듯이 엉덩이에 힘을 줬다 풀었다 하며 꼬리를 흔들어댔다.

필사적으로 버튼보다 조금 큰 세 번째 페달 위로 점프했다. 그러자 청소차가 떨림을 멈추더니 옆쪽에서 삼각대 같은 다리들이 나와 바닥에 고정되었고, 마침내 크레인통이 위로 올라가기 시작했다.

빅스퀵은 개수대 위로 껑충 뛰어올랐다.

프레이어는 양손으로 화면을 으깰 듯이 내리치며 꿈꾸듯 서서히 펼쳐지는 크레인 통을 절망적으로 바라보았다. 그게 다 펼쳐지기도 전에 어셔의 척추가 부러지든, 얼굴이 찢길 것 같았다.

빅스퀵은 민달팽이 줄무늬가 있는 징그러운 머리를 어셔한테 대고 한 번 쿵쿵댔다.

바로 그때 어셔가 그만 그 자리에서 굴러떨어졌다.

어셔는 30센티미터 정도 떨어지다가 크레인 통 위에 부딪힐 뻔했다. 크레인 통의 문이 발작하듯 셀 수 없이 여닫히는 바람에 어셔는 마치 그 통의 입에 끼어 몸통을 우적우적 씹히는 꼴이 되었고 우리는 삼각대의 다리를 끌어올려 크레인 통을 우리 쪽으로 다시 접었다.

우리가 계단참에 이르렀을 때 크레인 통은 다시 우리 위에 놓여 있었고, 그 안으로 쏙 들어간 어셔가 축 늘어져 앉아 있었다. 우리는 그 끝내주는 원통 안에 앉은 채 구르듯 계단을 올라 윌로우를 지나쳐 현관을 가로질렀고, 빅스퀵은 우리 뒤를 쫓아왔지만 우리를 잡지 못했다. 그리고 우리가 현관문을 쿵쿵 치자 윌로우는 **"아 알았어!"**라고 소리치며 문을 열어젖혔다. 고양이가 윌로우의 다리에 막혀 허우적대는 사이 우리는 굴러 깜깜한 바깥으로 나왔다.

몇 블록 더 가서 우리는 어셔를 우리가 타고 있는 통 속으로 데려왔다. 어셔는 갈비뼈와 손가락이 몇 개 부러지고 얼굴이 멍투성이가 되었을 뿐, 전체적으로 무사했다.

"그만, 아워." 어셔가 프레이어한테 말했다.

"야, 당연한 거지." 프레이어가 말했다.

"어셔, 대체 프레이어한테 뭐가 고맙다는 거야?" 내가 따졌다.

"나, 날 구해주, 주었잖아, 아." 어셔가 웅얼거렸다.

"프레이어 때문에 우리가 다 골로 갈 뻔했다고." 내가 면박을 주었다.

"애초에 우리가 그 집에 가게 된 게 누구 탓인데? 그러니까 내 잘못이 아니라 네 잘못이지. 그러니 네가 우리한테 사과해야 할 거 같은데." 프레이어가 쫑알댔고, 나는 프레이어의 잘못을 떠나 그 말은 사실임을 알았다.

"프레이어, 어셔, 로스쿨을 서둘렀던 것은 미안해." 내가 사과했다.

프레이어가 뾰로통했다.

"두 번째, 수컷이 살고 있을 가능성이 농후한 집에 들르게 해서 미안. 내 계획상의 큰 패착이었어." 내가 비아냥거렸다.

"난 그 애가 좋아. 그리고 잘 모르나 본데, 바보야. 걔도 날 좋아해." 프레이어가 말했다.

"보란 듯이 홀딱 벗고 있으니 좋아했겠지, 그럼!" 내가 또 속을 긁었다.

"워너, 그 입 안 다물어!" 프레이어가 딱딱거렸다. "그런 애가 나 같은 애를 좋아하지 않을 거라 생각하나 본데, 그냥 주둥이 닥치고 있어. 무슨 일이 있었는지 모르면서."

우리가 비탈길을 굴러 내려오는 사이 우리 뒤를 감싸던 어둠은 점차 분홍빛으로 물들었다. 우리는 높은 곳에 있었기에 안개가 자욱한 해변으로 가는 내내 아침이 밝아오는 로시 인디카 전체가 내려다보였다.

"우, 우리 30무, 문문도 모, 못 받았어." 어셔가 그제야 생각났다는 듯 말했다.

"비상용 문문이랑 망할 옷들도 다 잃어버렸고." 내가 지적했다.

"적어도 차 한 대는 얻었잖아." 프레이어가 말했다.

우리가 미들 푸어 동네로 돌아왔을 때는 완전히 날이 밝았다. 사람들은 분주하게 인도에 호스로 물을 뿌리고 접이식 의자들을 꺼내놓고 또 수프를 먹고 있었다.

미들 푸어 청소차에 리틀 푸어 세 명이 타고 있으니, 거리의 사람들이 미심쩍은 표정으로 힐끔거렸다. 때로는 멈춰 서서 지금 뭐 하는 거냐고 캐묻기도 했다. 다행히 우리 중에는 얘기 급조와 구라에 일가견이 있는 내가 있었다.

"로스쿨에 뭘 좀 배달하러 가는 길이에요." 나는 계속 갖다 붙였다. "로시 클린 회사 차들이 언덕 위에는 많은데 로스쿨에는 별로 없거든요. 하지만 트럭이나 미들 푸어를 보낼 만한 일은 아니라서요. 그러니 실례합니다, 고맙습니다, 그리고 천만에요."

대부분의 미들 푸어들은 별말 없이 뚱한 얼굴로 고개를 주억거렸고, 몇몇은 친절하게 로스쿨로 가는 길을 알려주었다. 또 다른 몇몇은 우리를 발로 차거나 거리로 내던지며, 자기네들의 일자리를 빼앗지 말라고 소리쳤다. 곧 나는 미들 푸어를 보낼 만한 일은 아니라는 부분은 생략하고 읊어야 함을 깨달았다.

로스쿨에 도착했을 때쯤 투명창은 심하게 손상되었고 조종판에서는 삐삐 소리와 함께 계속 같은 말이 깜빡거렸다.

"배터리 어, 없음." 어셔가 읽었다.

"배터리 없음." 프레이어랑 나도 찰떡같이 알아들었다.

로스쿨에 도착한 것은 알았지만 파르테논 같은 곳이 아니었기에 정말 우리가 로스쿨에 도착한 게 맞는지 실감이 나지 않았다. 우선 그건 서로 다른 건물들이 옹기종기 펼쳐져 있는 교외 지역이었다. 두 번째로는 지저분한 사무실 건물뿐이라 볼품없고 누추한 모습에 나는 우리가 정말 아무 생각 없이 왔구나 싶었다. 또 도대체 프레이어가 이런 누추한 것들 안에서 어떻게 근사한 남편감을 만날 수 있을까 하는 걱정이 앞섰다.

우리는 사람들에게 이게 정말 로스쿨이 맞는지 먼저 확인했다.

"맞고말고." 퀵스탠드 가판대를 운영하는 한 나이 든 미들 푸어가 말했다. "여기가 캠퍼스 한가운데라네."

다들 형편없는 옷차림을 하고 있었기에 그들이 로스쿨 학생들이 진짜 맞다 해도 무척 혼란스러웠다. 하지만 몸집은 미들 리치였던 그들은, 미들 푸어들 주위로 힘차게 발을 내디디며 전화기나 스크린에 대고 말을 하면서 거리를 오갔다.

"어느 건물로 가?" 가판대의 그 남자가 물었다.

"본관이요." 내가 말했다.

"관리동? 강의동?" 그가 물었다.

"강이동이요." 내 발음이 샜다.

"저쪽으로 두 블록이야." 그는 엄지로 가리키며 말했다.

"선생님, 배터리가 없어서 거기까지 못 갈 것 같아요." 프레이어가 말했다. "염치없는 부탁인 건 알지만, 혹시 저희가 선생님께 충전을 부탁드릴 수 있을까요?"

그는 프레이어를 한참 꼬나보더니 콧방귀를 끼고 고개를 가로저었다.

그러면서 말은 이렇게 했다. "좋아!"

우리 차가 남자의 전기를 마시는 동안 남자는 우리를 계산대에 앉혀놓고 농을 던지며 우리에게 수돗물과 감자 칩을 조금씩 주었다. 그의 이름은 패디였다. 외모상으로는 통통했으며 보랏빛을 띤 검은색 곱슬머리는 군데군데가 희었다.

"샌드 드리머프에서는 리틀 푸어를 많이 못 봤다네." 그가 우리에게 말했다. "어린 아기들인 것 같으니, 내 작은 충고 하나 하지. 뇌가 아직 말랑말랑할 때 교육을 받도록 해. 뇌가 딱딱하게 굳어버리면 새로운 걸 배울 수가 없거든."

"네, 그럼요." 나는 이렇게 대답했지만 기분이 더러워졌다. '대체 누가 우리 같은 것들에게 교육을 제공하겠냐고?'

"몸집을 키우고 싶으면 스스로를 쓸모 있게 만들어야 해." 패디가 또 도발했다. "이유 없이 몸집을 키워주는 친절을 베풀 사람은 아무도 없어."

"아주 귀한 말씀이네요. 전기랑 음식만이 아니라 지혜까지 얹어주시다니 정말 친절하세요." 프레이어가 사근사근 대답했다.

"교육 없이는 나와 같은 스케일이 될 수 없어. 정말이야." 패디가 말했다. "난 지금의 5분의2 크기 정도부터 시작했고 결혼을 하거나 응석받이 애를 가진 적도 없다네. 그래서 내가 가진 문문을 전부 내 스케일을 키우는 데 오롯이 투자할 수 있었지. 이것도 스케일을 키우는 한 방법이야. 시간을 두고 아주 천천히, 하지만 외롭지. 뭐, 그것도 익숙해지긴 하지만 말이야. 그래도 날 봐! 정말 외롭고 심심하다고. 내 말 명심해!"

"그럼요, 네." 내가 말을 받았다.

"그러니까 아직 가능할 때 열심히 지식을 빨아들이라고. 젊음과 말랑말랑한 뇌가 언제까지나 지속하지는 않으니까." 꼰대가 또 훈계했다. "생각보다 빨리 나이가 든다네."

"그렇게 오래 살 수 있다면 말이죠." 내가 살짝 그의 말에 제동을 걸었다.

"워너, 우울한 소리 하지 마." 프레이어가 지청구를 놓았다.

"아니, 좋은 지적이야." 패디가 동의했다.

"패디 씨, 솔직하게 말씀드리면요." 내가 불평을 했다. "우리더러 어떻게 교육을 받으란 말씀이세요? 리틀 푸어를 위한 학교는 세우지도 않잖아요?"

"글쎄?" 그는 이렇게 말하고 한동안 입을 다물었다.

"글쎄? 읽을 줄 아나?" 마침내 그가 다시 입을 열었다.

"아뇨." 내가 말했다.

그는 프레이어를 흘긋 보았다.

"아뇨." 프레이어는 무척 부끄러워하며 말했다.

"이런." 패디가 말했다.

"저, 저는 읽어요." 어셔가 말했다.

"근데 자네는 마비가 있군." 패디가 말했다. "안 그래도 저 창백한 녀석은 왜 말이 없나 궁금했는데. 이런, 이런, 이런, 리틀 푸어 중에서도 제일 작은 축에 속하는 세 명인데, 둘은 문맹이고 하나는 말더듬이라니. 와! 이런, 부디 너희에게 하나님의 은총이 있기를. 세상이 호락호락하지 않으리란 건 잘 알겠지. 잠은 어디서 자니?"

"지금은 차 안에서 자요." 내가 말했다.

"와, 이런!" 그가 또 혀를 찼다.

"들어가 잘 수 있는 차가 있어서 요즘은 아주 윤택한 편인데요." 내가 말을 받았다.

"삐!" 자동차가 배터리가 충전이 다 되었다고 소리를 냈다.

패디가 감자 칩 기름 때문에 미끌미끌한 손으로 우리를 한 명씩 차에 태워주었다.

"다시 한번 전기, 물, 음식, 지혜, 충고까지 다 감사드려요." 프레이어가 인사했다. "저희는 도무지 사람들의 친절이란 걸 입어본 경험이 전혀 없거든요. 그래서, 정말 감사드려요."

그는 아픈 듯 또다시 입술을 비틀었다.

"음, 어." 그가 말했다. "음, 감사는 무슨, 감사는 무슨."

우리는 그가 '감사는 무슨'이라는 말이 끝날 때까지 기다렸다.

"음." 그가 말했다. "내가 말하려는 건, 어, 그냥 하룻밤이나 이틀 정도, 어, 너희가 자는 동안 주차를 해둘 안전한 곳이 필요하다면, 이 뒤쪽에 세워도 된다고."

"세상에, 고맙습니다." 프레이어가 또 과한 탄성을 질렀다.

"그전에 나한테 알려주기만 하렴. 알겠지?" 그가 말했다. "그리고 너희 셋만이야. 다른 친구들을 내 가판대에 데려와서는 안 돼."

"그럼요, 그럼요, 저희만이죠." 프레이어가 급히 말을 받았고, 어셔와 나는 미친 듯이 고개를 주억거렸다.

"누구한테 입을 벙긋해서도 안 돼. 리틀 푸어들이 내가 무르다고 생각해서 내 가판대 앞에 떼거리로 모여들면 손님들이 얼씬 안 할 거고, 그러면 퀵스탠드가 내 가판대를 압수하려 들 거야. 알겠지?" 그가 우리에게 신신당부했다.

"절대! 절대! 절대 아무도 안 데려올게요." 프레이어가 다시 맹세했다.

"그리고 확실히 말해 두는데 만약 대마초나 코카인 피우는 냄새가 나면, 딱 한 번이라도 말이야. 그럼 너희는 더는 내가 아니라 경찰들 손에 넘어가게 될 거야. 명심해." 그가 주의를 시켰다.

"즈즈, 즈, 즈즈, 즈, 절대 아, 안 그래요." 어셔가 소리를 지르는 바람에 모두가 놀라 입을 다물었다.

"딱 이틀 밤이야." 패디가 말했다.

그래서 우리는 그날 밤 패디의 재활용품 밑에 차를 세우고 안에서 잠을 잤다. 그다음 날 밤도 그랬다. 사실 몇 달 동안 거기가 우리의 집이 되었다. 어셔와 나는 아래에서 자고 프레이어는 크레인 통에서 잤다. 우리는 그 차를 휴식처로만 사용하고 어디 갈 일이 있으면 걸어 다녔는데, 그걸 타고 다니다가 어느 못된 미들 푸어가 우리를 끄집어낸 뒤 타고 가버리면 프레이어, 어셔, 워너 팀은 잘 곳이 없어지게 된다.

매일 똑같은 일상이었다.

1단계, 패디가 우리를 깨우고 우리에게 자기 아침 식사의 부스러기들을 주며 꽤 오랫동안 사람들과 시간과 정부와 교회, 사실상 모든 것들에 관해 이야기를 나누고 그걸 바꾸고 싶지 않으냐고 묻고는, 참으로 안된 일이지만 사람은 바뀌지 않는다는 말로 마무리되는 연설을 했다.

2단계, 우리 셋은 함께 강의동으로 출근해 각자의 일을 한다. 강의실에는 공짜로 앉아 있을 수 있고 그렇게 앉아 있는 사람을 청강

생이라고 부른다. 우선 어서, 어서는 종일 그렇게 청강을 하며 듣, 듣, 듣고 여러 가지 아이디어와 법을 메모했다. 신기하게 좋은 자리에 앉지 않는 이상 보이지도 않는 칠판을 눈을 가늘게 뜨고 처다보았다. 또 많이 움직이지 않는 방법으로 갈비뼈를 낫게 했다.

그리고 프레이어, 프레이어는 강의실로 가는 계단을 오르내리기 위해 여기저기 돌아다니며 들어달라고 도움을 요청하거나, 책상이나 식탁 위에 몽상에 빠진 듯 앉아서 머리카락을 매만지고, 손톱을 처다보며, 누군가가 그 귀엽고 외로운 몽상가에게 말을 걸어주기를 기다렸다.

다음은 나. 나는 문문을 벌기 위한 보람찬 계획들을 밤마다 세워보지만, 번번이 다 허물어졌다. 소소한 심부름 해주기, 쓰레기 모아 팔기, 프레이어가 로스쿨 남학생들에게 하듯 로스쿨 여학생들에게 구애하기, 되는 일은 아무것도 없었다.

3단계, 우리는 다섯 시에 정문 앞에서 만나 함께 집으로 퇴근하며 보통은 패디가 저녁거리를 좀 나누어주었다. 그게 아니라도 로스쿨 쓰레기통마다 들어있는 피자 테두리들이 우리에게 있었다.

4단계, 자고 꿈을 꾼다.

드림월드

그래, 나는 며칠간은 프레이어가 미들 리치 남편을 꿰찰 수 있다면 나도 미들 리치 아내를 꿰찰 수 있지 않을까? 얼굴도 몸도 나쁘지 않으니까 하고 자신만만해했다. 나는 리틀 푸어치고는 강했다. 그러니까 항상 뭐든 기어오르다 보니 팔과 어깨가 밧줄처럼 질긴 데다, 얼굴에 흉터나 상처나 수포도 없고, 피부는 프레이어와 그리 다르지 않은 체리와인색이었다. 머리카락은 좀 더 오렌지색에 가깝지만 숱이 더 풍성하다. 또 마지막으로 최고의 장점은, 이가 다 있다는 거다.

하지만 얼마나 좋은 이와 머리카락을 가졌느냐 또는 의자에 얼마나 빨리 기어오를 수 있느냐는 중요치 않다. 로스쿨 여학생들은 열네 살짜리 리틀 푸어와 결혼하는 데에는 흥미가 하나도 없다. 강의동에서 우리는 대개 내가 뭘 했느냐에 관해 이야기를 나누었다.

"그냥 바람 쐬러 와요." 나는 말하곤 했다.

"그럼 들을 수업이 있다거나 한 게 아니네." 로스쿨 여학생들은 의아해했다.

"자기 수업에 가도 되는데." 나는 일부러 엉뚱한 말을 하곤 했다. "오늘의 강의, 어떻게 자기를 사랑하는가, 아니면 당신이 나한테 읽는 법을 가르쳐줘도 되고."

"그러기에는 우리가 좀 바쁘기도 하고 힘들어." 여학생들은 한결같이 그렇게 말했다.

"평생 사랑할 상대를 만나, 이제 더는 누구를 사랑해야 하지, 하는 걱정을 할 필요가 없게 된다면 스트레스가 좀 풀리지 않겠어." 나는 수작을 부리곤 했다.

"하하하하하하하하하." 그들은 웃음으로 응수했다. "정말이지, 말 그대로 만만치 않은 녀석이군."

프레이어도 나보다 낫다고 볼 수가 없었다. 로스쿨 남학생들 일부가 프레이어를 알아보고, 놀렸다 '누가 가장 바보 같은 일에 프레이어가 맥없이 동의하게 만드나?'라는 못된 장난을 치기 시작했는데, 이 장난을 치기란 그리 어렵지 않았다. 그 이유는, 모든 일에 동의하고 모두를 칭찬하라, 그러면 누군가는 반드시 나를 사랑하게 될 것이다, 라는 프레이어의 전체적인 생활 태도 때문이었다.

"아니, 이게 누구야? 프레이어가 또 납셨네." 그들은 프레이어의 이름을 마치 다시 지어낸 것처럼 말하곤 했다. "프레이어, 정부가 리틀 푸어들에게 너무 많은 문문을 낭비한다고 생각하지 않니?"

"오, 맞아. 나도 그렇게 생각하고말고." 프레이어가 동의하곤 했다.

"정부가 미들과 빅들이 성공했다는 이유로 문문 일부를 세금으로 내도록 강제하는 건 슬픈 일 아니니? 더 많이 성공할수록 더 많은 세금을 물어야 한다니? 세상에, 그런 불공평한 법이 어딨어?" 그들은 그렇게 읊어대곤 했다.

"정말 슬프고, 불공평해. 근데 아무도 그것에 관해 이의를 제기하지 않지?" 그럼 프레이어도 동의했다.

"정부가 차라리 리틀 푸어를 벌주는 게 나을 것 같지 않니? 예를 들면 몇 달에 한 번씩 감옥에 가게 한다거나." 그들은 그렇게 혀를 놀렸다.

"흐음, 뭐, 꽤 흥미로운 제안이야. 그런데 솔직히 나는 머리가 나빠서 그런지 그게 무슨 말인지 잘 모르겠어." 프레이어가 밑천을 드러냈다.

"그러면 리틀 푸어들이 열심히 일하고 실력을 길러서 스케일을 키울 동기를 갖게 될 테니까." 그들이 주장했다.

"우와, 그런 뜻이라면 동의하고말고." 프레이어가 금세 홀딱 넘어갔다. "정말 영리한 생각이야."

물론 프레이어가 진짜로 네, 제발 몇 달에 한 번씩 우리 리틀 푸어 중 아무나 감옥에 좀 넣어주세요 하고 동의하지 않았다. 프레이어가 바보가 아니니까. 논박하려는 게 아니라면, 프레이어는 남자애랑 한 번이라도 말다툼했다가는 그 애가 그 이후로 자신을 싫어하고, 더는 자신을 귀엽다고 생각하지 않게 되면 그야말로 끝일 거라는 불안이 있었다. 나는 그런 프레이어가 좀 바보 같았다.

또 한 가지 알아둘 건, 이런 대화를 한 번이라도 나누기 위해 우리는 몇 시간이나 기다려야 했다는 거다. 우리는 로스쿨 학생의 머리 근처까지 어떻게 올라갈지 고민하는 데 시간 대부분을 허비했다. 그러다 겨우 그리로 올라가고 나면 그들은 아무 때고 쌩 가버렸다.

내 말은 리틀 푸어들은 이곳에서 저곳으로 이동하는 데 엄청난 시간을 소비해야 했고, 다리들과 부츠들이 쿵쾅대는 숲들 주변을 초조하게 걷거나 뛰어다니다 보면 다른 일을 할 짬이 거의 없다는 거다.

아무튼, 내 요지는 삶과죽음의세계에서는 우리의 구애가 대체로 한심하기 짝이 없었다는 거다. 하지만 드림월드에서는 상황이 그나마 좀 나았다.

로맨틱한 닭살 드림 존을 만들자는 건 프레이어의 아이디어였다.

"꿈꾸기는 네가 유일하게 잘하는 거니까. 어쩌면 그걸 이용해볼 수 있지 않겠니?" 프레이어가 말했다.

"하지만 난 러브 존을 어떻게 만드는지 모르는데." 내가 말했다.

"프리티숍에서 배우면 될 거야." 프레이어가 말했다.

'365일 날마다 밸런타인데이!!' 라고 적힌 프리티숍은 미들 푸어 여자애들이 미들 푸어 남자애들을 데리고 가서 꽃, 보석, 장신구, 사탕, 초, 왕관, 동물 인형 등을 사주도록 하는 작은 방으로, 기본적으로 장미꽃과 진분홍색 플라스틱과 사랑 노래들이 울려 퍼지는 아늑한 개떡 같은 광경이 펼쳐지는 곳이다. 나는 이틀 동안 배 속에 사탕이 가득한 원숭이들이 든 바구니 안에 숨어 그곳을 구석구석 엿보았고, 그러다 한 손님이 날 발견하고 소리를 지르는 바람에 직원이 빗자루로 나를 거리 위 저 멀리 쓸어버렸다.

그날 밤 나는 프리티숍 꿈을 꾸었다. 해 질 무렵의 야트막한 언덕 위 정원은 질리도록 많은 벚꽃과 국화, 장미 덤불과 수선화 덩굴, 날아다니는 폰처럼 달콤한 멜로디를 윙윙대는 진분홍색 벌과 새, 작은 베개로 쌓은 집으로 이어지는 얽히고설킨 다이아몬드와 황금의 길로 발 디딜 틈이 없었다. 부리부리한 눈을 한 만화 속 고양이와 곰은 러시아인들처럼 정원에서 춤을 추며 끊임없이 반짝이를 뿌려대고, 좀 먹어 달라는 듯 초콜릿 토끼들을 튕기고 있었다. 저문 하늘에 떠오른 하트모양 달과 사탕 비를 내리는 불꽃놀이, 덕분에 사람들은 사탕 피부가 되어 통제 불능의 열정으로 서로의 몸을 핥을 수밖에 없었다.

"좀 지나치기는 한데 그래도, 잘했어." 프레이어가 말하고는 프리티월드의 덤불 속에 숨어 로스쿨 학생들을 기다렸다.

하지만 꿈을 꾸러 온 사람들은 대부분 너무 어렸다. 우리랑 비슷한 10대 초중반 애들이 와서 돌아다니며 킥킥댔는데, 대부분이 여자애들이고, 남자애들은 조금 있었다. 미들 푸어 애뿐 아니라 수많은 미들 리치 애들도 설탕 냄새와 꽃 조명을 따라 하이 드리머프부터 밀려왔다. 심지어 사이코 여자애 윌로우도 이런 형편없는 곳이라니 정말 끔찍해 하듯 눈알을 굴리며 돌아다니면서 양손으로 꽃들을 쓸면서 색깔이 바뀌는 모습을 지켜보았다.

나는 윌로우한테 말을 걸지 않았다. 하지만 재미있을 것 같은 몇몇 여자애들에게 다가갔다.

"저기." 나는 여자애들한테 관심을 끌었다. "이건 비밀인데, 이걸 다 꿈꾼 사람이 바로 나야."

"그래, 그렇겠지." 여자애들은 '그럼, 아니 그렇겠니?' 하는 눈빛을 보냈다.

"봐봐. 파랗게 만들어 볼게." 나는 파란 꿈을 꾸어 모든 걸 차가운 파란색으로 물들였고, 여자애들은 헉 소리를 내거나 미친 듯 깔깔대었다.

하지만 그런 대화는 결국 둘 중 하나로 결론이 났다. 첫 번째, 여자애가 나더러 어느 학교에 다니는지 묻고, 드림월드에서는 웬일인지 거짓말을 하면 아프므로 나는 "이봐, 학교 안 가. 난 리틀 푸어거든."이라고 답한다. 그러면 그 여자애는 "오, 아, 음, 그래."라고 말을 잇지 못하고 대화를 끝내려는 속마음을 숨기려 든다. 그래서 나는 먼저 "안녕, 그렇다고 내가 너한테 병을 옮기거나 하진 않아. *상관없겠지만.*"이라고 말한다.

두 번째 방법은 내가 리틀 푸어라고 해도 여자애가 몸서리치지 않고 일종의 감동의 리액션을 할 때다. 하지만 그 감동이란 게 슈트 안에 숨겨진 두 다리로 서서 얼굴에 접시를 얹은 멍멍이 웨이터를 보는 듯한 감동과 비슷한 것이라, 그럴 때는 나를 개로 취급하는 그 여자애가 미웠다. 그래서 계속 대화를 이어지거나 심지어 얼굴을 맞대고 드림 키스를 하게 되더라도 곧 나는, "음, 정말 좋았어. 하지만 이만 안녕." 이라고 작별을 고했고, 여자애는 "와, 나쁜 남자네. 졸졸 따라와서는 내 가슴을 조각 내놓고, 죽여주네." 하고 말했다.

어쨌든 그마저도 며칠 밤뿐이었는데 로스쿨 학생들은 프리티월드 매력에 그다지 끌려 하지 않았기 때문이다.

"젠장, 뭐 이리 조잡하고 촌스러운 데가 다 있담." 프레이어가 잡아끌면 게네는 이렇게 투덜거렸다.

"프리티숍 매니저의 슬프고 이상한 꿈인가?" 이렇게도 핀잔을 주었다.

"워너, 좋은 시도였지만 우리에게 더 로맨틱한 뭔가가 필요해." 프레이어가 말했다. "그래도 정말 잘했어. 고마워."

아무리 멍청한 프레이어의 입바른 칭찬이라도 또 해주니, 기분이 좋았는데, 그러고 보니 '누군가에게 뭔가를 받고자 한다면 그를 항상 칭찬하라.'라는 작전이 아주 바보 같은 짓은 아닌 듯하다.

* * *

아무튼, 내가 찾은 돌파구는 꽤 쌈박했지만, 지독하게 슬픈 거다. 왜냐하면, 그 돌파구란 게 사랑에 빠진 느낌을 누가 가장 잘 아느냐

하는 거니까. 그건 바로 어셔였다.

어느 날 밤 어셔와 나는 프리티월드의 베개로 쌓은 집에 앉았고, 어셔는 그날 배운 것을 설명해주었다.

"오늘 상법 시간에 배웠는데 사람이 법인이 될 수가 있대." 그가 말했다. "제대로만 하면 은행 빼고는 그 존재를 알지 못한대."

"흐으음, 설마?" 내가 의아해서 물었다.

"방법은 더 알아봐야 하지만 기본적으로 네가 대기업의 회계사라 면 세금 문제를 이유로 갖다 대고, 실체가 너인 유령회사를 세워 이 윤을 빼돌릴 수 있다는 거지." 어셔가 꿈을 꾸었다.

"말도 안 돼. 그건 미친 짓이야." 나는 고개를 끄덕이며 어셔의 말 을 이해하려고 애썼지만, 머리는 이곳이 얼마나 로맨틱과 거리가 멀 지 하는 생각에 정신을 빼앗겨버렸다. 죄다 푹신하고 반짝이는 것들 뿐이라니 얼마나 소름이 끼치던지, 저쪽에서 말 그대로 국제적인 허 그 축제를 벌이고 있는 코알라들은 또 어떻고.

"기업들이 자기네 회계사들을 특수 감옥에 가두는 이유도 다 그 때문인 것 같아." 어셔가 문득 깨달았다.

"저기 뭣 좀 물어보자." 내가 말했다. "여긴 왜 이리도 로맨틱하지 가 않을까?"

"솔직히 말해주길 원하는 거지?" 그가 물었다.

"응 물론." 내가 답했다.

"다 가짜인 데다 정신이 하나도 없으니 그렇지." 그가 말했다.

"그래, 근데 뭐가 문제일까?" 내가 물었다.

"가짜 장소에서는 사랑도 가짜로 느껴지게 마련이거든." 어셔가 말했다. "진짜 장소에서만 진짜로 느낄 수 있지."

"그래, 하지만 어셔, 여긴 드림월드야." 내가 상기시켰다. "진짜보다 더 나은 것들을 만들 수 있다고."

어셔는 별 상관 않겠다는 듯 어깨를 으쓱했다.

나는 찰나의 순간, 맙소사! 어셔에게 '매일 아침 드림월드를 떠나 마비 세계로 돌아가는 건 얼마나 끔찍할까?' 라는 생각이 들었다.

"내 말은 진짜가 뭐가 좋으냐는 거지?" 내가 말했다.

"진짜 중에 하나 좋은 건, 높은 곳에서 사물들을 내려다볼 수 있다는 거야." 어셔가 답했다. "그러니까 로시 인디카 전체가 내다보이는 아주 높은 곳에서 잠을 깰 수만 있다면 최고겠지."

"오, 이런." 나는 정말 좋은 발상이라 여기며 말했다.

"사랑하는 사람을 데려가고 싶은 곳이겠지. 할 수만 있다면." 그가 말했다.

물론 그게 우리 프레이어란 걸 나는 알았고, 내가 안다는 걸 어셔도 알았다.

따라서 어셔가 낸 프레이어와의 완벽한 데이트 아이디어를 아무 로스쿨 학생들에게나 적용되도록 한 건 정말 나쁜 놈이나 할 짓이었다. 하지만 그 짓을 내가 하고 말았다. 애초에 우리가 해변을 떠나 빌어먹을 로스쿨에 온 게 뭣 때문인데?

내가 한 일은 이랬다. 나는 수많은 달을 꿈꿨고, 레몬색으로 빛나는 차나 보트 크기만 한 그 달 밑에는 그물 해먹이 걸려 있었다. 나는 그 해먹 중 하나에 그리고 프레이어가 따로 다른 해먹에 앉아 떠다녔다. 프레이어의 해먹은 강의동 창문들을 향해 꿈을 꾸듯 날아 내려갔다.

강의동은 로스쿨 학생들이 오랜 시간 동안 아주 지루하거나 짜증 나는, 때로는 나체 꿈을 꾸는 곳이었다. 그렇게 그들이 나자빠져 있을 때, 프레이어가 창문에 나타나 "오늘 밤에 나랑 같이 도시 구경 갈 사람?"이라고 속삭이면 몇몇 남자애들이 벌떡 일어나 "나, 나, 나, 갈래." 라고 말했는데 그중에는 프레이어를 알아보는, 심지어 괴롭히던 애들도 있었다. 결국, 프레이어가 글렌이라는 남자애를 골랐다. 마르고 조용하고 별로 못되지 않은 그 애는 해먹에 올라탔고, 달들 위로 높이 올라가 로시 인디카의 밤하늘 속으로 둥실 떠갔다.

꿈속에서 날기란 그리 어렵지 않다. 어려운 건 멀리 떨어져서 뭔가를 관망하는 거다. 높이 올라갈수록 점점 더 보기 어려워져 꿈을 꾸려면 세부적인 것들이 더 많이 요구되었다. 결국, 나는 구름 높이에서 반짝이는 도시 전체가 다 내려다보이는 최고로 어려운 꿈을 꾸었다. 거리, 공원, 교외, 슬럼가 모두. 모든 크기의 집과 거리, 로시 인디카 전체, 독스아이, 센트로우, 샌디 바브, 새크라멘트, 로라 캐논, 웨트 얼머낵, 이트 얼머낵, 드리머프 지역.

나는 심지어 빅 리치 궁전들이 있는 북쪽 해안가의 밸러스트레이드까지 꿈꾸려 애썼는데, 뉴스 비디오에서 징그럽게 큰 집들을 본 적이 있었다. 그래서 주위를 돌아다니는 부자 거인들 두어 명과 함께 해변에 몇 개 심었다.

양이 많긴 했지만 괜찮게 해냈고, 남들 몰래 프레이어의 달 위를 떠갈 때 프레이어가 처음으로 '법적 언쟁으로 프레이어 놀리기' 게임이 아닌 진짜 대화를 하는 듯한 소리가 들렸다.

"저기, 몇 번인가 널 본 적이 있는데, 네가 궁금했어. 너는 어디서 왔는지?" 나는 글렌이 말하는 걸 들었다.

"음, 나는 1년간은 해변에 살았어. 보이는지 모르겠지만 바로 저어어어어어, 아래야. 그러다 좀 더 교양 있는 사람을 만나고 싶어서 떠나왔지." 프레이어의 소리가 들렸다. 그래서 그 해변이 마치 "여기에요. 여기가 바로 프레이어가 살던 해변이랍니다." 라고 하듯 깜빡이도록 꿈을 꾸었다.

"넌 놀라움 덩어리야. 진심으로." 글렌이 하는 말을 들었다.

"너도 날 놀라게 할 수 있는지 궁금한데." 프레이어가 하는 말을 듣고는 그곳을 벗어났다.

물론 글렌은 그게 내 꿈인지 몰랐고, 프레이어의 꿈인 줄 알았다. 그는 내가 거기 있었다는 것조차 몰랐다. 하지만 로스쿨의 다른 누군가가 그걸 알아버렸다.

그의 이름은 체스였는데. 다른 달 해먹에 몰래 타고는, 내 달이 그

의 달에 가까워졌을 때 내가 밑을 내려다보며 꿈으로 산비탈을 빚어
내는 걸 목격한 것이다.

"아하, 네가 바로 이 멋들어진 광경을 꿈꾼 주인공이구나." 그는
저음의 진지한 목소리로 말했다.

"오!" 내가 말했다. "어, 아니, 이건 프레이어의 꿈이에요."

"오!" 그가 말했다. "넌 그냥 프레이어를 졸졸 따라다니는 거고."

그 말에 동의하려고 하니 약이 올라 난 이렇게 말하고 말았다. "저
기요, 우린 꿈을 반씩 나눠서 꾸거든요. 반은 내 꿈, 반은 프레이어
꿈이에요."

"와! 동시에 꿈을 꾸다니 둘이 꽤 친한가 보지." 그가 말했다.

"그래, 좋아요. 내 꿈이 100퍼센트, 프레이어 꿈은 0퍼센트예요."
나는 실토하고 말았다. 드림월드에서 거짓말을 했다가는 가슴이 아
파지므로. "하지만 글렌이나 다른 사람들한테는 떠벌리지 말아요. 진
짜 솔직하게 말하는데. 지금까지 로스쿨 사람들 모두가 우리 누이를
힘들게 했거든요."

"아무한테도 안 흘릴 테니까. 이 광경이 계속 쭉 되게나 해줘." 체
스는 손으로 헤엄을 치며 말했다.

* * *

몇 주 동안 밤마다 나는 새로운 종류의 떠다니는 하늘 탈것을 꿈

꾸었고, 프레이어는 글렌뿐만 아니라 켄, 윌, 베리, 필, 해리와도 밤하늘로 둥실 떠올라 깜빡이는 도시를 내려다보며 데이트를 했다. 여기서는 밤이 되어야 뭔가 일이 이루어졌다. 모든 남자가 마음을 터놓고 프레이어에게 덜 못되게 굴며, 이야기를 들려주고 질문을 하고 칭찬도 하지만, 다음 날이면 그 바보 같은 놈들은 또다시 삶과죽음의세계에서 글 못 읽고 집 없는 프레이어와 밀어를 나누는 창피한 모습을 남들에게 들키고 싶지 않아 했다. 밤이 되면 프레이어가 좌절한 채 다른 남자를 찾거나, 며칠 전 만났던 남자가 자기를 그리워하길 기대하며 다시 찾았다. 놀라고도 놀랍게도 그 남자는 프레이어를 정말로 그리워했지만 그것도 밤 동안뿐, 낮이면 다시 마음을 싹 바꾸었다.

나는 프레이어가 그 남자 중 누군가와 제대로 된 섹스 꿈을 꾸는 경지까지 갔을지 궁금했지만, 물어볼 수는 없는 일이었다.

그러는 사이 그 체스라는 남자가 계속 나와 어울렸다.

"형은 좋은 사람이야. 나쁜 사람 같지 않아." 전에 나는 이렇게 말했다. "우리 누이에 대해 어떻게 생각해?"

"정말 사랑스러워. 진심이야. 하지만 어떻게 말하면 좋을까? 내 타입은 아닌 거 같아."

잠시 후 그 말의 진의에 겨우 닿은 나는 소름이 돋아 감탄사를 뱉었다. "아!"

내 목소리가 어색하고 근심이 있는 듯 들렸는지 그는 나를 힐끔 보며 비웃듯 말했다. "오! 이런, 워너, 걱정하지 마. 난 애들 말고 다 큰 남자들을 좋아하니까? 너 몇 살이야? 열두 살?"

"열네 살." 내가 정정했다.

"저기, 미리 경고하는데, 설레발치지 마라." 체스가 경고했다.

"걱정하지 마. 난 그런 걸 이상하게 생각하지 않아." 나는 이상하게 들리지 않도록 애썼다. "다 큰 게이들도 몇 명 알아."

"화제를 바꾸자." 체스가 잘랐다.

하지만 솔직히 그리고 게이 남자들을 떠올리는 게 잘못이란 건 알지만 어쩔 수 없었다. 계속해서 작은 의심이 떠나지 않았다. 합리적으로 추론하자면 그 또래 남자들은 프레이어랑 데이트를 하고 있다. 근데 프레이어는 나이가 나보다 한 살 반 밖에 안 많으니. 게이 남자가 10대인 나와 데이트를 하고 싶어 하지 않을 이유가 없지 않은가. 기본적으로 10대들과 데이트를 하고 싶어 하는 모든 남자를 의심하는데, 그들이 항상 그걸 시도하기 때문이다.

결국, 하루 이틀 밤 뒤 나는 왜 계속 나랑 노닥거리느냐고 물었다.

"그거야 당연히 네 꿈이 좋아서지." 체스가 말했다.

"왜?"

"그냥 아주 풍부하달까?" 그가 말했다. "다른 사람들의 그것과는 달라."

"흠."

"정말이야. 무지 인상적이지 않은데 열네 살짜리 남자애랑 이토록 오랜 시간을 죽치겠어." 그가 말했다.

"그게 무슨 뜻이야?" 내가 말했다.

"넌 대화상대로서 그다지 재능이 있다거나 흥미롭지 않다는 거야." 그가 말했다.

"형도 마찬가지야." 나는 그의 마음이 아프기를 바라며 말했다.

"전혀 아니거든." 그가 말했다.

어쨌든 하늘에서 내려다본 로시 인디카의 광경을 더 잘, 더 빨리 꿈꾸게 된 나는 나와 체스가 즐길 만한 다른 꿈들을 추가했다. 밤 물고기, 별새, 달 박쥐, 밑에서부터 우리를 물들이는 불꽃놀이, 안쪽에 불빛이 있어 으스스한 느낌을 주는 구름, 작은 도깨비불과 반딧불이, 전구 속 같은 밝은 선, 멀고 희미한 이끼밭과 다른 모든 것의 절반 크기만 한 별들 사이로 나온 꽃.

이런 추가된 꿈들은 프레이어가 있는 하늘로부터 멀리 둬야 했다. 프레이어가 계속해서 "야. 이 새로 만든 정신없는 것들은 내 데이트에 도움이 전혀 안 돼. 엄청나게 방해돼. 하필 이 시점에 금색 나비박쥐들 꿈을 꾼 이유를 남자애한테 설명해야 하잖아." 라고 말했기 때문이다.

나는 체스의 존재를 즐기게 되었고, 더는 닭살도 돋지 않았다. 팬이 있다는 건 좋은 일이었다.

"오늘이 최고야." 그는 매일 밤 말했다. "우와, 정말 좋아. 굉장해. 호화로워. 넌 신동이야."

"괜찮지? 나만큼 꿈을 꿀 수 있는 사람이 없다는 게 놀랍다니까.

별로 어렵지 않거든."

"그래." 그가 힐난했다. "겸손하게 들리라고 한 말이겠지만 전혀 겸손하지 않았어."

"난 그냥 솔직하게." 내가 말했다.

그런데 어느 날 밤 체스가 은근슬쩍 모범생 친구 두 명을 데려왔다.

"맙소사, 이건 어린 시절 이후로 최고의 꿈이야." 그들 중 한 명이 하늘 오징어의 촉수 위에서 그네를 타며 말했다.

"넌 사이코야." 다른 한 명이 내게 말했다. "얼마나 사이코 같은지 진짜 사랑스러울 지경이야."

"체스 형, 뭐야?" 내가 말했다. "다른 사람들한테 말하지 말랬잖아."

"얘들은 아무한테도 말 안 할 거야. 정말이야." 체스가 보장했지만, 나는 그때 이미 이 진주알 피부의 미들 리치나 그 금색 피부 친구를 믿어서는 안 된다는 걸 깨달았다.

"만약 프레이어의 데이트 상대 중 한 사람이라도 알게 되면 이 꿈들은 막을 내려야 해. 더는 꿀 이유가 없어. 그러니까 더 조심해줘." 내가 못을 박았다.

"알겠어. 알겠어." 그는 개헤엄을 치는 무지갯빛 새우의 간질임에 낄낄대며 말했다.

"그리고 그건 누이가 행복할 수 있는 최고의 기회를 파괴하는 일이야." 내가 말했다.

"그래. 그래 알았다니까." 그가 말했다. "이야아아아아아아아."

"리틀 푸어 애들한테 무슨 일이 생기든 상관도 안 하겠지." 나는 살짝 이성을 잃었고, 새우가 꽤 크게 부풀어 올라 체스를 할퀴기 시작했는데, 체스는 그걸 실제로 느끼는 게 아니라 그저 느껴진다는 느낌이 들 뿐이었다.

"알겠어. 알아들었다고." 그는 살짝 몸부림을 치며 말했다.

"우린 너희에게 그저 꿈일 뿐이야. 이 바보 같은 새우와 같이." 나는 그가 정말 말귀를 알아들었는지 확인하기 위해 물었다.

"알아들었다고 했잖아." 그가 소리쳤다.

나는 새우들을 물풍선처럼 무겁게 채워 부풀려 폭탄을 던지듯 도시로 떨어트렸다. 우리는 그것들이 터지며 야자수와 아파트 건물들을 적시고 큰 방울들이 하프 스케일의 콘도들 위에서 부서지고 작은 물방울들이 4분의 1 스케일의 다세대주택들 위로 흩뿌려지는 모습을 지켜보았다.

"워너." 체스가 잠시 뒤 말했다. "그렇지만 솔직히, 네 누이랑 내 친구들 간에 진짜로 무슨 일이 생기긴 하겠냐?"

나도 사실 그것에 대해 심각하게 고려하고 싶지 않다는 걸 깨달았는데, 솔직히 말하면, 나 역시 별 희망을 품지 않아서다.

"난 프레이어가 요새 데이트를 잘하고 있는 것 같아. 누가 알겠어? 또 확실한 건 아무것도 없고, 모든 가능성은 열려 있으니까. 그러니까. 요점은 모르는 일이란 거야." 내가 말했다.

우리는 더는 그 일에 관해 말을 나누지 않았다.

* * *

다음 날 아침 프레이어가 흥미로운 소식을 전했다.

"우선 그 오징어들이 좋은 데이트 모빌인지는 잘 모르겠다는 말을 해야겠어." 프레이어가 말했다. "대체로 난 처음에 그 해먹 달들을 잘 만들었다고 생각했는데 굳이 계속 실험을 해야 했나 싶다니까. 그건 정말 이상하거든."

"좋은 소식이란 게 대체 뭔데?" 내가 물었다.

"로스쿨 학생의 파티에 초대받았어." 프레이어가 말했다. "삶과죽음의세계에서 말이야. 진짜 파티에서 진짜 나를 만나고 싶대. 금요일 밤에."

어셔는 완전 비참해 보였고, 나까지 아픈 기분이 전염되는 듯했다.

프레이어는 흥분한 나머지 패디에게도 그 얘기를 했다.

"음, 이런." 꼰대 패디가 말했다. "그런 일은 난생처음 들어본다. 리틀 푸어들이 미들 리치 파티에 가다니."

"리틀 푸어들이 아니라 저만요." 프레이어가 정정했다. "워너는 아니에요. 미안해, 어셔. 게네는 나만 초대했고, 솔직히 왜 날 초대했을까를 생각해보면, 그 남자애들이 드디어 날 있는 그대로 보기 시작한 것 같아. 그저 불쌍한 리틀 푸어 괴짜가 아니라 자기들과 동급으로요. 매일 밤 얘기를 하고 또 하고, 이야깃거리가 떨어져 할 말이 없어지면 그제야 비로소 시작되는 거죠."

"프레이어." 당장이라도 자살할 것 같은 어셔를 보고는 내가 말했다. "그만해."

"그런 건 들어본 적이 없어." 늙고 남 얘기에 귀 기울이는 데는 소질이 없는 꼰대 패디가 또다시 주절댔다. "하지만 다들 말하는 것처럼 시대가 달라지는 것 같구나. 비록 내가 보기에 아무것도 바뀌지 않았고, 바뀌지도 않을 것처럼 보이지만 말이야. 스케일은 스케일이야. 그와 다르게 생각하는 사람은 불시에 달갑지 않은 교훈에 데이기 마련이지. 내가 잔소리 한마디 더 하자면 스케일을 키우는 데에는 희생이 따르고 쉬운 방법은 없어. 공짜는 없어."

"맙소사! 뭘 입고 가지." 프레이어가 말했고, 일하러 가는 내내 그 일에 관해 얘기하느라 입을 다물 줄을 몰랐다.

삶과 죽음의 세계

그날 점심시간, 어느 테이블에서 날 발견한 체스는 자기 식사 일부를 먹을 수 있게 해주었다.

"있잖아, 난 네가 종일 뭘 하고 다니는지 궁금해?" 그가 물었다.

"뛰고, 기어오르고, 밀고, 당기고, 먹고 사느라 아주 바빠." 내가 말했다.

"종일?" 그는 '말도 안 돼!'라는 표정으로 물었지만 난 아무렇지 않았다. 실제로 말도 안 되니까 뭐.

하지만 쓸 만한 쓰레기를 찾아다니고 호시탐탐 문문을 낚아챌 기회를 노리며 먹다 남은 찌꺼기를 먹고 물을 훔쳐 마시는 등등. 평상시 리틀 푸어의 일과를 그에게 낱낱이 공개하고 싶지는 않았다. 그래서 거짓말을 했다.

"나는 읽는 법을 독학 중이야."

"어떻게?" 그가 말했다.

"어떻게?" 내가 따라 했다.

"그래." 그가 말했다.

"그 부분은 아직 생각 중이야." 내가 말했다.

체스는 어이없다는 표정을 지었다.

"워너, 널 위해 뭔가를 해주고 싶어." 그가 말했다.

"좋은 소식이네." 내가 말했다.

그날 체스는 나를 모닥불과 위스키 냄새가 나는 가죽 가방 안에 날 집어넣고 어셔까지 데리고는 자기 아파트로 돌아갔다. 거기서 우리가 마술 같은 미들 리치 장비들로 공부할 수 있도록 해주었다.

침대에는 80개나 되는 실크 베개가 있었고, 식수는 라임 조각들과 민트 잎과 함께 크리스털 통에 들어 있었으며, 화장실에는 아이보리 색 욕조가 놓여 있고 초가 불을 밝히고 있었다. 벽은 스크린과 천들이 태피스트리가 되어 감촉이 부드럽고, 페이즐리 문양이 물결이 이는 듯했다. 그리고 뉴스가 흘러나오고 있었다.

체스는 2배 스케일 미들 리치, 미들 스케일 중 두 번째로, 워너 스케일보다는 스무 배 컸다.

"은행원은 나더러 2와 2분의 1배 스케일이 될 수 있다지만, 그렇게 커지는 건 내 생각에는 좀 우스꽝스러운 것 같아." 그는 태블릿 여러 대를 내리며 설명했다. 내 태블릿에다가는 '성인 문맹에 대한 유이스의 국가적 투쟁', '읽는 법 배우기' 같은 비디오들을 떠어 주었다.

어셔는 자기 앞에 놓인 태블릿을 뒤지더니 몇 초 만에 열 개도 넘는 비디오를 찾아냈다.

체스는 수업을 들으러 가고 우리는 종일 비디오를 봤다. 나는 '읽는 법 배우기'를 봤고, 어서는 화학, 역사와 자유에 관해 독학하고 그가 찾은 것 중 심하게 저질이 아닌 비디오를 돌려봤다.

그리고 다음 날, 프레이어도 왔고, 사실상 그 주 내내 우리 셋은 체스의 집으로 출근해 멋지고 굉장하고 호화로운 꿈의 대가로 태블릿 교육을 받았다.

열네 살에 읽기를 배우는 건 쉽지 않은 일이다. 머릿속에 글자들을 집어넣는 일은 컵 속에 개미를 모으는 것과 같다. 개미를 찾아 컵 속에 넣기는 쉽다고 쳐도, 다른 개미들을 모으는 동안 이미 넣어 둔 개미가 기어 올라와 도망가 버리니 말이다.

하지만 나흘 뒤, 나랑 프레이어는 그 개미들을 죽여 컵에서 도망 못 가게 하는 기술을 터득했다. 철자들을 죽여 단어로 묶고, 단어들을 죽여 문장을 묶는다. '자막'을 켜고 쇼나 뉴스에 귀를 기울이며 아래에 나오는 단어들을 따라 읽으며 머릿속에 담았다.

뉴스는 수도 없었다. 어느 회사가 가장 많은 문문을 벌었는지? 어느 회사가 가장 많은 문문을 잃었는지? 누가 오늘 은행에 가서 엄청나게 커졌는지? 이 거대한 사람이 은행에서 걸어 나와 자신의 거대한 새집에 처음 들어가는 흥미로운 영상. 오늘은 어디서 폭탄이 터지고 총격이 벌어졌는지? 총상을 입거나 폭탄에 맞은 사람 수가 몇 명인지? 날씨가 궂은 곳은 어디인지? 우리가 우주에 충분한 것들을 짓고 있는가 하는 내용.

그리고 유이스에서 가장 큰 사람들의 생활에 관한 쇼가 많아 그들이 하는 일과 먹는 것, 미들 스케일의 열두 배나 되는 가족에게 맞는 성과 30미터 높이의 방을 짓는 법. 밸러스트레이드에서 마크라는 이름의 제약업계 왕이 매머드를 먹는 장면을 생중계하는 것 등을 보았다.

우리 셋은 함께 은행이 감독하고 제작한 '우와! 스케일을 키울 준비가 되셨군요!'라는 비디오를 봤는데, 어셔가 수학에 집중하는 사이 나랑 프레이어는 자막을 읽었다.

누구든 은행에 두 개의 계좌를 가지고 있으며, 하나는 문플로우 계좌, 다른 하나는 스케일 계좌다. 두 계좌의 차이점은 다음과 같다.

문플로우 계좌는 스케일 변화와는 관계없다. 지갑, 침대 매트리스, 개인 보물 상자보다 안전하다는 이유로 문문을 보관한다. 문플로우 계좌와 연결된 문카드로 물건값을 치르고, 괜찮은 직장은 임금 문문을 곧장 문플로우 계좌로 이체하기도 한다. 그밖에도 기타 등등. 이 계좌는 유용하고 쉬우나 스케일에는 아무런 영향을 미치지 않는다.

스케일 계좌는 말 그대로 스케일을 바꾸는 계좌다. 그래서 스케일 계좌에는 카드, 인출, 자동이체 같은 것들이 없다. 대신 스케일 계좌에 뭔가 변경을 가하고자 한다면 은행을 방문해야 한다. 즉 스케일 계좌에 문문을 입금할 때는 은행으로 가서 문플로우 계좌 내에서 스케일 계좌에 이체하고자 하는 문문 금액을 지정하면, 은행에서는 스케일 업 의식을 거행하고, 짜잔, 그 사람은, 왔을 때보다 두 배 또는 원하는 만큼 커진 상태로 은행 문을 나서게 된다.

또는 파산하거나, 빚을 지거나, 집을 사야 하거나, 문플로우 계좌에 문문이 별로 없거나 등등의 경우에는 스케일 계좌의 문문을 문플로우로 이체하는데, 저런! 그때에는 스케일 다운 의식을 하고 들어왔을 때보다 작아진 스케일로 슬픈 얼굴을 하고, 임시로 은행 가운을 입은 채 은행 문을 나서게 된다.

모든 의식 후에는 은행에서 가운을 제공하여 입게 하는데, 보나마나 이전의 옷들은 더는 맞지 않기 때문이다.

8배 스케일이나 그 이상, 억만장자 빅 혹은 그보다 더 커지면, 가운이 맞지 않는 것은 물론 은행 안에도 들어갈 수 없으므로, 은행 측은 그 사람을 들판 위에 미끄러운 방수포 같은 걸 깔고 눕힌 다음, 내 추측으로는, 잠을 재운 뒤 몸을 부풀리는 것 같다.

'우와! 스케일을 키울 준비가 되셨군요!' 주로 은행원들이 스케일 업할 때 비용을 계산하는 방법과 시점에 관해 설명해준다. 은행원들이 없을 때는 여러 불상사가 일어나기 쉬웠다. 예를 들어 당신의 스케일 계좌에 1백만 문문이 있고, 문플로우에 9백만이 있다고 하자. "완벽해!" 당신은 말할 것이다. "난 9백만 문문을 스케일에 넣고 두 배로 스케일 업할 거야. 그러니까 내가 가진 1천만 문문을 전부 내 스케일 계좌에 넣는 거지."

(1백만은 미들 스케일. 1천만은 2배 스케일 즉 미들 스케일의 두 배. 1억은 포스케일 즉 미들 스케일의 네 배. 수학을 모른다면 이해가 안 갈 것이다. 그리고 10만은 하프 스케일. 1만은 4분의 1 스케일. 1천은 8분의 1 스케일. 5백 이하는 쥐 크기. 약 10분의 1 스케일이다. 어서가 나한테 수학적으로 자세히 설명을 해주려고 했지만 곧 무슨 알고리즘 어쩌고 하기에 난 시끄럽다고 했다).

그래, 좋다. 당신은 문플로우에 있는 9백만 문문 전액을 스케일 계좌에 옮기고 2배로 스케일 업했다. 그러면 당연히 새 옷, 새집, 새 차가 필요할 테고, 게다가 훨씬 더 많이 먹게 되어 그 양이 두 배가 아니라 여섯 배는 될 것이다. 또 너무 커서 미들 도로로 다닐 수도 없을 것이다.

아니나 다를까, 당신의 문플로우 계좌에는 이런 상황들을 해결할 문문이 한 푼도 없다. 가지고 있던 문문을 몽땅 스케일 계좌에 넣었으니까. 결국, 2배 스케일이지만 2배 스케일의 인생을 살 준비가 되지 않은 상태로 은행을 나서던 당신은 그길로 되돌아가 다시 스케일을 줄여야 하고, 이렇게 되면 일이 너무 번잡해지므로, 은행원들이 여러 가지를 계산하여 당신을 돕는 것이다.

대략 스케일 계좌에 1천만 문문을 넣으려면 문플로우 계좌에 적어도 5백만 문문은 남아 있어야 한다. 즉, 최소 총 1천5백 문문. 사실 그 이상이 되어야 하는데, 이는 당신의 수입, 미들 푸어 가정부들처럼 품위 유지에 드는 인건비, 세금, 그 밖에도 기타 등등에 지급해야 하기 때문이다. 그와 관련한 계산들, 언제 또 얼마나 자주 스케일을

바꿔야 하는가에 대한 설명들, '맙소사! 이 비디오 진짜 지루하네.'

어셔도 이 부분에 대해서 이해했고, 심지어 은행원의 라이프스타일도 엔간히 하품 나겠다고 동감을 표했다.

파티 날, 프레이어는 태블릿을 보지 않았다. 그 대신 종일 체스의 화장실에서 꽃단장하느라 바빴다.

그랜트의 집에서 입고 나왔던 멋진 일본식 가운을 고른 프레이어가, 그걸 체스네 개수대에서 공들여 세 번이나 빨았다. 촛불에 데운 클립으로 숱이 없어 안 예쁜 머리를 말아 찰랑거리게 만드느라 몇 시간을 소비했는데, 시간을 투자한 효과가 있었다. 그리고 불어 끈 촛불 심지에 묻은 검댕을 손가락에 묻혀 눈꺼풀과 속눈썹 주위에 문질렀다. 처음에는 너무 과하게 문지른 나머지 판다 눈이 되었지만, 종이 타월로 닦아내니 나조차 매력적으로 보인다고 인정할 수밖에 없었다.

프레이어는 힐이 없었지만 뒤꿈치를 들고 세련되게 걷는 법을 익혔기에, 아파트 단지까지 가는 내내 여느 때처럼 나랑 어셔를 경호원으로 대동했다.

왜 불쌍한 어셔가 경호원을 해야 했냐는 질문에 대한 대답은, 프레이어가 해달라고 해서다. 나는 프레이어가 역겨워 돌아버릴 지경이었다.

"나 같으면 미안해서 어셔 얼굴도 제대로 못 쳐다보겠네." 내가 쫑코를 주었다.

"워너, 제발." 프레이어가 사정했다. "우리가 여기에 왜 왔니?"

"어서, 마음씨 못된 악녀 같은 프레이어가 아무리 사정을 해도 들어주지 마." 내가 화를 냈다.

"느, 느느, 내가 왜 오오왔는데?" 어서는 미소를 애써 지으려 했지만, 그의 뒤틀린 잿빛 얼굴에서 웃음기가 전혀 떠오르지 않았다.

발뒤꿈치를 들고 뒤뚱뒤뚱 걷는 파티걸과 말없이 그 뒤를 따르는 너저분한 사내아이 둘에 꽂힌 수많은 미들 푸어의 시선과 생경하게 여기는 반응을 느끼며 걸어갔다.

아파트 건물은 바람이 잘 통하고 야외시설이 갖추어져 있었는데, 여러 동이 기다란 발코니 복도를 공용으로 쓰는 형태였다. 발코니 주위는 묘하게 흐린 수영장이 감싸고 있었다. 파티는 2층에서 열렸고, 엘리베이터나 계단 옆의 작은 경사로가 없어, 프레이어가 가운을 바닥에 끌지 않으려고 계단마다 어서의 등을 밟고 올라선 다음 나한테 끌려 올라왔다.

맨 꼭대기에 이르자 프레이어는 로스쿨 학생들이 어셔나 나를 볼까 봐 우리더러 발코니 복도 끝에 있는 계단 옆에 가 있으라고 하고 문을 노크했다.

프레이어가 문을 두들기는 소리를 듣고 응답하는 사람은 없었다.

마침내 다른 미들 리치가 우리 뒤에서 계단을 쿵쿵 올라왔다. 글렌이었다. 어셔와 나는 그가 보지 못하도록 으슥한 곳으로 몸을 숨겼다.

프레이어가 발뒤꿈치로 선 채 예의 바르게 손을 흔들며 말했다. "안녕, 글렌. 나 켄의 파티에 왔어."

하지만 글렌은 프레이어를 보거나 소리를 듣지 못했다. 그래서 프레이어가 고함을 질러야 했다.

"이런, 이게 누구야?" 그제야 그가 말했다. "프레이어!" 그리고 그는 무릎을 굽혀 프레이어가 자기 손에 올라서도록 한 뒤, 프레이어를 데리고 들어가 문을 닫았고 나랑 어셔만이 밖에 덩그러니 남았다.

"어셔, 어쩌지?" 내가 말했다.

어셔는 자신도 모르겠다는 듯 어깨를 으쓱했다.

"이건 정말 끔찍하고 잔인한 일이야. 넌 안 오는 편이 나을 뻔했어." 내가 말했다.

어셔가 또다시 어깨를 으쓱했다.

"프레이어가 네가 그동안 해줬던 그 모든 것들을 받을 자격이 없었어. 보는 내가 역겹고 슬퍼." 내가 투덜거렸다.

"아, 아니, 그, 바, 반대야." 그가 말했다. "내, 내가, 자, 자격이 없지."

"아, 아냐." 내가 말했다. "어셔, 조용해."

"다, 당연한 거야." 그가 말했다. "프, 프레이어는 나, 나보다 후, 훨씬 더 나, 나은 걸 누, 누려야 해. 스, 스케일어, 업도 하고 그때에까지 난 초, 최선을 다해 도오웁고 싶어."

"어셔!" 내가 말했다. "사실 난 마음이 바뀌었어. 난 괜찮은 놈이야. 프레이어는 저질이야 라는 말을 할 게 아니라면 그냥 말하지 마."

우리는 앉아서 로스쿨 학생들의 파티에서 흘러나오는 음악과 대부분이 남자들 목소리인 말소리에 귀를 기울였다. 벽을 통해 들으니 원숭이들이 "우끼! 우끼!" 하는 소리와 비슷했다.

나는 머릿속으로 그들이 무슨 말을 누구한테 하는지, 어떤 목소리가 누이한테 말을 거는지, 정말로 자형이 될 남자는 누군지, 누이 부부가 미들 스케일 집에서 애들 둘을 낳아 학교에 보내고 폴더폰을 쓰게 되는지, 내가 그 집에 얹혀살게 되는지가 궁금했다. 그리고 그게 가능이나 할지 그리고 과연 이게 그 시작점이 될 수 있는지를 재단해보려 애썼다.

그때 어떤 근육질의 새까만 미들 푸어 남자가 리틀 푸어 여자 둘을 데리고 계단을 올라왔고, 그때부터 일이 이상하게 꼬여버렸다.

* * *

그 남자는 양팔을 들어 올린 채 구부렸고, 양쪽 팔 근육 위에 각각 앉아 있는 두 여자는 특별히 제작한 치마와 스타킹을 신고 다리를 꼰 모습이 이상한 잡지에서 왔음을 웅변하는 것 같았다.

"안녕, 애들아!" 한 여자가 끈적한 손톱 매니큐어에 입김을 불며 말했다.

"흥, 게네한테 말 걸지 마." 다른 여자는 옷 속의 젖가슴을 손으로 바로잡으며 말했다.

엄청 세 보이는 하프 스케일 남자는 말 없이 어서와 나를 꼬나보았다. 마치 얼굴을 전부 암기라도 할 것처럼.

그러더니 두 여자를 파티장 발코니 복도에 내려놓은 다음 문을 두드렸다. 그러자 글렌인지 켄인지가 문을 열고 손을 뻗어 두 여자를 들어 올린 뒤 남자에게 마치 살아있는 꽃잎처럼 생생한 분홍빛을 띤 문문 뭉치를 건넸다.

문이 닫히자 그 남자는 문문을 벨트 속에 끼워 넣으며 우리에게 걸어왔다.

"자, 질문 하나 하까?" 그 남자는 우리 쪽으로 몸을 숙이며 윽박질렀다. "여기서 모 하는 걸까?"

그는 몸이 탄탄한 데다 까매서 본래 피부색을 알아보기가 힘들 정도였다. 머리는 모히칸 스타일이었는데 줄마다 문신이 새겨져 있었다. 어깨 하나의 크기가 머리만 하고, 얼굴 모양 문신까지 있어서 흡사 머리가 셋 달린 괴물처럼 보였다.

"그럼요, 대신 나도 똑같은 걸 질문하고 싶은데요, 형씨." 내가 대차게 말을 받았고, 그 순간 그의 양손이 내 얼굴과 머리를 감싸 쥐더니 들어 올려 공중에 드는 바람에, 나는 말은커녕 숨도 쉴 수가 없었다.

"다른 놈을 조져봐야 답이 나올 것 같군." 남자가 말했다. "다른 놈아, 여기서 모 하는 짓거리여?"

내 목은 밧줄이었고, 그 올들이 하나씩 끊어지고 있었다. 나는 손을 위로 뻗어 그의 악취 나는 두 손을 감싸고 있는 가죽을 할퀴고 긁었다. 그는 내 동작을 멈추게 하려고 살짝 흔들었다. 그건 마치 '어이, 좀 가만히 있지 그래. 네 등뼈 따위는 딱밤 한 대면 충분히 부러져.' 라고 말하는 것 같았다.

"네 친구의 명줄이 끊어지지 않기를 바란다면 냅다 고하는 게 좋을 것 같아?" 어셔에게 협박했다.

어셔가 지껄이는 소리가 들렸다.

"그, 그, 그그그, 그, 그그, 그냐, 냥, 겨어어, 겨, 경호요." 어셔가 겨우 우물거렸다.

"장난 아니네." 남자가 말했다. "사내자식이 좀 떨지 말고 말해."

나는 숨을 쉬려고 발버둥 치던 와중에 남자의 양손 전체에 콧물과 침을 튀겼다.

"즈즈, 즈, 쟤네, 누누우, 이요." 어셔가 말했다.

"젠장! 뭐라는 거야." 남자가 답답해했다.

난 시각, 청각, 촉각, 모든 게 둔해지는 걸 느꼈다. 그때 남자가 나를 떨어뜨렸고 내 몸은 팝콘처럼 바닥을 치고 튕겨 올랐다.

"자, 잘 들어." 남자가 옥박질렀다. "너희 둘 다 여기서 뭐 하냐는 질문에 대답을 못 하고 있으니까 말인데. 그럼, 내가 힌트를 주지. 내가 저 방 안을 슬쩍 스캔했더니 리틀 푸어 여자애 하나가 더 있더군. 근데 내가 아는 애냐? 아니, 모르는 애란 말이야. 그러니까 내 생각에는 그 여자애 때문에 너희가 여기서 죽치고 있는 거 같다. 맞지?"

"누이예요." 나는 바닥에다 대고 크게 말했지만, 웅얼거리는 것과 같았다.

"안 들려." 남자가 말했다. "고객님들, 여기서 이러시면 곤란합니다. 여기서 포주 짓을 하면! 여긴 나의 나와바리야. 지금 숄더헤드의 구역에서 자네들이 뻘짓을 한 거여. 근데 나는 누구게? 스포일러를 좀 하자면, 이 몸이 숄더헤드 님이야. 긍께 이제 나가 너희에게 혼구녁을 내야 써겠어."

"우리는 매춘을 하는 게 아니에요." 내가 웅얼거렸다.

"좀 크게 말해봐. 이 썩을 놈아." 그 숄더헤드란 남자가 뱉었다.

나는 아픈 목구멍을 뚫고 소리쳤다. "우리는 뚜쟁이 짓을 하는 게 아니에요. 우리 누이는 파티에 초대받았고요. 아무도 우리한테 문문을 주지 않았어요. 우린 포주가 아니라고요."

숄더헤드는 화가 난 표정을 지었다. 마치 '나도 이러고 싶지 않아. 하지만 보아하니 또다시 네 목을 조르고 널 공중에 매달아야 할 것 같아.' 라고 하듯.

그러나 생각과는 달리 그는 폭소를 터뜨렸다.

"오, 이런!" 그가 말했다. "이 등신들! 너흰 지금 분명 너희 누이를 판 거야. 병신같이 여자만 대주고 화대는 못 받은 거네."

그제야 나는 속이 메스껍기 시작했다.

"저 안에서 무슨 일이 벌어지는 거죠?" 내가 물었다.

"걱정하지 마." 그가 말했다. "이제부터 너희 누이한테 훨씬 더 건설적인 방향으로 다가갈 테니, 걱정을 붙들어 매. 다음 파티에서 네 누이가 자기 꽃값을 챙길 수 있도록 내가 확실하게 기여하지. 너희 누이는 재수가 정말 좋아, 정말 좋은 관리자를 만난 거야. 아까 봤어. 예쁘더군. 그리고 가장 중요한 건, 꽤 어리다는 거야. 그럼, 일이 많이 들어오거든. 우선 매주 이 파티에 고정으로 올 수 있고."

어셔가 쓰러졌다, 일어났다, 쓰러졌다, 일어났다, 쓰러졌다, 일어났다, 비틀거리며 복도를 따라가다가 펄쩍펄쩍 뛰기 시작했다.

"저 친구는 염병, 뭔 지랄이야?" 숄더헤드가 뱉었다. "어이, 이봐, 네 누이한테 수지맞는 일이야. 너랑 있는 것보다 나랑 있으면 훨씬 더 벌게 될 테니까. 내 말은, 너랑 있으면 한 푼도 못 벌잖아. 게다가 저 밖 저수지 옆에 근사한 숙소도 얻게 될 거고."

"이 파티가 뭐냐고요?" 내가 말했다. "저 안에서 뭐 하는 건데요?"

어셔가 문을 발로 차고 잡아 뜯을 것 같았다.

"모르는 게 나을걸." 숄더헤드는 이렇게 말하더니 이번에는 나를 난간 위로 들어 올렸다.

내가 이제 죽었다고 생각한 순간, 내 몸이 수영장 물에 철썩 부딪혔다.

그리고 어셔도 죽겠구나 했는데, 어셔 역시 콘크리트가 아니라 수영장에 떨어졌다. 한 층 더 위에서 떨어져 물에 부딪힐 때 꽤 아팠을 것이다. 어셔는 로봇이 아니다.

그러나 어셔가 살았고, 우리는 서로 팔을 걸고 첨벙거리며 수영장 가장자리까지 갔다. 아까 맞지 않은 손목을 짚고 밖으로 기어 나온 나는 어셔를 끌어올렸고, 그러자마자 어셔는 물을 뚝뚝 흘리며 다시 계단으로 걸어가 두 번째 불가능한 구조를 시도했다.

"어셔." 내가 말했다. "안 돼. 경찰이나 경비원 같은 사람을 찾아보자."

어셔는 고개를 가로저으며 자기 몸을 계단 위로 들어 올리려 했지만, 되지 않았다.

"그게 최선이야." 내가 말했다.

그가 울먹였다. 하지만 나도 들어 올려주지 않았기에, 결국 나를 따라나섰다.

아파트에는 경비실이 있었지만 아무도 없었다. 어쩌면 경비원이 잠들어 우리가 있는 곳에서는 보이지 않는 것일 수 있었다.

하지만 몇 블록 떨어진 곳에 경찰차가 있는 걸 발견한 나는 소리를 지르며 뛰어갔다. 아무도 내 소리를 듣지 못했다. 순찰차 주위를 몇 바퀴 돌았지만, 여전히 반응이 없었다. 그러다 나는 주유구 뚜껑 아래 판에 동그란 머리 모양 리틀 푸어 표시를 발견했다. 그 버튼을 내리치자 삐 소리와 함께 희미한 불빛이 깜빡였다. 차 안에서는 여전히 반응이 없었다. 삐, 삐, 삐. 내가 버튼을 몇 번 더 치자, 다 죽어가는 전구의 불빛이 몇 번 깜빡거렸다.

마침내 운전석 문이 열리고 경찰관이 내렸다.

경찰 대부분이 그렇듯 그도 미들 스케일 정도였으나, 살짝 작은 편이었다. 눈은 피곤해 보였고 콧수염은 갈색부터 흰색까지 단계적인 색의 변화를 보여주었다.

"경찰 아저씨, 어떤 로스쿨 학생들이 떼를 지어 우리 누이랑 섹스하고 있어요." 나는 숨을 헐떡이며 말했다.

"와우!" 그가 말했다. "그렇게 알려줘서 정말 고맙다." 그러고는 코를 킁킁댔다.

"제 말은 게네가 우리 누이를 성폭행하고 있는 것 같다는 거예요." 내가 다시 덧붙여 설명했다.

그의 눈빛이 살짝 흔들렸다. "게네가 너희 누이를 성폭행하고 있는 것 같다고?"

"제가 누이를 파티에 데려다줬어요." 내가 말했다. "근데 어떤 남자가 리틀 푸어 창녀들을 내려놓더니 우리를 수영장에 던졌고, 이제는 자기가 누이의 포주가 되겠대요."

경찰이 아무 말이 없기에 나는 더 상세하게 말했다. "그러니까 민중의 지팡이가 나서셔야죠. 안 그래요?"

그는 또다시 코를 킁킁대더니 말했다. "근데 꼬마야, 내게 필요한 건, 물론 네가 화난 건 이해해. 그러니 잠깐 마음을 좀 가라앉히고, 내게 필요한 건, 사실들이야. 팩트 말이야. 지금 일어나고 있는 일에 관해 네가 아는 *사실*이 뭐니?"

"이건 섹스파티 같은 거예요." 나는 좌절하며 말했다. "아저씨, 누이는 거기 갈 때까지 그 사실을 몰랐어요. 미들 리치 집단섹스 같은 것에 누이가 참가했을 리도 없고, 문밖에서 서성대고 있는 숄더헤드라는 남자는 누이를 납치해 포주가 될 거라고 했는데, 그 역시 누이가 원할 리 없잖아요? 경찰 아저씨, *제발요.*"

그는 양손으로 무릎을 짚고 마치 응석받이한테 하듯 내게 말했다. "꼬마야, 그래, 네가 한 말을 정리해 보자. 리틀 푸어 여자애 하나가 자발적으로 파티에 갔어. 그 파티에 남자들이 있다는 걸 알면서 말이야. 나쁜 일이 있다는 구체적인 증거도 없는 마당에, 나더러 거기 가서 파티 분위기를 망치라고? 꼬마야, 잘 들어. 너희 누이는 스스로 결정을 내릴 수 있는 한 인격체야. 그리고 난 남동생이 자기 누이가 섹스하는 걸 원치 않는다는 이유로 남의 파티를 망치는 행동 같은 건 할 수 없어."

나는 그가 내 말을 전혀 수신하지 않는다는 사실 자체를 믿을 수가 없었고, 정신이 나간 듯한 멍한 내 얼굴을 본 그는 다시 구구절절한 말을 늘어놓았다.

"이봐." 그가 말했다. "불만스럽다는 거 알아. 리틀 푸어들의 인생은 살아내기 힘들지. 하지만 꼬마야, 너희 누이는 제 발로 갔어. 내 말이 맞지? 그건, 누이가 택한 거야."

"누이는 그게 창녀들까지 있는 섹스파티인 줄 몰랐다고요." 내가 말했다.

그의 표정은 심지어 슬퍼 보이기까지 했지만 어투는 한결같았다. "하지만 누이가 자유의사로 택했잖아."

"제기랄!" 나는 외쳤다. "제발 내가 리틀 푸고, 아저씨가 미들 리치인 건 좀 잊어버리고, 제발 아저씨가 어렸을 때를 떠올려 봐요. 어쩌면 아저씨한테도 누이가 있었을 거고, 아니면 지금 그만한 딸이 있을 수도 있죠. 걔가 파티에 갔는데 어떤 포주가 창녀들을 데려다 놓고는 아저씨 딸을 잡아가서 약을 먹이고, 몸을 팔게 하려고 문밖에서 진을 치고 있다고 생각해보라고요. 제발 아저씨가 마땅히 해야 할 일을 할 거라고 말해줘요. 이 덩치 큰 똥차 안에서 겁쟁이 뚱보 늙은이처럼 시간만 죽이지 말고요." 나는 더는 참지 못하고 이렇게 항의했고 그 바람에 경찰 아저씨의 도움은 물 건너가 버렸다.

그는 화난 표정으로 얼굴을 싹 바꾸고 구부렸던 몸을 펴고 일어섰다.

다시 운전석으로 걸어가던 그는 뒤를 돌아보며 말했다. "도와줄 수 없어. 대학 내 성폭행인 것 같으니, 내일 담당 경찰들과 얘기할 거다. 행운을 빌어주마. 안녕."

그는 차에 타서 쾅 하고 문을 닫았다.

어두운 곳에서 지켜보던 어셔가 울음을 멈추고 미치광이처럼 이를 갈았다.

나는 그를 보았고, 그도 나를 보았다.

"돌아가서 죽을힘을 다해 그 새끼를 먹을 따 버리자." 내가 말했다.

어셔가 고개를 끄덕였다.

"그래 좋아." 그 경찰관한테 너무 화가 나서. 내가 죽는 한이 있어도 그 경찰을 죽여야겠다는 각오가 서버렸다.

그다음에는 이렇게 됐다.

아파트로 돌아가는 길에 경비실 옆문을 슬쩍 둘러본 나는, 그 안에 엄청 뚱뚱한 무장경비원이 자는 걸 확인했다.

벨트에 내 몸 크기의 절반 정도 되는 미들 푸어 크기 권총이 묶여 있는 걸 본 나는 더는 생각지 않았다. 의자로 기어올라, 권총을 주머니에서 슬쩍한 다음 품에 꼭 안은 채 다시 내려왔다.

어셔는 슬픔도, 기쁨도 없는 얼굴로 고개를 끄덕였다. 단지, '좋아, 이제 총이 생겼으니 2단계로 넘어가야지. 죽이자.'뿐이었다.

수영장 건너편에서 발코니 복도의 난간 위로 조금 튀어나온 숄더헤드의 머리가 보였다. 그건 그의 몸이 지금 어디 있는지 알려주는 단서였다. 그가 아주 작은 표적도 아니니, 그의 머리 아래 난간 사이로 총을 쏘면 죽일 확률이 높았다.

우리는 어둑어둑한 풀밭 같은 곳에 총을 뒤집어 놓았고, 나는 몸을 웅크려 그것을 끌어안다시피 하여 총신을 따라 앞을 응시하며, 위아래 오른쪽 왼쪽으로 조금씩 움직여 숄더헤드의 건장하고 새까만 몸을 겨눴다.

마침내 완벽한 위치를 잡았다고 생각한 나는 직접 방아쇠를 당길 수 없는 곳에 있었기에 쏴! 라고 말했다. 그 말에 어셔가 방아쇠에 몸을 기댔지만 아무 일도 일어나지 않았다. 나는 어셔한테 더 세게 밀라고 했고, 어셔가 그렇게 했지만 이번에도 반응이 없었다. 난 어셔한테 다시 있는 힘껏 몸을 기대라고 했고, 어셔가 그렇게 하자 드디어 총이 격발되었다. 그러자 우리 모두의 귀가 한동안 멀었고, 총의 반동이 내 갈비뼈를 강타했다.

"아, 젠장." 우리는 숄더헤드가 말하는 소리를 들었다. 총알은 멀찌감치 빗나가 그를 죽이기는커녕 켄의 집 창문을 거미줄 모양으로 갈라지게 해놓았을 뿐이다. 그는 다치지도 않았다.

아파트의 불들이 깜빡이며 켜지고, 멀리서 괴성과 기겁하는 소리가 들렸다. 켄의 집 문에서 달가닥거리다 **철컥**하고 잠기는 소리가 났다. 포주 숄더헤드는 문을 꽝꽝 팔로 두들기다가 고함을 치고 손잡이를 흔들다 어깨로 몇 번 문을 치기도 했다. 그사이 우리는 다시 총을 제대로 놓고 문을 겨눈 뒤 **빵!** 또다시 내 멍든 갈비뼈를 강타한 총은 이번에도 숄더헤드가 아닌 애꿎은 지붕 널을 맞혔지만, 이번에는 숄더헤드가 문 열기를 포기하고 발코니 복도를 따라 뛰어가 어둠 속으로 사라졌다. 왜냐하면, 그때쯤 경찰 사이렌 소리가 내 귓가에도 들려 왔으니까.

2.

그 레 이 스

드림월드

어떤 리틀 푸어가 총기사고를 냈고 그는 즉시 수배자가 되었다.

우리가 만났던 경찰이 사건을 담당하게 되었고, 그는 한눈에 내가 한 짓임을 알았다. 그건, 맞는 일이지만 굳이 야비하게 굴 명분이 될 수 있는 건 아니었다. "그 쪼그만 빨간 놈 어데 갔어?" 그가 소리쳤다. "꼬마야, 당장 나와서 순순히 수갑을 차자. 넌 문제를 일으켰어. 숨어있어 봤자, 상황만 더 꼬일 뿐이야."

나는 뛰어보려 했지만, 마치 갈비뼈 속에 난 불이 더 붙는 느낌이 들었다. 하지만 쓰레기통까지 절뚝거리며 가는데도 경찰관이 날 보지 못했다. 뚱보 멍청이.

어서와 나는 쓰레기통 안에서 경찰관이 켄과 켄의 벌집이 된 집을 대면하고 싶지 않아 소리치고 돌아다니며 불빛을 이리저리 비추는 걸 지켜보았다. 그러나 결국 그는 켄의 집으로 쿵쿵 올라가 문을 두드렸고, 문이 열리자 창녀들이 쏜살같이 달려 나왔다. 하지만 그는 잡으려는 시늉조차 안 했다. 그 대신 집 안으로 들어가더니 일이 분 뒤 한 손에 프레이어를 들고나와 경찰서로 향했다.

비록 프레이어의 얼굴을 보진 못했지만, 다친 것 같지는 않았다. 그저 머리부터 발끝까지 젖어있을 뿐이다. 물에 젖은 건 아니었다. 꼭 기름을 뒤집어쓴 것처럼 번들거렸고, 다 젖은 가운은 프레이어의 몸에 착 달라붙었으며, 눈가에 바른 검댕은 온 사방에 번져 또다시 판다처럼 되어버렸다.

"어셔." 나는 색색거렸다. "청소차로 돌아가. 난 갈비뼈 때문에 적어도 오늘 밤은 이 쓰레기통 안에 있어야 해."

어셔가 고개를 가로저었지만 내 말이 옳다는 걸 깨달은 눈치였다.

"가판대로 돌아가서 프레이어를 기다려." 그에게 말했다. "그게 더 중요해. 프레이어한테 네가 필요해. 난 괜찮을 거야. 드림월드에서 만나자. 잿빛 불꽃놀이를 만들어, 그럼 내가 찾아갈게."

세상에서 가장 의리 있고 좋은 친구인 어셔는 내 머리카락을 한 움큼 손에 쥐더니 머리를 툭 박치기하고는 떠났다.

쓰레기통은 잠을 자기에 최악인 장소는 아니지만 그렇다고 좋지도 않았다. 그건 쥐, 라쿤 혹은 잘못하면 이빨을 다 나가게 할 리틀 푸어 일당이 나타날 수 있기 때문이다. 세척된 캔을 찾아 그 안에 몸을 숨기고 있는 게 최선이었다.

숨을 쉴 때마다 불타오르는 갈비뼈에 부채질하여 어둠 속에서 아품을 활활 타오르게 하는 꼴이라, 드림월드로 가기가 좀 난감했다.

결국, 그날 나는 밤새 몇 분마다 비명을 지르며 자다가 깨었다.

아침이 되자 통증이 더 심해졌지만 경찰들이 아파트 단지 전체를 샅샅이 뒤지고 있어, 난 슬며시 밖으로 나와 거리를 걸었다. 풀잎에 맺힌 뿌연 이슬을 핥아먹고, 멈췄다가 쭈그려 앉았다가, 신음을 내지 않으려고 이를 악물기도 했다.

한 블록 반을 지나 어느 푸드몰 뒤에 도착한 나는 아파서 울음이 났다. 그래서 카오소이 국수 판매대의 쓰레기통 안으로 들어가, 거기 버려진 음식을 삼켰다.

샌드 드리머프 수프타임 동네의 수프 쓰레기인지, 국수 가락, 잎 채소, 갈비, 새싹채소 들이 있었다. 게다가 라임 향이 진동하고 닭기 름 때문에 미끄러웠다.

하루가 지나는 동안 계속 카오소이 쓰레기통 안에 머물렀다. 아무 도 날 찾지 못했고, 아무도 날 괴롭히지 않았다. 그저 가끔 먹다 남긴 수프들이 쏟아져 내릴 뿐이었다.

그날 밤 힘이 좀 들긴 했지만 드림월드에 갈 만큼 깊이 잠이 들었 다. 다친 몸을 이끌고 잠시 돌아다니다 나를 찾는 어셔의 꿈을 발견 했다.

마치 거무칙칙한 야자수 같은 잿빛 불꽃이 작은 쇼핑몰 건물 위에서 여러 번 지직거렸다. 내가 꼭대기로 기어 올라가자 발밑의 판이 스르르 열렸다. 둥둥 뜬 채 아래로 내려가자 카펫과 전등과 많은 의자가 있는 방이 나왔고 그 의자 중 하나에 슬픈 눈을 퀭하게 뜬 프레이어가 앉아 있었다.

"프레이어! 맙소사!" 내가 말했다.

"안녕, 워너." 프레이어가 말했고, 포옹은 하고 싶지 않은 듯했다.

"좀 어때?" 내가 물었다.

"괜찮아." 프레이어가 그렇게 말했지만, 괜찮지 않았다.

"지금 패디 아저씨네에 있는 차에서 자는 거야?" 내가 물었다. "어셔도 같이 있고?"

"응, 응." 프레이어가 말했다.

"저," 내가 머뭇거렸다. "무슨 일이 있었던 거야?"

프레이어는 이야기하고 싶어 하지 않았고, 솔직히 말해, 나도 듣고 싶지 않았다. 들을 필요는 있었지만, 듣고 싶지 않았다.

하지만 난 조용히 질문을 이어갔고 결국 프레이어는 내게 조금씩 이야기를 풀어놓았다.

프레이어가 파티에 입장했을 때부터 로스쿨 학생들은 이상하게 굴었다고 했다. 그건 삶과죽음의세계에서처럼 놀리고 못되게 구는 것도 아니고, 드림월드에서처럼 존중해주는 것도 아니었다.

대신 그들은 이상한 질문을 했다. "프레이어, 이 막대에 얼마나 빨리 기어오를 수 있을 것 같니? 얼마나 오래 숨을 참을 수 있니? 팔과 다리로 이 오이와 채소들을 얼마나 세게 쥘 수 있니? 혹시 부러뜨릴 수도 있니? 우리한테 좀 보여줄래."

프레이어가 속으로 생각했다. '이건 좀 이상하네. 내가 예상했던 로스쿨 학생 파티랑은 좀 달라. 난 좀 더 세련된 대화와 재치 있는 밀고 당기기를 기대했지. 힘과 인내심 겨루기 같은 걸 기대한 건 아닌데. 하지만 뭐, 이게 내 첫 파티니까, 난 새로운 것과 경험들을 받아들일 준비가 되어 있었어.'

그 후에 프레이어가 채소 꽉 쥐기와 관 타고 오르기 같은 걸 하고 있었을 때, 창녀들이 나타났다. 그러자 로스쿨 학생들은 "안녕, 색시들, 반가워. 앤 프레이어라고 하는데 너희가 요령을 좀 숙지시키지 그래." 라고 말했다.

화장실 안에 기름이 담긴 볼이 있었는데 창녀들이 그 안에서 목욕을 하다가, 함께 하자며 프레이어를 불렀다. "이리 와. 여기 끝내줘." 그래서 프레이어는 그리로 들어갔다.

"잠깐만, 다 벗었다고?" 내가 물었다.

"어땠을 것 같니?" 프레이어가 되물었다.

기름에서는 프리티숍의 비누와 양초처럼 숨 막힐 듯한 조화 냄새가 났고, 창녀들은 그 안에서 서로 씻겨주더니, 프레이어까지 씻겨주려 했다.

화장실 문이 덜컥 열렸고, 프레이어는 소리를 지르며 몸을 가리려 했지만, 창녀들은 그러지 않았다. 고양이처럼 몸을 쭉 펴고 등을 활처럼 구부리며 말했다. "프레이어, 긴장 풀어." 그러더니 그들은 프레이어의 손을 잡았고 글렌과 켄은 프레이어와 창녀들이 들어있는 기름 대야를 들더니 침대 한가운데에 놓고는 바지 벨트를 풀었다. "그런데 워너, 너 정말 내가 나머지 일을 다 꼬치꼬치 얘기해주길 바라니?"

"아니, 싫어." 내가 질색했다.

"좋아, 자, 됐지?" 프레이어가 다시 되짚었다.

"내가 알고는 있어야지. 게네가 누이한테 어떤 상처를 줬는지 말이야." 내가 끙끙댔다.

"물론 게네가 내 양팔을 부러뜨리진 않았지만 상처를 주는 데에는 수많은 방법이 있어." 프레이어도 긴 한숨을 쉬었다.

난 프레이어한테 나가겠다고 말은 해봤느냐고 물었다.

"아니." 프레이어가 말했다.

"프레이어, 왜 안 했어?" 내가 울분에 차서 말했다.

드림월드에서는 울기가 힘들었고, 분노의 울음은 더욱 힘들었다.

"프레이어," 내가 말했다. "그런 일을 당하고도 그 파티에서 남편감을 찾을 수 있다고 욕심을 낸 건 아니겠지?"

프레이어가 고개를 가로저었지만 그건 내 질문에 대한 대답이 아니라, 세상에 대한 대답에 가까웠다.

"그놈들이 결혼하고 싶은 사람한테 그런 짓을 했겠냐고?" 나는 다

그쳤고, 갈비뼈의 통증이 꿈을 흐릿하게 만들기 시작했음을 느낄 수 있었다.

"워너." 분노의 응어리 때문에 목이 멘 프레이어가 말했다. "미안한데, 그 입 좀 닥칠래."

"그놈들이 그런 짓을 하는데 그냥 가만히 네, 네 하고 있으면 안 되지." 내가 다그쳤다.

"입 닥쳐." 프레이어가 다시 말을 반복했다. "이제 이 얘기는 그만해. 그만! 그러니까 입 닥쳐!"

"아니," 내가 고집을 부렸다. "프레이어가 프레이어 자신을 존중할 때까진 계속할 거야."

"워너." 프레이어가 그 응어리를 뚫고 소리를 지르려 했지만, 힘겹게 깍깍거릴 뿐이었다. "넌 그게 어떤 건지 이해 못 해. 그런 상황에 놓이는 게 어떤 건지 이해 못 한다고! 넌 이해한다고 생각하고, 다 안다고 생각하지만, 그런 생각을 하는 넌 멍청이야. 그러니까 내 얘긴 그만 입에 올리고 당장 입 닥쳐. 지금, 영원히."

"프레이어, 난 그럴 수 없어." 내가 말했다.

프레이어가 화를 냈고, 나도 화가 났다. 방금 끔찍한 일을 겪고, 희망을 짓밟히고, 두려움 때문에 말을 잃은 사람에게 화를 내는 게 잔인한 일이란 건 알지만, 그래서 미안하지만, 그래도 화가 났다. 난 본능적으로 나쁜 상황에 빠지면 보통, 엄청 화가 난다.

"그래, 도우려고 해서 미안하네." 내가 힐난했다.

"맙소사! 그걸 말이라고 하냐." 프레이어가 말했다. "넌 내가 있는 바로 그 방에다 총을 쏴댔어. 하마터면 날 쏠 수도 있었다고."

프레이어 말이 전적으로 옳았지만, 틀린 편이 되기 싫었던 난 반박했다. "아니, 첫째 총알은 그랬지. 두 번째 탄은 위쪽에 있는 창문을 겨눴기 때문에 네가 맞을 리는 없어. 각도라는 게 있거든." 하지만 프레이어가 내 말을 수신하려 들지 않았다.

여전히 화난 나는 더 비꼬았다. "뭐, 이제 수배자가 되었으니, 계속 누이 일을 망칠 일은 없겠네."

우린 둘 다 꽤 오랫동안 말이 없었다.

"나 수배자 맞지?" 내가 물었다.

"그래." 프레이어가 말했다. "경찰들이 패디의 퀵스탠드에 계속 찾아와. 널 찾으러, 우리가 널 어디다 숨긴 줄 아나 봐."

"그럼, 이제 어떻게 할 건데?" 내가 물었다.

"모르겠어." 프레이어가 말했다. "패디 아저씨는 우릴 내쫓을 거야. 계속해서 경찰들이 왔다 갔다 하니까 뿔이 단단히 났거든. 게다가 꼰대 아저씬 우리가 자길 속인 줄 알아."

"속이다니 뭘?" 내가 말했다.

"창녀한테 거처를 마련해주도록 속였다고 말이야." 프레이어가 이렇게 말하더니 또다시 울음을 터뜨렸고, 이번에는 분노의 눈물이 아니라 그저 슬퍼서 흐느끼는 거다. 난 입을 다물고 의자들 사이로 누이에게 다가가 누이를 껴안았다.

드림월드에서는 껴안는 느낌을 실제로 느낄 수는 없지만, 느끼는 척은 할 수 있다.

프레이어가 펑펑 울더니, 곧 잠에서 깨어나 사라져버렸다.

삶과죽음의세계

그날 아침 통증이 심하지 않았는데, 그때 어떤 미들 푸어 여자애가 쓰레기통을 들어 쓰레기를 봉투에다 비웠다. 바닥에서 꼭대기로 솟은 나는 무슨 뼈랑 젓가락 같은 것 위에 앉으며 소리를 질렀다.

여자애도 동그란 얼굴에 입을 동그랗게 벌리고 가짜초록색 눈을 홉뜬 채 괴성을 질렀다.

수배자였기에 어떻게든 소리가 나는 걸 멈추려고 손가락을 입술에 갖다 댔다가 미친놈처럼 두 주먹을 가슴에 쳤다. 그러다가 아파서 씩 웃었다.

다행히 여자애가 소리를 멈추고, '이제 뭐라고 하지?' 라고 생각하듯 얼음이 되어 서 있었다.

"미안." 내가 사과했다.

"미안." 그 애가 무의식적으로 따라 했다. "아니, 아니, 아니, 내가 미안해."

자두 빛 피부의 그 여자애는 내 또래로 보였다. 어쩌면 한 살 정도 어릴 수도 있고.

"아니, 아니, 내가 미안해. 정말로." 나도 그 애의 말을 따라 했다.

"혹시 어디 안 다쳤니?" 그 애가 물었다.

"아, 아니, 난 괜찮아." 내가 말했고, 이런 생각이 들었다. '워너, 너는 이런 순간에도 거짓말을 하는 이유가 뭐야? 앞뒤가 하나도 안 맞는 상황에서 무작정 거짓말을 하고 보는 거니?'

"그레이스!" 안에서 그 애의 엄마 같은 사람이 바다 건너에서 온 듯한 강한 억양으로 외쳤다. "무슨 일이냐? 거기 누가 있기라도 하니?"

"엄마, 아니에요." 그 애는 소리를 지르고 나를 흘긋 보더니 봉투에서 날 들어 올려 길 위에 내려놓고는, 다시 가게 안으로 들어갔다.

하지만 통증은 꽤 심했다. 솔직히 그곳의 음식이 맛나, 점심시간이 지나고 쓰레기가 반쯤 찰 때까지 근처 배수관에 얼쩡거렸다. 그러다가 쓰레기통으로 다시 들어가 이전 것보다 좀 더 밝은색의 짭짜름한 크림 국수를 들이마셨다. 그러는 내내 계획을 세우기 위해 머리를 굴렸다.

단기적으로, 체스의 아파트로 다시 갈 필요가 있었고, 프레이어와 어서도 패디한테 쫓겨나면 그리로 와야 할 터였다. 그곳은 안전했고, 우릴 좋아해 주는 사람이 있으니까. 체스한테는 어디까지 털어놓아야 할까? 체스가 웬만하면 다 오케이 하는 타입이지만, 그렇다고 수배자를 끼고돌려 할까? 그럴 수도, 아닐 수도 있다. 요점은, 너무 위험하다는 것. 절대로 체스에게 범죄에 관한 단서는 흘리지도 말자.

장기적으로, 로스쿨에서 프레이어 남편감 찾기 프로젝트는 종 쳤다. 그러니까 우리에겐 문문을 벌 새로운 방안을 강구할 필요가 있었다. 이런 말 하긴 싫지만, 어쩌면 이제 범행을 저질러야 할지도. 절도, 사기, 속임수 등.

하지만 매번 내가 절도, 사기, 속임수와 관련된 계획을 세울 때마다, 이 세상이 리틀 푸어가 범죄를 저지르기에는 적절한 곳이 아니라는 사실만을 뼈저리게 느끼게 될 뿐이었다. 리틀 푸어들은 다른 리틀 푸어밖에 해칠 수 없고, 빨리 달아날 수도 없었다. 중간 크기 이상의 문문 지폐는 들고 다닐 수조차도 없었다. 큰 사람들의 공간에서 돌아다니는 리틀 푸어들은 항상 주변의 의심을 사고, 불심검문을 당하고, 문전박대를 당하기 일쑤다. 눈에 안 띄게 돌아다니고 숨어 다니는 게 상책이다.

리틀 푸어는 오직 다른 리틀 푸어에게나 범죄를 시도할 수 있다. 여럿이 뭉쳐서 자기보다 약한 리틀 푸어들을 습격하는 것. 그것이 새로운 문문을 취득할 유일한 기회다. 슬프고도 거지 같은 이 사실이 내 머릿속에서 배수구 앞 물처럼 맴돌았다.

그리고 얼마 뒤 뼈를 할짝대고 있는 나는 불현듯 깨달았다. '워너,

체스가 꿈을 꾸는 대가로 네가 문문을 받는 일을 도와줄 수 있을지도 몰라.'

난 전부터 꿈으로 어떻게 문문을 벌 수 없을까 궁리를 해왔다. 하지만 실제로 문문을 모을 방법을 찾아내지 못했다. '환상적인 꿈을 꾸게 해주면 당연히 문문을 주지.' 사람들은 드림월드에서는 약속이든 철석같이 해놓고, 삶과죽음의세계에서는 그런 일이 없었던 것처럼 입을 싹 닦았다. 게다가 그 사람들한테 접근이라도 가능할 때야 가능한 얘기다. 보통은 미들 리치의 귀가 있는 곳까지 올라가 얘기할 수도 없을뿐더러, 우선 미들 리치를 찾기부터가 쉽지 않았다. 그리고 없는 자들은 "여기서 꺼져. 난 꿈의 대가로 문문을 낼 의사가 손톱만큼도 없어. 어디서 정신 나간 헛소리를 짖는 거야." 할 것이다.

하지만 이번에는 상황이 다르다는 걸 깨달았다. 체스라는 든든한 지원자가 있으니까.

체스는 꿈을 꾸기 전에 문문을 모아줄 수 있다. 우린 동업을 하는 거다. 체스가 자기 친구들한테서 문문을 조금씩 모아오면, 그들에게는 아주 적은 양에 불과하지만 나, 프레이어, 어셔에게는 인생을 바꿀 문문이 충분히 된다.

아름답고 편안한 꿈 구독 서비스! 아니면 일일 이용권! 체스가 꿈을 꾸기 전에 문문을 모으고 비밀번호를 주면서, 꿈속의 어떤 문으로 들어오면 되는지 알려주기만 하면 된다.

뉴스를 보면 간혹 다른 나라 지도자들에 관한 황당한 이야기들이 나오는데, 유이스와는 전혀 다르게 비민주적인 나라들의 독재자와 왕, 군사령관은 모든 걸 지배하고 온갖 종류의 특권을 누린다. 으리으리한 저택, 헬리콥터, 주방장, 섹스파트너 그리고 일부는 전담 드리머까지.

그러니까 이건 독재자의 특권을 로스쿨 학생들이 가지는 기회인 것이다. 나이스하고 근사한 게이들, 프레이어를 괴롭히지 않았던 학생들에게 파는 거다.

하지만 숙고할수록, 체스의 친구만을 대상으로 할 게 아니라 진짜 비즈니스가 되게끔 하고 싶었다. 그날그날 문문을 내고 비밀번호를 받아, 꿈의 문으로 들어가서 상쾌하고, 힐링 되고, 가슴이 촉촉해지며 분홍빛으로 물든 천국 같은 꿈을 즐기기. 인생을 바꾸는 꿈에 5문문을 내지 않으려는 미친 사람이 있을까?

처음으로 내가 그토록 갈구하던 일이 이루어지는 거다.

저녁에 내가 쓰레기통에 있을 때, 그레이스라는 여자애가 와서는, 이번에는 쓰레기통을 비우지도 않고 속삭였다. "안녕. 돌아왔네."

나는 아무 말도 하지 않았다.

"돌아온 거면, 물을 줄게." 그 애가 말했다.

나는 계속 입을 열지 않았다.

"그냥 쓰레기통 옆에다 놔둘게."

난 그 애가 쓰레기통 옆에 물을 내려놓고 안으로 들어가는 소리를 들었다.

　물론 소독된, 깨끗한 식수인 데다 달콤하기까지 한, 바질과 라임이 약간 들어있는 물이다.

드림월드

체스를 찾기 전에 난 잿빛 불꽃놀이가 계속되는 걸 봤고, 거기에는 어셔가 아니라 프레이어가 나를 기다리고 있었다.

"워너." 프레이어가 말했다. "나 결혼해."

"뭐라고?" 내가 화들짝 놀라 물었다.

"나 결혼해. 이번 주말에." 프레이어가 말하며 미소를 설핏 지었는데, 그건 환희의 것이라기보다 안도의 미소에 가까웠다.

"정말?" 내가 되물었다. "프레이어, 정말 잘됐다. 누구랑 결혼하는데?"

"패디 아저씨." 프레이어가 답했다.

처음에 난 프레이어가 벌써 농담을 할 만큼 몸이 회복되었다는 생각에 기뻤다.

그러나 곧 밝혀졌다. 웃기는 농담이 아니라 덜 웃기는 진실임이.

"그동안 아저씨와 많은 얘기를 나누다가 내 마음을 열고 모든 걸

다 털어놓게 됐어. 난 몸 파는 여자가 아니고, 실은 남자를 만나러, 남편감을 찾으러 여기 왔다고 다 얘기했어. 중요한 건 내 상황을 개선하는 거고, 난 무슨 일이 있어도 멈출 수 없으니까 쫓아내려면 쫓아내라고. 다 이해한다고, 쫓겨나면 너랑 어서랑 청소차를 타고 다른 동네에서 살 곳을 찾을 거라고 했어. 하지만 어떻게든 스케일 업을 할 거고, 그러려면 어리고 예쁜 지금이 최고의 기회라고. 슬프지만 이게 현실이니 쫓아내려면 쫓아내라고 말이야."

프레이어의 말을 잠자코 들었던 패디가 결국 입을 열었다고 한다. "음, 잠깐만. 뭐가 급해. 그리고 이봐. 무슨 말인지 알겠어. 그러니까 생각을 좀 해 보자. 그동안은, 오늘 밤은 여기에 있어도 좋아."

그리고 다음 날 그는 결심했다. "결정을 지었어. 여기 있어도 좋아. 나와 결혼한다면 말이야. 자, 언제?"

그는 늙었고, 자식이 없었다. 그리고 프레이어가 자기가 하는 말을 들어주고 상냥하게 맞장구쳐주는 걸 좋아했다. 그는 평생을 스케일을 늘리는 데 매진했고, 이제 그걸 이용해 어리고 예쁜 아내를 맞이하려고 했다. 아니면 그걸 그 많은 문문을 어디다 쓰겠는가?

"네가 아저씨는 늙었고, 뚱보라는 게 큰 마이너스라고 생각하는 거 알아. 하지만 난 정말로 아저씨랑 얘기하는 게 좋아. 그보다 더 중요한 건, 아저씨가 날 돌봐줄 거라는 거야." 프레이어가 말했다.

내 입에서 나온 첫 마디는 이랬다. "프레이어랑 엄마는 얼마나 스케일 업 할 수 있는데?"

내가 머릿속으로 암산이란 걸 해봤더니, 패디는 미들 스케일에 가까우므로 1백만 문문 가까이 갖고 있을 테고, 이걸 세 명이 나누면, 각각 3분의 2 스케일 정도가 되니, 프레이어와 엄마는 6~7배 스케일 업하게 될 터였다.

하지만 프레이어는 좀 복잡한 표정을 짓더니 말했다.

"워너, 당장은 나만 스케일 업을 하게 될 거야."

내 입은 그 말에 대해 아무 말도 나오지 않았다.

"저기." 프레이어가 말했다. "나도 알아. 워너, 하지만 패디 아저씨가 문문을 셋으로 나누면 아저씨가 너무 작아져서 가게를 운영할 수 없을 거야. 그러니까 선택지가 없어. 나 하나만 해도, 아주 힘들걸. 여기저기에 받침대와 사다리를 놓아둘 거야. 그보다 더 작아지면 물건들이나 음식이나 선적물들이 너무 크고 무거워져. 아저씬 예순여섯이야. 우리 둘이 열심히 일해서, 퀵스탠드에서 함께 문문을 벌면, 몇 년 안에 엄마를 스케일 업 시켜줄 수 있겠지. 하지만 지금 당장은 안 돼."

"그러니까 리틀 엄마는 애완동물처럼 누이 집을 돌아다니는 거네." 내가 비꼬았다.

프레이어는 또 우스꽝스러운 표정을 짓더니 말했다. "음, 당장은 엄마랑은 동거할 수 없을 거야."

나는 가슴속에 커다란 동굴들이 시꺼먼 입을 벌리는 기분이 들어 그 자리를 떠날 수밖에 없었다.

"난 노력했어, 워너." 프레이어는 내 뒤에다 대고 소리쳤다. "최선을 다했다고! 다만 아저씨가 아직 마음의 준비가 안 되었어. 난 계속 노력할 거야. 아저씨도 마음을 바꿀 거야. 워너, 화내지 마."

어느 쓰레기 구덩이에서 어셔를 찾아냈다. 어셔는 쓰레기 물웅덩이 안의 어느 구역에서 작은 불꽃놀이를 하고 있었다.

"어셔." 나는 토로했다. "널 데려오는 게 아니었어. 정말 속이 상하네."

"나도 마음이 아파." 어셔도 공감했다.

난 거기에 앉았고, 어셔는 두 손을 반짝이는 꽃들 속에 담갔다.

"그런데 말이야." 내가 말했다. "나한테 생각이 있어."

"그거 복수니?" 어셔가 말했다.

복수가 아니었다. 난 가슴의 상처를 안고 꿈을 꾸었다.

꿈으로 인생을 바꿀 수 있다는 걸 보여주려면, 물이 점토가 되고, 거리에 있는 물 블록과 물고기로 빛나는 물 터널을 연결하고 벽 없는 물집에서 헤엄쳐가는 꿈을 꾸어야 한다.

벽돌이 액체가 된 꿈을 꿔 봐도 좋을 터였다. 철, 돌, 나무 점토와 모든 게 액체인, 샌드 드리머프가 바다 위로 무너져 내리고, 건물, 차, 울타리 게시판들은 물결 아래에서 흔들리는 젤리들이 되는 꿈.

야자수들이 빙빙 돌고, 땅의 마개가 뽑히면 거품이 흐르는 기름샘

페인 분수가 솟아나는 꿈, 미들 도로들이 쪼그라들고, 줄어들고, 집들이 슬금슬금 다가와 딱 붙는 꿈.

스타디움은 샐러드 볼이 되고, 저수지에는 카오소이가 담겨있고, 조깅 나온 사람들은 노를 들고 휘저으며 주위를 빙글빙글 돌고. 은행에는 빅, 미들, 리틀 등 각 문을 떠나는 천사들과 빙빙 도는 금색 헬리콥터, 윙윙대는 박쥐들이 바글거리고. 지하철은 윙크하는 뱀장어가 되고, 풍차들은 공중으로 뛰어올라 노를 젓고, 청소차들은 둥둥 떠다니며 거품처럼 톡 터지고, 구름은 저 먼 곳의 장막과 천들의 하늘색을 반쯤 걸치고 있는데. 거기에서는 페이즐리 문양이 물결치고 뉴스가 흘러나오는 꿈.

스무 가지 꿈들이 하나로 합쳐진, 실은 너무 과한 꿈이었지만, 효과는 있었다. 마침내 난 그 모든 것을 지나오며 기쁨에 겨워, 눈물까지 비치는 체스를 발견했으니까.

"자, 어때?" 내가 말했다. "너무 과하지. 그치?"

"워너, 맙소사." 그가 감탄했다. "고마워."

"천만에." 내가 말했다.

"그게, 내 말은, 너와 네 누이가 그런 취급을 받았는데도 넌 모두를 위해 이런 꿈을 꾸었잖아." 그는 더는 말을 잇지 못했다.

"음, 뭐." 내가 말했다. "그렇긴 하지."

그는 정신을 차리고 입을 열었다. "난 정말이지, 이보다 더 아름다운 이별 선물이 있을까 싶어. 그래서 고마워."

"천만에." 내가 말했다.

그러고 나서 난 덧붙였다. "잠깐 뭐라고?"

"난 널 절대로 잊지 않을 거야." 그가 다시 내게 말했다.

"잊는다니, 그게 무슨 뜻이야?" 내가 말했다.

우리는 조금은 어색하게 서로를 바라보았다.

"내 말은." 체스가 말했다. "경찰이 널 찾고 있잖아. 그러니까 넌 어디 다른 데로 가겠지. 안 그래? 설마 여기에 있을 생각은 아닐 거 아냐?"

"안 그래도 형한테 그 얘기를 의논하려고 했어." 내가 말했다.

그리고 난 그에게 내 계획을 전부 공개했다.

체스는 듣는 내내 고개를 가로저었다.

고개를 흔드는 모습을 본 나는 내 얘기를 제대로 집중할 수 없었고, 조금이라도 더 귀를 기울여줬다면, 한순간만이라도 진지하게 받아들여 줬다면 하는 아쉬움이 남았다.

"워너, 알다시피 난 그렇게 할 수 없어." 마침내 그가 의견을 말하기 위해서 입을 열었고, 나는 말했다. "그래, 그래. 신경 쓰지 마. 괜찮아."

그러고는 드리머가 버리고 떠난 대규모의 꿈들이 그러하듯, 꿈이 저절로 말라가, 서서히 시들해져 뼈만 남도록 그냥 내버려 두었다.

난 여전히 작은 구역에서 불꽃놀이 중인 어셔를 찾았다.

"내 계획은 실패했어." 내가 말했다.

"안됐다." 그가 말했다.

"하지만 다른 방법이 있어?" 내가 그에게 말했다.

"그거 복수니?" 그가 물었다.

"이번에는 맞아." 내가 말했다.

그리고 남은 밤 동안 어셔와 난 로스쿨을 지옥 광경으로 만들었다. 도처의 악마들이 문과 창문을 공격해, 비집고 밀치고 안간힘을 쓰고, 그 안에 들어가 구타하는 크고 미끌미끌한 거시기들, 하지만 그런 거시기들보다 더 많은 엄청난 수의 악마, 소리 지르는 보이지 않는 유령, 그림자, 실체가 없는 것들, 거미들처럼 방 주위를 재빨리 도는 구멍들, 눈앞의 공간을 딸꾹질하게 만드는 시간과 공간의 깜빡임, 떨리는 창문 그리고 볼 수는 없지만 악마와 눈을 마주치고 있다는 걸 느낄 수 있고, 모든 것이 어둡고 차가워졌다.

어떤 로스쿨 학생들은 무서워서 잠에서 깨어나 사라져버렸다. 또 어떤 학생들은 불쾌해하며 자신에 대한 복수의 꿈을 꾸기 시작했다. 예를 들면 자기 친구들과 부모들이 나타나 울부짖고, 불에 타고, 서로 섹스하고 동물들한테 강간당하는 등 온갖 종류의 미친 개쓰레기 꿈을.

난 켄을 찾았지만 못 찾았고, 대신 어느 계단에서 찾아낸 글렌을 구멍으로 떨어뜨리고 사방에서 분출되고 비틀리고 흰 진주색 액체를 마구 토해내는 거시기 숲에 가둬버렸다.

글렌은 좋아하지도 않았지만, 그렇다고 아주 많이 불쾌해하지도 않았다. 그는 약하고 흐릿한 꿈을 꾸고 있었기 때문이다. 그래서 내가 아무리 알려주려고 노력해 봐도, 그는 무슨 일이 일어나는지 정확히 인지하지 못했다.

"네가 우리 프레이어한테 이렇게 했잖아. 이제 너도 당해봐라. 이 개자식아!" 나는 그에게 윽박질렀다. "툴툴댈 테면 해봐. 이게 바로 정의란 거다. 뿌린 대로 거두는 거야. 이제 기분이 좋지? 안 그래?"

하지만 그는 얼굴을 찡그려 주름을 짜글짜글하게 만들고 중얼댈 뿐이었다.

"아, 오늘이 며칠이지?" 그리고 "시험이 언제야?"

"거시기들이 널 공격한다." 내가 말했다. "네 몸통만 한 거시기들이."

"아, 시험이 오늘인가?" 그가 뱉었다.

"당분간은 매일 밤 이렇게 해야 할 것 같네." 내가 말했다.

"워너." 체스가 날 찾으며 외쳤다. "제발, 그만해."

"안녕, 형." 내가 말했다. "거시기들이 이 쓰레기 같은 자식한테 발사하는 걸 잘 감상하라고."

하지만 슬픈 얼굴의 체스는 거시기들이 아니라 날 쳐다보았다.

그런데 이미 난 지쳤고, 밤이 끝나가고, 아침이 옴과 동시에 대부분의 드리머들은 깨어났기에, 나도 지옥 광경을 풀어 괴성들이 새 지저큄이 되고 악마들이 바람 속으로 증발하게 했다.

거시기 구덩이만이 한동안 남아있었다.

"있잖아, 있잖아, 있잖아, 난 가야 해, 가야 해, 면접 보러." 글렌이 말했다. 무턱대고 손을 뻗어 거시기가 아닌 걸 찾았지만, 이를 어쩌나, 거시기란 거시기들은 거기 다 있었다.

"체스 형, 제발 어셔를 찾아봐 줘. 어셔라도 집에 데려가 줘." 체스의 희미해져 가는 얼굴에 대고 몇 번이나 말했지만, 그는 내 말을 듣지 못했을 거고, 기억도 못 할 터였다.

잠에서 깬 나는 아픔도 없고, 별생각도 없었다. 상처도, 희망도 없었다.

삶과 죽음의 세계

그레이스라는 여자애가 그날 아침에는 쓰레기를 비우기 전에 미리 말했다.

"안녕! 그 안에 있다면," 그 애가 말하는 소리가 들렸다. "좀 나와줄래. 쓰레기를 비워야 하거든."

그래서 난 쓰레기통 밑에 벌어진 틈새를 비집고 나왔다.

"아," 그 애가 말했다. "그리로 들어간 거구나."

"그래." 내가 말했다.

그 애는 쓰레기를 비우고 가게를 슬쩍 돌아보더니, 길로 눈길을 주었다. 나도 그 애를 따라 그쪽을 쳐다봤다.

"저기," 그 애가 내게 말했다. "정말 미안하지만. 우리 쓰레기통에 계속 있으면 안 될 것 같아."

"나도 알아." 내가 말했다.

"이름이 뭐니?" 그 애가 물었다.

"워너." 내가 말했다.

그 애는 살짝 얼었다.

"오 이런!" 그 애의 입에서 감탄사가 흘러나왔다.

"왜?" 내가 말했다.

"로컬 뉴스에서 보도하던 리틀 푸어가 너구나." 그 애가 말했다. "권총을 훔쳤다던."

"아, 맞아." 내가 순순히 자백했다. "근데, 총 없어. 원래 난 그딴 걸 갖고 다니지 않아."

그 애는 음식점을 향해 뒤로 슬금슬금 물러났다.

"저기," 내가 말했다. "난 힘이 없어. 갈비뼈가 부러져 쓰레기통에 몸을 자빠뜨리고 있는걸. 그리고 리틀 푸어들은 너 같이 큰 애들을 해치지 못해. 우린 우리밖에 못 해친다고. 제발."

하지만 그 애의 뒷걸음질은 멈추지 않았고, 초록색 렌즈 속 눈은 두려움에 마구 흔들렸다.

그래서 다시 말했다. "자, 알았어. 이봐, 고마워. 다 고맙다고. 원한다면 경찰에 전화해. 포상금이 있을 수도 있지. 아니면 그냥 네가 문제에 엮이기 싫은 걸 수도 있고. 괜찮아. 난 여기서 대기하고 있을게."

하지만 그 애는 그저 고개를 저으며 안으로 들어가 버렸다.

자, 보자. 난 어디로 가고 뭘 할 수 있었을까? 다른 동네로 토껴야 하나? 버스 바퀴 집 안에 숨어서 내뺄 수 있다. 경찰이 샌드 드리머 프 밖까지 수배하지 않기를 바라며, 낯설고 새로운 곳에서 처음부터 다시 시작해 새로운 계획을 세울 수도 있다. 혼자서.

하지만 그 혼자가 내게 대단히 난감한 부분이었다. 혼자라는 게 너무 공허하고 무서워서 아무 시도도 할 수가 없게 했다.

"계획을 떠올려 봐." 내 뇌에 말하자, 꿈을 꾸느라 지친 뇌는 말했다. "제발, 안 돼. 너무 힘들어."

결국, 어느 분수대에서 깨끗이 씻고, 거리에 있던 한 경찰관에게 가서 말했다. "저기요. 전 워너예요. 절 체포하려고 눈알이 시뻘건 줄 로 아는데요?"

리틀 푸어용 수갑이 없어서, 날 차 안에 있는 리틀시트 상자 안에 넣고 벨트를 채웠다. 하지만 그건 시트란 이름이 무색하게 앉을 자리 도 없는 벨트가 가득 든 상자로, 경찰차가 방향을 틀 때면 몸이 넘어 지고 부딪쳤다.

다른 리틀시트 대부분도 비어 있었다. 들어올 때 한 애가 눈에 띄 었는데, 그 애의 눈은 제정신이 아닌 듯 보였다. 코를 피에 젖은 솜뭉 치로 막고 있었다.

"지금 날 꼬나보는 거야. 뭐야?" 그 애는 안으로 들어오던 내게 소 리쳤다.

쓰레기 같은 리틀 푸어들! 놈들이 고래고래 소리를 지를 때 똑같이 맞짱 소리를 치면 때로는 둘도 없는 친구가 되는 법이다.

"나 같으면 남이 똥을 먹든, 된장을 먹든 신경 안 쓸 거다." 내가 그놈한테 소리쳤고, 우리는 헤어지기 전 10분 동안 둘도 없는 친구가 되었다.

"그래, 왜 걸린 거야? 데이브." 경찰이 날 묶고 앞쪽으로 가고 나자 그가 말했다.

이 이야기에서는 많은 남자애가 서로를 데이브라고 부르는 걸 듣게 될 텐데. 그건 로시 인디카가 패거리들의 세계에서 볼 때 데이브의 영역이기 때문이다. 저 북쪽에서 온 댄 패거리들과 사막에서 슬그머니 기어들어 온 정신 나간 토드 패거리들도 물론 있다. 로시 인디카에서는 아무 놈이나 데이브라고 불러도 최소 그놈한테 이가 털릴 일은 없다.

"권총을 훔쳐다가 두어 방 갈겼거든." 내가 말했다.

"오! 굉장한데." 그가 호기심을 드러냈다. "그 페이스 보이를 쏘려고 했다던 빨간 쥐가 너구나. 페이스 보이들 조직 똘마니들 전부, 널 찾느라 혈안이 되어 있어. 데이브."

"어쩔 수 없지." 내가 호기롭게 말했다.

"아름답지, 아름다워. 그리고 한 가지 덧붙이면 맛도 있고." 그가 말했다. "데이브, 그 페이스 보이들이 널 잡아먹을 거야."

"어련하시겠어." 내가 다시 허세를 떨었다.

"나한테 너랑 인생을 맞바꿀 의사가 있느냐고 묻는다면, 그 대답

은, 털끝만큼도 없다는 거야." 그가 말했다. "데이브, 그 안에 페이스
보이 똘마니들이 얼마나 우글거리는지 알아? 상상해봐. 네 작은 빨
간 쥐 몸뚱이는 도살되고, 튀겨지고, 끝내주는 미트 롤처럼 한입에
우적우적 씹힐 거야. 오! 이런, 엄청난 역사적 현장이 되겠지."

"넌 왜 잡혀 왔는데?" 내가 물었다.

"경찰은 내가 약을 판 줄 알아." 작은 피투성이 코가 말했다.

"실제로는 뭘 팔았는데?" 내가 물었다.

"당연히 약을 팔았지. 하지만 증거가 없는데 뭐." 그가 말했다.

"이제 걸렸어." 경찰관이 확성기를 통해 말했다.

"아, 젠장!" 피투성이 코가 소리쳤다.

피투성이 코는 열여섯 살이라 우리는 경찰서에서 헤어졌다. 그는
성인들과 함께, 나는 아동과 함께 수용된 것이다.

솔직히 말하면 어린애들이 더 안 좋다. 지나가다가 일반실을 힐
끗 봤는데 다들 한가롭게 둘러앉아 있었다. 몇몇 사이코가 중얼대고
있을 뿐, 다른 사람의 옥수수를 나가게 할 것처럼 보이는 사람은 없
었다.

소년원은 달랐다. 긴장감이 흘렀고, 규칙이 뭔지 이해하거나 계획
을 세우는 애는 없었다. 다들 그저 매 순간을 감방 안에 똬리를 튼 뱀
처럼 숨을 쉴 뿐이었다.

게다가 이 소년원에는 나와 같은 스케일부터 4분의 1 스케일, 즉

리틀 푸어보다 2와 2분의 1배 더 큰 스케일까지. 서로 다른 스케일들이 뒤섞여 있었다.

그렇게 난 미들, 리틀 들과 함께 감방 안에 처넣어졌는데, 몸집이 가장 큰 축에 드는 열 살짜리가 자기보다 나이가 많지만, 작은 10대 리틀 푸어를 장난감 삼아 놀려대고, 누가 보스인지를 보여주려 들었다.

그 애가 갑작스럽게 내 목을 움켜쥐었다.

"방금 나한테 뭐라고 씨부렁거렸어?" 그 애는 다 들을 수 있게 소리쳤다.

"꼬마야, 네가 말하지 그래." 내가 맞받았다.

열네 살짜리보다 두 배는 더 큰 못돼먹은 열 살짜리를 만나면 언제든 지저분한 작은 싸움에 휘말릴 수 있다. 이번에도 난 얼굴이 벽에 짓이겨졌다. 간신히 빠져나와 그 애의 물렁물렁한 배를 박치기해 숨을 턱 막히게 하고, 그 애의 목에 양다리를 벌리고 걸터앉아 잠시 팔꿈치로 눈을 후벼 팠다. 끔찍하게 들릴지 모르지만, 어떤 열 살짜리는 어리다고 봐주었다가는 죽임을 당할 수도 있다.

그 이후 네 시간 동안 더 많은 싸움이 일어났고, 아이들은 '최고 비열한 행동' 상을 받으려고 경쟁하듯 서로 자신의 무용담으로 허풍을 떨었다. 이로써 워너의 인생 암흑기가 개막하고 있었다.

시에서 변호사를 보내주었는데, 피곤한 기색의 그 미들 스케일 남자는 소년원 면회실 천장에 연신 머리를 부딪치며, 단번에 내게 유죄라고 말했다.

"우리에겐 아무런 증거가 없으니, 유죄를 인정해야 해." 그가 심드렁하게 말했다.

"포주가 날 폭행하고 우리 누이를 납치할 뻔했다고 하면 되지 않을까요?" 내가 제안했다.

"그래도 달라질 건 하나도 없어. 그 얘긴 입도 벙긋하지 마." 그는 서류를 정리하며 말했다.

"먼저 경찰한테 갔는데 아무런 조치를 하지 않았다고 하면요?" 내가 끈덕지게 매달렸다.

"오, 애야." 그가 말했다. "내 경험상, 꼬마 친구, 경찰에 관해 나쁜 말이 될 것 같을 때는, 그냥 '셧 더 마우스'가 좋아. 그런 말을 입에 함부로 올렸다가는 네 인생이 수십 배는 더 배배 꼬일 테니까 말이야."

리틀 푸어는 다리가 짧아서 어디에서 어디로 가려면 시간이 너무 걸렸다. 수갑을 채울 수 없는 것은 말할 것도 없다. 그래서 경비원들은 우리를 리틀 푸어 법정 같은 곳으로 데려갈 때 새장 캐리어를 쓰는데, 그 법정이란 곳은 미들 리치 판사의 책상 위였다.

나는 변호사가 시키는 대로 판사에게 말했다. "저는 어떤 조직에도 가입한 적이 없습니다. 단 한 순간도요. 누구를 임신시킨 적도 없고, 마약을 하거나 판 일도 없습니다. 저는 그저 여느 정직한 유이스 시민처럼 정당하게 스케일 업을 하려고 했을 뿐입니다." 그리고 누이나 숄더헤드나 경찰에 관해서는 한마디도 하지 않았다.

하지만 내 얼굴은 맞짱의 결과로 퉁퉁 붓고 피가 난 상태였다. 엄숙한 판사 앞이라 내가 말도 좀 이상하게 했지만, 그의 눈초리만 봐도 이미 내가 나쁜 놈으로 찍힌 걸 알 수 있었다.

변호사는 '중과실치상'을 주장했지만, 판사는 '살인미수'라고 했다. 오, 이런, 내가 유죄를 인정하자 판사는 얼굴을 찌푸리지도, 웃지도 않고 기계처럼 읊었다. "자, 워너, 초범인 건 알겠지만, 자네는 말이지. 솔직히 말해서, 내가 말하는 '시간문제이지 꼭 되는'과의 범죄자로 보여."

난 얼굴을 찌푸린 채 고개를 끄덕였다. '마치, 잘 보셨네요. 하지만 당신이 나를 공정하게 대해주리란 걸 알아요. 거대한 판사님.' 이라고 말하듯이.

"열네 살은 어리다면 어리고, 머리통이 굵었다면 굵은 나이지." 그가 덧붙였다. "네 경우엔 다 큰 것 같구나. 솔직히 그 정도 컸으면 네 앞가림을 할 때도 됐지. 그러니까 내가 할 말을 듣는 걸 행운으로 여기도록 해라."

난 어찌나 어리석은 놈인지, 그 상황에서도 작은 희망을 품었다.

"최고형은 30년이나, 8년 형을 내리지." 판사는 한숨을 내쉬었다. "소년원에서 2년, 일반감옥에서 6년. 유이스 왕이신 주 하나님의 은총이 있기를."

3.

윌 트

드림월드

일 년 동안, 난 꿈을 안 꿨다.

소년원에서는 제대로 잠을 이룰 수가 없다.

삶과 죽음의 세계

그 대신 매일 밤, 엄청나게 긴장한 상태로 졸았다. 언제든 벌떡 일어나 공격에 맞서 싸우고, 격분할 태세를 갖추어야 했다. 우린 새장한 호실 당 여덟에서 열 명씩 잤고, 경비원들은 매주 새로 온 아이들을 들여보내거나 내보냄으로써 단합을 깨뜨리고, 만인의 만인에 대한 싸움을 조장했다.

소년원에는 페이스 보이들이 많았다. 이 페이스 보이란 근육질의 새까만 데이브들이 모인 가장 큰 조직으로, 다들 가슴, 등, 무릎, 뒤통수 같은 곳에 얼굴 문신을 하고 있었다. 처음 며칠은 내 죽상이 짓이겨지고, 이빨 한두 개가 이탈하고, 코가 부러지고, 갈비뼈가 차이는 일들이 에피소드처럼 일어났다.

그리고 사흘 뒤 페이스 보이들이 자기네 조직으로 들어오지 않겠냐고 물었다.

"나야 영광이지. 하지만 오해는 말고 들어줘." 내가 말했다. "난 그 어떤 조직에도 들어갈 생각이 없어. 데이브 여러분. 내 신념에 어긋나는 일이라서." 사실 신념도 없었지만 어쨌든 그들은 내 말을 존중하여 몇 주간은 날 공격하거나, 패대기치거나, 갈비뼈를 걷어차는 등의 행동을 하지 않았다. 그 이후로도 얼굴이 묵사발 되는 일은 한 달에 한두 번꼴 일어났다.

아무것도 없었던 일 년에 관해 무슨 이바구를 오또케 푸나 싶다. 대부분의 세월을 난 철창에서 빈둥대며 미쳐갔다.

소년원은 여러 새장 호실이 모여 있는 작은 집으로, 리틀 푸어 감옥을 만드는 리틀빅하우스 회사 소유다. 이 호실은 남자애들 전용이었고 여자애들 호실은 길을 따라 좀 더 걸어 올라가야 했다. 디자인은 애완동물가게와 비슷해서, 여러 호실을 쌓을 수도 있다. 호실마다 여덟에서 열 개의 침대들이 다닥다닥 붙어 있었고, 모든 일상은 호실 안에서 이루어졌기에 철창 밖에 나가는 일은 몇 주에 한 번 있을까 말까였다.

밥도 고무 그릇에 담아 호실 안에 넣어주었다.

샤워도 호실 안에서 했는데, 먼저 옷과 침대보를 벗기고 창살 사이로 호스를 넣어 위아래로 씻긴 다음, 드라이어로 말리고, 다시 옷과 침대보를 입도록 하는 식이었다.

야외활동은 그들이 새장 호실을 들고 밖에 나가 몇 시간 햇볕을 쬐게 해주고, 가끔 공도 넣어주는 시간이었다.

경비원들이 기회를 빼앗지 않는 이상 호실에 일주일에 세 시간씩 도서관특권이란 걸 부여했는데, 그 특권이란 아주 큰 책을 방 안에 던져주는 걸 의미했다. 낙서로 가득하고 오랜 세월 동안 어린 사이코들한테 씹힌 이 자국이 잔뜩 난 책들이었지만, 그래도 난 그걸 최대한 이용해 내 머리에 읽기 연습을 시켰다. 일 년 만에 난 '귀여운 라스칼의 모험'이란 책을 148쪽까지 읽었다. 어떤 쥐가 토끼 친구와 함께 못된 쥐들을 무찌르고 숲과 초원을 구하는 이야기로, 사람은 나오지 않지만 수많은 칼과 방패, 활, 화살, 축제가 등장했다.

때로는 독서가 지루하던 애가 자진하여 나서서 나와 함께 개미를 잡거나, 긴 단어들 또는 끔찍이 어려운 문장을 읽는 걸 도와주었다. 하지만 대부분은 나 혼자 노력하여, 일주일에 한두 단락씩 읽어나갔다.

매일 몇 시간씩 운동했다. 크고 힘센 애들이 하는 걸 보고는, 운동 파트너를 구할 수 있을 때마다 그 애를 등에 앉힌 채 팔굽혀펴기, 발에 매단 채 턱걸이 같은 걸 했다. 호실 안에 어느 정도 공간이 생길 때마다 뒤로 공중제비돌기, 앞으로 공중제비돌기를 했다.

그런 시간 외에는 그냥 다른 애들처럼 정자세로 앉아서 벽 스크린에 경비원이 튼 비디오를 보았다. 그것도 없으면 몽상에 잠기고, 이런저런 쓸데없는 궁리를 하고, 뇌가 깨어있을 수 있도록 노력했다. 가장 중요한 일은, 다른 죄수들과의 마찰을 피하는 일이었다. 그들의 폭력과 멍청한 음모에 휘말리지 않도록 몸조심하는 것이다. 매일 호실 안 어딘 가에서는 안 좋은 일이나 어처구니없는 일이 일어났기 때문이다. 어떤 놈들은 대마초나 헤로인을 밀반입하고, 삼삼오오 주사위에 돈을 걸고, 말다툼이 금세 몸싸움으로 번지거나, 사이코 한 놈이 나서서 자신이 세상에서 제일 나쁜 놈이란 걸 몸소 증명하려 들었다.

하지만 난 시간 대부분을 비디오를 보는 것으로 죽였다.

경비원들은 일하는 시간을 우울함이나 심심함을 덜기 위해 벽 스크린에 비디오를 틀어둔다. 그래서 우리는 어떤 경비원이 뉴스나 테러나 구기 종목 게임 중 어떤 걸 선호하는지, 다른 비디오를 틀어달라는 부탁을 하면 들어주는지, 소음에 얼마나 민감한지, 어느 정도의 소음과 싸우는 소리에는 참지 않고 꼭지가 돌아 호실에 물을 뿌려대는지 등등을 경험으로 알았다.

리틀빅하우스에 온 신참 경비원은 항상 아동 죄수들 방의 비디오 시청과 관련된 몇 가지 규칙들을 숙지한 후 일을 시작한다.

규칙 1. 섹시한 여자들이 나오는 비디오 상영 금지. 포르노나 야한 여자들이 나오는 것은 물론이고 평범한 살인극, 게임쇼도 안 된다. 아무런 문제가 안 될 것 같은 진짜 주부들도 다리나 가슴골을 내보이면 안 된다. 그건 재앙이다. 남자애들은 자극을 받아 누가 가장 남성적인지 증명하려고 하고, 그러다 보면 곧 하나가 다른 누군가의 얼굴을 묵사발로 만들어버린다.

규칙 2. 섹시한 남자도 금지. 어떤 애가 그런 걸 좋아한다고 시비를 걸면, 이번에도 금방 얼굴 묵사발 사태가 일어난다.

규칙 3. 슈팅 게임 같은 걸 틀어놓으면 다들 조용히 미동도 없이 시청하지만, 비디오가 끝남과 동시에 마법처럼 여기저기에서 싸움판이 벌어진다.

늘 퉁퉁 부어 있던 나는 페이스 보이들뿐 아니라 호전적인 사이코들의 표적이 되곤 했다. 경비원들은 이런 이유로 날 경원했다. 경비대장인 월트는 별명까지 붙여줬다.

"오늘은 또 뭐가 문제냐? 투덜이 쥐야!" 그가 말했다.

"난 소년원에 살잖아요. 그러니까 우선은 그게 일 번이겠죠." 처음에는 이렇게 대꾸라도 했다. 하지만 몇 주, 몇 달이 갈수록 나는 점점 말이 없어졌다.

벨트라는 다른 경비원은 등이 구부정하고 늙은 노친네였다. 호실에서 꺼낼 때 손으로 들어주는 그가 가장 좋았다. 경비원 대부분은 그물을 사용했다.

또 그는 귀가 먹어 비디오 자막을 켜놓았는데, 읽기 연습에도 도움이 되었다.

프레이어는 매달 면회를 왔다. 이제는 완전 미들 푸어가 되어 나보다 일곱 배 이상 큰 4분의3스케일 정도였다. 와! 프레이어를 보면 진짜 놀라웠다. 거대한 몸, 우스꽝스러운 걸음걸이, 단발머리, 그리고

로고 티셔츠와 치마를 입은 모습은 쇼핑하러 나온 여느 미들 푸어 여자들과 같았다.

첫 면회 때 프레이어는 짓이겨진 내 얼굴을 보고 엉엉 소리를 내며 울었다. 몇 번이나 프레이어한테 말했다. "프레이어, 오늘은 내 얘기를 안 할 거야. 부탁인데, 그냥 프레이어 얘기나 풀어나 봐. 스케일 업은 어땠어? 결혼식은 어땠어? 어셔는 어디 있어? 엄마는 어떠셔?"

"음 스케일 업 의식은 굉장했어." 마침내 프레이어가 입을 열었다. 그 사람들은 날 재워서 이상한 솔로 드림을 꾸도록 했어. 꿈속엔 아무도 없었지. 근데 깨어나 보니 커져 있었어. 무척 목이 마르고 허기졌어. 그들은 나한테 가운을 입혀주었고 걷는 느낌이 진짜 이상하더라. 땅은 더 부드러워졌는데 발에 닿을 때는 더 단단한 것 같고. 하지만 좋은 느낌이야. 공기를 들이마시면 정말 강해진 기분이 들어. 그냥 모든 게 하나부터 끝까지 다 달라. 이건 정말 굉장한 경험이야." 프레이어가 다시 놀라워했다.

"음식이 제일 달라." 프레이어가 내게 속삭였다. "식감이라고 하나? 훨씬 좋아. 혀 위에서의 느낌도 그렇고."

난 이렇게 커진 프레이어를 보니 정말 좋다고, 진심이라고 고백했다. 이제 완전 미들인 데다 행복해 보였다. 그래서 결혼식은 같은 건 어땠는지 궁금했다.

결혼식은 아주 간단히, 구청 결혼식으로 치렀다고 한다. 패디는 누이한테 웨딩드레스 같은 것도 사주지 않았고, 하객도 없었으므로. 서

글픈 얘기가 될 것 같아 그냥 스케일 업에 관한 얘기만 하기로 했다.

난 프레이어한테 만일 패디가 이혼을 원하면 어떻게 되느냐고, 법적 보호를 받는지 아니면 모든 걸 다 잃게 되는지 물었다.

"처음 2년 동안은 유예기간이고, 그 이후에는 이혼해도 절반은 받을 수 있어." 프레이어가 말했다.

"2년이 되기 전에 하면?" 내가 물었다.

"패디가 이혼하자고 할 리는 없어." 프레이어가 장담했다.

훌륭한 대답은 아니었지만 더는 그 문제를 파고들지 않는 게 낫겠다 싶었다.

그 대신 프레이어한테 엄마를 스케일 업해 주라고. 그게 안 되면 적어도 패디를 그 교회에서 데리고 나오라고 졸랐다. 프레이어가 올 때마다 아직도 엄마를 집에 안 데려왔냐고 물었다.

처음 몇 번은 내가 그런 말을 하면 프레이어는 슬픈 표정으로 "그래, 나도 노력 중이야. 패디한테 계속 조르고 있어."라고 말했다.

나는 매번 화를 내며 말했다. "도대체 패디는 뭐가 문젠데? 누이 집에 그 리틀 엄마를 들이는 게 뭐가 그렇게 어려운데?"

"패디한테 뭘 부탁하기가 부담스러워서 그렇지." 나중에 프레이어가 털어놓았다. "스케일 업을 하면 기분이 날아가는 느낌이지만, 그만큼 스케일 다운하는 건 기분이 안 좋은 일이겠지. 비록 10분의 9에서 4분의3으로 작아진 것뿐이라고 하겠지만, 패디 말로는 연약하고 볼품없어진 느낌이 들고, 나이 든 사람한테는 건강에도 안 좋대.

가끔 찡찡대. 스케일 다운한 뒤로 아프고 기분이 안 좋다고. 나한테 왜 이런 일을 겪게 했니 등등으로 투덜대고. 거기에 내가 '저기요, 언제 우리 엄마를 데려올 거예요?' 같은 부탁을 도저히 내 입 밖에 내놓을 수가 없어."

"누난 그 남자의 와이프고 우리 엄만 이제 그 아저씨의 징그러운, 가족이잖아." 그 전날 누군가에게 맞아 부러질 뻔한 내 목에서 쉿소리가 났다. "그 뚱보 수다쟁이 노인은 누이같이 예쁘고 젊은 여자랑 결혼했으니 엄청난 빚을 진 거라고. 내가 여기서 나가 흠씬 패 주어야 하나!"

하지만 소상히 알고 보니, 패디가 엄마를 싫어하는 것만 문제가 아니었다. 엄마도 패디를 싫어했다. 엄마가 하나님한테 지나치게 깊이 빠져있어서 모든 게 실타래처럼 엮여 있었다.

"엄마는 내가 주는 문문도 안 받으시려고 해." 프레이어는 그 큰 머리에서 나오는 큰 목소리로 말했다. "그냥 다시 돌려준다니까. 왕이신 주 하나님이 내 결혼을 싫어하실 거라고 하면서."

"그거야 패디가 늙고 역겨우니까 그렇지." 내가 속없이 말했다.

"아냐. 패디가 왕이신 주 하나님의 교회에 속하지 않아서 그래." 프레이어가 말했다.

"교회에 안 다녀?" 내가 말했다.

"아니, 다니긴 다니지." 프레이어는 쑥스러워하며 말했다.

"아!" 나도 짐작 가는 바가 있었다.

프레이어가 그 이상은 답하지 않으려 했다.

"어떤 교회인지는 물어보면 안 될 것 같네?" 내가 추측하며 말했다.

* * *

패디는 '새로운 행성 교회' 소속이었고, 그 교회는 살아있는 어떤 남자가 창립했다는 사실만으로도 이미 왕 레드카드를 받아 마땅했다.

주된 신념은 이랬다. '이생에서는 문문으로 스케일 업을 하지만, 다음 생에서는 어떨까? 다음 생에서는 선행들로 스케일 업을 한다. 이생에서 스케일 업을 하는 게 중요하다고 생각들 하는데, 그런 건 잊어라. 다음 생에서의 스케일 업이 더 중요하다. 왜냐하면, 다음 생에는, 기대하시라! 두구두구두구! 우주에서 살게 되니까 말이다.

우주에서는 엄청나게 커져서 행성이 되어야지. 그렇지 않으면 작은 몸으로 추운 곳에서 숨도 못 쉬고 떠다니다가 영원히 혜성들에 얻어맞게 된다.

그러므로 선행을 시작하는 게 좋다. 당신의 작은 미래의 우주 조약돌을 살찌우기 시작하라. 그런데 알고 있는가? 가장 중요하고 편리한 선행 방법은 바로 '새로운 행성 교회'에 문문 헌금이다.'

"패디는 왜 그 교회를 다니기 시작했는데?" 내가 의아해서 물었다. 패디는 굉장한 짠돌이라 문문을 기꺼이 헌금할 것 같지 않았기 때문이다.

"직장 상사가 그러라고 했대." 프레이어가 설명했다.

그 교회가 문문을 기부받는 것보다 더 좋아하는 한 가지는, 다른 교인들을 데려오는 것이었다. 이러한 모집을 장려하기 위해 교회는 모집한 사람들의 선행들을 전도한 사람의 선행에 포함하는 체계를 갖고 있었다. 즉, 데려온 교인이 입교비로 1백 문문을 내면 이는 곧 전도자 나아가 전도자를 전도했던 사람이 1백 문문을 낸 것과 마찬가지며, 이런 식으로 거슬러 올라가면 새로운 행성 교회 창립자는 모두의 선행들이 적립되기 때문에 다음 생에서 태양이나 블랙홀 또는 그 무엇보다 커진다는 것이다.

그래서 로시 인디카 지역에 여러 개의 퀵스탠드를 소유한 패디의 상사는 언젠가 패디에게 말했다. "이봐, 희소식이 있어. 이 교회는 신실한 보편적 진리라고 할 수 있네. 자네는 그 교리를 꼭 고려해보게나. 거기에는 충만한 삶을 사는 법, 정의, 선, 그밖에 모든 분야에 관한 다양한 지침이 들어있지. 그리고 무엇보다 자네가 교회에 들어온다면 자네가 매월 내는 퀵스탠드 프랜차이즈 비용을 두 배로 올릴 필요가 없을지도 모르겠어."

그래서 패디는 사업적 판단으로 입교했고, 결혼의 일부로서 프레이어까지 입교하도록 했다.

"그러니까, 패디는 다음 생에서 자기 스케일이 누이보다 커도 상관없다는 거네." 내가 말했다.

"그게 무슨 말이야?" 프레이어가 말했다.

"누이의 선행이 곧 패디의 선행이잖아. 게다가 패디 본인의 선행도 있고, 그러니까 수학을 좀 해보면 저승세계에서 당연히 패디가 더 크겠지." 내가 말했다.

"워너, 사실 그 거지 같은 말들을 한 글자라도 온전히 믿는 사람은 아무도 없어." 프레이어가 잘라 말했다.

그건 사실이다. 나도 그 거지 같은 교회에 관해 이렇게 자세히 설명하는 게 미안할 지경이다. 어쨌든 요점은, 우리 엄마가 프레이어가 새로운 행성 교회로 개종했다는 사실을 안 순간, 그걸로 끝. 모든 게 게임 오버 되어 버렸다는 것이다. 프레이어가 왕이신 주 하나님의 독스아이 미들교회로 엄마를 만나러 갈 때마다, 엄마는 교회나 하나님에 관한 얘기 말고는 하려 들지를 않았다. "엄마 뭐 필요한 거 있어?" "프레이어, 넌 그 사이비종교에서 나와야 해." "엄마, 괜찮아? 눈은 좀 어때?" "프레이어, 왕이신 주 하나님은 오늘이라도 네가 그 악마 같은 사이비종교에 등을 돌리기만 하면 다 용서해주실 거야." "엄마, 엄마의 의자 바퀴 고칠까?" "프레이어, 당장 네 그 큰 손으로 내 손을 잡고 말하렴. 왕이신 주 하나님. 진심으로. 제가 잘못했습니다."

엄마는 원래부터 하나님을 많이 사랑했지만, 보아하니 우리가 떠난 뒤 수녀님이라도 된 건지, 매일같이 그저 다른 리틀 푸어들을 위해 옷을 바느질하고, 가루 반죽이나 피죽 같은 것만 먹으며, 밤이면 휠체어를 타고 거리를 돌아다니며 다른 영혼들을 구하기에 바빴다.

적어도 교회가 엄마를 보살피고 있다는 사실에는 안심이 좀 됐다.

하지만 그보다 훨씬 더 슬펐던 건 우리가, 이 쓸모없는 자식들이 엄마를 직접 보살피지 못한다는 사실이었다. 하나는 스케일 업한 이기주의자, 다른 하나는 쓰레기 같은 재소자였으니 말이다.

이상은 엄마 얘기다.

한편 어셔에 관해서는, 프레이어가 아무것도 아는 게 없었다.

"네가 체포되던 날 아침에 어셔도 떠났어. 어디로 갔는지는 나도 몰라. 어셔가 말을 안 했거든." 프레이어가 말했다.

"맙소사! 프레이어!" 나는 격분하여 소리쳤다. "대체 어셔한테 무슨 일이 있었던 거야? 잠은 또 어디서 자고?"

"가끔 드림월드에서 찾아보곤 해." 프레이어가 말했다. "찾으면 말해줄게."

"고양이나 매한테 잡아먹히고 말았을걸. 있잖아, 어셔가 죽은 걸 내가 알게 되면, 프레이어도 죽은 거야. 내 말은, 영원히 프레이어가 죽었다고 생각할 거라고." 내가 말했다.

"어셔는 자유의 몸이야. 내가 책임을 질 이유는 없어. 그리고 어쨌든 나한테 말도 없이 가버렸는걸." 프레이어가 변명했다.

"난 프레이어가 비참하게 죽었다고 생각할 거야." 소리쳤다. "그것참 안됐네. 난 프레이어라는 사람한테 다시는 말도 안 할 거야. 그 바보 같은 얼굴이 어떻게 생겼는지조차 잊어버릴 거고."

아무튼, 이건 프레이어의 첫 번째 면회 때, 내 혀가 굼떠지기 전의 일이다.

소년원에서의 그 엄청난 일 년을, 아무것도 겪어보지 못한 사람한 테 어떻게 이해시킬 수가 있을까? 하루가, 한 주가, 한 달이 지났고, 난 점점 더 나 자신을 잃어갔다.

대부분이 쓰레기고 나쁜 놈들인, 잘 알지도 좋아하지도 않는 남자 애들만 있는 곳에 있으면, 금세 말을 잘 못 하게 된다.

입은 작동법을 다 잊어버리고, "관심 없어.""귀찮게 하지 마.""미 안, 데이브.""왜 이래?" 같은 말들과 우울하고 딱딱한 말들만 뱉게 될 뿐이다.

그렇게 말수가 줄고, 프레이어도 프레이어대로 고민거리들이 있 었기에, 프레이어의 면회 수도 점점 더 줄었다.

"정말 미안한데. 오래는 못 있어. 패디가 이제는 매일 가판대를 보 라고 하거든. 진짜 나한테 사업을 넘겨준 거나 마찬가지라니까. 소유 권 부분만 빼고 말이야." 난 그 말에 그저 끙하고 앓는 소리만 냈다. 좀 더 잘해주려고 해도 도무지 되지가 않았다.

"그동안 못 와봐서 미안해. 패디가 은퇴했어. 종일 침대에 앉아 사 이버 세계의 친구들과 비디오 포커만 치는 거 있지. 친구들이라고 해 도 다 로봇일 뿐이지만. 내가 이런 일로 속을 끓여야 하나? 아마 괜 찮겠지 그렇지?" 프레이어는 피곤한 눈과 지친 입으로 묻곤 했지만, 프레이어의 고민은 내 딱딱하고 차가운 생각들에 부딪혀 튕겨 나갈 뿐이었다.

내 생각들은 터널 파기에 관한 것이었다.

난 8년짜리 터널 속에 있는 거라고 매일 생각했다. 천천히 터널을 파기만 하면 돼. 하루에 1일 치씩 파면, 읽기 능력, 생각하기 능력, 엄청난 힘을 길러서 터널 반대편으로 나가게 될 거야.

하지만 몇 달이 채 되지 않아 8년짜리 터널은 불가능한 길이임을 깨닫게 된다.

그리고 생각한다. '이 터널은 끝이 보이지 않아, 중간에 무너져 버리지 않을 거라고 어떻게 장담하지?'

또 깨닫는다. 2년 후면 터널은 더 어두워지고, 더 울퉁불퉁하고, 더 엉망이 되겠지? 2년 후면 난 어른들과 함께 일반감옥에 있을 테고, 그들은 리틀과 미들들을 함께 처넣을 거야. 그렇게 나보다 두 배, 세 배, 다섯 배 더 큰 데이브와 함께 있으면 묵사발이 되는 횟수도 훨씬 잦아지고, 성폭행당할 확률도 높아지고, 자, 선택해. 우리 조직에 들어오거나, 죽거나 하는 협박을 들을 가능성도 커지겠지. 그 가망 없는 어른들 사이에서 운 좋게 6년간 살아남아봤자, 지금보다 더 크고 우울하고 미친 사람이 되겠지. 정신병자에 가까울 만큼.

난 여기 소년원에서도 아무 힘이 없어. 페이스 보이들이 더 심해져서 어느 날 무작정 내 목을 부러뜨려버리면 어쩌지.

사이코가 나랑 싸우려 들면 진짜 사이코가 너 죽고 나 살자고 달려들어 날 죽이거나 내가 죽인다면? 그 후과는 죽음 또는 종신형이 되겠지.

내가 파고 있는 이 터널이 그냥 구덩이면 어쩌지?

시간은 아주 느릿느릿 흘렀고, 난 전보다 더 우울하고, 더 미치고, 더 못되게 굴었다.

누가 내 침대를 밟기라도 하면 소리를 꽥! 질렀다. 누가 날 쳐다보면, 꼬나보는 게 아니라 그냥 멍한, 또는 걱정하는 눈빛이어도, 난 걔 얼굴에 인정사정없이 주먹을 날렸다.

경비원들과 가석방 담당 경찰들은 심사 때 이 일에 관해 이렇게 평했다.

"투덜이 쥐, 너 싸움 랭킹으로 석방될 수 있다고 생각하는 건 아니겠지? 그렇게 싸움에 계속 휘말리면 결코 가석방은 꿈꿀 수 없어." 마치 그게 무슨 새로운 소식인 양, 마치 내가 그것도 모르는 바보라는 듯이.

그들은 날 최고로 못된 애 중 하나로 여겼고, 일 년 뒤에는 나도 그 생각에 동의할지 모르겠다 싶었다.

그리고 나는 내가 터널을 파고 있는 게 아니라 오히려 그 터널이 날 파헤치고 있을 뿐 아니라, 뱀처럼 통째로 날 삼키고 있다는 사실을 깨달았다.

드림월드

감옥에 갇힌 지 약 일 년 뒤의 어느 날, 그들은 호실 안에서 최고로 못된 애들을 하나씩 차출했다. 페이스 보이 오야지인 퍼피넥, 완전 사이코인 닉, 마약중독자인 스탈링 그리고 네 번째로, 여러분의 친구인 나.

경비원들은 우리 넷을 그물로 건져 올려 침대도 없이 텅 빈 호실 안에 떨어뜨렸고, 나는 생각했다. 자, 배틀로얄 시작! 공격당하기 전에 먼저 저 몽롱한 스탈링을 공격해 볼까? 싸움을 제일 못하니까. 닉이랑 퍼피넥은 둘이 싸우게 두고.

하지만 경비원들이 호실을 내려놓지 않았기에 두 다리로 설 수도 없었던 우리는 싸울 수도 없었다.

"자, 요, 쓰레기 같은 놈들아!" 월트가 말했다. "이제부터 할 일이 있다. 폭력 성향이 강한 아동 죄수들, 그러니까 바로 너희를 대상으로 실험을 진행할 사람이 와 있어."

우리는 월트를 응시하기만 했고. 닉은 바닥에 침을 찍! 뱉었다.

"좋아." 월트가 말했다. "실험에 참가하기 싫은 놈은 지금 말하도록! 아무도 나불거리지 않으니, 좋아, 그럼 가볼까?"

그들은 우리를 밖으로 통솔했고 마당에 몸집이 거대한 누군가가 있었다.

하지만 우리를 맞이한 건 늙은 과학자 샌님이 아니라 미들 리치 여자애로, 심지어 우리 또래였다. 그 애는 최소 2배 스케일, 2와 2분의 1배 스케일에 가까웠다. 운이 아주 좋은 부자 여자애가 허우대 때문에 리틀빅하우스 안에 들어올 수 없었기에 우리가 밖으로 나온 것이었다.

왠지 그 애가 낯이 익었는데, 그 이유를 알 수 없었다.

"이놈들이 최고로 폭력적인 놈들이야." 월트가 그 여자애한테 말했다. "목에 강아지 문신을 한 놈은 조직의 오야지, 대머리는 모든 것에 다 중독되어 찌든 놈, 여기 이 눈깔이 이상한 놈은 귀신들한테 소리치고, 구석에 있는 요 얼굴 찡그린 근육남은 그냥 멍청하고 못된 놈인데, 우리가 투덜이 쥐라고 부르지. 몇 달 전부터 말을 안 해."

"안녕, 애들아." 여자애가 인사했고, 어둡고 기름진 목소리 역시 귀에 익었다. 내 머리가 진흙에 빠진 바퀴처럼 헛바퀴 돌 듯 빙글빙글 돌았다.

닉은 곧장 그 여자애한테 듣기 끔찍한 말들을 쏟아냈다. 스탈링은 어떻게 하면 걜 따먹을 수 있을지 수군거렸고, 퍼피넥과 난 입을 닫고 잠자코 있었다.

"이제 내 말이 무슨 뜻인지 알겠니? 진짜 학을 뗄 놈들이야." 월트가 구시렁거렸다.

하지만 입을 동그랗게 벌린 채 머뭇대던 여자애가 말했다. "완벽해요. 퍼펙트해요. 얘들아, 내 이름은 키티야. 난 꿈에 관한 학교과제를 하러 왔지."

그 애의 말을 듣자 난 눈 뒤쪽이 아픈 느낌이 들었다. 마치 울고 싶은데 울 수 없는 것처럼.

퍼피넥도 나와 같은 느낌이 들었는지, 곧바로 여자애한테 쏘아붙였다. "미안, 부자 아가씨, 우린 꿈을 안 꿔."

그 말이 처음에는 농담인 줄 알았던 여자애는 곧 그게 아니란 걸 깨달았다. 점차 얼굴에 미소가 사라지더니 얼굴이 굳어졌다. 그리고 월트를 쳐다봤다.

"아무도 꿈을 안 꿔요?" 여자애가 다시 확인했다.

"응. 거의." 월트가 동의했다.

"그렇군요." 여자애가 말했다. "흠, 큰일이네요. 과제를 하려면 이 애들이 꿈을 꿔야 하는데."

"레이디! 만나고 싶다고 해서 만나게는 해줬다만, 사실 얘들이 뭔가를 할 수 있다는 장담은 못 해." 월트가 더 압박했다.

"너희 중에 아무도 꿈을 안 꾸니?" 여자애가 다시 우리한테 물었다.

아니라고 말해야 했지만 하지 못했던 건지, 할 수 없었던 건지, 알 수 없다.

이 여자애한테 난 투덜이 쥐, 못되고 멍청하고 말도 못하는 근육 남이란 사실이 내 입을 망가뜨려 놓아 내 혀는 둔하고 굼떠졌다. 내 목소리 관에는 숨이 통할 길이 없었다.

결국, 내가 입을 닫고 있는 새에 닉은 여자애한테 또 다른 더러운 말을 선사했다. 그러자 스탈링이 말했다. "물론 난 꿈을 꾸지. 예쁜 이, 매일 밤 보드라운 당신 가슴골에서 폭 파묻히는 꿈을 꾼다니까."

"저," 키티가 입을 떼더니 머뭇거리다 말을 이었다. "시간 내줘서 고맙군요, 귀찮게 해서 미안해요."

그러고는 자리에서 일어섰는데, 실망해서인지 아니면 그냥 리틀 푸어들한테 말을 거느라 쭈그리고 앉아 있어 그랬는지, 살짝 휘청대었다.

경비원들은 우리를 다시 리틀빅하우스로 데려가 다시 호실 속에 처넣고, 멍청한 개차반들이라고 욕을 했다.

이삼일이 지났다. 내가 전에 어떻게 꿈을 꿨는지 일부러 인식하지 않으려 노력했다. 그 여자애를 어떻게 아는지 기억하지 않으려 의식적으로 노력한 우울한 날들이었다. 어쩌면 난 기억도 못 할 거고 어쨌든 내 기억들은 뜨겁고 고통스러운 드림월드 같아서, 들어가는 것 자체가 고문이었다.

퍼피넥은 때때로 날 쳐다보다가 페이스 보이들과 얘기를 나누었는데, 어쩌면 내 얼굴과 간, 쓸개가 또 한 번 부서질 때가 된 듯했다.

그러던 어느 날 밤 퍼피넥이 내 침대로 걸어왔다.

"워너, 얘기 좀 하자. 남자 대 남자로." 그가 말했다.

그는 목소리를 낮은 키로 얘기했고 다른 페이스 보이들은 보이지 않았다.

"뭘 원하냐?" 내가 최대한 심드렁하게 말했다.

"시비 걸거나 헛소리하러 온 거 아냐." 그는 양손을 펴 보이며 말했다.

"뭘 원하느냐고? 페이스." 난 같은 말을 되풀이했다.

그는 두 눈을 반짝이며 말했다. "데이브, 난 널 존중해. 넌 나나 우리 꼬붕들한테 수없이 맞고도 엄청나게 잘 버텼지. 널 존중하고 좋아하기까지 한다고."

"요점만 말해, 이 자식아!" 내가 으르렁대었다.

"일주일 뒤가 내 생일이야." 그가 말했다. "난 열여섯 살이 돼. 일반감옥으로 가는 거지."

"축하해." 내가 무미건조하게 뱉었다.

"아직 못 끝낸 일이 한 가지 있는데." 그가 말했다. "바로 너야, 데이브. 내가 여길 떠날 때 난 네가 둘 중 하나가 되길 바라. 페이스 보이가 되든지 아니면 더는 숨을 쉬지 않든지?"

"정말이냐?" '세계 나가기 그리고 알 게 뭐야?' 식의 반응을 보여야겠다고 결심한 내가 말했다.

그는 여유로웠지만 태평한 스타일이 아니라, 터프하고 영리한 조직 오야지 스타일이었다.

"그래." 그가 말했다. "내가 일반감옥에 갔을 때, 네가 그 둘 중 어느 것도 안 되면 그들은 이 퍼피넥을 환영하지 않을 거거든."

"거참 안됐네." 내가 조소했다.

"정말 안된 일이지." 퍼피넥이 동의했다. "일반 감옥에는 리틀과 미들들이 섞여 있는 거 알지. 그러니까 만약 내가 페이스 보이로서의 책임을 다하지 않으면 아마도 난 죽게 될 거야. 주방사용권을 가진 페이스 보이가 날 기름에 빠뜨려 튀기면 미들들이 아작아작 먹어치우겠지. 너와의 일을 마무리 짓지 않으면 그 사달이 나겠지."

"생각해보니 나쁘지 않네." 내가 말했다.

"좋은 소식은, 결정은 너 스스로 한다는 거야." 퍼피넥이 말했다. "그러니까 미래를 잘 보고 말해. 일주일 뒤에 죽을래, 아니면 내가 네 몸에 얼굴을 그리도록 할래?"

"웃기네. 난 둘 다 안 할 거거든." 난 그에게 통보했다.

퍼피넥은 날 보며 알 수 없는 미소를 지었고, 목 문신인 강아지 얼굴이 불룩 튀어나왔다.

"워너." 그가 중얼거렸다. "네 인생을 낭비하지 마. 슬프고 부질없어. 네 뇌와 몸을 헛되이 고생시키지 마."

그러더니 그는 가까이 몸을 숙이며 말했다. "내가 간 다음에 네가 오야붕이 되게 해 줄게. 우리 꼬붕들은 널 잘 따를 거야. 네가 이 호실을 이끄는 거라고. 데이브."

그건 내가 예상 못 했던 말이었기에 입을 다문 채 가만히 있었다.

"오늘 밤에 심사숙고해보고, 내일 살고 싶다고 나한테 말해주기를 바라." 퍼피넥이 목소리를 깔았다. 그리고 내가 말리기도 전에 우리가 도원결의를 한 형제라도 된 양 내 머리카락 속에 손을 집어넣고 눈을 마주 보며 자기 머리를 내 머리에 쿵 부딪쳤다.

결국, 난 죽음과 평생을 나쁜 놈으로 사는 것 중의 하나를 택해야 했다.

한쪽 귀에서 한 유령이 중얼거렸고, 다른 쪽 귀에서는 또 다른 유령이 웅얼거렸다. 천사와 악마. 천사는 그레이스라는 카오소이 가게 여자애였고, 악마는 전에 만났던 거대한 판사였다.

그레이스가 말했다. "페이스 보이가 되면 안 돼. 페이스 보이들은 인간쓰레기야. 넌 쓰레기는 아니잖아."

판사가 말했다. "오! 당연히 넌 쓰레기지. 받아들이라고. 안 나쁜 척하느라 뒈질 필요는 없어."

그레이스가 말했다. "일단 페이스 보이가 되겠다고 한 이상, 그들은 평생 널 놓아주지 않을 거야. 새로운 끝없는 터널이 또 생기는 거라고."

판사가 말했다. "그 터널은 너 혼자 파는 게 아니야. 그러니 훨씬 나아. 상상해봐. 친구들이 함께 파주는 데다 더는 맞고 묵사발 될 걱정도 없어지잖아."

그레이스가 말했다. "페이스 보이는 새로운 행성 교회나 다른 이단들과 마찬가지로 평생 네 선행을 요구할 거야. 다만 그건 선행이 아니라 악행이지. 절도, 포주 짓, 폭행, 살인."

판사가 말했다. "종교에 가입하는 게 뭐가 나쁜데? 교회는 평생 가는 친구를 주잖아. 이 경우에는 터프한 친구들, 조직, 팀. 널 도와줄 수많은 든든한 데이브들이지. 너 빼고 스케일 업한 프레이어와 지금쯤 객사했을 말더듬이 사시나무 친구로 이루어진 예전의 그 멍청한 팀과는 차원이 다르다고."

그레이스가 말했다. "페이스 보이에 가담하고 마침내 수감 생활을 마치고 거리로 나왔다고 쳐. 페이스 보이들이 저기, 저 음식점을 털자며 우리 '그레이스네 카오소이'를 가리킨다면, 넌 그렇게 할 거야? 우리 아빠가 칼을 들면, 우리 아빠를 죽일 거야? 우리 엄마가 총을 가지러 달려가면, 우리 엄마도 죽일 거냐고?"

판사가 말했다. "입 닥쳐! 그레이스. 잘 들어 둬너. 네가 지금까지 살아오는 동안 이 세상은 네게 한 번이라도 따뜻한 곳이었니? 넌 이 끔찍한 세상에 아무것도 빚진 것 없어. 고작 물 한 번 줘놓고, 다음 날 아침에 널 쓰레기통에서 쫓아내려고 했던 여자애도 마찬가지지."

그레이스가 말했다. "왕이신 주 하나님을 생각해 봐."

판사가 말했다. "그래, 그를 생각해 봐."

그레이스가 말했다. "네가 죽으면 왕이신 주 하나님이 물으실 거야. '네 평생 무슨 일을 했느냐? 더 쉽다는 이유로 못된 짓을 하지 않았느냐?' 그럼 넌 뭐라고 답할래?"

판사가 말했다. "워너, 넌 그런 쓰레기 같은 헛소리를 전혀 안 믿잖아."

그레이스가 말했다. "네가 왕이신 주 하나님을 믿고, 안 믿고가 문제가 아니야. 문제는 하나님이 옳다는 거지. 너 스스로 물어봐. 나 하나 살자고 세상을 나쁘게 만들어도 되는 걸까?"

판사가 말했다. "인생은 오직 한 번뿐이야. 너 자신보다 나은 사람인 척하느라 네 인생을 잃지는 말라고."

좋은 건 그레이스였지만, 믿음직한 건 판사였기에, 결국 난 어느 쪽에 내 인생을 걸지 결정하지 못한 채 둘의 말을 들으며 잠이 들었다.

일 년 만에 처음으로 난 꿈을 꾸었다. 그 이유를 곧바로 알 수는 없었다.

난 호실 속에 있었고, 혼자였다. 어렴풋이 몇 안 되는 다른 죄수들이 미끄러지듯 움직이고 떠돌고 뒹구는 게 보였다.

그리고 **빵! 빵! 빵!** 출입구에서 펄쩍 튀어나온 월트가 기쁨에 겨워 소리를 지르며 날 계속 쏴댔다. 난 슈팅 게임에 나오는 것처럼 온통 빨갛게 젖어 있었다.

"그래요. 항복이에요." 내가 말했다.

"빵 빵 빵 빵 빵." 그가 말했다. "넌 꿈을 안 꾸는 줄 알았는데? 레드 피시."

"오랜만이에요." 내가 말했다.

"탕 탕 탕 탕, 철컥 철컥 철컥." 그는 수많은 총으로 날 쏘며 말했다.

그 총을 다 맞아가며 꿈을 꾼다는 건 힘든 일이었지만, 결국 난 총알이 뚫을 수 없는 단단한 고무 막을 내 몸에 입히는 꿈을 꾸었다.

"바보 같은 질문인지 모르지만, 왜 날 쏘는 거죠?" 내가 진중하게 물었다.

"정신교육을 하는 거지." 그가 말했다. "네가 슬며시 빠져나가 드림월드의 합법적인 시민들을 공격할까 봐."

"걱정하지 말아요. 난 안 나가요." 내가 약속했다.

"**펑.**" 그는 이제 내게 폭탄을 던지며 말했다.

"그냥 말로 해요. 내가 꿈을 꿔 줄게요." 나는 제안했다.

"**펑 퍼렁. 파랑 팡.**" 그는 폭탄이 터져 연기가 피어오를 때마다 말했다.

"됐고. 근데 그 키티라는 여자는 누구야?" 내가 물었다.

그는 아무 말도 하고 싶지 않은 듯, 양손으로 폭탄을 돌리고만 있었다.

하지만 그는 말을 참을 수 없었는데, 그건 그가 그 여자애를 엄청나게 싫어했기 때문이다.

"흥, 웨트 얼머낵 시장 놈의 싹수없는 딸년이지." 월트가 말했다. "위에서 너희랑 얘기하게 해주라고 시키는데, 내가 뭘 어쩌겠어? 시키는 대로 해야지. 하지만 그 가족을 위해 일하는 건 정말 싫어. 사악한 정치인들은 스케일 문제든, 계급투쟁 문제든 다 자기중심적으로 만들려고 하지. 역겨워."

"그게 무슨 말이에요?" 내가 물었지만 월트는 또다시 폭탄을 던지고 총을 갈겼다. 방 안이 번쩍거리고, 쿵쿵대고, 폭탄이 떨어지는 바람에 계속 잘 수가 없었던 난 잠에서 깨어났다. 그리고 다시 드림월드로 돌아가지 못했다.

아침이 되었고 결국 회피되지 못한 기억이 내 어지러운 머리를 강타했다.

키티를 어떻게 알았느냐 하면, 바로 씨앗꽃새집에서였던 거다.

키티가 여러 음으로 된, 음들로 된, 음들로 된, 진한 음료 같은 목소리를 지닌 그 여자애였다.

키티가 나보다 더 나은 유일한 드리머. 노래를 부를 수 있는 드리머였다.

그리고 난 생각했다. '드림월드에서 키티를 찾아야 해. 목소리를 마지막으로 한 번 더 들어야겠어.'

불현듯 난 깨달았다. '그 애의 노래를 한 번 더 들으면 모든 게 분명해질 거야.'

그 목소리를 다시 들어야 했고 그 이후에는 어떻게 되어도 상관이 없다 싶었다. 맞아 죽든지, 문신하고 조직에 들어가든지, 아무 죄도 없이 죽든지, 아무래도 좋았다.

그래서 퍼피넥이 내 결정을 들으러 왔을 때 난 하룻밤이 더 필요하다고 말했다.

"안 돼." 그가 말했다.

"왜? 네 꼬붕들이 내가 오야지가 되게 둔다는 거야?" 내가 말했다.

"한편으로는, 우리 꼬붕들이 강하고 똑똑한 오야지를 좋아하기 때문이지." 퍼피넥이 말했다. "하지만 진짜 이유는 따로 있어. 내가 그러라고 했으니까. 우린 사이코들이 아냐. 규칙, 체계, 질서, 충성 같은 것들을 존중하지. 이건 어려운 결정이 아니야. 데이브. 넌 지금까지보다 훨씬 더 나은 삶, 더 나은 친구들, 더 나은 세상을 얻게 될 거라고. 이런 식으로 나랑 쇼부를 치면 곤란해."

"하룻밤만 더 줘." 내가 말했다.

그는 얼굴을 일순 찡그리며 내 머리를 손가락으로 툭 치더니 가버렸다.

프레이어가 점심쯤 면회를 왔다. 두 볼에 난 눈물 자국, 떨리는 턱, 또 다른 나쁜 소식들.

"패디가 문문을 엄청나게 잃었어." 프레이어가 울먹였다. "큰일이야. 정말 많이."

"왜?" 난 힘겹게 입을 열었다.

"망할 놈의 비디오 포커." 프레이어가 떨었다. "망할 놈의 조작된 사기꾼 비디오 포커 로봇들 같으니. 우리 문플로우 계좌는 다 털렸고, 패디는 퀵스탠드 비용도, 새로운 행성 교회 비용도 못 내고 있어, 파산 직전이야."

나는 벨트가 우리 얘기를 흘려들으며 슬픈 얼굴로 고개를 가로젓는 걸 봤다. 마치 잠자리 얘기로 많이 들어봤던 얘기인데 라는 듯.

"그럼, 이제 어떡해?" 내가 물었다.

프레이어가 날 내려다보며 한숨을 두 번 내쉬더니 메마른 목소리로 말했다. "뭐, 둘 중 하나가 되겠지. 우리가 가판대를 잃거나, 그가 나를 잃거나."

"그걸 언제 알게 되는데?" 내가 물었다.

"난 이미 알 것 같아." 프레이어가 부르르 떨었다.

"저런, 좀 안쓰럽네. 비디오카드게임의 중독성을 너한테 경고했어야 했는데." 프레이어가 떠나고 나자 벨트가 말했다.

"그러게요." 내가 말했다.

"절대 잊지 마. 로봇들은 너보다 영리하다고, 네가 더 영리하다고 착각하는 거, 그게 바로 그놈들이 노리는 지점이야." 벨트는 나를 호실 속에 넣으며 설명했다.

"아저씨, 뭘 좀 보여주실 수 있나요?" 내가 말했다.

"보여줄 만한 거라면? 레드 피시." 그가 말했다.

"그냥 고등학교를 보고 싶어요. 사진 같은 거 말이에요." 내가 말했다.

그는 아무것도 묻지 않고 순순히 자신의 폴더블폰의 사진 검색창을 열었다. 이상하고 오래된 기계일지 몰라도 내 눈에는 대단해 보였다.

"웨트 얼머낵 미들 리치 고등학교는 어때요?" 내가 말했고, 가슴이 쿵쾅댔다.

"그래. 좋은 학교지." 그는 글씨를 입력하며 말했고, 곧 사진, 지도, 훑어보기용 3D 동영상들이 떴다.

그 학교는 솔직히 믿기 힘들 만큼 좋았다. 아름다운 절벽 위에 있는 호텔 리조트 휴양지나 다름없을 정도다. 체육관, 수영장, 정원, 극장, 스크린룸, 천체 투영관 등이 있고 협곡의 경치를 감상할 수 있는 그야말로 천국이었다.

"저런 데 가면 정말 좋겠지? 안 그래." 벨트가 말했다.

"그렇죠." 난 말하고는 열심히 외웠다.

"인생, 참 불공평해." 벨트가 말하며 폴더블폰을 접고는 날 다시 호실 속에 집어넣었다.

그날 밤 난 졸지 않고 잠이 들어 꿈을 꾸려고 무지 애를 썼지만, 그건 쉽지 않았다. 나와 같은 호실에 있던 사이코 닉이 다른 때보다 더 꼬여 있었는데, 월트가 오후 내내 슈팅 게임을 하자, 닉은 매서운 눈초리로 땀을 흘리며 거친 협박을 해댔다.

"다들 자라. 밤이 깊었다. 안 그러면 네놈들 목을 다 물어뜯어 버릴 테니까." 그는 이런 말을 외쳐댔다.

내가 슬쩍 고개를 들자 흡혈 사이코가 날 빤히 쳐다보고 있었다.

'에라이!' 난 생각했다.

나는 몸에 힘을 빼고. 코로 깊이 숨을 쉬며 두 눈을 감고 가슴을 진정시켰다.

드림월드에서는 월트가 기다리고 있었다.

"빵· 빵· 퍼어어어엉!" 그는 소총으로 저격하더니 그다음엔 바주카 포를 쏘며 낄낄거렸다.

"젠장, 정신 차렸다고요." 난 그의 기분을 맞추려고 소리쳤지만, 나는 여전히 정신을 못 차린 채 바닥으로 엎어졌다.

땅속 깊이 파 들어가다 보니 밤하늘의 바닥이 나왔다. 통제도 안 되고 연습도 없이, 다이빙하는 연처럼 하늘에서부터 거칠게 떨어진 나는 고등학교 지붕에 얼굴부터 미끄러졌다.

그렇게 난 크고 아름다운 캠퍼스를 내려다보았다. 사방에서 속 편한 미들 리치들이 숙제가 없고, 벌거벗고 풀밭에서 섹스하는 전형적인 학교 꿈들을 꾸었다.

하지만 키티는 어디에도 없었다.

"자, 시작." 난 생각하고 말하며, 투덜이 쥐를 만들었다.

내 계획은 얼굴을 찌푸린 투덜이 쥐를 수 킬로미터 밖에서도 볼 수 있도록 거대하게 만들어, 키티가 창문을 비롯한 그 어디에서든 볼 수 있도록 하는 것이다. 그래서 '투덜이 쥐, 왜 이렇게 낯이 익지? **아 하!**' 라고 생각하도록 하는 거였다.

그 애가 날 찾아오면, 한 번 더 노래를 불러 달라고 말하고, 그 애 는 노래를 부르는 것이다.

그 노래를 들으면 내가 죽어도 될지, 아니면 살아야 할지 알게 될 것 같았다.

그래서 난 아름다운 고등학교의 지붕 위에 앉아 만화에 나오는 우 스꽝스러운 투덜이 얼굴을 한 쥐를 만들었다. 빨갛고, 팔다리가 근육 질인, '워너가 너네 학교 지붕 위에 있다'라는 표시가 될 만한 완벽한 쥐를.

한 가지 문제는, 쥐가 너무 작다는 거였다.

"*커져라.*" 난 쥐한테 말했다.

하지만 쥐는 커지지 않았다.

난 쥐가 커지는 꿈을 꾸려고 애썼다.

하지만 그건 악몽이라, 제멋대로 움직이거나 움직이지 않아서 통 제가 되지 않았다.

예전에 아침에 일어나면 엄마랑 아빠가 나한테 이렇게 말할 때가 있었다. "아름다운 꿈이었어? 레드 피시. 넌 그게 쉽다고 느끼겠지.

하지만 명심해. 사람 대부분은 원하는 대로 꿈을 꾸지 못해. 언젠가는 너도 꿈들이 통제가 안 된다는 사실을 알게 될 거야."

"맙소사 진짜 끔찍하겠다." 난 생각했었다. "난 특별하니까 다행이야. 나한테는 그런 일이 절대 안 일어날 거야."

'아니. 너한테 일어날 수 있어. 워너, 소년원에서 꿈 없이 일 년을 보냈으니, 당연하지.'

'제발.' 내 완벽한 투덜이 쥐를 두 손에 들고 크게, 크게, 크게 되라고 빌었지만, 투덜이 쥐는 커지지 않은 채 축 늘어져 있다시피 했다. 오히려 줄어드는 것 같았다.

이 낯선, 나쁜 기분은 뭐지? 나 자신을 통제할 수 없는 기분.

"안 돼, 안 돼, 안 돼!" 난 애걸했다.

당황한 나는 투덜이 쥐를 집어 들어 던져볼까 했지만, 벽돌처럼 무거워서 던질 수도 없었다.

"쥐야!" 난 소리쳤다. "커져라."

작은 쥐는 앞발로 수염을 닦더니 타일 위를 총총걸음으로 돌아다녔다.

처음으로 난 절망감을 느꼈다.

그리고 목이 간질간질한 이상한 기분도 들었다.

그게 뭔지 깨달은 나는 일어나, 라고 나 자신에게 말했지만, 일어나지 못하고 얼음처럼 마비되어 있었다.

간지러움은 꽤 아픈 고통으로 변했다. 꽤 나쁜, 거무스름한, 뜨거운 냄새.

내가 드림월드에서 마지막으로 본 건. 화가 난 쥐가 풍선처럼 부풀어 오르는 모습이었다.

삶과죽음의세계

결국, 닉은 내 목을 물고 그다음엔 이렇게 되었다.

난 그가 날 죽이기 직전에 그의 얼굴을 팔꿈치로 쳤지만, 목 부위에 이미 평생 흉터로 남을 심한 상처가 나버리고, 그렇게 나는 병원 신세를 지게 되는데, 감옥에서는 그걸 격리라고 부른다.

사이코의 이빨에 물렸으니, 그리 놀랄 일도 아니지만, 상처가 감염되어 열이 나 의사는 사실상 내게 독을 뿌려 워너가 아닌, 감염을 제거하려 했다.

알약과 물약을 먹은 난 꿈 없이 잠을 자고, 고통스럽게 졸며 일주일을 보냈다. 저 밖 어딘가에 어쩌면 이혼을 하고 모든 걸 잃은 프레이어가 있겠지. 어딘가에 일반감옥으로 간 퍼피넥이 있겠지. 아마 그들 손에 죽거나 먹힐지 몰라. 어딘가에 어쩌면 어셔가 살아있을 수도 있고.

어느 날 아침, 눈을 떠보니, 목은 쓰라리지만 허파 속 공기는 깨끗한 느낌이었다. 최악의 고비는 넘긴 것이다.

"좀 낫니?" 의사가 물었다.

"조금요." 내가 답했다.

"그래야지." 의사가 다시 말했다. "오늘 밤에 다른 애들과 호실로 돌아가게 될 거야."

그러더니 그 여자는 내게 생각할 시간을 몇 시간 주었다.

늦은 오후, 경비원들이 말도 없이 침대에 누워있는 날 들어 올리더니, 침대를 어떤 상자 속에 집어넣고 날 마당으로 데리고 나갔다.

마당에는 이번에도 키티가 있었다.

어디 보자, 정말로 그 애는 씨앗꽃새집에 있던 그 여자애가 맞지만, 이제는 우울한 얼굴을 하지 않은, 전형적인 10대다.

밤하늘색 머리를 땋아 만든 똬리는, 꼭 타이어들을 겹겹이 쌓아놓은 것 같았다.

강물색 피부, 진흙 크림색 주근깨들과 더 많은 주근깨.

오므린 입술은 '나 칭찬해 줄 거지.' 라고 말하듯 미소를 한가득 머금고 있었다.

살짝 사팔뜨기인 눈, 특히 오른쪽 눈은 사팔눈 기가 심해 날 보고 있는 것 같지 않다. 그럼 뭘 응시하는 거지?

"누군가의 쥐 풍선을 찾았어." 그 애가 내게 말했다.

"내 거야." 난 쉰 목소리로 말했다.

그 애는 드림월드에 버려진 그 이상야릇하고 거대한 쥐 풍선 수수께끼를 푼 것에 대해 칭찬을 기대했다.

"왜 나한테 거짓말했니?" 그 애가 물었다.

"거짓말 안 했는데." 내가 능청스럽게 답했다.

침묵.

"나한테 꿈 안 꾼다고 말했잖아." 그 애가 재차 물었다.

"난 아무 말도 안 했어." 내가 말했다.

다시 침묵.

"아." 그 애가 말했다. "맞다. 넌 말을 안 했지."

난 그 애한테 얘기해주고 싶었다. '나도 원래는 말을 했어. 미친 놈처럼 신나게 주절대었지. 여기 감옥에서는 저들이 나에 관한 일들을 멋대로 단정 지어 버리고, 설령 그게 사실이 아니어도, 얼마 지나지 않아 다 사실이 되어버려.'

하지만 그 애는 너무 거대하고, 감옥 마당에 있는 나는 그야말로 한갓 죄수니까 그런가? 나도 모르겠다.

"근데 지금은 말을 하네." 그 애가 덧붙였다.

"감옥에 갇힌 리틀들의 꿈을 왜 알고 싶은데?" 내가 물었다.

"그게, 학교과제라서." 그 애가 말했다.

"아, 그렇구나." 난 마치 학교과제가 뭔지 아는 것처럼 말했다.

그 애의 입술이 살짝 떨리더니 말했다. "난 불우한 사람들, 가난한 사람들, 재소자들, 정신적으로 병든 사람들, 특수한 요구를 가진 사람들의 꿈을 조사하는 중이야."

"좋네." 난 불쾌함을 느끼며 쉰 목소리로 말했다.

그 애의 두 손이 꼼지락대는 손가락들이 서로 깍지를 끼며, 생각풍선에는 '어쩌면 그건 실수였는지도 몰라.' 라는 말이 떠올랐다.

하지만 그 애는 계속 물었다. "이번 주에 너랑 꿈을 꿔도 될까?"

내 심장이 마구 뛰었다.

"물론이지." 나는 그 애한테 말했다.

"고마워." 그 애가 말했다.

이제 와 감옥 세계의 경비원이나 너저분한 데이브 같은 사람이 아니라 다른 세계, 다른 행성에서 온, 다른 인생을 사는 이 여자애를 쳐다보기가 너무나 낯설어, 힘들어진 나는, 그저 땅만 바라보았다.

"그럼. 좋아." 그 애가 말했다. "내가 드림월드에서 널 찾든지, 네가 날 찾든지 하자."

"그래." 내가 답했다.

하지만 그 애가 일어날 때, 담을 넘어 내 인생에서 떠날 채비를 할 때, 내가 말했다. "잠깐만."

그 애는 멈춰 서서 내 위로 몸을 구부리고, 그 애의 숨결에는 가짜 민트 껌 향이 가득했다.

"난 오늘 밤에 죽어." 내가 그 애한테 말했다.

그러자 "그 애는 무슨 말이야?" 라고 말하며 다시 내 말에 귀를 기울였고, 난 그 애한테 내가 어떻게 이리로 오게 되었는지 자초지종을 말했다. 경비원들은 점점 더 화를 냈지만, 그들이 이 미들 리치 공주한테 아무것도 못한다는 걸 알고 있어 멈추지 않고 계속 말했다. 거대한 이야기 덩어리들, 아이들이 우리 아빠를 짓밟았던 일, 고양이가 우리 엄마를 불구로 만들었던 일, 더 나은 삶을 찾아 로스쿨을 찾아왔지만 프레이어는 강간을 당했고, 포주 숄더헤드는 프레이어를 납치하려 했으며, 경찰은 도와주지 않았고, 난 훔친 총으로 프레이어의 납치범을 물리치려 했다가 이렇게 감옥에 갇히게 되었으며 조직이 날 죽이려 한다고, 꿈을 꾸려 할 때면 사이코들이 날 물어대니, 내 삶은 끝난 거나 마찬가지라고.

우리는 해가 바다로 툭 떨어질 때까지 마당에 있었고, 그때까지 내가 그 애한테 말하지 못한 단 한 가지는, '예전에 너랑 한 번 꿈 꿔 본 적 있어.' 라는 말이었다.

그 애는 떠나기 전에 월트에게 말했다. "내가 이 일을 바로잡을 테니까, 오늘 밤까지 얘를 병원 격리실에 있게 하세요. 만약 얘를 호실로 돌려보내 무슨 일이 생기면, 우리 아빠가 아저씨한테 어른 감옥 안이 어떻게 생겼는지 보여줄 거예요."

월트는 분통이 터졌지만 힘이 없었기에, 그저 내게 "그 부자 년은 며칠 내로 널 잊을 거고, 그때 어떻게 될지 두고 보자. 요 쥐새끼 같은 자식! 오 맙소사! 타일에 떨어진 네놈의 몇 방울도 안 되는 핏자국을 단숨에 닦아버릴 생각을 하니 벌써 짜릿해서 견딜 수가 없어."
라고 떠들어댔다.

하지만 그 여자애는 잊지 않았다.

그 애는 프레이어를 찾아가 면담을 했고, 일반감옥에 있는 숄더헤
드의 창녀 한 명을 찾아가 또 면담했다.

'어쩌면 워너는 그리 나쁘지 않다' 사건을 시장인 아빠, 휴에게 알
렸다.

그 애와 그 애의 아빠는 드리머프의 시장에게로 갔고, 두 시장은
합의했다.

키티의 아빠는 개인 문문을 드리머프 공원에 기부하고, 드리머프
의 시장은 날 사면하기로 했다.

* * *

사면이란 '남은 복역 기간은 신경 쓰지 마라. 다 우리 잘못이다. 워
너, 너는 이제 자유다.' 라는 의미였다.

그들이 소년원의 미들문을 열어주어 난 지역뉴스사들의 카메라들
을 향해 눈을 껌뻑거리며 걸어 나왔다. 키티의 거인 가족들이 우아
한 정장과 드레스 차림으로 빙 둘러서서 기다리고 있었다. 키티의 아
빠인 휴가 손을 낮추어 내 앞에 댔다. 내가 손 위로 올라가자 그는 자

기의 완벽한 얼굴 높이로 날 들어 올렸다. 반짝이는 짙은 색 눈, 눈이 부실 정도로 새하얀 건치 미소 그리고 그다음엔 어떻게 됐냐 하면, 자 다들 숨 참고 눈 감길, 더 굉장한 일이 일어나니까 말이다.

"워너." 그는 우렁차고 기쁜 소리로 말했다. "여긴 훌륭한 나라의 훌륭한 도시이지만 리틀 푸어에게는 아주 힘들 수도 있어. 우리 시민 중 대다수는 네가 다시 갱생할 수 없을 거라며 널 의심하지만, 난 네가 정직하고 지략이 뛰어난 아이라 믿고, 네 선량함을 정말로 확신하기 때문에 널 스케일 업해서 우리 집에 데려가려고 해. 우리 가족과 함께 먹고, 한 지붕 아래에서 자는 거야."

난 할 말을 잃을 수밖에 없었다.

"어때?" 그는 씩 웃었고, 그의 아내와 아들과 딸 키티도 나를 향해 반짝이는 미소를 보냈다. 난 악몽을 꿀 때처럼 통제력을 잃은 나머지 도저히 내 감정을 제어할 수가 없었다.

위에서는 드론 캠들이 날 내려다보며 촬영하고 있었고, 난 얼굴을 숨기려 달팽이처럼 몸을 만 채 울었다. 그의 완벽한 손 안에서 죽은 딱정벌레처럼 웅크린 채 엉엉 소리 내어 오열했다.

4.

키   티

삶과 죽음의 세계

그들은 내 스케일 계좌에 10만 문문을 입금하여, 나는 이전의 다섯 배인 하프 스케일로 클 수 있었다.

휴 가족의 스케일은 2와 2분의 1배였으므로 나보다 다섯 배가 컸다.

사실 난 더 커질 수 있었고, 더 커졌어야 했다. 그들은 본래 날 위해 20만 문문을 마련했다. 그건 분명 하프 스케일보다 더 큰, 약 5분의3스케일, 더 정확히 말하면 61.6퍼센트였다. '대체 워너가 어떻게 점과 퍼센트가 있는 문문 계산까지 알고 있지?' 라고 궁금해들 하겠지. 자. 당황하지 마시라. 이 이야기의 끝에 난 수학을 꽤 하게 된 상황을 알 테니까. 다 그리로 가는 과정이다.

어쨌든 난 20만 문문을 다 내 스케일 계좌에 입금할 수도 있었지만, 프레이어가 걱정이 되었다. 아니나 다를까 패디는 이혼 절차를 밟기 시작했다. 시험 결혼 기간이 끝나면 자기를 이용해 먹은 조그만 전 부인으로부터 문문을 전부 환수할 수 없을 것 같았기 때문이다.

그래서 난 휴와 키티에게 물었다. "우리 누이도 같이 살아도 돼요?"

휴가 찬성을 하면서도 의심의 끈을 놓지 않았다.

"안타깝지만, 우리는 네 누이의 스케일 계좌에 20만 문문을 넣어줄 수는 없고, 집도 리틀이 와서 살기에 적합하진 않단다." 그가 자세하게 설명했다.

"그럼요, 하지만 제가 누이한테 제 몫의 절반을 주면 각자 10만씩 되잖아요." 난 애써 희망차게 말했다.

"우리 집에 미들방을 더 만들 수 없는걸." 그가 다시 난색을 보였다. "하나뿐이라고."

"같이 쓸게요." 내가 우겼다. "문문도, 방도, 전부 다 나눠 쓸 거예요. 우린 그러는 데 익숙해요."

휴가 고개를 몇 번 끄덕였다.

그러더니 그는 말했다. "단도직입적으로 묻자. 부디 지나친 내 솔직함을 용서하렴. 우린 네 누이를 몰라. 우리가 선택한 어리고 가난한 아이는 바로 너야. 네가 우리가 기회를 주기로 선택한 아이야. 네가 기회를 잘 이용하리라 믿기 때문이야. 지금까지 우리는 널 판단할 수 있을 만큼 충분히 널 알았다고 생각해. 네가 열심히 일하고, 열심히 공부해서, 뭔가를 이루어 내리라고 믿는단다. 하지만 네 누이에게 기회를 주려면 네 누이도 너와 똑같은 과정을 거쳐야 해."

"프레이어도 그럴 거예요." 난 약속했다. "누이도 할 거라고요. 정말이에요. 사실 그에 비하면 전 형편없는 게으름뱅이죠. 누난 일도 열심히 하고 엄청나게 똑똑하거든요."

난 그 말을 하자마자 후회했지만, 휴가 피식 쪼겠다.

"키티, 넌 어떻게 생각하니?" 그가 말했다.

키티가 눈을 내리깐 채 차분한 목소리로 말해서 내 생각에 동조하지 않는다는 걸 알았지만, 키티가 마치 스스로를 설득하듯 말했다.

키티가 천천히 입을 열었다. "제가 프레이어를 만나보고 알게 된 건, 꽤 열심히 한다는 점이에요. 솔직히 정말 열심히 하는 것 같았어요. 아주 오랜 시간 동안이요. 비록 지적인 능력을 요구받는 일은 아니었지만, 그렇다고 프레이어가 지적인 환경에서 성공할 수 없다는 말은 아니에요. 그리고 확실히 프레이어는 억지로 불공평한 결혼을 했고 끔찍하게 착취당한 경험이 있으니까 분명히 회복력도 강할 거고. 네, 제 생각에 프레이어까지 역경을 극복한다면 정말 아름다운 성공담이 될 것 같아요."

"세상에, 그보다 더 좋은 미담이 어디 있겠어요? 절대 없죠." 내가 소리쳤다.

키티가 미소를 지었지만, 이번에도 손을 꽉 쥐고 엄지는 소뿔처럼 세웠다.

"네가 더 커지지 못해도 정말 괜찮다면," 키티가 말했다. "처음으로 너 혼자 방을 쓰는 기회를 놓쳐도 상관없다면, 그럼, 좋아? 프레이어에게 기회를 나누어주자."

"워너, 넌 참 너그러운 아이야." 휴가 자상하게 말했다.

"여러분은 완전 너그러운 가족이에요." 내가 소리쳤다.

그래도 그 가족이 그보다 더, 아주 조금 더 너그러울 수 있지 않았을까 하는 생각을 남몰래 해보진 않았느냐고 묻는다면, 내 대답은, 당연히 해봤다는 거였다. 그건 피할 수 없는 유혹이다. 당신은 하프 스케일밖에 안 되는데, 당신을 데리고 사는 가족들은 여전히 당신보다 다섯 배나 더 크니 말이다.

생각해 볼 수는 있다. '젠장, 자기네랑 똑같은 스케일로 키워주면 안 되는 거였나?'

'워너, 이 조그만 놈아! 그러려면 저들은 너희한테 각각 2천만씩을 줘야 하는데, 그건 피 한 방울 안 섞인 너 같은 놈한테 주기를 바라기에 지나치게 많은, 엄청난 양의 문문이라고.'

하지만 당신의 머릿속 계산기가 작동하며 당신은 생각하게 된다. '2천만 문문씩 여섯 사람이면, 가족 스케일 계좌에 1억 2천만 문문이 있다는 거잖아.'

'만약 이 여섯 명이 나, 프레이어 그리고 다른 리틀들 112명과 문문을 공유한다면, 총 120명이니까 1인당 1백만씩 가지면 모두가 미들 스케일이 돼. 그러면 미들 도로. 미들문. 미들자동차. 미들폰에 딱 맞는. 편안하고 좋은 미들인생을 살 수 있어. 여섯 명은 스케일을 60퍼센트 줄여야 하지만, 그 대신 예전 유이스 해안경비대 초소의

인구 전체에 해당하는 114명의 사람은 1천퍼센트 스케일 업을 할 수 있지.'

'워너, 이 은혜도 모르는 것아! 양심도 없니? 부자들이 이 정도로 친절을 베푸는 것만 해도 어디야?'

'아니면 이 가족이 열 배 많은 사람과 즉 리틀 푸어 1,194명과 문 문을 공유하여 다들 하프 스케일이 된다면, 엄청 많은 사람의 삶이 믿을 수 없을 만큼 좋아질 거야. 열 개의 해안경비대 초소에 사는 리틀 푸어들 모두가 마침내 진정한 삶을 살게 되겠지.'

'워너, 그 빌어먹을 머릿속 계산기 좀 꺼.'

'또 다른 방법은, 이 가족이 비교적 소수의 사람과 문문을 공유하는 거야. 딱 여섯 명의 리틀 푸어들만 있다면 이 거인 가족은 2배 스케일까지만 몸집을 줄이면 돼. 한 사람당 1천만씩. 그러면 가족들은 여전히 큰 데다가 리틀 푸어 여섯 명을 2배 스케일로 만들어 그들의 삶을 멋지게 바꿔줄 수 있지.'

'그만, 그만, 그만.' 난 금세 계산을 그만두었다. 그건 은혜를 모르는 생각이었던 반면 난 그 은혜를 너무도 잘 인지하고 있었으니까. 20만 문문도 나랑 프레이어한테는 엄청 너그러운, 삶을 바꿀 수 있는 거액이었다.

난 리틀 푸어인 상태로 휴 가족의 성에서 하룻밤을 보냈다. 프레이어는 아직 스케일을 줄이지 않은 상태로 패디의 퀵스탠드 창고에 살았다. 휴가 아침에 프레이어를 데리러 가자고 약속했다.

엄마인 던은 한 번도 집 안에 리틀들을 들인 적이 없어 초조해했다. 나더러 편안하게 있으라고, 필요한 게 있으면 뭐든 얘기하라고 하는 모양이 히스테리를 부리는 것 같았다. 저녁은 여러 재료를 섞어 만든 수프와 빵이었다.

"사람은 어떤 스케일이든지 수프를 먹을 수 있어." 라던 아줌마는 긴장과 기대가 섞인 말투로 말했다. "이런 말 알지! '어떤 스케일이든 물은 물이다!' 그런데 물은 액체잖아. 수프랑 똑같이!"

"엄마, 좀 진정해요." 키티가 말했다.

"내가 진정 안 했다고?" 라던 아줌마는 더 예민해져 소리쳤다.

키티가 그 긴 손가락으로 시트들을 반듯하게 펴서 하프 스케일 전용 욕실 안에다 작은 베개 침대를 만들어주었다.

"있잖아. 난 드림월드에서 꽃이 핀 오페라 하우스들을 만들어 놓고 그 안에서 노래를 불러." 키티가 수줍은 듯 말했다. "사실 그건 다 학교과제야. 난 꿈속 음악이 기본적으로 치료제가 될 수 있다고 믿고 있거든. 힘든 삶을 사는 사람들에게 미치는 효과가 궁금해."

난 '그래, 알고 있어.'가 아니라 '그거 흥미로운데.'라는 대답이 전달되기를 바라며 고개를 끄덕였다.

왜 내가 전에 그 집을 봤다는 사실을 그 애한테 숨겼냐 하면, 나도 확실히 모르겠다. 아마 거인들로부터 보호책이 될 만한 비밀이 필요했던 걸지도.

어쨌든 감옥에서 나온 첫날 밤 난 드림월드까지 가지 못했고, 계속 졸다가 그 미들 리치 집의 낮은 윙윙대는 로봇 소리, 짙푸른 욕실 불빛, 부드러운 공기 흐름, 멀리서 기계들이 뿜어내는 버터 향 들꽃 냄새에 깜짝 놀라 깨어났다 잠들기를 반복했을 뿐이다.

아침에 휴, 던 그리고 키티가 너비가 3차선은 되는 그들의 리무진에 날 태우고 은행으로 갔다. 던은 내가 우리 차의 양 바퀴 사이로 미들자동차들이 잡아먹히듯 지나가는 걸 볼 수 있도록 날 유리 바닥 위에 잡아주었다.

"이런 걸 처음 타본다니? 정말 놀랍구나." 던이 내게 말했다.

"재미있지? 안 그러니?" 경찰차들과 구급차들이 리무진 뒤와 밑으로 서서히 지나가는 동안 휴가 우렁차게 말했다.

우리는 빅주차장에 차를 세웠고, 우리가 은행의 리틀문들 앞을 서성일 때 드론 캠들과 기자들이 서둘러 쫓아와 사진을 찍고, 옹알거리는 소리로 보도를 했다.

휴가 나를 문 앞에 내려주었고 우리는 카메라들을 향해 활짝 웃어 보였다.

"안에서 보자, 워너." 휴가 눈을 찡긋했고, 유리로 된 은행 문들이 윙 소리와 함께 열렸기에, 난 안으로 천천히 들어갔다.

리틀 푸어로 자라면, 다른 리틀 푸어 애들과 문문, 스케일, 은행들에 관한 이야기를 나눌 때 은행원에 관한 속설들에 속절없이 노출하게 된다. '은행원들은 로봇이다. 은행원들은 유령이다. 밤에 문문 지급기 안에 숨었다가는 은행원들한테 잡아먹힌다. 은행원들은 자기 몸의 피를 만드는 능력이 없으므로 하루에 열 명도 넘는 리틀 푸어의 피를 흡입한다. 은행원들은 생식기도 없어서, 만약 네가 은행원이 되면 그들은 네 거시기를 잘라내거나 생식기를 시멘트로 채운다.' 기타 등등.

그래서 긴장한 나는, 이상한 행동, 공격, 수상쩍은 것들에 맞설 각오를 했다.

하지만 그들은 다들 친절하고 정상적이었으며, 상냥하고 정중했다. 환한 미소, 부드러운 손, 그들에게 딱 하나 이상한 게 있다면 미들 스케일이라는 거였다. 그래, 미들 스케일이란 게 진짜 이상했다.

미들 스케일이란 건 이랬다. 누구든 은행원이 되면, 스케일 계좌가 영원히 1백만 문문으로 고정된다. 은퇴하거나, 그만두거나, 해고당해도 말이다. 기본적으로 이게 은행원들이 사기를 치지 못하도록 막는 방파제 역할을 한다. 그러니까, 은행원들은 자기 직업이나 은행 관련 지식을 이용해 자신을 크게 만들 수는 없다.

은행원들이 영원히 미들 스케일이다 보니 은행 안 복도들이나 방들에 있는 사람들 모두가 미들 스케일이었고, 그걸 보고 있자니 머리가 어지러웠다. 마치 드림월드에 있는데 내가 진짜가 아닌 것 같은, 다들 진짜인데 나만 아닌 것 같은 느낌적인 느낌, 인간이 아니라 다른 누군가의 꿈속의 부스러기 같은 존재로 전락한 것 같았다.

은행들은 모든 종류의 다양한 변형, 즉 모든 레벨의 스케일 업과 스케일 다운을 위한 모든 크기의 다양한 방들이 있어야 했기 때문에, 대부분이 지하에 있으며 몸집이 작을수록 깊이 내려간다. 나 역시 관 안에 든 병처럼 생긴 리틀 엘리베이터를 타고 땅속 깊숙이 내려갔다.

휴가 나보다 덜 깊은 어딘가에 있었다. 스케일 업을 하기 전, 패디 네 동네 은행지점에서 패디와 만나 우리 누이의 문문 문제를 해결할 테니, 프레이어가 전과 같은 크기로 스케일을 줄였다가 다시 업을 할 필요는 없을 거라고 설명했다.

"던이 널 집에 데려갈 거야. 난 일이 끝나고 네 누이와 함께 집으로 가마. 저녁 식사 때 다들 서로 보게 되겠지." 휴가 말했다. "새로운 스케일을 즐기렴. 워너, 우리가 모두 너한테 기대가 커."

"그럴게요. 고맙습니다. 당연히, 아주 큰 기대를 거셔야죠. 그럼요." 난 미친놈처럼 떠벌렸다.

내 생각에 은행원들이 이상한 점 또 하나는 후드와 코트다. 다들 문문 색깔 코트와 후드를 입고 다니니 말이다. 그건 장난감과 케이크에서 볼 수 있는 분홍색과 크림색이었다.

* * *

어떤 은행 의사가 날 면담했고, 의학적 질문을 했다.

"이를 치료한 적 있니? 씌우거나. 때우거나. 본을 뜨거나?" 그는 눈을 가늘게 뜨고 내 입안을 들여다보며 말했다.

"모르겠어요." 내가 말했다.

"치과에 간 적은 있어?" 그가 물었다.

"아뇨." 내가 말했다.

"그래 좋아. 몸에 인공적인 것도 없지? 나사, 봉합 심, 심박조율기, 인조혈관, 그런 거 말이야." 그가 물었다.

"몰라요." 내가 말했다.

"의사가 네 몸의 일부가 아닌 다른 뭔가를 몸에 넣은 적 있니?" 그가 꼬치꼬치 물었다.

"의사들이 그런 일을 해요?" 내가 놀라 물었다.

"할 필요가 없으면 안 하지." 그 은행 의사는 눈을 찡긋하며 말했다.

"처음이구나, 이야! 축하해." 스케일방 밖에서 한 은행원이 귀여운 그림을 들어 보이며 상냥하게 말했다. "여기 보면 어떻게 되는지 나와 있단다. 우리는 너한테 스케일약을 주고, 노래를 불러주고, 네가 욕조에서 자도록 놔둘 거야. 스케일약 때문에 드림월드가 좀 이상하게 느껴질 거다. 일단은, 네 꿈속의 몸도 스케일이 바뀔 테니까."

"잠깐만요. 뭐라고요? 그게 가능한 일인가요?" 내가 말했다.

"여기 삶과죽음의세계에서 스케일이 바뀌면 당연히 그렇게 되지." 은행원이 설명했다. "하나 더. 네 꿈은 철저히 고립돼. 혼자란 말이지. 다른 드리머들과 마주치는 일은 없어."

"오, 젠장." 내가 말했다.

"다른 드리머가 드림월드에서 스케일을 바꾸는 걸 목도하는 건 불쾌한 일이 될 수 있을 뿐만 아니라 해가 될 수도 있거든." 은행원이 알려주었다. "믿기 힘들겠지만, 어떤 경우에는 그런 광경이 사람을 평생 미치게 만들 수가 있어. 너무나 혼란스럽고, 불안정하지 않겠어? 다행히 솔로 드림이라는 약이 다른 드리머들로부터 널 지켜줄 테니. 걱정하지 마라! 그 약을 많이 줄 건데, 무해하고 부작용도 없어서, 오랫동안 스케일을 바꾸는 드리머들의 드림월드를 안전하게 지켰어."

난 아무 말도 하지 않았고, 정말로 믿어지지 않았다.

"약이 꿈을 바꾼다고요?" 결국, 난 참지 못하고 물었다.

"어차피 우린 기억하지도 못해!" 그 쾌활한 은행원이 소리쳤다. "어쨌든 재밌게 보내!"

난 은행원들이 욕조를 준비하는 모습을 바라보며 솔로 드림과 스케일 꿈에 관해 생각했다. '도대체 뭐지? 내가 알지 못하는 모습의 세상들이 대체 얼마나 더 있다는 거야?'

"지하은행에 와보니 어떠니?" 마침내 또 다른 친절한 은행원이 나타나 물었다.

나는 충격을 받은 머리로 농담을 하려고 애썼다.

"오늘 다들 똑같은 옷을 입기로 약속하신 건가요, 아니면 우연인가요?" 내가 말했다.

"하하하하하!" 그 여자는 가짜로 웃으며 말했다.

"이런 데서 일하면 정신이 이상해져서 미쳐버릴 거 같지 않나요?" 내가 말했다.

"절반은 아주 좋아." 그 여자가 말했다.

"나머지 절반은요." 내가 말했다.

"나머지 절반은 네가 걱정해주지 않아도 된단다." 여자가 눈을 찡긋했다.

마침내 욕조가 준비되었다. 안은 비어 있었지만 얽히고설킨 호스를 비롯한 모든 게 완벽하게 갖추어져 있었다. 전부 계획대로 진행되어 은행원들은 쓴맛이 나는 차 조금과 스케일약을 건네주고 내가 그걸 삼키는 동안 흥얼거리더니 방에서 나갔다.

옷걸이에는 내가 나중에 입을 가운이 걸려 있었는데, 그 하프 스케일용 가운은 내 작은 눈에는 아주 커 보였다.

나는 옷을 다 벗고 바닥에 내려놓았다. 욕조 문이 열렸고 욕조 가운데로 들어가 똑바로 누웠다.

욕조 문이 닫히자, 나는 우묵한 그릇 안의 외로운 포도알이 된 것 같았다. 서늘하고 희미한 불빛은 점차 사그라졌고 암흑이 되었다.

따뜻한 젤리가 몸 위로 스멀스멀 올라왔다. 손가락, 종아리, 옆구리를 건드리며 내 밑으로 미끄러져 오더니 나를 드림월드로 들어 올렸다.

드림월드

거긴 드림월드가 아니었다. 만약 드림월드가 맞았다면 다들 깨어
났거나 죽었을 것이다. 그 드림월드는 나 혼자만 있었으니까.

지하은행에서부터 헤엄쳐 올라가자 위로 경기장이 보였다. 그런
데 내가 이미 커졌기에, 그 경기장은 장난감처럼 보였다. 난 돌고래
처럼 그 가운데를 통과했지만 아무도 없었다. 큰 사람이든 작은 사람
이든, 관중석과 거리에는 아무도 보이지 않았다.

이미 커진 나는 풍선처럼 계속 크게, 더 크게 부풀어 올랐다. 그건
너무나도 기이한 기분이었다. 드림월드에서는 사이즈를 바꿀 수 없
다는 건 누구나 아는 사실이니까.

하지만 난 그 텅 빈 도시에서 매 순간 커졌다. 나는 과일을 따듯
언덕에 있는 집들을 따고 구름 속으로 굴러 들어갔다가 해변에 내려
서서 섬들을 집어 옮기고 해를 깨물었다. 날 보는 사람도, 막는 사람
도, 돕는 사람도 없었다.

나는 곧 더 커져서 하늘을 뚫고 칠흑 같은 우주로 나갔고, 우리 행성은 마치 녹아내린 돌처럼 쪼그라들었다. 난 더 많은 것들을, 내가 더는 자라지 않는 세상을 꿈꾸려 애썼다. 내 발밑에 더 거대한 지구가 있는 꿈을 꿔보려 했지만, 할 수 있는 거라고는 이미 그곳에 있는 것들, 쏟아지는 혜성들, 흩뿌려진 별들을 만지고 붙잡는 것뿐이었다.

"워너!" 난 소리 없이 말했다. "네 꿈도 마음대로 못 꾸면 어떡해? 대체 뭐가 문제야? 멋진 새가 되어서 하늘에서 벗어나 다시 로시 인디카로 돌아가라고. 자, 준비 땅!" 하지만 로시 인디카는 물론이고 유이스조차도 내 밑에 나타나지 않았다.

결국, 나는 아무것도 없는 주위로 손을 뻗어 그 알맹이들을 뽑아내기 시작했다.

신음과 속삭임이 들렸고 내 손안에는 아무것도 아닌 게 아닌 뭔가가, 거의 없긴 하지만 그래도 있는 뭔가가 있었다. 가닥, 줄기, 증기.

삐걱대고, 부르짖고, 미끄러지고 찢기고, 우주 공간은 불 꺼진 방이었고 그 벽은 종이로 되어있었다. 내가 벽을 잡아당겼다가 밀었다가 하자, 작은 아가미들 사이로 빛이 새어 나왔다.

난 그중 하나로 손을 뻗어 양쪽을 붙잡고 상자를 열 듯 찢어 벌리려 했다.

"아. 안 돼." 우주 공간이 말했다.

난 팔꿈치를 그 사이에 집어넣고 힘껏 비집고 들어갔다.

"아니, 아니, 아니." 우주 공간이 외쳤다. "안 돼."

하지만 나는 머리까지 끼워 넣었다.

"도와줘." 우주 공간이 소리쳤지만, 사실 그건 우주 공간이 아니라, 창문 없는 하얀 지하은행에 있던 겁에 질린 은행원이었다. 바로 그때 불이 켜졌다.

삶과 죽음의 세계

리틀 방 안의 리틀 욕조 안에서 홀로 깨어났다. 목이 마르고 배가 고파 돌아버릴 지경이었다.

하지만 그건 리틀 욕조가 아니라, 아까 잠들었던 그 미들욕조였으며, 방도 같은 미들방이었다. 내가 다섯 배 커졌을 뿐이었다.

난 커진 허파에 산소를 채우려 애쓰며 물고기처럼 헐떡거렸다.

"우리가 들어가서 도와줘도 될까요?" 은행원이 스피커를 통해 물었다. 난 목소리가 나오지 않아 고개만 끄덕였다.

은행원들이 들어왔고 그들이 내 두 배 크기로 줄어든 걸 본 순간 가슴이 쿵 내려앉았다. 한순간에 리틀 푸어가 되다니, 그게 아니었다. '워너, 저들은 여전히 미들 스케일이야. 네가 커진 것뿐이라고. 하프 스케일, 미들 푸어로, 이 떨떨한 멍청이야!'

나는 잠이 덜 깬 상태로 떨며, 피가 안 통해서 잿빛인 크고 마비된 내 팔을 흔들어보았다.

은행원들은 작은 물병을 내 손에 건넸지만, 실은 물병이 작은 게 아니라 내가 커진 거였다. 물병을 잡을 수 있을 만큼 커지다니. 내 생각들이 자꾸만 멈칫거렸다.

물을 너무 빨리 마신 나머지 숨이 막힐 뻔했다. 그 플라스틱 병을 집어 들어 납작하게 짜부라뜨리고 나니 키 1미터(정확하게 0.9144미터. 3피트)의 신이 된 느낌이었다. 날 일으킨 은행원들은 쓰러지려는 나를 붙들었다. 그들은 내 몸을 수건으로 닦고, 계속 서 있도록 부축했다. 이제는 내 사이즈에 딱 맞는 벽에 걸려 있던 가운을 입도록 했다. 그들은 다시 물병과 에너지바를 주었다. 난 동물처럼 허겁지겁 마시고 먹었다.

우리는 일어서기와 걷기를 연습했는데, 내가 발밑의 땅과 공간이 다섯 배 줄어든 느낌에 익숙해지기까지는 족히 한 시간이 필요했다.

바닥 위에 놓인 예전 옷들을 본 나는 나도 모르게 손을 아래로 뻗어 그것들을 집어 들었다. 그 순간 그 어느 때보다 더 서글픈 울음이 터져 나왔다. 그 작고 지저분한 인형 옷 같은 헝겊들, 우울하고 작았던 예전의 내가 입었던 옷들.

일찍이 프레이어가 말했던 것과 같았다. 평범하고 소소했던 일들 대부분이 굉장하게 느껴졌다. 걷기, 숨쉬기, 말하기, 말 안 하기와 심지어는 목으로 소리 내는 것마저도, 물건 만지기, 잡기, 손에 잡히는 모든 게 믿기지 않는 질감을 갖고 있었다. 벽지, 플라스틱, 고무들,

옷, 리틀 푸어일 때에는 천의 올들이 밧줄 같아서 부드럽다는 걸 전혀 인지하지 못했다. 하지만 미들 크기의 손으로 잡아보니 그 올들이 너무나 부드러웠다.

집으로 돌아오는 차 안에서 우리는 프라이드치킨을 시켰고, 키티가 내게 날개 한 쪽을, 닭의 한쪽 날개 전체를 건넸다. 나는 빵 껍질과 같은 껍질과 그 속의 미끄러운 날개 근육을 난생처음으로 베어 물었다. 그러자 소금, 육즙, 허브와 향신료들의 아름다운 온기가 내 입을 가득 채워 난 닫힌 입술 사이로 비명을 질렀다.

"넌 뭘 먹고 자랐어?" 키티가 궁금해했다.

어떤 연유에서인지, 난 농담을 해야겠다는, 침착하게 대처해야겠다는 기분이 들었다. '평소처럼 해. 워너! 이 굉장한 일들이 아무렇지 않은 것처럼. 그리고 절대 울어서는 안 돼.'

"아, 똑같지 뭐." 키티에게 허세를 부렸다. "우리 가족은 리틀닭들을 키웠거든."

"뭐라고?" 던이 말했다. "리틀닭? 그런 건 처음 들어보네."

"정말이에요. 우리 집 리틀농장에 리틀닭들이 있었다니까요." 난 농담을 하고자 했지만 횡설수설에 더 가까웠다. "리틀소랑 리틀개도 있었고요. 리틀헛간에는 리틀말도 있었죠."

던은 입술을 움직여 조용히 내 말을 되풀이하며 길을 쳐다봤다. 키티가 살짝 사팔눈인 그 예쁜 눈으로 날 응시했다.

"농담하는 거지." 던은 웃음기 빠진 목소리로 진지하게 말했다.

"농담 아니에요." 나는 불쑥 말했다. "우리 농장에서는 매일 이것처럼 리틀닭을 튀겨서 먹었다고요. 리틀농장은 리틀섬에 있는 리틀산에 있어요. 미들 리치들은 모르는 리틀세상이죠. 보여드리면 좋은데, 안타깝지만 하도 작아서 보여드릴 수는 없겠네요."

키티가 말했다. "맞아요. 엄마. 얘, 뻥 치는 거예요."

"그것참 재미있구나. 하하하." 던은 키티의 말에 애써 미소를 지었다.

"미안, 네가 거북하면 예전 리틀 푸어 삶에 관해 물어보지 않을게." 얼마 후 키티가 속삭였다.

"아니, 아니. 괜찮아." 그렇게 말했지만 어쨌든 키티가 더는 묻지 않았다. 난 그게 좋았다.

프레이어가 휴 가족 성의 계단 위에서 기다리고 있었다. 이혼녀가 된 프레이어의 어깨에는 이제는 너무 큰 예전 옷이 헐렁하게 걸쳐져 있었다. 소매 사이로 파리채처럼 가는 양팔이 삐져나와 있었다.

감정적인 장면이 연출된 건 말할 필요도 없다. 엉엉 울기, 껴안기, 웃다 울기. 그러는 와중에 잠깐씩 웃기, 같이 키티의 다리를 껴안고 '네 덕분인 거 알아. 다 네가 한 일이잖아. 그래서 고마워.' 라고 답례하기.

누이가 옆에 있으니 키티와 던 앞에서 눈물을 보이는 게 전처럼 쑥스럽지 않았다. 우리는 그들에게 수백만 번 고맙다고 인사했다.

"저기, 워너한테도 고맙다고 해야 해. 꼭." 키티가 프레이어한테 확실하게 짚었다.

"아냐." 내가 말했다. "장난해. 당연히 누이랑 모든 걸 나눠 써야지. 안 그랬다가는 누이가 얼굴을 찰싹 때릴 테니까 말이야."

하지만 키티가 웃지 않았다. 그저 잔뜩 오므린 입을 찡그릴 뿐이었다. '우리 집에서는 폭력을 그다지 좋아하지 않아.'라고 말하는 듯.

"아냐, 워너. 정말로 너한테 고마워. 이 은혜를 어떻게 감사해야 할지 모를 정도로." 프레이어가 서둘러 말했다.

"어, 그럼, 내가 당연히 최고지." 나도 맞장구쳤다.

우린 우리끼리 회포를 풀 여유도 없이 키티를 따라 엄청나게 커서 소리가 산울림 같은 게 없는 방들을 구경했다. 거기에는 태피스트리와 러그, 커튼, 월 카펫들이 그득했다. 내 목소리는 목구멍에서 거대하게 느껴졌지만, 막상 입 밖에 나오면 여전히 매가리가 없고 밋밋했다.

계단과 가구는 분명 미들 리치 스케일이었지만 전부 옆에 미들계단과 발판 의자, 사다리 등이 놓여 있어서 미들 푸어가 쓰기에도 괜찮았다. 마호가니, 삼나무, 구리, 투명플라스틱으로 된 작고 예쁜 조각들도 있었다.

"이게 다 우리를 위해 준비한 거야?" 내가 물었다.

"아, 아니, 아니. 우린 전에도 미들 푸어들을 데리고 있었어." 키티가 설명했다. "의과대학과 공업대학의 장학생들이었어. 아빠는 웨트의 부자뿐만 아니라 저 아래 이트의 가난한 사람들까지, 얼머낵 시민들 모두의 시장이 되기 위해 만방으로 뛰시지. 그래서 자주 이트에 내려가 많은 시간을 보내셔. 학교들을 돌며 바보가 되지 않으려고 노력하는 아이들에게 상을 주시지."

그 말을 듣자 나는 좀 덜 특별해진 느낌이 들었다.

"그 애들을 얼마나 오래 데리고 있었는데?" 프레이어가 물었다.

"대개는 일 년이야." 키티가 말했다.

난 덜 특별해진 것에 더해 이제는 공포감마저 들기 시작했다.

"그 일 년 동안 정말 잘할게." 나는 단호하고 확실하게 말했다.

"어 저기, 아니, 아니, 아니, 걱정하지 마." 키티가 말했다. "너희는 필요한 만큼 여기 있을 수 있어. 너희는 우리 아빠뿐만 아니라 내 프로그램 때문에 있는 거기도 하니까. 아빠도 너희는 다르다는 걸 알고 계셔."

"정말 고마워." 프레이어가 말했다. '아무튼. 난 진심이야.' 라고 말하듯 환한 미소를 지어 보였다.

난 또 한 번 프레이어랑 함께 있는 게 다행으로 느껴졌다. 적어도 적절한 반응을 즉시즉시 보여야 한다는 부담이 절반은, 아니 실제로는 그 이상 줄었으니까.

거기에는 크고 토실토실한 개 두 마리가 있었는데, 이름이 웰파고와 시티뱅인 세인트버나드였다. 우린 말을 타듯 그 둘을 타고 마당을 달렸다. 그러다 그 둘이 쓰러지면 우리도 함께 드러누워 시체 놀이를 했다.

집의 규칙은 꽤 단순했다.

– 여기 열쇠가 있어. 보안상의 이유로 네 손으로만 열리게 되어 있어.

– 가족 전체 저녁 식사는 일곱 시고, 정시에 각자 제자리에 앉아 있어야 해. 이전 하숙생들이 이것과 관련해서 문제를 일으킨 일이 있었지. 5분 전에 미리 착석하고 있는 게 나을 거야.

– 저녁 식사가 끝나면 다시 나가도 되지만 통금은 열한 시야. 통금이 꽤 엄해. 이것 역시 이전 하숙생이 문제를 일으켰어. 어떤 애는 몰래 벨리클럽에서 춤추다가 우리 아빠한테 쫓겨나기도 했어. 근데 아직도 그 일을 하고 있대. 가끔 그 남자애 네트워크를 확인했거든. 엄청 행복해 보이더라. 배도 멋지게 빠졌고 말이야.

– 여긴 총, 소화기, 폭탄, 홍수방지 호스, 비상문, 예비 발전기가 다 있어. 아, 그리 걱정할 필요는 없어. 웨트에서 마지막 테러공격이 일어난 건 거의 5년 전이니까. 솔직히 우린 화재가 나는 걸 훨씬 더 걱정해.

– 엄마랑 아빠는 맨 위층, 애들은 2층. 너희 둘은 우리가 그 사이층에다 미들 손님들을 위해 특별히 만든 이 미들방에서 지내게 될 거야. 부엌이랑 식탁은 1층에, 영화관, 체육실, 연습실은 지하에, 병

커는 지하 2층에 있어. 손님들한테는 벙커 비밀번호를 알려주지 않기로 되어 있어. 그건 참 미안하게 생각해.

– 여기 너희가 각자 쓸 폴드블폰이야. 아주 단순한 데다 데이터사용도 제한되어 있어서 미안하지만, 사실 폴드블폰은 데이터가 별로 들지 않으니까 별 지장은 없을 거야. 그래도 비디오나 사진 같은 건 열지 마. 또 미안하네. 그래도 너희가 여기 있을 때까지 너희 거야.

– 저녁 식사에 대해서는 이미 말했지만 중요한 거라, 우린 그걸 정말 진지하게 여겨. 너희도 우리 아빠가 너희를 우리 집에 있고 싶어 하지 않는 애들로 오해하는 건 싫잖아. 그러니까 이것만 기억해. 일곱 시 오 분 전이야.

아니나 다를까 휴 가족 모두는 저녁 식사 몇 분 전에 다들 제자리에 앉았고 나와 프레이어도 그림 같이 완벽한 모델시민들을 둘러보며 앉았다.

오빠 휴어게인은 열아홉 살로, 의과대학에 다니며 일찍 일어나 달리기나 역기운동을 하는 인성 좋은, 내성적인 강한 남자였다. 공부도 잘해서 반에서 일등을 도맡아 했고, 과묵했다. 보통은 재밌고 고통스러운 미소를 짓는데, 그건 정말 친절한 미소이지만 분명 어떤 두려움이 서려 있었다.

언니 데이지는 열일곱 살로 고등학교 졸업반이었다. 던은 어렸을 적 극단적인 천재였던 데이지에 관해 이야기꽃을 피우기를 즐겼다.

고등 과학을 떼고, 만화영화를 만들고, 자신의 정신없는 꿈속광경을 스리디 프린팅했다고 한다. 하지만 이상하게도 이 대단한 아이는 자기 형제자매들한테 짜증이 나서 자기 방에 틀어박혀 사는 평범하고 뚱한 십대로 자라나고 말았다.

키티가 열다섯 살, 나와 동갑이었고 2학년이었다. 키티가 아빠 휴가 가장 아끼는 자식임이 분명했다. 키티가 그 사실을 좋아하느냐고? 그럼. 무척이나 좋아한다.

남동생 토니는 열세 살이었고, 정장 차림에 빗어 넘긴 머리를 보아하니, 키티 대신 자기가 아빠의 최고 사랑을 독차지하고 싶어 하는 게 분명했다. 아빠를 따라 했지만 자세히 뜯어보면 조금씩 핀트가 안 맞았고, 좀 과장됐으며 아빠보다 긴장 섞인 농담을 더 많이 했다. 아무 재미도 없는데 실없이 자꾸 웃고, 타인이 자기를 좋아하는지를 끊임없이 체크했다. 결국, 휴의 입장에서는 아마도 자기를 따라 하는 어수룩한 꼬마 광대 하나가 집 안을 돌아다니는 것처럼 보였을 거다.

하지만 당연한 거 아닌가? 어린애니까. 어쩌면 앞으로 괜찮아질 테고…… 정말로 그래야 한다. 그 애는 좀 느긋해질 필요가 있었다.

"난 오늘 수업 때 오렌지들 몇 명과 말하자면 '신선한' 대화를 나누었어요." 토니는 첫 가족 식사 때 이렇게 말을 꺼냈다. 토니는 휴의 소속 정당인 옐로우당의 적인 오렌지당을 지지하는 애들을 말하는 거였다.

"그래 그랬겠지." 휴가 말을 받고는 곧장 토니 말을 끊었다. "워너,

프레이어, 시간을 잘 지켜줘서 고맙구나. 알겠지만 매일 밤 함께 가족 저녁 식사를 하는 건 우리한테 중요한 전통이란다. 그 이유를 알려주지. 큰 미들들의 가장 큰 문제는 동영상이나 기계에 중독되어 서로를 위한 시간을 낼 줄 모른다는 거야. 그러니까 가족 저녁 식사는 서로의 안부를 확인하고, 다 함께 모이고 인생에서 정말 중요한 게 뭔지를 상기하는 시간이지."

"정말 바람직합니다. 여러분은 인생의 올바른 것들을 지킬 줄 아는 분들임이 분명해요." 프레이어가 맞장구쳤다.

"워너, 프레이어, 아빠, 그 대화가 말하자면 신선한 대화였다고 하는 이유는, 내가 말싸움으로 게네를 물리치자 나한테 신선한 주스를 뿌렸기 때문이에요." 토니가 설명했다.

"그렇구나." 휴가 영혼 없는 맞장구를 쳤다. "워너, 새로운 스케일로 보낸 첫날은 어땠니? 스케일 업이랑 다른 것들은 또 어땠고?"

"좋아요, 굉장히요, 정말로요." 내가 솔직하게 털어놓았다.

나 자신이 소소하고 작게 느껴져, 침묵을 지키자 토니가 끼어들었다.

"난 잘했어. 선수들! 이라고 했죠." 토니가 말했다. "그래봤자 너희 주스만 축나지, 뭐, 이렇게요."

"그다지 좋은 얘기는 아닌 것 같다, 토니." 휴어게인이 돼지 볼것살 같은 입술로 말했다.

"워너, 프레이어, 너희가 알아둬야 할 게 있는데, 휴는 미들 푸어로 태어났단다. 사실 10대까지는 하프 스케일도 안 됐지." 던이 추억하듯 말했다. "그러니까 인생에서 스케일 업이 얼마나 중요한지를 누구보다 체득하고 있다고 할 수 있지."

"오! 우와." 프레이어가 연신 감탄사를 발사했다.

"맙소사! 말도 안 돼요." 내가 믿어지지 않아 나도 모르게 뱉고 말았다.

"사실이다." 휴가 말했다. "내 아버지는 배관공이었고, 어머니는 바느질로 셔츠를 수선하는 일을 하셨지. 따라서 난 여기 유이스에서 개인적인 경험을 통해 알았어. 스케일이 잠재력을 제약할 수 없다는 걸, 이게 내가 아는 유이스야."

데이지가 욱해서 툴툴거리자, 그 즉시 던은 딸을 죽일 듯 노려보았다.

"내가 아는 또 한 가지는," 휴가 말을 이었다. "우리가 푸어에게 기회를 만들어 줄 수 있도록 정말로 더 열과 성을 다하고 있다는 거야. 너무도 많은 리치와 미들들이, 푸어도 기회를 누릴 수 있다는 생각을 못 하거든. 그러니까 워너, 프레이어, 너희는 물론 또 다른 기회를 누릴 만하여서 여기 온 것이지만, 난 너희 둘이라면 그들의 생각이 잘못됐다는 걸 증명해 보일 수 있을 거라 확신해."

"아빠, 그만이요." 데이지가 말했다.

"데이지! 손님들이 있잖니." 던이 주의를 시켰다.

"엄마, 장난해요. 우리 집에 언제 손님이 없던 적이 있다고." 데이지는 불뚱거렸다. 키티가 '부디 못돼먹은 우리 언니를 용서해줘.'라고 양해를 구하듯 슬프게 웃는 눈으로 날 쳐다보았다.

"난 정말이지, 네가 왜 계속 이런 식으로 행동하는지 모르겠구나." 던이 타박했다.

"내가 정말 알다가도 모르겠는 건, 아빠가 감옥에 드나들다가 만난, 긴장해서 말도 제대로 못하는 두 어린애 앞에서 왜 일장 연설을 하시냐는 것이에요. 키티는 모두가 자기를 좋아해야 하는 애니까 쟤네를 이리로 끌고 왔겠죠. 아빠도 독차지한 것도 부족해서." 데이지가 삐죽거렸다.

"와, 심하다." 휴어게인은 어색한 미소를 지었고, 휴가 좀 전과는 다른, 더 부드럽고 더 슬프고 가족적인 목소리로 "그래, 데이지."라고 웅얼거렸는데, 그의 동정 어린 표정은 마치 '불쌍하고 가엾은 딸! 언젠가는 소시오패스가 아닌 상태로 아침을 맞을 날이 분명히 오겠지?'라고 말하는 듯했다.

"우리 누이는 감옥에 수감된 적이 없었어요. 나만 있었죠. 프레이어는 성질 더러운 못된 놈과 결혼생활을 하느라 바빴어요." 난 다소 긴장한 상태로 데이지의 말을 바로잡았다.

"언니, 언니도 같이 교도소를 구경하는 게 어때?" 키티가 제안했다. "그러면 누군가가 언니를 좋아하게 될지도 몰라."

"맙소사! 너 지금 말이야? 방귀야?" 데이지가 꽥 소리쳤다.

"데이지 누나, 불쌍한 키티 누나를 공격하면 안 돼." 토니가 변호했다. "어쨌든 아빠를 닮은 사람이 있다면 그건 나 아니면 휴어게인 형인데, 형은 의대에 다니고 난 정치에 관심이 많아. 그러니까 차례 대로 알아보면, 결국 나지."

"모두 조용!" 던이 외쳤다. "데이지, 워너랑 프레이어에게 당장 사과하렴."

데이지는 나를 응시하더니, 프레이어를 그리고 다시 나에게 눈을 돌렸다, 흥분도 하지 않고.

"워너, 프레이어, 미안해." 데이지는 자리에서 일어서며 말했다. "바보 같은 우리 가족이 너희를 선거유세 소품으로 이용하려 해서 미안해."

데이지가 자리를 떠난 뒤 키티가 해명했다. "아무도 너희를 그렇게 여기지 않아. 정말이야."

"어렸을 때는 전혀 저렇지 않았는데." 던은 이해해주길 바란다는 듯 말했다.

그런데 내 머릿속에서는 토니의 엉뚱한 말들만 계속 맴돌고 있었다. '불쌍한 키티를 공격하면 안 돼.' 이게 무슨 뜻일까? 난 이 말을 입 밖에 꺼내지는 않았다.

드림월드

안락한 하프 스케일 침실에 들어와서야 프레이어와 난 마침내 옹송그리고 귀엣말을 하며 회포를 풀 수 있었다. 내 말은 여전히 괴물이 쿵쿵대는 것처럼 들렸지만 프레이어는 그것이 모깃소리만 하고 확인해주었다.

"아직 하프 스케일에 적응되지 않을 뿐이야. 정말이야. 밖에서는 우리 소리를 엿들을 수가 없다니까." 프레이어가 날 달랬다.

프레이어는 휴와 보낸 하루가 좋았다고 했다. 휴가 자신이 예의 바르고 품위 있고 매력적이기까지 하다며 자기를 좋아하는 것 같다고 했다. 그는 앞으로 며칠 몇 주 몇 달 동안 스스로에게 집중할 수 있기를 진심으로 바라고 있음을 꼭 명심하라고 했다는 것이다.

"키티가 내가 여기 있는 걸 탐탁지 않아 하니까 게네 아빠를 내 편으로 만들어야 해." 프레이어가 전략을 세웠다.

"뭐야! 말도 안 돼. 당연히 키티는 누이를 좋아해." 난 거짓말을 했다.

"워너, 그만하자." 프레이어가 탁! 말을 끊었다.

"왜 키티가 안 좋아한다고 생각해?" 내가 다시 물었다. 프레이어
는 어깨를 크게 으쓱하며 눈알을 굴리는 게 이렇게 말하는 듯했다.
'내가 어떻게 알아? 아니, 어쩌면 알 것 같기도. 그러니까 이렇게 어
깨를 크게 으쓱하며 눈알을 굴리고 있겠지. 하지만 별로 말하고 싶지
않으니까 주제 좀 바꿔줄래.'

결국, 난 결혼생활이 좀 쳐서 슬프냐고 물었다. 프레이어가 아니
라는 듯 고개를 흔들었다. "아니, 아니, 아니, 만약 내가 패디를 다시
는 안 보고 싶다면 그건 좀 말이 안 되겠지?

패디는 잔인하거나 악한 게 아니라 그냥 아무 생각이 없었다. 프
레이어를 경비가 많이 드는 일하는 개나 말로 여겼다. 프레이어가 패
디를 위해 더 많은 일을 할수록, 그는 점점 더 침대에 누워 비디오만
보았다. 패디가 늪 속으로 빠져들수록 그들의 문문도 구멍 속으로 사
라졌다.

"그래도 조금은 이해가 가. 스케일 다운은 정말 끔찍하거든. 오늘
난 5분의 3 스케일에서 하프 스케일로 스케일을 줄였는데 그것만으
로도 아프고 슬퍼. 약하고 아무것도 못할 것 같은 무기력증이 들고,
이건 뭐랄까? 허파에 공기가 충분히 안 들어오는 느낌, 배 속에 음식
이 충분히 안 들어가는 느낌도 들고." 프레이어가 우울해했다.

"젠장." 내가 말했다.

"그만, 그만, 난 익숙해질 거야. 그나저나 넌 어때? 진짜 놀랍지 않니?" 프레이어가 물었다.

"정말, 그래야 해." 난 인정했다.

"숨쉬기, 먹기, 옷 입기, 전부 다 너무너무 근사하잖아?" 프레이어가 강요했다.

"좋아. 최고야." 나도 동의했다.

프레이어가 계속해서 나한테 감옥에서 나와서 기분이 어떤지? 얼마나 행복한지 묻고, 되묻고 했지만 내 대답은 그리 길지 않았다. 아직도 난 많은 말을 가슴속에 담아두고 있었다. 프레이어가 곧 다시 침묵을 채우려 말을 이었다.

"결혼은 안 좋았지만 배운 점이 없지 않아. 워너." 프레이어가 자신 있게 말했다. "정말이야. 그저 손님들한테 안내하고 물건을 팔고 세상에 나가 일한 게 다이지만, 솔직히 이제 난 성숙한 여자가 다 되었다고 생각해. 일 년 전과는 완전히 다른 사람이지. 그때는 아무것도 모르는 여자애였지만 이제는 인생, 기회, 지식을 위해서라면 달려 나갈 준비가 된 미들여성이라고." 프레이어가 계속 말하는 사이 내 감정은 계속 가라앉았고, 프레이어가 끊임없이 외운 주문 덕분에 난 드림월드로 가게 되었다.

키티가 드림월드에서 기다리고 있었다. 그 꽃집은 내 기억보다 더 상쾌했고, 만화 속 같기보다는 진짜 같았다. 이번에는 안으로 걸어

들어갈 수 있었다. 걸어서 문을 나오자 나만의 작은 오페라 박스 안이었다.

꽃집 안은 거대한 콘서트홀이었다. 돔 지붕 아래 수천 명의 기쁨에 겨운 드리머들을 위한 벌집 모양의 안락한 박스들이 들어차 있었다. 중앙거품 안에서 키티가 수년 전의 그 음악을 노래하고 연주했다.

그걸 다시 듣는 기분이 어땠는지를 어떻게 표현할 수 있을까? 난 못 한다.

하지만 그건 기억보다 더 좋았다. 더 크고 더 선명하고 더 달콤했다. 기실 더 중요한 사실은 기억을 할 수 없다는 거다.

난 그저 오페라 박스 안을 둥둥 떠다니며 듣고, 쉬고, 음악의 손가락이 분노와 두려움으로 가득했던 지난 일 년의 밤 동안 뭉치고 굳은 것들을 밀어냈다.

그리고 난 다음 날도, 그다음 날도, 또 그다음 날도 다시 돌아와 그저 듣고 떠다니는 액체가 되었다.

어쩌면 그건 매번 똑같은 노래였을 텐데. 나는 몰랐고, 누구도 알 수가 없었다. 너무나 많은 음, 너무나 많은 리듬, 너무도 조화롭고 너무도 장엄해서 하나에 집중할 수 없었다. 그건 하나의 거리 위의 천 개의 퍼레이드, 하나의 삶 속 천 개의 생명, 매 순간 살고 죽는 천년의 세월과 같았다.

나는 그것이 '몸집이 크면 세상은 바로 이런 느낌이야!'란 걸 보여주는 음악이란 걸 깨달았다.

물론 키티 스케일보다는 클 때 말이다. 키티 스케일은 2와 2분의 1배, 3.5미터 정도밖에 안 되니 그리 대단하진 않다.

억만장자 빅보다도 클 거다. 빅 리치, 8배 스케일, 11미터, 그것도 이 음악이 주는 느낌만큼 대단하진 않다.

조만장자만 하려나? 64배 스케일, 90미터. 하지만 그보다 더 클 수도 있다.

몸집이 커질수록 사물들은 작아져서, 한 번에 더 많은 물건을 만질 수 있으며 손끝, 발끝, 혀로 그것들의 작은 부분들까지 더 잘 느낄 수 있다.

꿈꾸는 귀에 꼭 들어맞는 음악을 들으면 마치 휴 가족의 집을 거대한 손으로 감싸 쥐는 듯한 느낌이 들었다. 창문, 쌓은 벽돌, 홈통, 담쟁이덩굴, 슬레이트 지붕, 기둥들이 손가락 마디들 아래에서 빠지직빠지직 허물어지는 듯한.

그 음악은 또 숲이 신의 발만큼이나 거대한 발바닥을 긁는 듯한 느낌을 주었다. 잎과 껍질로 덮인 나무들이 발가락들 사이로 비죽 나오고, 졸졸 흐르는 시냇물이 발바닥의 오목한 부분 아래로 흘러가는 듯한.

그 소리풍경은 산도 한 줌으로 느끼게 했다. 얇게 언 얼음이 지문들 사이로 녹아내리고 울퉁불퉁한 바위들이 엄지손가락 아랫부분을 파고드는 느낌.

만약 당신이 지구를 끌어안고 있는 신인데, 크고 작은 모든 것들이 '나는 살아 있다'라고 말하듯 당신의 몸을 파고든다면, 그건 바로 키티가 만들어낸 음악 때문이다. 매일 밤 날 집어삼켰던 그 음악 말이다.

어쩌면 이건 엄청난 뻥으로 들릴 수도 있다. 혼이 빠지는, 정신 나간 얘기로. 하지만 작고 빨간 죄수에게는 이것이 회복하는, 자기 자신을 되찾는 하나의 방법이었다. 아니면 적어도 더는 빡빡하고 분노에 찬, 꿈 안 꾸는 사람이기를 멈추고, 아무도 아니게 되도록 하는 방법.

그건 정말로 치료의 효과가 있어서 힘들고 불행한 인생을 사는 누군가를 정말로 치유할 수 있었으며, 결국에는 키티가 자기 자신을 치유하는 방법이기도 했다.

그러면 난 사나운 꿈을 다시 꾸고 싶어 했느냐고? 당연하다. 물론 그랬다. 하지만 그럴 수가 없었다.

예전의 나처럼 꿈을 꿔보려고 할 때마다 힘들었고, 아니 어쩌면 불가능했다. 난 더는 내가 아니었다. 꿈이 커질수록, 내 뇌가 더 강하게 저항해서, 악몽 스타일이 되어버렸다.

꽃들이 눈이 되는 꿈을 꾸면, 눈은 비가 되고, 꽃들은 페인트가 된다.

게으른 비행 개들을 꿈꾸면, 개들은 상어로 변하고, 상어들은 공기 중에 갇혀 죽어버리고, 썩고 터지는 풍선시체들이 떠다닌다.

물을 꿈꾸면 집이 물에 잠기고, 나무들을 꿈꾸면 길을 막아버리며, 방들을 꿈꾸면 그 안에는 내가 찾는 게 없다. 뭘 찾느냐고? 그것조차 모르면서 시간에 쫓기기만 한다.

내 머릿속에 뭔가가 고장이 났는지, 꿈은 다른 사람들의 꿈과 같이 불완전하고 통제 불능이 되어버렸다.

삶과 죽음의 세계

그리고 그사이 나의 날들은 정신없이 지나갔다. 갑작스럽게 바쁜 미들 리치의 삶을 살며 질 좋은 교육을 흡수하려 애썼는데, 미리 말해두지만, 그건 완전히 불가능한 일이었다.

1단계. 옷 사기. 그래, 이 부분은 그리 불가능하진 않았다. 휴와 토니는 날 데리고 '파인 영 맨'에 가서 빳빳한 정장을, '스포티 런 앤드 점프'에서는 집에서 입을 캐주얼한 운동복을 사주었다. 던과 키티가 프레이어를 데리고 '스터디 걸'과 '비지 비'에 가서 실용적인 여성복들을 몇 벌 사주었다.

2단계. 의사 만나기. 이것 역시 괜찮았고, 사실 좋기까지 했다. 우리는 피 검사를 받았는데 여기서 좋은 소식이 있었다. 아무도 성병이나 암이 없었다. 미들 푸어 치과의사는 내게 대체용 가짜 이빨을 해주었다. 그 플라스틱 돌들은 진짜 이빨들보다 더 희었다. "명심해요. 가짜 이빨은 입이랑 같이 스케일 업이나 스케일 다운이 되지 않으니까 스케일을 바꿀 때는 먼저 그것들을 빼야 합니다. 아니면 다칠 수 있어요." 그는 그 말들이 지루한 듯 속사포처럼 말했다. 아마 같은 말을 하루에 스무 번은 할 터였다.

하지만 3단계. 웨트 얼머낵 미들 리치 고등학교에 다니기는, 가난한 애들한테는 대단히 미안하지만, 불가능한 일이었다.

* * *

학교에서의 첫째 날은 절망적인 일과 치욕의 끝없는, 멈추지 않는 퍼레이드 같았다. 거대한 캠퍼스를 전속력으로 가로지르고, 왕 계단들을 뛰어오르고, 너무 늦게 닫힌 문 앞에 도착했지만 손잡이가 손이 닿지 않아 거칠게 문을 긁어대자 근엄한 표정의 선생님이 문을 열더니, 다음에는 오줌 마려운 개 마냥 문을 긁지 말고 노크를 하라고 하고 면박을 주었다. 알아듣지 못한 토론들, 기호 수식, 화학적 과정, 세계 문학들 속에서 헤엄치다 익사할 지경이었다. 선생님께 지극히 단순한 질문을 하고, 미들 푸어 목소리가 너무 작아 들리지 않아 다시 큰 소리로, "실례지만 토오니 모오리스은이 누구라고요?"라고 물었다. 주위에는 죄다 참을성 없이 코를 훙훙대는 2배 스케일 애들뿐이라 꼭 투덜이들의 숲 같았다. 점심시간이 끝날 때까지 식당을 찾지 못했다. 오, 이런! 워너의 점심이 사라졌네. 오후 내내 쓰레기통을 애타게 바라보며 그 안에 들어있을 피자 테두리 꿈을 꾸었다.

가족 저녁 식사 때 휴가 우리한테 학교에 간 첫날이 어땠는지 물었다.

우리는 전조등 앞에선 사슴처럼 얼음이 되었다. 우리가 설명이라도 할 수 있는 일이 하나라도 있을까?

"아주 새롭고, 자극되는 환경이에요!" 프레이어가 외쳤다. "정말로요!"

휴가 동정 어린 눈을 돌려 고개만 끄덕일 뿐, 아무 말이 없는 나를 쳐다보며 말했다. "힘들다는 거 안다. 처음에는 적응하기가 꽤 힘들 거야. 하지만 부디 날 믿고 열심히 해보렴. 그게 결국에는 너희들이 가리라고 생각도 못 했던 곳들로 안내해 줄 테니까."

둘째 날도 똑같았지만, 사실 더 심했다. 미친 듯이 종종거리기와 뛰어오르기, 이해 불가능. 거기에 더해 선생님들은 이제 이런 질문까지 해댔다. "워너, 어제 내 준 숙제는 다 했니?" "워너, 필기하는 게 좋아." "워너, 우리는 수업 시작에 맞춰 출석을 부르니 어떻게든 그때까지 여기 도착해있어야 한다." 고카트(프레임 위에 아무런 보디를 부착하지 않는 1인용 자동차)라도 사야 하나?

둘째 날 밤, 프레이어가 더 자신감에 넘쳐 자신이 노출된 재미있는 생각 바이러스들에 관해 수다를 떨었다. 난 안절부절못하고 입을 닫고 있었다.

"워너, 그렇게 하는 것만으로도 넌 이미 영웅이야. 난 네가 성공할 거란 걸 알아." 키티가 기운을 북돋우자, 데이지가 눈알을 머리 뒤까지라도 굴릴 기세였다.

하지만 상황은 나아지지 않았다. "워너, 이 과제물은 읽을 수가 없구나." "워너, 그 발표는 앞뒤가 안 맞아." "워너, 시험결과가, 안 보고 찍는 것보다 더 나빠, 우리 반 평균을 다 까먹고 있어." "그 내용을 파악하기 전에 그냥 아무 글자나 찍는 게 어떻겠니?"

그런 불가능한 날들에, 며칠 더 기겁한 뒤, 결국 난 우리가 여기에 있는 게 옳은 일인지 의심하게 되었다. 누구라도 그랬을 거다.

일이 그렇게 된 건, 천체 투영관에서 아이들이 비웃는 얘기를 엿들었기 때문이다.

그런데 게네가 비웃은 사람은 나도, 프레이어도 아닌 키티였다.

"멍청한 노랑이 여자애가 글도 못 읽는, 재수에 옴 붙은 쥐새끼 거지 둘을 우리 학교에 모셨네. 그저 제 기분 좋아라고 그랬겠지. 아, 뭐, 그런 바보 같고 이기적인 잡년이 다 있담. 너 개가 정말 걸레이었으면 하는 거지. 이 호색한아! 그러게 그년이 내숭 좀 그만 떨면 좋겠어. 정말 깨부수고 싶다니까. 근데 너 진짜 걸레가 누군지 알아? 편이 엄청 걸레야."

곧 그 남자애들은 키티나 나에 관한 얘기를 더 나누지 않았지만, 난 그날 오후 캠퍼스에서 걸어 나오며 우리가 더는 교양 있는 리치들의 더러운 학교에 머물러서는 안 되겠다 싶었다. 로스쿨 때와 마찬가지였다. 우린 거기 소속이 아니었다.

나는 저녁을 먹기 전에 이 얘기를 프레이어에게 하다 말았지만,

프레이어는 이 얘기의 첫 말미를 듣고 맛이 가버렸다.

"워너! 이 똥개야. 네가 그따위로 혀를 놀렸다가는 우린 모든 걸 잃어. 휴가 우리를 좋고 수준 높은 학교에서, 형편없고 쉬운 학교로 전학시키고 싶어 할 것 같니? 아니, 잘못 짚었어. 그 반대야." 프레이어가 펄쩍펄쩍 뛰었다.

"우린 아무것도 못 배우고, 다들 우릴 질색하잖아?" 단도직입적으로 짚었다.

"더 노력하면 돼. 당연히 처음에는 힘들겠지. 우리가 여기 속해 있다고 결정한 한 우린 여기 속하는 거라고. 그러니까 참아. 이 멍청이야." 프레이어가 설득했다.

"말 그대로, 여기 속하지 못해." 난 소리쳤다. "학교에 가면 봐봐. 우리랑 같은 스케일인 사람이 하나라도 있는지? 한 놈도 없어. 프레이어! 네가 나보다 심해. 글도 나보다 천천히 읽고, 나처럼 빨리 뛰지도 못하고, 3학년 과정은 진도도 엄청 빠르잖아."

"그래." 프레이어가 빽 소리쳤다. "최고 우수 반에다 넣으라고 해. 난 모두를 제치고 올 A를 받을 거야. 난 출세에 굶주려 있어. 프레이어를 멈출 수 있는 건 아무것도 없다고."

하지만 난 저녁 식사 때 다시 말을 꺼냈다. "휴! 가족 여러분! 모든 것에 정말 감사드리지만, 저는 정말이지 미들 리치 학교가 맞지 않는다고 고백할 수밖에 없겠네요. 저에게는 미들 푸어 학교가 더 잘 맞을 것 같아요."

아니나 다를까 다들 어두운 반응들을 보였고, 휴의 얼굴이 가장 어두웠다. 그러는 사이 식탁 밑으로 프레이어가 포크로 다리를 찔러 댔다.

"워너, 솔직히 얘기하마." 휴가 목소리를 높였다. "네 나이 때에는, 물론 네 잘못은 아니지만, 해야 할 일들은 쌓여 가는데 시간이 없게 마련이란다. 과연 미들 푸어 학교에서 너한테 필요한 방향으로 도전 의식을 심어줄 수 있을지가 의문이구나."

"다들 네가 멍청하다고 손가락질하잖아. 그 말이 틀렸다는 걸 증명하고 싶지 않아?" 토니가 거들었다.

"휴, 토니, 그리고 여러분, 제가 마음속 그림으로 설명해볼게요." 나는 애원했다. "학교를 지식으로 가는 계단이라고 상상해보세요. 그리고 이 계단 한 칸, 한 칸이 여러분의 다리로 오르기에는 너무 높다고 상상해보세요. 사실 맨 첫 칸부터가 여러분의 머리 위만 한 닿는 높이죠. 그럼, 계단을 오를 수가 없죠. 아무리 열심히 노력해도 지식의 세상으로 올라갈 수 없어요."

프레이어가 "아니, 아니, 아니, 틀렸어!"라고 중얼거렸지만 난 말을 이었다. "저를 훌륭한 지식으로 안내해주는 것은 제 하프 스케일 다리에 맞는 낮은 계단들이라고 진심으로 믿어요. 그 계단들을 최대한 빠른 속도로 달려 올라갈 테니 믿어주세요. 자그마한 학교들이 저한테 도전의식을 심어주지 않는다고 해도, 걱정하지 마세요. 전 자신

에게 도전할 테니까요. 여러분도 이해해주시리란 걸 알고요. 그저 제
게 맞는 계단만 주세요. *프레이어, 제발 그만 좀 찔러.*"

"꽤 괜찮은 비유네." 휴어게인이 웅얼거렸다. "정치에 입문해도
되겠는데."

"정치의 정이라도 알아야 말이지? 무슨 말씀이야?" 토니가 경기
를 일으켰다.

"프레이어, 너도 웨트 얼머낵 고등학교가 너무 어렵다고 생각하
니?" 휴가 물었다.

"농담도 잘하시네요. 제아무리 힘센 말들이라도 절 학교에서 끌어
내려면 침을 좀 흘려야 될걸요." 프레이어가 장담했다. "도전이란 게
정말 좋아요. 뭔가를 달성하는 것 다음으로요. 전 그걸 위해 제가 학
교에 가는 거라고 여러분 모두에게 상기시켜드리고 싶네요."

"키티, 네 생각은 어떠니?" 던이 궁금해했다.

"워너를 학교에서 볼 수 없는 게 아쉽긴 하지만," 사랑스러운 키
티가 속삭였다. "그래도 이해해요."

"못 보는 게 뭐가 아쉬워. 그것 때문에 다들 널 싫어하는데." 데이
지가 말했다.

결국, 휴가 내가 전학하는 걸 허락했지만, '우린 네가 성과를 올리
기를 원한다.'라는 경고와 조건을 달았고, 그 성과라는 게 정확히 뭔
지는 나도 묻지 않았고, 휴도 얘기해주지 않았다.

그렇게 난 가장 가까운 이트 얼머낵에 있는 미들 푸어 학교로 전학했다. 자랑스럽고도 중요한 그 학교의 이름은 이트 얼머낵 미들 푸어 직업기술학교로 줄여서 '이트 보텍'이라고 했다.

이트 얼머낵은 본래는 범람원이었으나, 이제 더는 범람하지 않는다. 웨트 얼머낵 언덕이 올려다보이는 뜨겁고 먼지 날리는 사막이다. 이 두 동네가 다 얼머낵이라 불린다니, 좀 이상하긴 하다. 내 생각에 그건 마치 스케일이 다른 남매 같다. 웨트는 나무가 많은 리치, 미들과 빅들의 땅이고, 그 아래 이트는 웨트와 전혀 달라 콘크리트블록 주택, 공장, 영업소, 열악한 작업장, 문 월드가 수두룩했다.

문 월드는 미들 푸어 지역에서 흔한 대형 쇼핑몰로 이트 보텍 주차장 건너편에도 한 군데 있었다.

사실 그 학교는 문 월드의 작고 지저분한 버전 같았다. 비슷한 검은색 콘크리트블록 구조, 비슷한 넓고 납작한 창고형 건물, 더 볼썽사나운 페인트칠, 문 월드에 배치한 경찰들과 비슷한 수의 경찰들, 심지어 비슷한 수의 보텍 학생들이 있는데, 수업을 듣는 대신 문 월드에서 시간을 죽이는 학생들도 많았다.

이트 보텍은 어떤 학교냐고? 물어봐 줘서 고맙다! 이트 보텍의 특징은 '트랙 시스템'이다.

트랙 시스템이란 학생이 입학하면 학교 측은 그 학생이 가장 잘하는 분야를 찾아내어 계속 그 역량을 강화하도록 트랙에 올려놓는 것을 말한다.

보통은 보는 것부터 시작한다. "너 수학 잘하니?" 만약 수학을 잘하는데 이트 보텍에 왔다면, 축하한다. 당신은 수학 트랙에 오르게 된다. 수학과 과학 교실들이 마련되어 있고, 졸업한 뒤에는 연구소에서 일하며 문문을 벌게 된다.

수학은 잘하지 못하지만 읽고 쓰는 걸 잘한다면 전혀 꺼릴 게 없다. 당신은 언어 트랙에 오르게 된다. 필요한 사람들을 위해 읽기와 편집을 해주고, 문문도 괜찮게 번다.

읽기는 잘하지 못하지만 말을 조리 있고 자신감 있게 잘한다면? 좋다. 당신은 사업 트랙에 오르게 된다. 영업이나 사업을 직업으로 삼게 되며 대부분은 언어 트랙보다 문문을 더 많이 벌기까지 하는데, 어떻게 그럴 수가 있는지 도무지 그 이유는 알려지지 않았다.

이제까지 언급한 것 중 어떤 분야에도 소질이 없고, 대신 손재주가 좋다면, 잘됐다. 당신은 핸디 트랙에 오르게 되어 차나 로봇들을 고친다. 손재주가 없다면, 운전과 관련된 전반적인 것들을 배우는 운전 트랙이나 무거운 것들을 운반하는 법을 배우는 리프트 트랙이나, 쓸고 닦는 법을 배우는 클린 트랙이나, 예의 바르게 접대하고 조용히 하는 법을 배우는 서빙 트랙에 오른다.

첫째 날은 그다지 좋지 않았다. 난 창문 없는 방에서 졸려 보이는 두 미들 푸어 상담사들을 만났다. 그들이 워너라는 이 이상한 신입생을 만나는 일에 흥미를 보였느냐고? 아니, 조금도 아니다. 어서 빨리 이 멍청이의 트랙을 정하고, 일찌감치 점심이나 먹으러 갔으면 좋겠다는 표정이었다. 그런 다음에는 주차장을 가로질러 문 월드에 할인 행사가 있는지 찾을 심산이었다.

수학부터 시작했는데, 난 수학 실력이 그리 나쁘지 않은 터라 조금은 기대했다. 숫자는 그런대로 이해가 갔다. 알 수 없는 이유로 글자들과 섞여 있지만 않다면.

"맞는다고 생각하는 답을 골라봐." 그들은 말했고. 에이, 비이, 시이, 디이가 있었다.

"소리 내어 읽어주실 수 있나요?" 내가 말했다.

"엑스 빼기 3은 3." 그들이 말했다.

"좋아요. 좋아요." 내가 말했다. "정답이 다 나와 있네요. 이건 문제도 아니에요."

"0, 3, 6 그리고 엑스 중에 골라봐." 그들이 말했다.

"엑스를 고르면 틀릴 리가 없죠." 내가 말했다.

"아니, 틀렸어. 그럼 수학 트랙은 제외하고 다음으로 넘어가자." 그들은 말했다. 하지만 읽기 샘플은 두 번째 재앙이나 다름없었다. 그들은 화산과 암석 과학에 관한 네 쪽짜리 글을 주었는데, 그중 절반은 모음 위 콤마들이 정신없이 계속 등장하는 바람에 난 15분 동안 2쪽도 못 읽었다.

"넌 언어 트랙은 못 가겠네." 그들이 말했다. "이 펜을 우리한테 팔아보겠니?"

"이 펜, 사실래요?" 내가 말했다. "정말 좋은 펜이에요."

"별로 안 사고 싶은데." 그들이 말했다.

"누가 펜을 사고 싶어 하는지 아시나요?" 내가 말했다.

"아니." 그들이 말했다.

"이 좋은 펜은 그냥 내가 가져야겠네, 바보들." 난 그렇게 말했지만, 그들은 펜을 가져가 버렸다.

"여기 퍼즐이 있다." 그들은 말하며 내게 꼬인 두 줄의 철사를 건네고는 내가 너구리처럼 한동안 그걸 붙들고 있는 걸 지켜봤다. 이번에도 허사였다.

"이번엔 운전 게임." 그들은 내게 작은 시뮬레이션 운전 게임 스크린을 건네며 말했고, 차는 금세 충돌했다. "와, 프로그래머들이 어찌나 다양한 괴성들을 담아냈는지!"

"팔굽혀펴기는 잘할 것 같은데." 마침내 그들은 내 트랙을 찾은 듯 말했고, 난 모랫바닥에 엎드려 팔굽혀펴기를 시작했다. 50개까지 하고 나서 쳐다보자, 그들은 '사실 처음부터 이렇게 될 줄 알았지?'라는 듯 만족한 표정으로 서로를 바라보았다. 둘 중 더 어린 쪽이 말했다. "리프트 트랙에 오르게 된 걸 환영한다. 이 신청서에 서명하렴. 이름을 다 쓸 필요는 없어. W이면 돼. 그렇지?"

"내가 걱정했던 게 바로 그런 거야." 휴가 얼굴을 찡그렸다.

"워너는 저랑 같이 공부해서 6주 뒤에 재시험을 볼 거예요. 걱정하지 마세요. 아빠, 분명히 다른 트랙으로 옮기게 될 거예요." 키티가 장담했다.

"그러면 좋겠구나. 그 애를 위해서." 휴는 단호했다.

"저도 그래요." 동의했지만, 그렇게 해서는 안 되는 거였다.

드림월드

프레이어가 어떻게 됐느냐고? 좋은 질문이다. 프레이어는 웨트 얼머낵 미들 리치에 남았다. 프레이어의 일상은 할 수 없는 일, 말할 수 없는 언어 풀 수 없는 문제 그리고 갈 수 없는 먼 거리로 이루어졌다.

'낙제'와 '다시 쓰기'와 '상담 요망' 같은 점수들. '지각'과 '결석'과 또 '사물함 철창에 갇힘' 같은 출석 기록들. 보이는 곳마다 비참함과 조롱뿐이었지만, 프레이어의 성공하고 말겠다는 갈망은 흔들리지 않았다.

그러나 프레이어한테 타격이 있음을 난 드림월드에서 알 수 있었다. 프레이어가 키티의 음악을 나보다 더 필요로 해서, 좀비 시체처럼 오페라박스에 드러누워 그 음악들이 자기를 주물러대도록 놔두었다.

매일 아침 내가 먼저 기상했는데, 통학 거리가 있기 때문이다. 정류장까지 걸어가는 것도 멀었고, 이트까지 버스를 타고 가는 데도 시간이 걸렸다. 그래서 난 집을 나서기 직전에 프레이어를 흔들어 깨웠고, 그러면 프레이어의 얼굴에는 2~3초쯤 병적인 공포가 서렸다. '오 안 돼! 난 더는 못해.'라고 애원하는 눈빛. '제발 내가 마치 이렇게 하면 마치 성공할 것처럼 행동하느라 또 하루를 허비하게 하지는 말아 줘.'라고 말하는 듯한 축 처진 입.

그러다가 프레이어가 그런 생각을 떨쳐버리거나 삼켜버리고, 용감하게 미소를 지으며 내게 말한다. "고마워, 워너. 학교 잘 다녀와. 너도 나만큼 많이 배우면 좋겠다." 우리 누난 정말 알아준다니까. 프레이어는 파이터다.

삶과 죽음의 세계

내가 프레이어만큼 많이 배웠느냐고? 전혀 아니다. 휴의 말이 맞았다. 리프트 교육은 장난이나 마찬가지였다.

리프트 교실은 기본적으로 체육관이었고, 오전 내내 운동이 진행되었다. 역기를 들고, 쳇바퀴 위에서 달리고, 깊은 물에서 철벙거리며 파도에 맞서 싸우고, 또 물론 다른 팀을 죽일 듯 달려드는 잔인한 경기도 진행했다.

오후에도 마찬가지로 그다지 학구적이지 않게, 대부분은 가장 흔한 리프트 관련 일들. 즉 캐기, 뚫기, 실어 나르기, 고래잡이, 상어잡이, 공사와 보수, 소방 훈련, 홍수 훈련, 돌 치우기 등 전반적으로 다 재앙이었다.

교사들이 충분치 않아서 자유시간이 많았다. "애들아! 지금부터 한 시간 20분 동안은 너희들끼리 문 월드나 주차장에 좀 다녀오는 게 어떻겠니? 친구랑 같이 가는 게 좋을 거야. 안 그러면 꽤 심심할걸."

하지만 일주일 전까지 쥐 크기였던 아이에게는 혼자서 문 월드를 돌아다니는 것도 충분히 흥미로울 수 있다.

수 마일의 긴 통로에 쇼핑할 거리가 끝없이 진열되어있는 문 월드는 나에겐 기적 같은 곳이었다. '문 월드에 있는 수 마일의 긴 통로.' 사실 이게 시엠송이다. 심지어 문 월드의 애완동물의 이름도 마일즈인데, 정문 앞, 팔다리가 달린 평면 모니터에서 끊임없이 춤을 춘다.

문 월드의 요점은 미들 푸어의 삶에 필요한 모든 것이 여기 다 모아놓았으니 뭔가를 찾으러 다른 곳에 갈 필요가 없다는 거다. 여러분에게 필요한 건 여기 다 있답니다. 옷, 음식, 의자, 약, 전화와 수도 계약, 좌변기, 작은 개, 총, 냉동식품, 전자레인지, 복권과 게임쇼 티켓, 인형, 폭탄, 기타까지, 이것 말고도 더 있으니 부디 여러분의 문문은 문 월드에서 써주세요.

문 월드는 천국이었고, 그런 이유로 위험한 테러에 노출되어 있기도 했다. 천국이었던 이유는 모든 게 내 손에 착착 붙는 것들이었기 때문이다. 그것들은 사달라고 애원했다. 너만을 위해 만들어진 눈부신 멋진 마법 같은 상품이라고! 네 미들 방으로 데려가, 가지라고! 손으로 들고 껴안으면 굉장한 느낌이 들 거라고! 노트 스크린, 스케이트보드, 헤어 젤, 보디스프레이 등.

하지만 무엇보다도 그 옷들, 스타일은 정말 끝내줬다.

이곳 문 월드에는 내 발에 꼭 맞는 신발이 있었다. 마치 신발공장이 마치 날 잘 아는 것처럼, 내 평생을 속속들이 아는 것처럼, 날 위해 정성껏 만든 수백 켤레의 완벽한 신발이 아름답게 줄지어 놓여있었다. 여기에는 머리에 맞는 모자, 팔과 배를 감싸는 셔츠, 엉덩이를 꽉 조여 멋진 형태로 만들어주는 바지도 있었다.

부드럽고 멋진 느낌의 옷감은, 밝고 과격한 색깔, 신선하고 새로운 스타일이었다.

그중에서도 가장 신선했던 건 '하이엔드 하프 스케일 패션' 코너에 있는 '프레시 벗 칠'이었는데. 당신은 어떤지 상상도 못 할 거다.

프레시 벗 칠은 내 가슴 속 가장 깊은 곳에서, 가장 행복한 꿈속에서도 그리던 스타일이었다. 망사와 골지가 가득한 후디, 비밀 로고들이 오밀조밀 그려진 이상한 티셔츠, 누더기 같은 딱 붙는 바지와 발찌, 2배 자동차처럼 두툼하고 반짝거리는 신발 그리고 절대 놓쳐서는 안 될 얇은 벨트.

"와! 프레시 벗 칠에 섹시한 남자 배우가 납셨네." 여자 점원인 리즈는 머리부터 발끝까지 옷을 갈아입고 나자 아양을 떨었다. "잠깐, 감탄 좀 하게 10초만 기다려 줄래요."

리즈의 호들갑스러운 애교에 보답이라도 하듯 난 제자리에서 빙글 돌고는, 어깨너머로 뒤를 슬쩍 쳐다보며 짓궂은 남자애처럼 엉덩이를 흔들었다.

"와! 이런, 대개는 '와'고, 아주 쪼금은 '이런'이네요. 야, 진! 이리와서 춤선을 좀 봐." 리즈는 동료 직원인 진에게 외쳤는데, 누가 그녀를 탓할까?

그러자 진이 서둘러 왔고, 두 점원이 연신 와! 이야! 하는데, 그 몇 분간 문 월드의 새로운 왕으로 등극한 것만 같았다.

"이 옷을 안 입고 여길 나간다면, 그건 그야말로 범죄예요." 리즈가 걱정하듯 말했다.

하지만 그 옷은 다 해서 250문문이었다. 그건 내 일주일 치 용돈 50문문을 5주나 모아야 하는, 당시 문플로우 계좌 잔액보다 많은 액수였다.

"난 이걸 살 형편이 안 돼요." 난 창피해서 낮은 소리로 웅얼거렸다.

"그거 알아요." 진이 친절하게 알려주었다. "첫 구매고객에게만 일주일에 100문문으로 프레시 벗 칠의 평생 회원이 될 수 있는 영광을 줘요. 최신 유행하는 멋진 스타일을 계속해서 받아볼 수 있죠. 그 계약은 영원히 가는 데다 최고로 가치 있는 거죠. 이 옷만 해도 60퍼센트 할인되는 거잖아요."

"하지만 그것도 내 용돈의 두 배인데요, 내 문플로우가 텅 비게 돼요." 내 충동작은 고갈되었고, 목소리는 창피함에 쩍쩍거렸다.

"잠깐만, 지금 그쪽처럼 활기차고 힘센 친구가 일자리가 없어서 쥐꼬리만 한 용돈에 의지하며 살고 있다는 거예요?" 리즈는 아까보다 살짝 거칠었다.

"돈이 필요하면 문 월드 어딘가에서 일자리를 찾을 수 있을 거예요." 진은 좀 더 구체적인 희망을 제안했다. 하지만 망신을 당한 나는 이미 도망쳐, 다시 탈의실에서 뻣뻣한 바보 같은 정장을 황급히 걸쳤다.

문 월드가 끊임없는 테러의 장소라는 건 바로 이걸 두고 한 말이다. 용돈은 정해져 있어서 절대 쓰지 않고 모으기만 해야 하는 게 뻔한데. 최악이게도 난 나 자신의 자제력을 신뢰할 수 없다는 기분이 들었다. '언젠가 넌 그걸 한 방에 다 써버릴 거야. 그럼, 그대로 절벽 아래지. 넌 단숨에 빈털터리가 되고 부러진 다리로 바닥에 고꾸라져 다시는 올라오지 못해.'

보디스프레이처럼 작고 소소한 걸 살 때도 그 지긋지긋한 악몽 같은 걱정에 시달렸다. '괜찮아, 워너. 이 보디스프레이 딱 한 병만 사는 거야. 여자애들은 상쾌한 냄새가 나는 남자를 좋아해.' 만약 이렇게 했다가, 다음 날 또 다른 예외를 만들어 헤어클레이를 사게 된다면, 눈에 보이지 않는 알갱이들을 머리에 문질러 머리카락이 더 잘 세워지게, 그래서 덜 없어 보이게 만들어주는 거 말이야. 그런 일이 반복된다면 얼마 안 가서 넌 파산하게 될 거다. 열 번의 예외와 프레시 벗 칠 디럭스 회원권, 달콤한 향기를 풍기는 실력자처럼 보이지만 버스 탈 형편도 못 되는 사람.

리프트 트랙 생활 중 일어나는 또 한 가지 일은, 초청 강연이 종종 열린다는 거다. 기업들이 여는 이런 강연은 때로는 더 나은, 더 밝은 미래를 원하는 학생들을 그날 바로 조기 졸업시켜주곤 했다.

그중 가장 크게 성공한 건 직업 군인이었다. "어이, 리프트 학생들! 이리 와서 '온디맨드 해군'을 위해 유조선을 지키든지, 아니면 '호버밤 아라카르트'의 에어컨이 나오는 편안한 벙커에 앉아서 현실의 슈팅 게임 상황을 즐기는 게 어때? 해적을 한번 무찔러보는 거지. 기업체에서의 귀중한 경험과 함께 진짜 전투의 스릴도 맛보는 거지. 게다가 열 중 일곱은 다름 아닌 유이스 정부를 위해 일하는 공무원이라네. '늘은 아니지만 때때로' 애국자가 되고 싶지 않나?"

그 외의 경우에는 어떤 일에 우리를 고용하고 싶어 하는지 알기가 좀 어려웠다. 예를 들면 그 학교에 다닌 지 셋째 날 정장 차림의 한 땀투성이 남자가 문을 열고 들어와 자신을 '권능 부여자'라고 했을 때처럼 말이다.

"'파워 라이프 퓨처'와 함께하는, 더 나은 더 밝은 미래를 원한다고 결심만 하면 바로 오늘 나와 함께 이 문을 나설 수 있습니다." 권능 부여자가 단호하게 말했다. "팀을 만들고, 팀의 성장을 지켜보며, 자택 근무를 합니다. 리더가 되면, 미래는 말 그대로 여러분 손안에 있습니다. 여러분은 단지 힘차게 '예스! '라고 말하며 그 미래를 세워가기만 하면 됩니다."

"질문 있는데요." 브랜드라는 애가 손을 들었다.

"앞장서서 질문한다는 건 파워 라이트 퓨처에 완벽히 어울리는 자질을 100퍼센트 갖추고 있는 겁니다!" 권능 부여자가 힘차게 말했다. "그나저나 난 학생이 가진 그 열정이 너무 좋아요! 고(Go)!"

"그럼, 거기서는 문문을 어떻게 버나요? 어디서 문문이 생기느냐 고요?" 브랜드가 물었다. 사실대로 말하자면 그 애는 그다지 열정적 인 성격은 아니었다.

"오! 이런! 굉장한 질문이에요." 권능 부여자는 큰 소리로 속삭이 는 듯한 톤으로 말했다. "그 질문은 곧 파워 라이프 퓨처가 어떤 사 업에 몸담고 있느냐 하는 건데, 그게 바로 모든 사업의 기초가 되는 질문이죠. 자, 잘 들어요. 만약 여러분의 사업에 사람들이 관여되지 않는다면, 그건 사업이 아니라 그저 회사에 불과해요. 하지만 우린 그것을 넘어서죠. 우린 뭐니까?"

아무도 대답을 하지 않자 그가 외쳤다. "사업이니까! 하! 하! 예 스!"

"하지만 누가 무슨 이유로 문문을 내냐고요?" 브랜드가 그의 말에 굴하지 않고 다시 캐물었다.

"젊은 권능 추구자 학생, 학생의 질문은 이렇게도 생각해볼 수 있 어요." 권능 부여자가 말했다. "파워 라이프 퓨처는 어떤 산업에 속 할까요? 교육산업? 영양 산업? 가내 농업과 제조 산업? 정답은 예스, 예스, 예스이기도 하지만 더 깊이 생각해보면 땡! 틀렸어요. 그중 아 무것도 아님이에요. 우리가 정기구독 산업에 속하냐? 물론이죠! 하 지만 땡! 또 틀렸어요. 왜냐하면, 가장 깊은 단계로 보면 우리는 삶의 방식 산업에 속하니까요. 파워 라이프 퓨처의 사람이 되면 우리가 생 산한 물건들로 여러분의 삶을 바꾸게 되고, 나아가 친구들, 가족, 심지어는 버스에서 처음 만난 사람들 등 여러분이 아는 모두에게 말할 수 있고, 말하고 싶어질 겁니다. 내가 이렇게 장담하는 이유는 내가 제안하는 이 상품들이 말 그대로 내 삶을 바꾸어놓은, 보증된 새 삶 제조물이기 때문이에요. '말 그대로'란 말이 무슨 의미일까요? 그건, 내가 지금 말장난이나 하는 게 아니라는 겁니다. 여러분은 사랑하는 사람들에게 말하게 될 거예요. '내가 파워 라이프 퓨처의 정보 제공 비디오를 구독하는데 한번 들어봐.' 그들은 가능하리라고 전혀 생각 지도 못했던, 말 그대로 완전 새로운 생각의 영역을 열게 되죠. 난 파 워 라이프 퓨처 미네랄 셰이크를 정기배송 받아, 내 몸과 머리가 매 일 강해지는 느낌이야. 난 씨앗들을 정기배송 받아! 내가 먹는 저녁 식사랑 양념의 재료들을 말 그대로 직접 기른다니까! 난 정기적으로 3D 프린팅 소프트웨어들을 구독하고 매달 파워 라이프 퓨처 전매 상 품인 플라스틱판들을 배송받아 접시, 포트, 머그잔 등 먹을 때 꼭 필 요한 온갖 식기들을 내 집에서 제조해!"

난 선생님을 흘긋 쳐다보다가 눈이 마주쳤고, 선생님은 '그럼, 왜 안 그러겠어?'라고 하듯 얼굴을 찡그리며 어깨를 으쓱해 보였다.

"그러니까. 영업사원을 채용하는 거네요." 브랜드가 말했다.

"아니죠." 권능 부여자가 외쳤다. "노, 노, 노. 저기, 학생이 요점을 살짝 놓친 것 같지만 난 여전히 학생의 그 열정에 푹 빠져 있어요. 이 름이 뭐죠? 브랜드. 오, 굉장한 이름이군요. 고마워요, 브랜드, 어쨌 든 영업은 우리가 가장 피상적인 단계에서만 하는 일이랍니다. 우리가 하는 일은 판매를 넘어서는 거니까요. 최고의 장점은 바로 이거예요. 여러분은 여러분이 아는 모두에게 상품을 파는 게 아니에요. 그들을 파워 라이프 퓨처 신입으로 모집하는 거죠. 그리고 여러분이 데려온 신입사원들이 영업을 하면, 어떻게 되는지 알아요? 이게 바로이 일을 완전한 삶의 방식으로 만들어주는 놀라운 부분인데. 여러분이 여러분의 몫을 받습니다. 그리고 그 신입사원들의 신입사원들이 영업을 하면, 어떻게 될까요? 맞아요, 또 여러분 몫을 받습니다. 그렇게 계속 선을 따라 내려가다 보면 정말 눈 깜짝할 사이에 그 양은 어마어마해지죠. 그게 바로 내가 힘차게 예스! 라고 말하기만 하면 미래의 한계 따위는 없다고 말한 이유입니다. 브랜드 학생이 아무것도 안 팔아도 학생의 팀은 학생에게 매달 1십만 문문씩을 벌어다 줄 거예요. 2십만 문문! 4십만 문문. 학생은 비전이 있으니, 사람들을 더 나은 삶 속으로 데려오면 그게 곧 학생의 삶이 될 겁니다." 권능 부여자는 이런 비슷한 말들을 미친 듯이 쏟아냈다. 근데 저기, 이게 글로 보면 좀 정신 나간 것처럼 보일지 모르지만, 땀 냄새 진동하는 답답한 리프트 체육관에 앉아 있으려니, 솔직히 말해서, 그의 말이 괜찮게 들리기 시작했다.

그러니까 그의 말은 물건을 팔지 않고 그저 다른 사람들을 데려와 물건을 팔도록 하기만 해도 그들이 파는 것에 대한 문문을 받는다는 거다. 일자리를 원하는 사람들을 찾기가 뭐 그리 어렵겠어. "일자리요. 방금 나온 따끈따끈한 일자리가 있어요. 난 착하고 친절한 상사

고, 지금 당장 당신을 채용할 거예요."라고 외치면 안 달려올 사람이
없을걸.

하지만 트레이는 쫑긋 선 내 귀를, 휘둥그레져서 반짝이는 내 눈
을 봤는지 이렇게 중얼거렸다. "워너, 진정해. 저건 사기야." 그래서
난 진정했다. 권능 부여자는 그날 단 한 명의 신입도 받지 못한 채 땀
을 비 오듯 흘리며 떠나버렸다.

*

트레이는 통통한 리프트 트랙 애 중 하나로, 근육이 튀어나오지
도, 비열한 짓거리를 하지도 않았다. 총이나 문신도 없었고, 인기도
그리 많지 않았다. 아니, 오히려 그 반대라, 친구가 없는 워너와 친구
가 되고 싶어 하는 몇몇 애 중 하나였다. 리프트 트랙에서는 꽤 똑똑
한, 하지만 엄청 어둡고 화난 표정에 모든 게 불만인 '그래서 뭐!'라
며 툭툭대는 아이가 있었다.

그 애는 잡석 작업을 하던 중 나한테 말을 걸었다. "내 친척 그램
이 그런 먹이사슬 회사에서 근무하는데, 그 회사는 매일 그램의 삶을
엉망으로 망치고 있어."

"먹이사슬 회사라는 게 뭔데?" 내가 물었다.

"뱀파이어 형태의 먹이사슬로 이루어진 사업이지." 트레이가 말
했다. "네 위의 포식자는 널 가입시켜. 쩝쩝, 이제 네 목에는 빨대가

꽂힌 거야. 데이브는 매달 네 피를 빨아먹지. 그렇게 희생양이 된 너의 유일한 희망은, 다른 희생양들을 가입시켜서 작은 포식자가 되는 거지. 네 작은 빨대들을 그들의 목에 꽂는 거야."

"빨대는 대체 뭐야?" 프레시 벗 칠을 떠올리던 난 오싹한 기분이 들어 말했다.

"거기 가입하면 꼭 네 문플로우에 빨대를 꽂아둔 것처럼 매달 거기서 문문을 뽑아가거든." 트레이가 음산하게 말했다. "그리고 최악인 건, 그 빨대가 영원히 거기 박혀 있어, 도로 빼낼 수 없다는 거야. 진정한 먹이사슬 회사는 별의별 종류의 고리와 풀로 빨대가 박힌 곳을 고정해놓지."

"고리, 풀, 그게 다 무슨 소리야?" 브랜드가 어기적거리며 걸어와 말했다.

"그러니까 이런 식이야. 네가 빨대를 빼달라고 하며 가입을 끊으면, 회사는 '이런, 미안하지만 우린 중개인일 뿐이야. 이런 일은 다른 회사에 문의해야 해.'라고 하고 다음 회사도 같은 말을 하지. 결국, 넌 배급자한테 가지만 그들은 말하지. '미안하지만 우린 다섯 군데의 공급업체들에 일을 맡기고 있어서 네가 직접 그들에게 전화해야 하는데. 그전에 우리는 먼저 제거 비용을 받아야 해.' 그리고 공급업체들도 너한테 제거 비용을 청구할 거고. 넌 말하겠지. '젠장, 말도 안 돼!' 그럼 그들은 이러지. '음, 그런데 말이야. 저기, 다른 대안으로 우리가 네 가입 조건을 바꿔줄 수는 있는데, 더 적은 비용으로 말이야.' 그럼 넌 '그게 낫겠네요.' 하겠지. 그들은 그렇게 네가 이번 달에 내는 비용은 낮춰 주지만 다음 달이면 너는 가입비가 영구적으로 세 배로 뛴 걸 보게 돼. 오, 맙소사! 그런 미친 포식자가 여덟 개나 움직이고 있는 거야. 그램은 벌써 스케일을 반이나 줄였다니까." 트레이는 돌무더기를 열심히 치우며 말했다.

"젠장!" 난 돌무더기를 잘 팠다. 돌무더기를 파헤치는 데 자세가 나온다고 사람들이 말한다.

"하지만 다른 희생양만 찾으면 되지." 브랜드가 말했다.

브랜드는 통통하고, 내가 별로 열정적이지 않다고 말했다시피 좀 멍청한, 하지만 적어도 악하지 않은 느긋한 애였다. 걔 또한 신입생 워너의 친구가 되기로 한 두 명 중 한 명이었다. 신입생은 항상 전체 학생들한테 이상한 애로 취급받고 의심의 눈초리를 받기 마련이니까. 자, 워너의 팀에 온 걸 환영해. 멍청하고 느긋한 브랜드.

"브랜드." 트레이가 말했다. "그 말에는 두 가지 해답이 있어. 이론 적인 것과 실제적인 것. 먼저 이론적인 대답은 이래. 먹이사슬이 끝이 없냐? 아니, 그 맨 아래에는 초식동물들 층이 있어. 맨 아래층이 다른 모든 층을 지탱하니까. 단연 제일 커야 해. 그러니까 수학적으로 만일 네가 먹이사슬에 들어가면 아마 그 초식동물 중 하나가 될 거야. 공격받고 피를 빨리고 정작 네가 빨아먹을 피는 찾을 수 없어서 풀만 뜯어 먹게 되는 거지. 개체 수는 정해져 있으니까. 지금까지 내가 한 말은 이해하겠지?"

"아니." 브랜드는 돌무더기 맨 아래에 보이는 여자 속옷을 유심히 쳐다보며 말했다.

"괜찮아. 아직 실제적인 대답이 있으니, 내 사촌 그램한테 한 번 물어봐? 희생양을 찾는 게 쉬운 일인지?" 트레이가 말했다. "안 묻는 편이 네 신세에 좋을걸. 그랬다가는 널 희생양으로 잡으려고 할 테니까. 우리 가족 바비큐 모임에서도 난리가 났어. 그건 악몽이었어. 다들 이제 그램을 싫어해."

"시체를 찾았다." 돌무더기 건너편에서 어떤 너저분한 데이브들이 외쳤다. 그들이 시체를 끌어내자, 팔이 툭 튀어나왔다. **"선생님, 저희가 찾았어요."**

"잘했다. 조심해. 이런 경우는 잘 없는데." 선생님은 소리치며, 그 의기양양한 데이브들이 시신을 엉망으로 만들어 버릴까 봐 서둘러 그쪽으로 갔다. 그 애들은 여자 속옷 발견에 실패한 친구들을 놀렸다. "크크, 우리가 이겼어! 너흰 졌고! 졸업하면 우린 공사와 보수 일을 맡겠지만, 너흰 석유 광산에서 허파가 터질 때까지 일하겠지. 크크."

하지만 걔네는 우리는 완전히 무시했다. 뚱보 둘과 신입 하나. 저 열등한 존재들을 놀리려고 굳이 키득댈 필요는 없잖아. 라고 하듯.

트레이, 브랜드, 워너. 우리는 보텍에서 인기는커녕, 아마도 가장 무시당하는 애들에 가까웠지만, 이봐, 그래도 좋아! 가장 무시당하는 게 어때서? 우린 완벽한데 뭐.

그러나 가장 무시당한다는 건 완전히 무시당했다는 의미는 아니어서, 얼마 안 가서 한 아이가 주차장에 있던 날 찾아왔다.

"네가 새로 온 워너구나. 맞지." 그 애가 물었다.

그 애의 손을 쓱 본 나는 손등에 황소 얼굴들 문신을 발견했다. 엄지를 타고 올라간 분홍색 뿔. '오, 안 돼.'

본래 황소들은 가끔 볼 수 있는 희비극 가면들처럼 웃고 우는 얼굴이어야 했지만, 그 애의 손등에 있는 것들은 잠에 졸린, 미친 것처럼 보였는데, 미친 쪽은 코에서 불을 뿜었고, 졸린 쪽은 염소처럼 생긴 모습이었다.

"아니, 아니, 완전 다른 애야." 도망가거나 얻어터질 준비를 하며 그 페이스 보이에게 말했다.

"데이브, 진정해." 그 애가 부탁하듯 말했다. "난 페이스 보이가 아니야. 난 조직을 떠났어. 샌드 드리머프를 떠났다고. 걔넨 내가 어디 있는지 몰라. 난 그저 그 조직과 관련된 네 그 드라마 같은 일을 알고 있다고 아는 체하던 것뿐이야. 나도 비슷한 일이 있었거든."

"그 일에 대해서는 말하지 않는 게 좋겠어. 황소 주먹." 난 애원했다.

"필럽, 내 이름은 필럽이야." 그 애가 말했다. "혹시 내가 필요한 일이 있으면 드라이브 트랙으로 날 찾아와. 마찬가지로 나도 소동이 있을 때 널 불러도 되겠지?"

"좋아, 필럽, 네 편이 되어줄게. 그러니까 그 얘기는 그만하자." 내가 당부하며 깨끗한 빨간 내 손을 그 애의 엉성한 염소 황소에 부딪히자 그 애는 자리를 떠났다. 전에 조직이었던 그런 애와 친하게 보이는 게 싫었다.

"근데 넌 어떻게 한 번도 집이나 가족 얘기를 안 하냐?" 어느 날 브랜드가 물었다.

"말할 게 뭐 있어. 평범하고 지루한 미들 푸어일 뿐인데. 레슬링 동영상이나 좀 보여줘." 난 거짓말을 했다.

드림월드

친구들이 나를 시장의 애완동물로 여기는 게 싫어 일절 아무 말도 하지 않았다. 지저분한 모래투성이 이트 보텍에서 휴 가족의 성에 관해 나불대는 건 미친 짓이었다. 마치 매일 아침 동화에서 나와 통학하는 것처럼.

사실 웨트 얼머넥 전체가 드림월드나 마찬가지였다. 내게는.

이트에서 웨트로 버스를 타고 가는 건 잠이 드는 것과 같다. 거인들의 천국으로 들어가는 미들 도로를 오르는 동안, 귓속을 맴돌던 보텍에서의 소란과 말소리들은 멈춘다.

버스에서 내려 휴 가족의 집으로 걸어가는 30분 동안 꿈은 시작된다. 깨끗한, 달콤한 냄새 나는, 조용한, 손질된 잔디와 아치형으로 드리워진 나뭇가지 아래의 활기 넘치는 집들을 지나가는 꿈.

안으로 들어가면 닭이나 생선을 그릴로 굽고, 정원 채소들을 나무 도마 위에서 써는 등 저녁 식사를 준비하는 냄새가 난다.

트랙을 바꾸려면 공부를 열심히 해야 한다지만, 때로는 미들 리치 천국의 꿈같은 마법이 날 집어삼키는 것 같다. 나도 모르는 사이에 개를 올라타고, 비디오를 보고, 멍한 상태로 집안을 돌아다니고, 맛있어 보이는 건 손가락으로 맛보며 매일 밤 궁금했다. 이게 현실일까?

멍하게 돌아다니다 보면 곧 키티가 나타나 말한다. "워너, 마침 잘 됐다. 안 그래도 네 학습 자료를 갖고 있던 참이었는데." 사실 집에 오면 키티가 선룸에서 스크린과 책을 가지고 기다리고 있는 게 다반사였다.

키티가 고리버들 의자에 앉았고, 나는 키티의 무릎 사이에 놓인 발 받침 위에 앉았다. 스크린은 우리 앞에 놓였다. 글과 이야기들을 읽고, 수학에 기호들이 어떻게 적용되는지, 과학과 역사와 인류학의 기초를 받아들이려고 애쓰는 사이 덜컥거리며 싸우던 내 머릿속의 세상은 넓어 갔다.

내 삶을 구해준, 나의 성공을 축원하는 땋은 머리 소녀와 살짝 사랑에 빠지지 않았느냐고? 물론, 조금은 그렇다. 당연하지 않나? 누구라도 그랬을 거다.

하지만 이건 '널 내 품에 안고 백만 번 석양을 함께 하고파. 너와 결혼할 수 없다면 차라리 굶어 죽는 편을 택하겠어.' 같은 종류의 사랑은 아니다. 여자가 다섯 배나 더 클 때는 다른 유의 사랑일 수밖에 없다.

누군가는 묻겠지. "워너, 네 따위가 사랑은 무슨!"

"내가 어리고 어셔만큼 깊은 감정이 아니라는 건 알지만 그래도 좀은 알고 있다고! 워너는 드림월드에서뿐만 아니라 삶과죽음의세계에서도 몇 여자애들이랑 키스도 해봤고, 떡도 한 번 쳤는걸."

그 섹스는 우리가 버려진 해안경비대 초소에 살던 때, 아빠가 짓밟힌 지 몇 주 뒤에 있었던 일이다. 켈리라는 누이가 날 불러내더니 말했다. "얘, 우수에 찬 얼굴을 한 귀여운 꼬마야. 내가 기분이 좋아지는 방법을 알거든. 이리 따라와." 솔직히 내키지 않았지만 그렇다고 싫다고 하기도 싫었다. 짧게 말해, 우리는 그날 모래밭에서 떡을 쳤고, 그런 다음 난 달아났다. 그 사실을 안 프레이어가 소리쳤다. "워너, 켈리랑 그 짓을 하면 오만 가지 병에 다 걸릴걸."그래서 난 켈리를 피해 다니기 시작했고, 몇 주 뒤 켈리는 새파란 사이코 토드들과 함께 사막으로 떠났고, 그게 끝이었다. 첫 경험 이야기. 내가 이딴 얘기를 왜 하고 있지? 사랑이랑 하나도 관계가 없는데.

내 요점은 사랑이 뭔지 아느냐고 묻는다면? 어쩌면, 조금은 안다고 답하겠다는 거다. 그러나 이건 다르다. 나보다 훨씬 크고, 부자고, 통제력이 있고, 그래, 그런 누군가를 사랑하는 경우는 문제가 다르다. 내 생각에 이건 눈에 보이는 신을 사랑하는 것과 같다.

신에게는 키스하지 않는다. 신과는 껴안거나 애무하지 않는다. 신의 무릎에 앉을 수도 없다. 그건 너무 이상한 짓거리다.

그 대신 신과 대화를 하고, 관심을 주고받고, 서로의 에너지에 집중한다. 그리고 신이 사랑을 돌려주고 웃어주고 잘했다고 말해주면,

기분이 엄청나게 좋아진다. 하지만 신이 전화를 받지 않으면, 속이 뒤집힌다. 한편으로는 '신이 당연히 내 전화를 무시할 수 있지. 신이니까.'라는 생각이 들지만 다른 한편으로는 '이게 다 그 여자가 멍청한 신으로 태어나서 그래. 나도 그렇게 태어났으면 충분히 신이 될 수 있었겠네.'라는 헛생각이 든다.

그리고 신과 함께 있을 때면 입술이 삐죽 나오는데, 이건 평범한 인간 푸어한테 하듯이 신에게 말을 할 수 없기 때문이다. 말은 딱딱해지고, 농담은 엉망진창이 된다. 혀가 풀리는 때는 오직 슬픈 과거, 리틀 푸어로서의 슬픔에 관해 얘기할 때다. 나는 고귀한 고통 받는 자로서만 그녀와 함께할 수 있는 것이다.

"젠장, 리틀 푸어가 소꿉놀이할 때 교육을 제대로 받을 수 있었다면 모든 게 백팔십도 달라졌을 텐데. 정말 비극이야." 이런 멍청한 말이 내 입에서 흘러나왔다.

"로시 인디카에 유이스 최초의 리틀 학교를 세우면 어떻겠냐고 아빠한테 계속 제안하는 중이야." 키티가 말했다.

"리틀 학교에 다녔다면, 내 인생이 어떻게 달라졌을지 모르지? 어쩌면 대통령이 되었을 수도." 애완 로봇처럼 무조건 동의하는 내 목소리가 들렸다.

키티가 틀렸다는 게 아니라, 난 그저 대화의 화제를 돌릴 수 있었으면 하고 바랄 뿐이다. 하지만 스케일의 차이가 확연히 나는 사람과 대화를 할 때는 스케일 얘기만 주야장천 하게 된다.

"워너," 어느 밤 저녁 식사 후에 키티가 물었다. "넌 원하는 게 뭐야?"

난 키티의 달콤한 냄새 나는 침대 위로 퐁당 뛰어들어 스크린으로 수학 전쟁 게임을 하고 있었다.

"당연히 트랙 바꾸기지." 내가 말했다.

"네 마음속 소원이 뭐냐고?" 키티가 다시 물었다.

내가 어리둥절한 표정을 지어서인지 키티가 설명했다. "뭔가를 원할 수 있다면 말이야, 이 세상에서. 그게 뭐냐고?"

엄마랑 아빠가 곁에 있는 상황이라면 대답은 엄마가 고양이 때문에 불구가 되지 않고, 아빠가 짓밟히지 않는 것이었을 거다.

난 그런 얘기를 하는 대신 목구멍으로 숨을 몇 번 들이마셨다.

"네가 얼마나 컸으면 싶어." 키티가 예를 들었다.

내가 말했다. "아마 너 정도."

"그럼 무슨 일을 했을 거 같아?" 키티가 물었다.

"별거 안 했겠지." 난 말했다. 재미있으라고 한 말이 아니었지만 키티의 맘에 든 모양이었다.

"맙소사! 그거 되게 웃긴다." 키티가 낄낄댔다.

난 화제를 바꿀 만한 뭔가가 없나 둘러보다가 옷장 안 원피스 뒤로 기타가 반쯤 삐져나와 있는 걸 발견했다.

"근데 너 꿈 속 음악을, 삶과죽음의세계에서 연주해본 적 있니?" 내가 물었다. 화제 바꾸기의 달인의 전형적인 수법이었다.

키티가 잠시 눈을 내리깔고 자기 손을 바라보았다.

"음, 별로 없는데." 키티가 급격히 작게 중얼거렸다.

"엄청 어려운 일이야." 난 뭘 아는 것처럼 말했다. "우선은 네가 천 명 몫을 해야 할걸."

"저, 그러니까. 난 말이야. 난 뭘 연주하기가 좀 힘들어." 키티가 웅얼거렸다.

그 목소리는 '그 얘기는 속속들이 하고 싶지 않아.'라고 웅변하고 있었다. 문득 이 얘기가 토니가 '불쌍한 키티'라고 얘기했던 이유와 직접적인 관련이 있겠구나 싶었다.

그 부잣집 여자애가 아랫입술을 깨물고 있는 모습을 보자니 갑자기 극심한 고통이 밀려왔다. 당장 그 애를 달래주지 않으면 그 애가 날 싫어할 것 같았다.

결국, 미친 사람처럼 고개를 끄덕이다가 흔들다가 입을 앙다물고 눈을 흡뜬 얼굴로, '정말 괜찮아? 이해해. 스톱. 대신에 네가 하고 싶은 얘기를 하는 게 어때?'라고 말하려 애썼다.

하지만 서툰 머리 놀림을 오해한 키티가 내가 계속 듣고 싶어 하는 줄로 착각했다.

"그래, 알았어." 키티가 한숨을 내쉬었다. "난 좀 잘못 태어났어. 너무 일찍 나온 데다 척추는 집혀있던 상태라, 의사들은 여러 수술을 집도해야 했어. 내가 아기였을 때 말이야. 이제는 괜찮아졌지만 쉽게 말하면 내 머리는 아직도 나머지 몸과 100퍼센트 연결되어 있지 않

아. 98퍼센트쯤 되려나? 그래서 그 결과 내가 하지 못하는 일들이 몇 가지 있어. 악기를 연주하거나 운동을 하는 것 같은, 운동 제어 근육들이 협력을 제대로 못 한대."

"오, 저런." 난 바보처럼 솔직했다.

"사실 별로 문제가 되지 않아." 키티가 말했다.

"그럼 그 나머지 2퍼센트가 네 마음속 소원이겠네." 난 마음속의 생각을 또 바보처럼 불쑥 뱉고 말았다.

"그렇지 않아." 키티가 톡 쏘았다. "드림월드에서 음악을 만드는 것만으로 충분해. 솔직히 그 이유로 내가 그렇게 잘할 수 있는 건지도 몰라."

"그럼, 그럼." 난 사과하듯 말했다. "아니지, 아니고말고. 내가 지금 뭔 말을 하는 거야? 이 얘기는 다시는 꺼내지 말자."

키티가 내가 횡설수설하는 걸 보고 누그러졌는지, 입술을 오므리고 미소를 지었다가 다시 입을 뗐다.

"내 마음속 소원을 솔직하게 말해도 될까?" 키티가 말했다.

"네가 원한다면?" 난 말했다.

"사랑받는 여왕이 되는 거야." 키티가 털어놓았다.

그 말은 내 뻣뻣한 입술마저 웃음을 흘리게 했다.

"최대한 많은 사람의 사랑을 받는," 키티가 꿈을 꾸듯 말했다. "하지만 사람들이 날 선택해야 해. 열광적인 숭배를 받아, 온 지구의 만장일치로 여왕으로 선출되는 거지. 다들 도저히 억누를 수 없을 정도로 날 좋아해서 말이야."

"솔직히 말하면, 데이지 표는 못 받을 거 같은데." 내가 지적했다.

"언니를 죽이든지 해야겠지." 키티가 농담했다.

농담하고 되는대로 떠들어서 좋았고, 잠깐은 좋았지만, 그 순간은 금세 지나갔다. 나는 곧 다시 어색하고 뻣뻣한 입으로 돌아갔고, 우린 다시 공부를 시작했다.

그러는 동안도 그 기타가 계속 날 엿보고 있었다. '키티가 저 기타를 들고 자기가 들은 음악을 칠 날을 고대하고 있는 게 아니었다면, 저 기타를 왜 저기다 뒀을까?'

"근데 그리 중요한 건 아니지만, 내 머리에 관한 얘기는 사람들한테 비밀로 하면 고맙겠어. 프레이어한테도 말이야." 얼마 후 키티가 부탁했고, 난 그러겠다고 약속했다.

우리는 말할 수 없는 점들에서만 서로 좀 비슷했다. 이룰 수 없는 소망들에 관해 말하지 않는 두 아이, 손이 좀 오그라든 거인과 힘센 고아 펫이었다.

그날 밤 잠들기 전, 프레이어가 나를 마주 보았다.

"너 키티한테 반한 건 아니지, 그치?" 프레이어가 궁금해했다.

"아냐." 난 거짓말로 방어막을 쳤다.

"너랑 개처럼 스케일이 다른 사람끼리의 연애는, 어차피 이루어질 수 없는 일이야. 솔직히 말해봐. 난 이 분야에 경험이 조금 있으니까." 프레이어가 말했다.

"아무도, 아무에게도 반하지 않았다니까." 난 계속 발뺌을 했다.

"음, 아닌 거 같은데. 갠 확실히 너한테 빠졌어. 하지만 절대로 안될 일이지. 그러니까 제발 괜히 감상적으로 되어서 일을 망치는 말 아줘." 프레이어가 부탁하듯 말했다.

"키티가 나한테 빠지다니 그게 뭔 말이야?" 내가 낚아채 말했다.

내 눈을 들여다보던 프레이어가 혼란의 기운을 감지했다.

"오, 안 돼! 워너." 프레이어가 말했다. "젠장!"

"뭐가?" 내가 말했다. "입 다물어."

"너 개한테 완전히 빠졌구나." 프레이어가 감을 잡았다. "안 돼, 안돼, 안 돼. 워너, 너와 나를 위해서 일을 망치지 마. 부탁이야."

"입 다물라고." 내가 말했다. "나라고 불가능한 일인 걸 모를 거 같냐? 내가 개랑 결혼할 수 있을 거란 헛된 기대에 목을 맬 거 같으냐고? 그러니까 제발 입 좀 다물어."

"굳이 사랑에 빠져야겠다면, 제발 키티랑 만은 빠지지 마. 그건 재앙이야. 차라리 다른 하프 스케일 여자애를 찾아보라고, 그래야 네 행복과 또 우리 둘의 인생을 망칠 가능성이 그나마 줄 테니까." 프레이어가 말했다.

"빨리 입 다무는 게 좋을 거야." 나는 베개에 머리를 처박으며 소리쳤다.

"그래도 아예 사랑에 빠지지 않는 편이 더 낫겠지. 나대는 네 심장을 좀 진정시켜봐." 프레이어가 조언했다.

하지만 프레이어에게는 불행하게도, 그다음 날 난 새로운 여자애한테 반하고 말았다. 스케일도 나와 같은 여자애한테.

'새로운'은 어쩌면 틀린 말일지도 모른다. 전에도 그 애를 본 적이 있으니까. 물론 당신도 본 적 있는 애다.

삶과 죽음의 세계

트레이, 브랜드와 슈팅 게임을 찾아 문 월드를 어슬렁거리던 중 난 그 애가 다른 여자애들과 함께 보석과 향수 코너에서 가방과 핸드폰 케이스를 고르고 있는 걸 보았다.

'어디서 봤을까? 왜 이렇게 낯이 익지?'라고 생각했다.

'왜 내 기억에는 저 애가 나보다 네 배나 더 큰 모습일까? 왜 쓰레기통에 숨었던 날 기억날까? 저 여자애가 한 번은 날 불쌍히 여겨 달콤한 라임 물을 주고 가지 않았나?

저 애 가족은 샌드 드리머프 수프타임 동네에서 톡 쏘는 크리미한 카오소이를 만들잖아. 오, 맙소사! 저건 그레이스야.'

정말로 그건 그레이스의 주근깨 난 귀여운 자두 빛 얼굴이었지만, 내 얼굴보다 네 배나 더 크기는커녕 더 작았다. 믿기 힘들겠지만.

내가 좀 오래 쳐다봤더니. 그 애의 친구들도, 내 친구들도 눈치를 챘다.

"변태 짓 그만해. 브래드 피트." 트레이가 머리를 쿡 쥐어박았고, 우리는 도망치듯 게임박스 안으로 들어갔다.

나는 슈팅 게임에 그다지 취미가 없었지만, 트레이와 브랜드는 온갖 종류의 슈팅 게임들을 섭렵했다. 사실 그건 트레이가 행복해하는 유일한 것이었다. 스타 전사가 되었다가, 배트맨이 되었다가, 수천만 명을 죽이고, 지옥에서 악몽 같은 모험을 하고, 뭐든 가능했다.

적어도 그 기술만큼은 흥미로웠다. 자기 게임박스 안에 서서 삼백 육십 도 트레드밀 위에서 달리고 몸을 비틀고, 마법 같은 환경들을 무제한으로 여행하는 게 좋았다. 거친 서부, 세계대전, 길거리 싸움, 마법의 하수구, 반지의 제왕, 앙코르와트, 대기권 밖 우주. 그건 드림월드랑 비슷해서 푸어들이 그리로 탐닉하길 좋아하는 것도 그리 놀랄 일은 아니다.

하지만 적에게 발각되면 여행은 금세 끝나고, 만일 어렸을 때 이런 것들을 해보지 않았다면 그냥 안 하는 게 나을 수도 있다. 쓸모없는 애가 되어버리니까. 수도 없이 고함을 지르고, 피와 내장을 상자 벽에 칠갑하며 잔인하게 죽이는 데에다, 놀리는 얼굴들까지 뜬다. *"크크! 야, 루저! 불쌍해서 어째? 넌 아무리 용을 써도 마이애미바이스(2006년에 제작된 마이클 만 감독의 미국 영화)에서 살아남을 수 없을 거야. 어쨌든 한 번 더 해보든지. 야! 너 어디 가?"*

조용히 상자 밖으로 나왔지만 그레이스는 아무 데도 없었다. 대신 경찰들이 핸드폰 코너 여기저기 숨어있는 리틀 푸어들을 꺼내는 걸 지켜보았다. 문 월드에는 항상 도둑들과 사기를 꾸미는 놈들이 들끓어 경찰들이 종일 순찰한다.

두 번째로 그레이스를 본 건 주차장을 가로지르고 있을 때였는데, 이번에는 그레이스가 빼빼 마른 샌님이랑 함께 있었다. 그 여드름투성이 말라깽이는 자기 폴더블폰에 뭔가를 써놨는지, 그레이스가 보도록 들어주고 있었다. 근데 그레이스가 좋아하는 눈치였다. 그 끄덕임과 표정들은 마치 '네가 쓴 이 놀라운 글이 날 놀라게 해. 우와! 오! 그리고 난 네 농담에서 웃음이 나와.'라고 말하는 것 같았다.

그러는 사이, 브랜드는 내게 자기 핸드폰으로 레슬링 동영상을 보여주었는데, 그건 정말이지 시답잖았다. 크램 잼 동영상은 특히 더.

크램 잼은 유이스 레슬링 클럽이 매년 개최하는 경기 중 하나로 유이스에서 1위, 그리고 전 세계 랭킹 3위에 올라있는 레슬링 오락물이다. 이 경기는 벽과 바닥이 온통 미끄러운 거대한 수족관 속에서 열렸다. 그 안은 배수관 입구들로 가득하다. 거대한 수조 속에 레슬링 선수 30명이 들어가, 서로를 관 안으로 밀어 넣어 바다로 쓸려 내려가도록 하는 시합인데, 마지막까지 수조에 남은 사람이 승자가 된다.

아무튼, 흥분한 브랜드와 완전히 집중하는 척한 나는 몸에 기름칠한 격분한 선수들이 한 놈 주위를 빙빙 돌거나 박치기를 한 다음 머리가 띵해진 그놈을 배수관 입구로 미친 듯이 잡아끌어 그 안으로 짓이기듯 밀어 넣는 걸 지켜보았다. 그 사이 그놈은 관 안에서 몸을 반쯤 일으키는 듯하더니 맹렬히 관 밖으로 다시 기어 나오려고 몸부림을 쳤고, 또 그사이 난 그레이스가 읽기를 마치고 그 샘님한테 고맙다고 하고는 수업이 있는지, 자리를 떠나는 모습을 흘깃 보았다. 얼른 쫓아가서 알은척할까 생각했다. '그레이스, 날 기억하니?'

하지만 그때 다른 데이브들이 어슬렁거리며 나타났다. "이런, 너희 크램 잼 다시 보기 보고 있구나. 오, 예." 그 멍청한 놈들은 우리 주위로 모여들어 환호성을 지르더니 자기네들끼리 레슬링을 하기 시작했다. 그레이스가 쳐다보는 바람에 나는 고개를 푹 숙이고 도망쳤다. 그 사이코 돌대가리들과 함께 어울리는 걸 보이고 싶지 않았기에. 그리고 그때 깨달았다. '내가 저 여자애를 좋아하는 걸 수도.'

세 번째로 그 애를 본 건 또 문 월드에서였고, 또다시 그 애의 친구 중 한 명, 제일 키가 작고 신경질적인 애한테 훔쳐보는 걸 들키고 말았다. 이번에는 잽싸게 내빼기 전에 그 친구가 창피를 주었다.

"야, 변태, 내 친구 좀 그만 쳐다보시지. 선물 사줄 거 아니면 꺼지든가." 그 친구가 소리쳤다.

멋쩍어하는 그레이스 외의 다른 여자애들은 키득거리며 소곤댔다.

"물론, 선물을 사주지." 난 왠지 모르게 이렇게 내뱉고 말았다.

"좋아, 뭘 사줄 건데?" 기분이 좋아진 친구가 말했다.

난 그레이스를 쳐다봤고, 그레이스가 날 유심히 들여다봤다. '잠깐 내가 저 남자애를 어디서 봤더라?' 그 애의 눈은 그날도 가짜 파란색이었다.

말했다. "안녕, 그레이스. 내가 너한테 모카 한 잔 사줘도 돼?"

"맙소사, 저 변태, 그레이스의 이름까지 알고 있었네." 친구가 외쳤다. "이건 차원이 다른 변태 짓인데."

"어머, 세상에, 너구나. 감옥에서 나왔구나." 마침내 부푼 엉망코 레드 피시가 누군지 알아본 그레이스가 소리쳤다.

친구들은 완전 흥분의 도가니에 빠졌다. 한편으로는 그레이스가 망신스러운 비밀을 갖고 있다는 것에 대해 환호했고, 다른 한편으로는 변태 범죄자한테 겁을 먹었던 거다. 두 친구가 그레이스를 보호하듯 에워쌌고, 또 다른 친구는 비명을 지르며 실제로 줄행랑을 놓았다.

"전에 네가 맛있는 음료를 갖다 줬잖아. 이젠 내가 은혜를 갚을 차례인 거 같은데." 내 제안에 수줍어하는 그레이스의 자두 빛 피부가 하얗게 반짝였다.

친절한 그레이스는 '셰이키 버즈'에서 데이트하자는 데에 동의했다. 거긴 모카 셰이크, 커피 크림, 버블티를 파는 문 월드 내의 시끌 벅적한 곳으로, 그 유명한 터틀넥을 입은 페이머스 랜디가 등장하는 팝 동영상을 끊임없이 틀어준다.

그레이스의 친구들은 두 테이블 떨어져 앉는 데 동의했고, 대신 게네한테 음료를 사 줘야 했다.

"어, 이렇게 많이 사지 않아도 되는데." 그레이스가 입을 열었다.

키 작은 수다쟁이 친구인 에인절이 끼어들었다. "아니거든, 예쁜 그레이스. 혹시 애가 너한테 무슨 수상한 짓을 하진 않는지 눈에 불을 켜고 지켜보는 동안, 우린 마실 음료가 필요해서 그러는 거야."

"물론, 그렇겠지." 나는 당연하다는 듯 말했다. "다들 뭐 마실래? 마시고 싶은 거 주문해." 그러자 무슨 일이 일어났을 거 같아. 당연히 친구들은 각자 제일 비싼 걸 주문했다. 엑스라지 사이즈에 펄 추가, 시럽 듬뿍, 최고급 샷, 맨 위의 거품, 만화 같은 맛이 나는 거품이 올라간 갤런.

아무렇지 않은 듯 태연하게 웃었지만 사실, 망할 용돈의 절반이 꼴불견 친구들의 목구멍으로 흘러 들어가는 걸 보는 건 참기 힘든 노릇이었다.

마지막으로 주문한 그레이스는 미니 모카를 골랐다.

'고마워. 그레이스.' 내 가슴이 말했다.

우리는 앉았고, 그레이스가 음료를 홀짝댈 동안, 그동안 있었던 일을 아주 짧은 버전으로 요약했다. "너희 쓰레기통에 숨었던 일은 다시 한번 미안해. 이렇게 됐던 거야. 어떤 범죄자 페이스 보이가 우리 누이를 납치하려고 해서, 그놈을 쏘려다가 걸렸어. 경찰들을 피해 쓰레기통에 며칠 숨어있다가 자수했는데, 변호사가 나더러 유죄를 인정하라고 하고 판사도 날 나쁜 놈으로 봐서 감옥에서 일 년을 보냈어. 그러다가 사정을 알게 된 시장 딸이 꺼내주었어. 지금은 프레이어까지 같이 그 집에서 얹혀살아. 우리는 그들의 문문으로 스케일 업을 했고, 그 기회를 최대한 활용하려고 하고 있어."

하지만 내 이야기를 하고 있자니 내가 아닌 것처럼 들렸다. 마치 나보다 더 거칠고, 더 멍청하고, 더 못된 깡패가, 자기는 폭력을 좋아하지 않는다고 말하는 것처럼 들렸다.

가짜 이빨을 한 근육질 남자가 여자애한테 말하는 소리가 들렸다. "판사가 날 나쁜 놈으로 생각했어." 난 그게 진실인지 아닌지, 진짜 나인지는 신경 쓰지 않았다. 그런데도 마음속으로 그 여자애한테 말하고 있었다. '안 돼. 돌아가. 도망쳐. 넌 이놈이 네 인생에 끼어드는 걸 원치 않잖아.'

하지만 그레이스는 귀를 기울이고 마시고 응시했다. 그리고 내가 거짓말을 한다거나 악하다고 지레짐작하지 않았고, 내 눈 속의 초조한 자기 불신의 감정을 보지도 않았다. 아니 어쩌면 보았는데도 이해를 하고, 동정했을지도……. 누가 알 수 있겠어? 내가 안 건 문득 내가 그 애를 진정한 대화를 나눌 수 있는 상대로 느끼고 있다는 거다.

"그런데 너는, 얼머넥은 드리머프에서 꽤 멀잖아?" 내가 물었다.

"응, 샌드 드리머프의 집세가 너무 올랐거든. 게다가 미들 리치들이 미들 푸어 가게에서 먹을 수가 없으니 장사도 엄청나게 안 됐어. 1과 2분의 1배 스케일들이 몰려오더니 샌드 드리머프를 블록마다 다 재개발하고, 길을 넓히고 건물 층수를 높였어. 작은 미들들한테는 불길한 징조지. 결국, 그레이스네 카오소이는 이트 얼머넥으로 이사했어. 여긴 좀 낫겠다 싶어. 어쨌든 미들 푸어도 많고, 리틀들이 많으니까."

그레이스는 만화책을 많이 본 덕분에 읽기 능력 뛰어난 데다 세 개의 언어를 구사했기에 언어 트랙에 올랐다. 부모님은 그레이스가 로스쿨에 가길 바랐다. "넌 어때? 워너. 네 트랙은 괜찮아, 별로니?"

"난 리프트 트랙이야." 난 자백했고, 내 목소리는 또 덩치 큰 멍청이 범죄자 소리처럼 들렸다.

하지만 그레이스는 아까보다 좀 더 환하게 웃으며 내 팔을 흘긋 보더니 말했다. "딱 봐도 잘할 거 같은데."

그 미소는 내 심장을 달리게 했다.

"저기, 너한테만 알려주는 건데. 리프트에서 근육은 10퍼센트 밖에 안 중요해. 사실 90퍼센트는 두뇌라고." 내가 말했다.

"아, 정말?" 그레이스가 말했다.

"응 진짜래도. 리프트는 천재들의 비밀모임이야." 내가 말했다. "어제 '일반 조난 대응' 시간에는 남자애들 셋이 함께 버스 밑에 끼이는 새로운 방법을 고안해냈다니까."

그레이스는 진심으로 깔깔댔고, 내 심장은 어지러웠다. 두 테이블 떨어져 있던 그레이스의 친구들은 손으로 그 끔찍한 함박웃음을 가리며 서로를 팔꿈치로 찔러댔다.

그레이스의 웃음은 날 무장 해제시켰고, 우리는 진솔한 대화를 나누었다.

그 애한테 내 소망에 대해 털어놓았다. "수학 트랙으로 옮기고 싶지만, 가능성이 별로 없어. 나 같은 멍청이는 너무 늦은 건 같아, 걱정이야. 따라잡아야 할 건 많은데 시간이 없어. 게다가 휴 가족도 알게 모르게 압박하고 있고. '네가 트랙을 옮기는 데 실패하면 플러그를 뽑아 버릴 거야. 너와 네 누이를 우리의 집에서 쫓아낸다고.'라는 식으로 말이야."

그레이스가 내게 말했다. "실은 나도 같은 처지야. 부모님은 내가 로스쿨에 못 가면 호적에서 파버릴 것처럼 압박하지만, 사실 집에서는 손님 맞을 준비, 설거지, 카오소이, 쓰레기 내다 버리기 같은 자잘한 일을 하느라 공부할 시간이 없어. 또 미들 푸어 시설이 있는 로스쿨이 많지 않아서 갈 수 있는 곳도 별로 없어. 정말 짜증 나. 너한테 이런 얘기를 하다니, 미안해."

난 말했다. "아냐, 아냐, 다 얘기해줘. 너한테 일을 시켜놓고 그렇게 열심히 공부하길 기대하다니. 말도 안 돼. 잠은 제대로 자게 하니? 드림월드에 가긴 하냐고?"

그레이스가 드림월드는 일주일에 두 번 정도 본다고 말했다. 하루 중 가장 편안한 시간은 학교에 있을 때, 주차장이나 문 월드에 있을 때라고, 만화책 보는 걸 아빠한테 걸렸다가는 만화를 버리기 때문에 집에서는 만화책을 볼 생각은 꿈도 못 꾼다고.

내가 말했다. "아, 만화책. 어떤 만화를 좋아해? 추천해줄 만한 거 있니? 읽기에도 도움이 될 거 같은데."

그레이스가 말했다. "그럼, 좋은 게 몇 개 있지. 요즘에 난《왕과 검》에 입덕했어. 중간계 이야기인데 엄청나게 기발하고 진짜 엽기적이야."

우리를 지켜보던 그레이스의 친구들은 지쳐버렸는지, 에인절이 외쳤다. "가자. 수업에 늦겠어. 사이코." 다 마시지도 못한 거품 가득한 슬러시에 취한 듯 보였다.

내 머릿속에서 마지막 알림이 울렸다. '워너, 잊지 마. 넌 이틀간이 여자애네 쓰레기통 속에서 살았어. 사람이 염치가 있어야지.'

그래서 좀 창피해했다.

하지만 그레이스는 재잘대었다. "음, 저기, 네가 스케일 업 한 모습을 보게 되어 정말 좋았어. 번호를 줄게. 언젠가 다시 만나자. 어쩌면 만화책도 갖다 줄 수 있을지 몰라."

나는 말했다. "어, 그럼, 당연하지. 정말 만나고 싶어."

그레이스는 반짝이로 장식된 손톱으로 내 전화기에 번호를 두드렸다.

"잘 먹었어. 워너." 그레이스가 미소를 지었고, 그 애 목소리에서 나오는 내 이름은 마치 한 줌의 구슬 같았다.

"라이언 고슬링, 언제부터 여자애들을 알았던 거야?" 트레이는 셰이키 버즈에서 여자애의 전화번호를 받아 의기양양하게 걸어 나오는 나를 지켜보고 있다가 따라붙으며 물었다. 하지만 그녀에 관해서는 미스터리로 남겨두었다.

드림월드

그레이스한테서 번호뿐만 아니라 만화책도 받았다. 두 권이나 준 그레이스는 계속 '저기 읽어봤니? 어떤 거 같아?'라는 메시지와 깜빡이는 눈과 부딪치는 칼 같은 핸드폰 이미지를 보냈다.

'아니, 미안 그레이스, 읽을 시간이 없어. 수학 때문에 스트레스받을 시간밖에 없다니까.'

수학 트랙은 내게는 트랙 바꾸기의 유일한 희망이었다. 언어 트랙은 가망이 없었고, 그 외의 트랙은 휴의 관심 밖이었다.

"목표는 당연히 네 능력을 최대치로 발휘하는 거겠지?" 휴가 내게 말했다. "그러니 네 잠재력을 제약하는 직업적인 트랙들은 피하는 게 좋아. 수학과 언어 트랙이 네게 수많은 기회의 문을 열어줄 거야."

"아니면, 사업 트랙은 어떠니? 워너가 언젠가는 대기업을 운영하게 될 수도 있지 않을까요?" 프레이어가 날 도우려 했다.

"수학 트랙에 도전해보자." 휴가 이 문제는 논의해볼 여지가 없다는 듯 단호하게 잘랐다.

그리고 어쨌든 수학을 어느 정도는 이해했다. 점차 숫자들이 깔끔하게 맞아떨어지는 느낌을 즐기게 되었던 거다. 게다가 문문 수학의 경우에는 제대로 배우지 않고도 좀 할 줄 알았다. 예를 들어 어렸을 때 누가 "야, 워너. 깜짝 퀴즈. 5만 문문의 스케일이 뭘까?"라고 물으면 난 재빨리 "10분의 4 스케일이지. 3분의 1 스케일보다 크고, 하프 스케일보다 작아. 또 물어봐."라고 답하곤 했다.

그러니 분명 모든 공부 중 수학이 내 머리에 가장 잘 맞을 터였다. 그걸 몇 년간 배운다면 말이다. 하지만 몇 주밖에 시간이 없었다. 그리고 내가 알게 된 사실은 수학은 너무도 많은 방이 밀집한 집과 같다는 거였다.

숫자, 마이너스, 사칙연산, 문문 수학의 퍼센트와 분수, 이런 것 정도는 꽤 할 수 있다고 생각한다면, '자, 축하해 멍청이야! 그건 첫 번째 방에 불과해.' '다음 방으로 들어가면 글자들이 돌아다니는데, 그 글자들은 숫자를 의미할 수도, 아닐 수도 있으니 한번 신나게 풀어보렴.' 하고 놀렸다. 어떤 경우에는 엑스를 구해야 하지. 엑스는 붙잡아야 하는 이상한 범죄자거든. 또 다른 경우에는 범죄 쇼가 아니라 러브스토리가 되기도 해. 엑스가 와이와 관계를 맺고 있으면 말이야 하고 놀려댔다.

다음 방, 다음 방, 또 다음 방, 점점 더 많은 어려운 상징, 구불구불한 선, 파이와 루트, 대괄호, 중괄호, 소괄호, 중간값과 평균.

동시에 계속해서 왼쪽과 오른쪽으로 갈라지는 방들에는 도형, 각도, 모눈, 선, 도표, 수많은 그림들이 있는 미술실이 있었다. 방들 사이의 문들은 미친 관련성을 맺고 있으며, 어떻게 해서인지 사각형 하나가 글자와 숫자로 이루어진 문장이 되기도 한다. 피는 4에스와 같다. 이걸 풀어보시지. 수학의 마법사들!

'괜찮아, 좀 미친 거 같긴 하지만, 그래도 여기까지는 그럭저럭 풀수 있어.'라고 생각하는 찰나, 위로, 위로, 위로 이어지는 계단들을 발견한다. '오, 이런, 여긴 아예 다른 층이잖아.' 비틀거리며 위층으로 올라가면 거긴 진짜 정상이 아니다. 모든 게 함수이고, 모든 게 소괄호로 묶여있다. 이항식, 합계, 적분, 사인, 코사인, 알고리즘. 동시에 미술실 안의 도형들은 3D, 4D, 실린더와 프리즘으로 변하고, 스칼라 벡터 텐서 매니폴드. 동시에 이쪽으로 오면 내가 허수를 소개해줄게. 마이너스 루트, 이건 이번 세계가 아니라 다음 세계에 존재하지. 끙끙대고 투덜대는 수학 귀신, 이제 그게 영원히 널 따라다닐 거야.

겁에 질려 검색을 해본다. 도대체 수학은 얼마나 더 남아 있나? 몇층이나 더. 창밖으로 고개를 빼고 올려다보면 맙소사, 제기랄, 검색창에는 끝없는 페이지들의 수학 주제들이 뜨고, 끝없는 층, 그건 완전히 탑을 이루어 불안하게 구름 속까지 이어지므로 절대로 꼭대기까지 오를 수 없다.

이제 결정타로, 창밖으로 길 맞은편을 쳐다보면 그런 탑들이 끝없이 서 있고, 그 안에는 기계학, 전기학, 화학, 의학, 프로그램과 논리의 방이 셀 수도 없이 많다. 그 모든 것 중 적어도 1층의 지식은 보텍의 상담사가 열다섯 살짜리의 트랙을 바꿔주는 데에도 필요할 것이다.

휴 가족의 성에서 입성한 달콤한 냄새가 나는, 시원한 드림월드에서 절망과 싸우고 한 번에 한 가지 문제를 해결해 작은 승리들을 이뤄보려 했지만 매일 점점 더 겁이 나고 두려워져만 갔다. 어떤 승리든 수학의 거대함 앞에서는 위축되고 묻혀버렸다.

"워너, 방과 후와 주말에 수학 과외선생을 오도록 하면 어떻겠니?" 어느 날 밤 휴가 말했다.

"전문가 같은 거야. 웨트 얼머낵에서 최고의 수학 머리를 가진 사람이지. 진짜 신기한 천재라니까." 키티가 덧붙였다.

"괜찮을 거 같긴 한데, 아저씨는 그게 정말 도움이 되리라고 생각하세요? 문제는 제가 수학 머리를 갖기에는 너무 작아서 그런 거 아닐까요?" 내가 물었다.

"단 1초라도 그런 생각은 하덜 마라. 당장 가서 뇌수술이라도 해서 그런 생각을 덜어내 버리라고." 키티가 소리쳤다.

"과외선생님이 내가 생각하는 그 사람은 아니겠죠. 그렇죠?" 데이지가 짚고 넘어가고 싶어 했다.

다들 긴장한 듯 말이 없었다.

"데이지가 생각하는 사람이 누군데?" 토니가 궁금해했다.

데이지가 말했다. "혹시 그 남자애 아니야. 차로 들이받았던." 하지만 바로 그때 휴와 던과 키티가 **"데이지, 이제 그만하면 됐어!"**라고 외쳐대고, 토니는 제대로 알지도 못하면서 거기에 가세해 데이지 목소리가 묻혔다.

마크파이브는 3학년생으로, 웨트 얼머낵 고등학교에서 수학을 가장 잘하는 학생이다. '신기한 천재'라는 말은 애가 대체 어떻게 수학 천재가 되었는지 신기하다는 의미인 것 같았다. 왜냐하면, 마크파이브는 얼빠진 마약중독자이기도 해서 값비싼 차로 나무나 집에 들이받았고, 결국 고속도로순찰대가 더는 두고 보지 못하는 상황에 이르렀으니 말이다. '이 풋내기를 혼낼 방법을 찾아야 해. 어린 인생을 너무 망치지는 않는 선에서.' 다들 골머리를 앓았다.

다행히 좋은 해결책이 있었다. 마크파이브의 엄마가 휴 선거운동의 꾸준한 기부자이었기 때문이다. 자, 마크파이브, 너한테 벌을 주마. 미들 푸어한테 수학 과외를 하는 사회봉사를 하렴. 그렇게 마크파이브는 허접한 꼬마 워너를 만나고, 워너는 벨벳 후드티와 몸에 착 붙는 청바지를 입은 잘생긴 더벅머리 게으름뱅이를 맘껏 구경하게 되었다.

마크파이브라는 이름은 어떻게 지었냐고? 그는 마크라는 빅 리치 제약업계 왕의 다섯째 아들이다. 마크는 많은 직원과 밸러스트레이드 해변, 빅들이 모여 사는 교외 지역에 살았다. 가장 큰 빅들이 그러하듯 탱크와 바지선을 타고 다녔다.

하지만 마크파이브와 마크파이브의 엄마는 마크의 문문을 나눠 쓰지 못했기에 빅이 아니었다. 마크파이브의 엄마는 마크에게 아내가 아니라 그냥 애 엄마일 뿐이었다. 그래서 마크파이브는 거인마을에서 12배 스케일로 자라는 대신 여기 웨트 얼머낵에서, 절벽에 세워진 침실 두 개짜리 집에서 뒹굴뒹굴하며 2와 2분의 1배 스케일로 자랐고 마크는 매달 문플로우 계좌에 양육비를 보내주었다.

알고 보니, 마크파이브의 엄마는 자신이 어마하게 무시무시한 몸집을 가지지 않은 것에 대해 의외로 섭섭해하지 않았다. 오히려 '별로 안 큰' 삶을 즐겼다. 그녀는 직업이라고는 먹고 마시는 것뿐인 번들거리는 피부의 미들 리치 여자로 뚱뚱하고 행복했다. 때로는 자기 애 아빠를 화나게 하려고 반대 정당을 후원하곤 했다.

마크파이브는 수학 실력이 뛰어났지만, 가르치는 실력은 별로였다. 처음에 그의 주된 관심사는 '터프한 전과자 녀석을 통해 흥미로운 약들을 공급받는 것'이라고 판단했다.

"이야, 멋진데." 그는 나를 처음 봤을 때 이렇게 외쳤다. "너 몸, 대박 좋다. 너희 수업시간에 만날 역기나 들고 종일 대마초를 끔벅끔벅하겠지?"

"역기는 맨날 달고 살지만, 대마초는 별로, 다른 애들은 어떤지 모르지요. 개중에 수업 빼먹고 피워대는 놈들이 있을지도." 내가 말했다.

"크크, 그게 나야. 수업 때마다 뻐끔댔지. 약에 취해서. 하하, 그럼 넌 약이나 뭐 다른 걸 파는 갱단 같은 데 안 들어갔었냐?" 그가 캐물었다.

"아니." 내가 말했다.

"아니 잠깐, 너 소년원에 갔었다며?" 그가 말했다.

"응." 내가 답했다.

"거기서는 갱단에 가입 안 하면 엄청나게 두들겨 패잖아." 그가 말했다.

"나도 많이 얻어터졌지." 난 말했다. "그건 그렇고. 삼각형의 넓이 말이야. 그게 다 뭐야? 그냥 아무 삼각형이랑 같은 건가?"

"밑변 곱하기 높이, 나누기 2. 근데 혹시 데이지가 내 얘기 안 하디? 뭐 안 할 수도 있지. 신경 쓰지 마. 내가 이런 얘기 했다는 소리는 괜히 하지 말고." 그가 말했다.

"암," 내가 말했다. "데이지 얘기 대신 이 아리송한 밑변 곱하기에 대해 좀 더 설명하는 게 어때?"

"이봐." 마크파이브가 말했다. "알았어, 미안. 하지만 그 얘길 하기 전에 먼저, 내 말 좀 들어봐. 궁금한 게 있거든. 너 우리 아빠에 관해서 물어보려고 했지?"

"아니." 내가 말했다.

"우리 아빠는 억만장자야." 마크파이브가 말했다. "그 왜 있잖아. 16배 스케일. 키가 기본 30미터는 되는."

"엄청나게 크네." 맞장구쳤다.

"그래서 다들 나한테 묻는다니까. 우와, 너희 아빠가 억만장자라고. 맙소사! 장난 아니다. 빅 리치 아빠를 둔 기분이 어때? 그런데 솔직히 말해서 아빠 얘기하는 거 정말 싫어해." 마크파이브가 말했다.

"잘됐네. 빅 리치 아빠 같은 건 시험에 안 나오니까." 내가 말하자 마크파이브가 키득거렸다. 그런 다음에는 삼각형에 관해 가르쳐주었다. 적어도 집중력 약의 효력이 떨어져서 핸드폰 게임을 시작하기 전까지는.

대부분의 과외 시간은 그렇게 흘러갔다. 어느 정도는 신비한 수학 전술들을 배움으로써 시간을 활용했고, 어느 정도는 마크파이브가 좋아하고 싫어하는 온갖 것들에 관해 배움으로써 시간을 죽여 갔다. 전체적으로 보면 그 비율이 반반 정도였으니, 적어도 우리가 서로에게 새로운 친구가 되었다고 생각했다.

난 며칠에 한 번씩 밤에 독스아이 교회에 엄마의 안부를 묻는 전화를 걸었다. 버스로 편도 세 시간이었으니 가보기에는 멀었다. 2배 자동차로 가면 40분이면 됐지만, 태워달라고 하는 게 영 염치가 없었다.

엄마와의 대화는 항상 별로 안 좋은 기분을 남겼다. 엄마는 나랑 프레이어가 학교에 다닌다는 것에 대해 기뻐하면서도 대부분은 교회를 다니지 않는 나를 나무라려는 데 소비했다.

"엄마, 이 가족은 교회에 안 다녀요. 나도 시간이 없고요. 24시간 공부만 한다니까요." 난 애원했다.

"씨알도 안 먹힐 소리! 지금 왕이신 주 하나님을 위해 낼 시간이 없다는 말이니, 그분께서는 널 위해 그 모든 시간을 내셨는데, 특별히 내려오셔서 널 구해주시고 게다가 온갖 축복을 주셨잖니." 엄마는 그 작은 목소리를 내질렀다. "이번 일요일 아침에 네 그 커다란 빨간 궁둥이를 끌고 교회에 가도록 해. 네 누이도 무슨 일이 있어도 데려가고. 프레이어가 그 우주 사이비종교에 또 빠진다면 이 늙은 어미 가슴이 다 새까맣게 탈 거야."

그러는 사이 사이비에 잘 빠지는 우리 누이는 웨트 얼머넉 3학년 과정 수료에 실패했다.

하지만 그렇게 된 게 완전 비극이 아닌 게, 학교 측이 프레이어를 2학년으로 내려보냈고, 프레이어가 그게 훨씬 더 좋다고 말했기 때문이다.

"선생님은 에세이 쓰기 대신 기업들에 관한 발표를 시키시죠." 저녁 식사 때 프레이어가 재잘댔다. "그건 멀티 훈련인데, 그 이유는 기업을 분석할 때는 언어, 수학, 과학 그리고 사회학 실력을 다 이용하게 되니까 모든 걸 한 번에 다 배울 수 있거든요. 진짜 공부계의 멀티비타민이라니까요!"

"왜 나한테는 그런 걸 안 시켜줬지." 내가 외쳤다.

"네가 묻지 않았기 때문이겠지." 프레이어가 눈을 찡긋했고. 휴와 마크파이브가 껄껄 웃었다. 가족 식사에 초대된 마크파이브가 자신에게 전혀 관심을 보이지 않는 데이지를 연신 흘깃댔다.

"크크, 워너, 너희 누이, 진짜 웃긴다." 마크파이브가 낄낄 웃자, 프레이어가 환한 미소를 지었다. 적어도 그 저녁 식탁에서 한 여자애는 그를 좋아했다.

"네 새 친구 진짜 귀엽더라." 그날 밤 잠들기 전 프레이어가 말했다.

"친구 중 유일하게 누이랑 진짜 데이트한 건 어셔야." 나는 반사적으로 막았고, 그 순간 어셔가 지금 어디 있는지도 모르고 있다는 죄책감에 가슴에 찌르는 듯한 고통을 느꼈다.

그날 밤 난 키티의 오페라하우스로부터 떨쳐 나왔다. 어셔를 찾아야 했다. 아마 죽었을 테니 찾고 싶지는 않지만, 지금쯤이면 이미 찾았어야 했지만, 안타깝게도 방법이 없었다. 그 불쌍한 놈을 찾아볼 수밖에.

드림월드에서 굴러떨어지고, 샌드 드리머프를 돌아다니고, 옛 해안경비대 초소를 확인하고, 로시 인디카의 하늘 위, 어셔가 우리 누이한테 보여주고 싶어 했던 광경 속을 날아다녔다. 어셔의 비틀린 몸, 잿빛 얼굴을 찾아 헤맸지만, 아무 데도 흔적이 없었다. 잿빛 불꽃놀이가 보이지 않을까 기대했지만, 그런 걸 하늘에 쏘아 올리는 사람은 없었다.

나는 어셔에게로 가는 꿈을 꾸려 애썼지만, 어셔는 그렇지 않은 모양이었다. 설령 살아 있더라도 그럴 이유는 없겠지. 일 년도 더 지 났으니까.

나는 잿빛 불꽃놀이를 몇 번 터뜨려보았다. 아직도 내 드림월드는 좀 통제 불능인 데다 일부는 꺼져버리고, 옆으로 날아가고, 소리가 안 나고, 하늘의 빛과 공중의 소리를 삼켜버리는 듯, 그야말로 악몽 그 자체였다.

여러 밤을 보냈지만 어셔는 없었다. '오늘 밤에는 별로 깊이 잠들 지 못해서 그럴 거야.' 난 매일 생각했다. '아마 내일은 완전히 곯아 떨어져서 날 만날 수 있겠지.'

하지만 어셔도, 나도 그러지 못했다.

삶과 죽음의 세계

그러는 사이 이트에서 학교에 다니는 틈틈이 그레이스와 만났고, 버스에서 《왕과 검》도 좀 읽었다. 그건 꽤 강렬했는데, 말도 안 되는 백인 일색의 반지의 제왕 식 모험 얘기였다. 모두 다 새하얀 피부를 가진 신비의 왕국에서 끊임없이 검과 칼에 찔리고, 수도 없이 끌려다니고 겁탈당하고, 모두가 모두에게 복수하고 거의 모든 페이지에서 수많은 사람이 고함을 지르며 죽었다. 솔직히 말하면 내 취향은 아니었지만 난 그레이스가 이런 걸 좋아한다는 게 기뻤다. 그 온화한 머릿속에, 가짜초록색 눈 속에, 피에 굶주린 듯한 기이한 생각이 숨어 있다는 게 말이다.

가끔 그레이스한테 진짜 눈 색깔을 보여 달라고 조르면, 그레이스는 그냥 별 특징 없는, 평범한 보라색이라고, 솔직히 검은색이나 마찬가지라고 말했다.

내가 그건 분명 밤하늘색 같을 거라고 말하면 그레이스는 미소가 삐져나오려는 걸 막으며 심각한 표정을 지어 보였다. 하지만 주근깨 난 자두 빛 피부는 더욱 자두 빛으로 붉어졌다.

가끔가다 그레이스가 다른 남자애랑 주차장에서 소곤거리는 모습을 봤다. 그 자식은 전에 그레이스한테 핸드폰 화면을 들어 보여줬던 비쩍 마른 샌님이었다.

그 애의 이름은 프랭크였고, 그레이스와 같은 언어 트랙이었다. 둘은 함께 듣는 수업이 많았다. 그레이스와의 공통점에 있어서 그 자식이 나보다 더 많을까? 아마 그럴 것이다. 제길.

하지만 그 자식이 재미있고 셰이키 버즈에 그레이스를 데려갔느냐 하면, 아니! 걘 그저 그늘이 없는 주차장 한구석에 그레이스를 세워두고 자기 시나 소설 같은 걸 읽어줬을 뿐이다. 솔직히 최악의 데이트처럼 들리지만, 그레이스가 웃고 미소 짓는 걸 봤을 때 그리로 달려가 프랭크를 프리스비처럼 공중에 날리고 싶었다.

그 대신 아무렇지 않은 척했다. "저기, 주차장에서 어떤 남자애가 한참 동안 무슨 얘기를 읽어주던데, 그게 그렇게 재밌었어?"

"아, 프랭크 말이구나." 그레이스가 말했다. "응, 재밌지. 아, 전부터 알던 사이였는데, 작가로서 정말 폭풍 성장하고 있더라고."

"좋네, 좋아. 신인 아티스트들을 육성하는 건 진짜 근사한 일이지." 차분한 목소리로 격려했지만, 아래를 힐끗 내려다보니 냅킨이 내 손아귀에 꽉 쥐어져 구겨져 있었다.

그레이스도 그걸 봤는지 웃음이 나려는 걸 꾹 참더니, 곧 참지 않기로 했는지 양 볼이 쓱 올라갔다.

"워너?" 그레이스가 물었다. "오늘 학교 끝나고 나랑 어디 좀 갈래?"

하지만 그건 데이트라기보다는, 에인절의 남동생 생일 기념 바비큐에 단체로 초대된 거였다. 그레이스와 친구, 내 친구인 트레이와 브랜드 그리고 언어 트랙과 사업 트랙의 몇몇 애들도 학교를 마친 뒤 구기장으로 걸어왔다. 몇 블록 밖에서도 고기 굽는 냄새가 진동했다.

이것 봐라! 데이트가 아닌데도 그레이스가 걷는 동안 자기 손을 내 손 안에 아무렇지 않게 집어넣었다. 내 심장은 뜨거워지며 빠르게 달렸고, 그 애의 손을 냅킨처럼 구겨버리지 않도록 조심조심했다.

에인절은 기분이 좋은지 시끄럽게 지껄였다. "워너, 트레이, 다른 친구들, 너희들 정말 좋아할걸. 우리 집 바비큐는 최고거든. 우리 할머니가 무덤까지 가지고 갈 거라고 맹세하신 여덟 가지 비밀 요리법도 있어. 워너, 근데 할 말이 있어. 난 너에 관한 생각을 바꿨어. 처음엔 네가 변태라고 생각했지만, 이제는 내 친구랑 사귀어도 돼. 그레이스는 예쁘고 섹시한 기적 같은 애지. 그러니까 네가 그만큼 괜찮은 애라는 거야. 축하해."

난 옆으로 그 애를 껴안았는데, 너무 세게 안았는지 그 애가 웃으며 소리쳤다. "알겠어, 알겠어. 너 힘세다. 인정할게."

오늘 과외는 *빠져야* 할 듯. 난 마크파이브한테 메시지를 보냈고,

그는 '크크, 오케이.'라고 답장을 했다.

'가족 저녁 식사에 늦겠어.'라고 프레이어나 키티나 다른 누군가에게 메시지를 보낼까 생각했다가 그만두었다. '워너, 그냥 한 시간 반 정도만 비비다가 일곱 시까지는 퇴장하자.'

다 같이 걸어가는 애들 사이에서 끔찍한 냄새가 나는 담배 한 개비가 오갔다. 에인절이 그걸 나한테 건넸다.

"난 됐어. 담배 안 피워." 내가 말했다.

"대마초는 어때? 이게 그거거든. 이야 냄새 죽이지 않니?" 에인절이 말했다.

그레이스를 쳐다보자, 그레이스가 어깨를 으쓱했다.

"바보들, 한 번쯤 풀어지면 좀 어때?" 에인절의 설득에 결국 몇 모금 뻐끔댄 그레이스와 나는 가슴이 뜨거워지는 걸 느끼며 미들 푸어 천국으로 걸어 들어갔다.

* * *

바비큐에는 가족들이 구기장 절반 정도를 차지할 정도로 많이 참석했다. 담요와 네트, 공과 그릴, 휴대용 음향시스템까지. 에인절의 가족들은 키가 가장 작고 가장 쾌활해서 한눈에 알아볼 수 있었다. 생일을 맞이한 앵거스는 통통하고 유쾌하고 키 작은 열세 살짜리 남자애로 고기를 썹고 있었다.

트레이와 브랜드와 난 구기게임에 빠져들었다. 난 '맹렬히 죽이거나 죽는' 리프트식의 데스매치를 할 준비를 했는데, 서프라이즈! 서프라이즈! 운동하는 데 다른 방법이 또 있었다니. 그 누구도 전속력으로 달리지 않고, 그 누구도 무릎을 공격하지 않고, 통제 불능의 싸움으로 인한 경기 중단이 단 한 번도 안 생기다니. 발목을 부서뜨릴 듯한 세찬 몸놀림 없이, 그저 사소한 엉덩이 밀기, 조깅, 춤추기만 있는, 거친 총알 패스 없이, 그저 영리한 기하학을 적용, 가볍게 작은 포물선을 그리며 공을 주고받는, 그건 정말이지 '누가 가장 느리게 또 가장 아름답게 점수를 따느냐?' 하는 게임이었고, 사실 점수를 계산하는 사람도 없었다.

예전에 페이스 보이였던 필럽도 게임에 참여했는데, 어느 순간 그 애의 황소 주먹과 윙크가 내 눈에 쓱 스쳤고 나는 찡그린 얼굴로 근엄하게 고개를 끄덕였다. '필럽, 난 계속 네 편이야. 그래도 소동을 일으키진 말자.'

그런 다음에는 다들 아름답기 그지없는 콩과 고기, 아삭한 잎과 채소, 허브와 마늘, 뭉근히 끓인 소스와 쫄깃한 빵을 먹었다. 난 게걸스럽게 먹고 흙바닥에 누워 소처럼 신음을 냈다.

"데이브, 너 계속 그렇게 떡 치는 소리 내면 나 너랑 친구 안 한다." 트레이가 익살을 부렸다.

누군가 음악을 크게 틀었다. 웃음, 환호! "다들 이쪽을 주목해줄래. 앵거스가 댄스 공연을 한대."

엄청나게 집중한 앵거스의 얼굴을 보니, 며칠은 땀을 흘린 모양이었다. '저 야단법석과 다리 찢기. 엎드려 돌기 좀 봐. 이제는 거꾸로 도네. 땀을 엄청나게 흘려. 맙소사, 방금 팬티 속에서 장미 네 송이 꺼낸 거 봤니? 대체 누굴 주려고?'

난 웃었고, 그레이스도 웃었다. 난 그 애가 웃는 걸 지켜봤다.

곧 모두 춤을 추었기에 그레이스한테 같이 추자고 했다.

해가 저물고, 가로등이 깜빡이며 켜졌다. 얼마 후 난 일곱 시가 지났음을 알게 됐지만, 신경 쓰지 않았으며, 전화기도 확인 안 했다. 그저 그레이스의 허리를 붙잡고 그 애의 눈을 들여다보거나, 아니면 턱을 그 애의 머리에 기대고 엉덩이를 훔쳐보았을 뿐이다. 그 와중에 난 다른 사람들을 밟거나 얼굴을 무릎으로 치지 않으려 애썼다. 몇몇 불쌍한 친척들은 4분의 3이나 5분의 1 스케일이었으니 말이다.

에인절은 우리를 홱 끌고 가서는 자기 사촌들과 함께 둘러앉도록 했다. 우리는 또다시 그 대마초를 뻐끔대며 공기 중에 작은 구름을 뿜었다. 그러자 모든 가까운 것들은 점점 더 가까워지고, 모든 먼 것들은 점점 더 멀어져갔다.

생각들은 시끄러워지고, 어둠은 깊어갔다. 말들은 더 열심히 귀를 세우지 않는 이상 의미 없는 소리가 되었고, 그러다가 수많은, 수십, 수백 개의 의미로 갈라졌다.

전반적으로 좋고 훌륭했다. 그레이스는 내 어깨에 기댔고, 난 팔로 그 애를 감쌌다. 그 애의 티셔츠를 통해 그 애의 피부가 떨리는 게 느껴졌고, 그 애의 곱슬곱슬한 머리카락이 내 목을 간질였다.

대마초는 다시 돌아왔고, 한 번씩 더 빤 우리는 아까보다 더 깊이 서로에게 기댔다. 마치 죽은 나무들이 서로 쓰러져 부딪치듯.

그레이스는 내 귀에 속삭였다. 진주알이 꿰인 긴 줄 같은 소리, 하도 비슷한 말을 웅얼거려서 다 뭉개지는 단어들.

"뭐야? 뭐야? 뭐야? 다시 말해봐." 난 키득거렸다.

"난 있지, 진짜 원래 절대 결코, 이런 걸 피운 적 없는데." 그레이스가 웅얼거렸다.

"응, 나도 그래." 그 애한테 말했다.

그레이스는 고개를 돌려 내 눈을 집어삼킬 듯 쳐다보았다.

"너한테 키스하고 싶은데, 너무 많이 피운 거 같아." 그레이스가 속삭였다.

"맙소사!" 바보처럼 대답했다. '워너, 제발 여자애들한테 대답하기 전에는 생각을 좀 해. 맙소사 라고 하면 그레이스가 뭘 어떻게 하겠니?'

그레이스는 눈의 초점이 왔다 갔다 했고, 몸을 살짝 휘청댔다.

"마지막 건 괜히 피웠나 봐." 그레이스가 말했다.

"너 괜찮니? 잠깐, 어어, 내가 좀 도와줄까?" 내가 물었다.

"아니, 아니, 아니, 난 괜찮아." 그레이스는 말하더니 고개를 돌려 모래 위에다 토했다. 애들은 소리를 지르기 시작했고, 그레이스의 머리카락이 흘러내리지 않도록 붙잡으며 나도 소리를 질렀다.

얼마 뒤 그레이스와 난 절반 자동차 뒷좌석에 앉았고, 운전석에는 길이라는 에인절의 삼촌이 앉았다.

"완전 맙소사! 너무 창피해." 그레이스가 끙끙댔다.

"난 널 돌봐줄 수 있어서 행복해. 토하다가 머리카락에 묻은 걸 떼어줄 수 있었잖아." 내가 말했다.

"맙소사! 나 너무 어지럽고 속이 이상해." 그레이스는 울먹였다.

그레이스의 말은 장난이 아니었다. 그건 대마초뿐만 아니라 차 때문이기도 했을 거다. 절반 자동차를 타고 가려니 있는 정신도 저절로 증발하는 꼴이었다. 마치 핀볼처럼 트럭과 자전거 사이의 구불구불한 골짜기 속을 휙휙 움직였고, 빛은 하나도 보이지 않았다. 게다가 절반 자동차를 만드는 기술이 유이스 최고의 기술일 리 없으니, 승차감은 저질이었다.

"눈 감고 머리를 무릎 사이에 놔. 거의 다 왔어." 그레이스의 등을 쓰다듬으며 말했다. 그레이스가 매일 밤 아프면 좋겠다고, 그래서 이렇게 돌봐줄 수 있으면 좋겠다고 생각하며.

우리는 그레이스네 가판대 앞에 멈춰 섰다. 칙칙한 빨간색 차양에는 '최고의 카오소이를 드세요'라고 적혀 있었다.

문을 열려고 하자, 에인절의 삼촌이 큰 소리로 말했다. "워너, 넌 차 안에 있는 게 좋겠어. 내가 문 앞까지 바래다줄게."

"아니, 아니에요. 제가 할 수 있어요." 나는 말했다.

"네가, 쟤네 부모님을 만나기에 적절한 때인지 잘 모르겠는데." 길 삼촌은 혼잣말처럼 말했다.

결국, 그레이스와 난 어색한 작별인사를 나누었다. 그레이스가 사과하는 말이 안 들리게끔 내가 "정말 재미있었어. 오늘 밤은 진짜 최고였어!"라고 소리쳤다.

그런 다음 절반 자동차 창문 아래로 웅크리고 있었다. 그레이스의 아빠가 나와서 헉하더니 좀 과장되게 악을 쓰는 소리가 들렸다. "그레이스, 네 이놈, 어딜 쏘다니는 거야? 오! 그레이스, 너 이게 무슨 꼴이냐? 대마초 냄새에다 토한 냄새까지 난다. 오, 이런! 오, 맙소사! 그레이스 어떻게 네가, 이런 못된 짓을 하다니. 넌 지금 우리 음식점이 살아남도록 돕기는커녕 나가서 마약에 네 몸을 맡기고 왔다고 말하고 있는 거야?"

그레이스가 울먹이며 죄송하다는 소리가 들리더니, 다음으로는 그레이스의 아빠가 길과 대화하는 소리를 살짝 들렸다. "물론 우리 애를 집에 귀가시켜주셔서 감사합니다만, 다음번에 혹시 마약 파티에서 우리 애를 또 보시면 곧장 저희한테 전화를 좀 주십시오. 제가 만사 제쳐놓고 가서 데려올 테니까요. 물론 그러려고 가게 문을 닫아야 하면 엄청난 문문을 잃는 꼴이 되겠지만 상관없습니다. 가장 중요한 건 그레이스가 공부나 일, 둘 중 하나를 해야 한다는 거니까요. 마약 같은 자살행위 말고 말입니다."

* * *

웨트 얼머넥으로 가는 길은, 적어도 절반 자동차로서는, 멀고도 아슬아슬하기까지 했다. 절반 도로도 없거니와 미들 도로조차 별로 없었으니까. 우리는 거의 빅 도로의 배수로에 바짝 붙어 가며 혹시 뒤에 거대한 차들이 부릉대며 따라붙진 않는지 끊임없이 룸미러로 확인했다. 난 조금 겁이 났지만 길 삼촌은 차분해 보이는 게 꼭 우주 해군 운전병 같았다.

내 전화기는 메시지들로 계속 진동했고, 난 마치 전화기가 없는 것처럼 행동했다.

"아저씨 집에 데려다주셔서 다시 한번 감사해요. 정말 고맙습니다." 난 중얼거렸다.

"별것도 아닌데 뭘, 근데, 얼머넥 시장과 함께 사니까 어때?" 길이 물었다.

"좋죠, 좋아요. 가끔은 좀 스트레스를 받지만요." 내가 웅얼거렸다.

"그 얘기를 하고 싶니?" 그가 말했다.

"아, 그렇진 않아요." 내가 입을 다물었다.

하지만 약 때문에 입이 풀렸는지 갑자기 한동안 마약중독자처럼 입을 나불댔다. "스트레스, 압박, 어색함이 엄청나요. 수학을 배우지 않으면 난 쓸모없는 놈으로 전락하는데. 수학은 너무 방대하고 난 시작이 너무 늦었어요. 불가능해 보이는 데도 그렇다고 솔직하게 얘기할 수가 없어요."

내 얘기를 다 듣고 나서 길 삼촌이 말했다. "하지만 넌 언젠가 미들 리치가 되고 싶어서 참고 있는 거겠지?"

"그렇죠. 다들 그러지 않나요?" 내가 물었다.

"음." 길 삼촌은 말했다. "어느 시점에는 그만해야겠다는 생각이 들지 않겠니?"

그러더니 그는 나한테 일장 연설을 늘어놓기 시작했다. "워너, 그건 이런 거란다. 어떤 사람들은 자기가 아무리 커도 스케일 업을 하려고 하지. 자기 스케일은 충분하지 않다고. 충분히 안전하지 않다고 느끼니까 말이야. 하프 스케일이 되면 15센티만 더, 30센티만 더, 하다가 4분의 3이 되려고 하고, 언젠가는 미들로, 또 언젠가는 미들에서 1과 2분의 1배로, 더 크게, 더 크게, 온통 파이를 키울 생각뿐이지. 그들의 머릿속에는 항상 욕망으로 가득 찼어. 더 크고 좋은 집에 살고, 더 크고 좋은 차를 몰고, 더 크고 정성 들인 음식을 먹고, 청소부와 요리사와 운전기사 등 직원을 모으기 시작하고 나아가 개인 비서와 직원들의 대장까지 뽑아. 사람들을 마치 위성들처럼 주변에 머물도록 하겠다는 생각들뿐이지. 그리고 그들이 세상을 보는 방법은 그저 스케일이고, 다른 건 아무것도 없어. 스케일 문문에만 온 정신이 꽂혀있지. 그런데 이봐, 난 지금 그레이스네 아빠 얘기를 하는 게 아니야. 꼭 그렇진 않지. 비록 그 사람 얘기를 안 하고 있다고 할 수도 없지만. 있잖아, 내가 그 사람을 언급했던 건 그냥 없던 일로 하자고. 내 말은, 커지고 싶어 하는 건 좋다 이거야. 누구나 당연히 그러니까,

하지만 그게 전부가 아니라는 것만 기억해. 거기에는 항상 희생이 따
른다는 것도. 시간과 문문뿐만 아니라 네가 사람들과 맺고 있는 관
계, 네 신념, 너라는 사람 자체, 그런 것들, 어떤 크기이든 넌 행복할
수 있어. 명심해. 아무리 크기가 작아도 말이야."

그건 다소 전형적인 꼰대들의 잔소리였다. 이제 '나와 같은 방식
으로 모든 걸 보는 법' 수업을 들을 시간이다. 어이, 예의 바르고 공
손한 애야, 무료로 '내가 되는 법' 강의를 듣게 된 걸 축하해.

그리고 얼마 후 난 귀를 기울이지 않은 채, 그저 네, 예, 네에, 네에
하며 3배 자동차들이 우리 위로 날듯이 달려갈 때 좌석을 꽉 붙들 뿐
이었다.

하지만 동시에 늙은이의 전략이 꽤 잘 통한다는 걸 인정할 수밖에
없었는데, 그건 이런 생각이 들어서였다. '근데 만약에 내가 정말 이
이상한 긴 수염 아저씨와 똑같아진다면 어떨까? 만약 저게 미래의
내 삶이라면?'

만약에 수학 트랙으로 바꿀 수 없다면, 그냥 리프트 학위를 받
고, 짐을 옮기는 리프트 직업을 갖고 매일 밤 좋은 꿈을 꾼다면 어떨
까? 또 역시 생계를 책임지는 여자와 결혼한다면 어떨까? 언어 관
련 직업을 가진, 센트로우 고층빌딩의 어느 기업에서 서류 작업을 하
는⋯⋯.'

'그레이스 같은 여자애랑 함께하는 미들 인생, 그레이스처럼 수줍

음 많고 친절하고, 남몰래 잔인한 걸 즐기는 외모도 그레이스와 비슷한, 아니, 그냥 그레이스라고 하자. 이트 얼머낵에 있는 미들 하우스 바비큐 모임에 가고, 우리의 미들 자식들을 위해 구기장에서 파티를 열고. 워너, 너무 김칫국 드링킹하지 마. 멍청이야. 그레이스가 너랑 결혼하고 싶어 한다고 누가 그래?'

하지만 아무리 생각하지 않으려 해도 생각을 안 할 수가 없었다. 빅 배수구를 따라 남은 몇 킬로미터를 달리는 내내 내 얼굴에는 바보 같은 미소가 걸려 있었다.

드림월드

휴 가족의 성에는 당연히 복병이 기다리고 있었다.

"이제 왔네. 워너, 맙소사, 너 어디 갔었어? 무슨 일이야? 괜찮니?" 키티가 일광욕실 창문으로 밖을 내다보며 외치자, 어느새 가족들이 키티 뒤로 모여들었다.

난 그저 좋은 바비큐 파티였다고, 시간을 깜박했다고, 다시는 그러지 않겠다고, 솔직히 말하자면 친구들이랑 대마초를 나눠 피웠다고 고백했다.

그 마지막 소식은 차라리 전하지 않는 편이 나았다. 그것이 모두를 절망과 분노로 가득 차게 했으니 말이다.

던이 제일 펄펄 뛰었다. "워너, 용납할 수 없는 일이란 건 당연히 알겠지? 하지만 더 큰 문제는 네 태도야. 우리가 이런 감정을 드러낸 게 지극히 당연한 일인데, 그 태도는 네가 그걸 전혀 이해 못 하고 있다는 걸 명백하게 보여줘." 기타 등등.

동시에, 휴가 제일 슬퍼했다. "우리가 제공하는 기회는 그걸 정말 최고로 잘 활용할 사람에게만 부여할 수 있는 귀하고 특별한 거야. 너에게 작별인사를 하기는 아주 고통스럽겠지만, 깽판 치거나 마약에 손대는 일로 이 기회를 허비하지 않을 불쌍한 애들이 저 밖에 줄을 섰다는 걸 생각하면 또 그리 고통스럽진 않겠구나." 기타 등등.

사실 키티가 제일 슬퍼했다. "워너, 네가 쓸모없는 존재라고 생각해서 그런 거니? 너에게서 무한한 잠재력이 보이는데. 과정이 힘들다는 건 나도 알지만, 넌 멋진 사람이 될 수 있어. 왜 내가 널 믿듯이 너 자신을 믿지 못하니?" 기타 등등. 기타 등등.

진이 다 빠진 프레이어가 가장 슬퍼하며 펄쩍 뛰었다. "키티, 소년원이야. 감옥이 얘를 다 버려 놓았고, 희망을 빼앗아갔어. 감옥에 가기 전에는 얼마나 열정이 넘치고 생기발랄한 애였는지 네가 봤어야 했어. 이제는 꿈도 잘 못 꾸고 악몽에 시달리는 데다 자기한테 멋진 미래가 있으리라고 상상도 못 한다니까. 워너, 맙소사 널 쳐다보고 서 있기도 힘들어. 난 여기서는 매일같이 죽도록 애쓰는데 넌 바보처럼 빈둥거리기나 하고. 만약 내 일까지 망친다면 난 널 절대로 용서하지 않을 거야."

심술궂은 화가 나를 엄습했다. '이 미친 것들아, 난 가족 저녁 식사에 한 번 빠졌을 뿐이야. 딱 하루만, 평범한 미들 아이가 되고 싶었을 뿐이라고. 제발 할망 80명을 살해한 미치광이 취급은 하지 말아줘.'

하지만 기대를 따라야지, 뭐 어쩌겠어? 난 고개를 숙이고 반성하는 척했다.

"여러분, 제가 말도 안 되는 실수를 저질렀어요. 그게 얼마나 형편없는 일인지를 이제야 깨달았어요. 진심으로요." 나는 그들에게 사과했다. "다시는 이런 일 없을 거예요. 투 스트라이크를 더 먹으면 전 아웃입니다."

토니가 홀에 있는 날 찾아왔다.

"네 잘못에 대해 생각해봤는데, 내 생각에 네가 망친 부분은 이 점이야. 네 원죄는, 네가 사려 깊지 못했다는 거지." 토니가 설명했다. "왜냐하면, 가족 저녁 식사 때문에 희생하는 건 너뿐만이 아니라는 것이지. 가족 저녁 식사는 우리 모두에게 희생이야. 반드시 고려해야 해. 저녁 식사는 주된 사회적 부동산이잖아. 그 시간에 아빠는 유권자들을 만날 수도 있고, 엄마는 고객들에게 지지를 호소할 수도 있고, 난 가을에 있을 학교 부회장 선거에서 지지층을 강화할 목적으로 반 친구들에게 피자파티를 열 수도 있어."

"고마워, 토니." 나는 말했다.

토니 다음으로 키티가 찾아왔다.

"놀라게 해서 미안, 괜찮을 거야. 걱정하지 마." 키티가 내게 몸을 숙이고는 슬픔으로 떨리는 목소리를 애써 감추고 태연한 척 날 달랬다.

"그래도 약속할게. 절대로 다시는 이러지 않을 거야." 다시 한번 맹세했다.

"근데 누구랑 있었던 거야?" 키티가 물었다.

"학교 애들이지 뭐." 난 말했다. "질 나쁜 애들이 틀림없어. 당장 내 삶에서 삭제해버려야지."

"네가 그렇게 원하는 거라면 그렇게 해. 진짜로." 키티가 말했다.

"심지어 재미도 없었다니까." 난 거짓말까지 보탰다.

"그 친구가 여자애였는지 말해줄 수 있니?" 키티가 불쑥 물었다.

난 고개를 들어 키티의 크고 예쁜 눈동자를 쳐다보았다.

"아니, 아니야." 난 또 거짓말을 했다. "그러니까, 남자애들 여자애들 다 섞여 있었어. 루저들만 잔뜩 모였지. 어느 한 여자애랑 있었던 게 아니라고."

"그래." 키티는 어떻게 믿겠냐는 듯 어깨를 으쓱했다.

그날 밤 꿈은 감옥에 나온 뒤로는 처음으로 사나웠는데, 약 때문인 듯했다. 난 웨트 얼머낵의 성들로 끝없는 리프트 체육관들을 만들었다. 자동차를 들어 올리고, 갈아엎은 잔디에 기어오르고, 잠긴 집들에서 물을 빼고 돌무더기를 치우고, 하늘에서는 바로 이쪽입니다. 그리고 위로 올라가세요. 라고 하는 듯한 촬영용 조명이 반짝이고 있었다. 범람원은 트램펄린으로 줄어들어 꿈속 푸어들이 내가 있는 곳까지 뛰어오를 수 있게 하고, 이트 사람들은 신나게 공중제비를 돌아

302

웨트 사람들의 꿈속으로 들어와서는, 몸싸움과 물장구를 치고, 마구 밀고 들어오고, 우리 발밑의 흙은 다른 꿈들과 헤엄치며 부글대었다. 마치 아홉 개의 꿈꾸는 머리 중 여덟 개가 통제 불능이 된 것만 같다.

저녁 시간은 공부하고 스트레스를 받느라 다 지나갔다. 상황은 다시 제자리로 돌아갔고, 다들 내 마약 소동 자체가 없었던 듯 행동했다. 나는 마크파이브와 공부하는 데 더 매진하여 수학에 완전히 빠져 살았고, 가족 저녁 식사 때 휴와 던은 따뜻한 말로 내 그러한 헌신을 칭찬했다. "워너, 너 정말 '우리 아이가 달라졌어요.'다."

그때 난데없이 또 다른 좌절이 이 불쌍한 남동생과 프레이어 팀을 강타했다.

프레이어가 웨트 얼머넉 미들 리치 고등학교를 중퇴하게 된 것이다. 어느 오후 집에 돌아온 나는 계단 위에 우울하게 앉아 있는 프레이어를 발견했다.

하지만 그건 난데없는 일은 아니었다. 사실 프레이어가 몇 주 전부터 그렇게 되리란 걸 알고 있었다. '모든 숙제나 시험을 대신한 기업 발표'는 프레이어가 마음대로 계획해 낸 필사의 생존전략이었을 뿐, 그걸 시키거나 좋은 아이디어라고 생각한 선생님은 없었다.

다시 말해, 프레이어가 완전히 이탈자가 되어 매일 억지로 쾌활한 척하며 일어나, 키득대는 반 애들과 비웃는 선생님 앞에서 사례연구들을 발표했던 거다. "우와, 이크, 그래, 좋다 프레이어 셰이키 버즈가 과육 분야에 뛰어든 여정에 관한 네 발표는 꽤 흥미롭긴 하지만, 그걸로 테러 역사 수업을 수료할 만한 점수를 받기는 힘들 것 같구나."

결국, 웨트 얼머벅은 산만한 우리 누이를 이트 보텍으로 떠밀어 보내버렸다.

그러나 나쁜 소식만 있는 게 아니었으니, 누가 사업 트랙으로 가게 됐는지 맞혀보라.

"프레이어, 세상에! 난 누이가 자랑스러워." 버스에서 프레이어에게 환호했다.

"맙소사! 그게 무슨 말이야? 한 달 만에 2학년을 낙제했는데. 게다가 여기서도 수학 트랙에 갈 만큼 수학을 잘하지도 못하고 말이야." 프레이어가 맥없이 말했다. "일 년간 가게에서 계산기나 두드리고, 몇 주간 미들 리치 학교에서 그 멍청한 수학 이론을 외웠을 뿐인데, 합격 근처에는 얼굴 한 번 내밀겠니?"

"그래도 사업 트랙에서는 잘할 수 있을 거야." 난 소망했다.

"누가 신경이나 쓴대. 휴 아저씨는 이제 날 루저로 여기겠지." 프레이어가 걱정했다.

"근데 그 상담사들한테 어떻게 펜을 판 거야." 내가 물었다.

프레이어가 그제야 슬쩍 미소를 보이더니 말했다. "내가 무슨 말을 어떻게 했는지 궁금해?"

"응." 내가 말했다.

"좋아, 네가 상담사야." 프레이어가 말했다. "자, 먼저, 말은 하지 마시고. 최고급 프리미엄 고퀄리티 펜을 몇 문문이면 사시겠는지 생각해보세요. 평생을 함께할 유일한 펜 말이에요."

"좋아요." 난 말했다. '1문문. 대체 펜이 왜 필요해.'라고 생각하며.

"머릿속에 떠오른 숫자가 있나요?" 프레이어가 물었다.

"네, 있습니다." 난 순순히 대답했다.

"좋아요." 프레이어가 종이를 주며 말했다. "여기 종이가 있어요. 그 숫자를 쓰세요."

난 쓸 도구를 갖고 있지 않았다.

"쓸 도구가 없는데." 내가 말했다.

"정말요?" 프레이어가 말했다. "그럼 펜 하나 사셔야겠네요."

그러더니 프레이어는 펜으로 내 코를 툭 쳤다.

그게 다였다.

"겨우 그걸로 사업 트랙에 가게 됐다고?" 난 깜짝 놀라 외쳤다.

너무도 빨리, 내가 다시 '지하 감옥 트랙 시험'을 받기 직전 주말이었다.

준비가 안 된 기분이었지만, 그걸 난 억지로 부인했다. 토요일과 일요일에는 온 가족이 '워너 트랙 바꾸기 준비'를 위해 억척스럽게 노력했다.

이틀 동안 아침에 휴 가족과 프레이어와 난 명상을 했다.

휴가 요리사들에게 초록 잎채소, 기름진 생선 등, 특별히 두뇌에 좋다는 음식을 주문했다.

던은 나와 저녁 요가를 같이했다. 에너지를 정렬하고 허파의 특정 구역으로만 호흡하라나, 허파에도 구역이 있다는 사실은 누구도 몰랐을 거다.

휴어게인은 토요일 아침에 나를 데리고 의학을 복습했고, "네 생각만큼 어렵진 않아. 넌 정말 잘 해낼 거야."라고 격려를 해주어서, 난 그 말을 거의 믿을 뻔했다.

토니는 이프덴과 포루프 등 프로그래밍을 맡았는데 이번에는 내가 좀 일찍 끝냈다. 매번 이건 왜 대단하고, 저건 왜 대단한지 지껄여대는 통에 '이 지겨운 것들, 전부 다 엄청 대단하다.'라고 맞장구쳐주는 데 신물이 났기 때문이다.

심지어 까칠한 데이지조차 두 시간 동안 화학을 봐주었다. 데이지는 더는 영재는 아니라 해도 장차 화학연구소에서의 편안한 삶이 보장된 몸이라, 알찬 가르침을 주었을 뿐 아니라 친절하기까지 했다. "이 집에서 넌 정말 많은 걸 잘 견디고 있어." 데이지는 선한 눈빛으로 말했다. "나라면 절대 못 했을 거야."

그리고 일요일에는 마크파이브랑 키티와 종일 수학을 팠다. 마크파이브는 집중력 약을 정량 이상 삼켰고 그게 엄청나게 도움이 됐다. 집중력이 흐트러지지 않는 이상 마크파이브의 두뇌는 굉장한 힘을 발휘했고, 난 목마른 식물처럼 모든 걸 흡수하려 기를 썼다.

"일어나, 워너. 월요일이야." 트랙 바꾸기 시험 날, 일은 이렇게 시작되었다.

"행운을 빌어. 진짜야, 데이브, 넌 충분히 자격이 있어. 리프트 트랙에 있기에는 너무 똑똑하지." 주차장에서 브랜드가 말했다.

트레이는 말없이 고개만 끄덕이고는 머리를 부딪치며 잔인한 미소를 지었다.

그레이스는 메시지로 '네가 최고야! 넌 할 수 있어!' 같은 말과 끝없는 승리 동영상, 하트와 폭죽, 닌자 스케이트보드 챔피언을 보내서 내 핸드폰이 다 놀랄 지경이었다.

"워너, 네가 여기까지 온 데는 다 이유가 있을 거야. 난 널 믿어." 프레이어가 내 귀에 대고 속삭이더니, 날 문 쪽으로 출발하라고 밀었다.

"시험은 아홉 부분으로 구성됩니다. 각 30분씩. 트랙을 옮기려면 아홉 개를 다 패스해야 해요. 첫 번째 시험 준비됐나요." 지하 감옥 트랙 시험의 상담사가 말했다.

난 첫 두 부분을 패스하고 세 번째에서 완전히 망쳤다. 25개 문제 중에 여섯 개 밖에 못 풀었는데, 다음으로 넘어가려면 열세 개는 풀었어야 했다.

실패. 재앙. 턱없이 부족한 실력.

주차장을 가로질러 문 월드로 들어갔다. 리프트 체육관으로 다시 기어들기에는 너무 창피했다. 점심시간도 되기 전에 불합격이라니.

삶과죽음의세계

혼자 문 월드를 걸었다, 생기 없는 백색 조명이 켜진 수 마일의 통로들을, 나 자신을 증오하며.

문 월드도, 쓰레기 같은 끔찍한 곳을 좀 봐.

온갖 싸구려 잡화들 좀 봐.

엉성하게 제조되어 잠깐 우울하게 살다 가겠지.

반짝이는 팝스타 히어로 배낭들 좀 봐. 뻣뻣한 플라스틱 천으로 만든 데다, 끈은 바느질도 제대로 박음질 되어있지 않았잖아. 팝스타 히어로 얼굴을 그린 기계는 정신이 딴 곳에 가 있었는지 양쪽 눈의 높이도 못 맞췄네.

액션 건맨 놀이 세트 좀 봐. 우울한 꼬마 살인자가 되어 고무 총알들로 플라스틱 동상들을 퉁탕거리려고 6백이나 내야 한다니.

대걸레들 더미 좀 봐. 절반은 구부러지고 찌그러져서 팔리지도 않겠네.

셔츠 천 개가 줄지어 걸린 이 무시무시한 광경을 좀 봐. 천 명의 사람들이 들어와 저걸 하나씩 걸친다면, 왠지 모르게 으스스한 생각이 드네.

인위적인 음악 좀 들어봐. 쿵쾅대고 번득이는, 말끔한 로봇 목소리들. 아마 동물들이 내 목소리를 들을 때 이런 느낌이겠지. 동물에 관해 말하자면, 바로 저기 하나가 있네. 꼬리가 획획 휘청휘청 움직여.

그건 크고 악한 얼룩 고양이로, 문 월드의 리틀 푸어들을 사냥하고 있었다.

이 살인 기계 좀 봐. 저놈의 날카로운 발톱과 엄청난 힘과 무엇보다도 피에 대한 탐욕을. 저놈이 피를 좋아하는지 어떻게 알았냐고. 좀 보라니까. 아주 건장하고 튼실한데도 여전히 탐욕스럽게 사냥을 하고 있잖아. 고기만 목적이 아니야. 죽음에도 굶주린 거라고.

그놈은 겁에 질린 리틀 푸어들이 도망쳐 들어갔을 게 뻔한 어느 구멍을 응시하고 있었다. 안이 터널로 되어있지 않은 이상 리틀 푸어들은 아직도 저 안에 있을 텐데.

창피하지만 나는 한참 후에야 두려움을 삼키고, 떨리는 가슴을 가라앉히고 생각이라는 걸 할 수 있었다.

'워너, 넌 이제 고양이들보다 커. 감옥에서 그렇게 얻어터지고도 살아남았으니 고양이 한 마리쯤은 처리할 수 있을 거야.'

그놈은 날 의심하기는커녕 수염 난 기분 나쁜 얼굴을 돌려 울부짖었다.

'워너, 제발 내가 저 인간 놈들이 도망치기 전에 죽여 버릴 수 있게 도와줘.'

"물론 도와주마. 이 나쁜 놈." 그놈한테 이렇게 말하고 다가가 그놈의 양쪽 겨드랑이를 움켜쥐었다.

곧장 그 기운찬 놈은 미치광이처럼 허우적댔고, 소리를 지르고 식식대며 진정한 악마의 모습을 드러냈다. '근데 그거 알아? 멍청이야, 넌 이제 날 괴롭힐 수 없어. 내가 널 괴롭히지.' 난 팔을 뻗은 채 그놈을 들고 있었다. 그놈은 날 몇 번 할퀴긴 했지만, 오늘은 이 워너가 고양이보다 훨씬 더 강했다. '이야! 기분 최고네.'

하지만 출입문을 지키는 직원의 눈에 띄지 않고 고양이를 그냥 문 월드 밖으로 데리고 나갈 수 없었다.

"고귀한 고객님, 고양이를 구매하신 영수증을 보여주시겠습니까?" 문 월드의 애완동물 마일즈가 말했다. 걷고 말하는 비디오 스크린인 마일즈는 말을 할 때 흔들흔들 춤을 추었다.

"산 게 아니야. 그냥 돌아다니고 있는 걸 발견한 거지. 이건 분명 공중위생과 관련된 일이야." 내가 말했다.

"네! 감사합니다. 친애하는 고객님, 아시다시피 문 월드에는 손님께 필요한 모든 게 다 있지요. 그 고양이가 도망쳐 나왔을 애완동물 가게도요. 그러니까 그 고양이를 돌려보내 주시겠습니까?" 마일즈는 문워크를 하며 말했다.

나는 겁에 질려 허우적대는 고양이를 쳐다봤다. 난 그놈을 사서

물에 처넣어 버릴까? 아니면 발톱을 하나씩 다 뽑은 다음, 길거리에 버리고 '나쁜 놈아, 행운을 빈다. 살인을 못 하고 우리처럼 쓰레기를 먹게 된 소감이 어떠냐?' 하고 말해주면 고소할까?

하지만 순진한 내 가슴은 그 살인마 사이코 고양이조차도 죽이거나 불구로 만들지 말라고 소리쳤다.

"네가 좀 데려다줄래?" 내가 물었다.

"어이, 좀 도와주세요. 직원이 모자란단 말이야." 마일즈 옷 속의 불쌍한 지친 댄서는 계속해서 열심히 음악에 몸을 맡기며 말했다.

"도와주셔서 감사합니다. 그냥 저기, 저 통 속에 넣어주세요." 탈진하기 일보 직전인 애완동물 가게 매니저가 앵무새의 공격을 받던 와중에 말했다.

난 그 고양이를 더러운 통 속에 툭 떨어뜨렸다.

"믹도날드. 그만 좀 도망쳐. 널 어떡하면 좋니?" 매니저가 말했다.

난 적어도 믹도날드가 더러운 고양이 감옥에서 살아야 한다는 것에 대해 기뻤다가 곧 좀 슬퍼졌다. 당연히 그 불쌍한 멍청이 놈은 악마이지만, 나처럼 감옥이 그놈을 그렇게 만든 건 아닐까? 그러다가 깨달았다. '워너, 마음 약해지지 마. 고양이들은 다 악마야. 먹이사슬이 그놈들을 그렇게 만드는 거라고.'

나가는 길에 그들을 보게 되었다. 고양이로부터 구했던 리틀 두 명, 남자애 하나와 여자애 하나가 탈취제를 몰래 구멍으로 들고 가고 있었다.

그들도 나를 보고는 고맙다는 듯 주먹에 키스했다. '*우릴 구해줘서 고마워. 착한 거인.*'

나 역시 주먹에 키스했고, 그러자 끔찍했던 기분이 나아졌다. 수학 머리는 아닐지 모르지만, 적어도 고양이를 압도할 만큼 크니까 말이다.

드림월드

휴의 사무실은 성의 꼭대기 층에 있어서 올라가는 데 시간이 꽤 걸렸다. 절반 계단을 1백 개쯤 올라갔을 때 목소리가 들렸다.

"하지만 실험이 실패한다고 해서 꼭 나쁜 것만은 아니란 걸 기억하렴. 키티캣." 그가 말하는 소리가 들렸다. "실험의 요점은 성공하는 게 아니라, 그로부터 뭔가를 배우는 거야. 그러니까 우리가 뭔가를 배웠다면, 그건 꽤 괜찮은 실험이야."

그때 문간에 서 있는 날 휴가 발견했다. '네가 못 들었을 수도 있지만, 네 얘기를 하고 있었다.'라고 하듯 순간 썰렁해졌다.

"워너가 왔구나. 이만 끊어야겠어. 사랑한다." 휴가 헤드셋에 대고 말하고는 두들겨 껐다.

"아저씨, 방해해서 죄송해요. 2분만 시간을 내주신다면 좋겠는데요. 물론 제가 나중에 다시 와도 되고요." 내가 말했다.

"아니, 괜찮고말고. 앉으렴." 휴가 웅얼거렸고, 내 절반 의자가 자신의 눈높이에 맞게 올라가는 모습을 친절하지만 칙칙한 눈빛으로 보았다.

주위의 벽에는 24시간 항상 켜져 있는 비디오 스크린들이 있었다. 지역뉴스와 위성 피드, 선거 운동팀의 책상 위를 보여주고 있었다. 팀원들이 그의 연설 클립들을 편집하는 모습을 실시간으로 감독할 수 있었다.

"이트 보텍에서 트랙 바꾸기 결과를 알려드렸나 모르겠네요." 난 입을 열었고, 휴가 유감스럽다는 듯 고개를 끄덕였다.

"아저씨, 예의 바르고 공손하게, 잠시만 제 솔직한 얘기를 좀 드릴게요." 난 말했다. "지금까지는 제가 그다지 잘하지 못했다는 거 알아요. 그 좋은 미들 리치 학교에서도 나오고, 하룻밤은 나가서 연락도 안 되고 약까지 하고, 이제는 수학 트랙으로 바꾸는 시험에서도 바보 천치처럼 떨어졌잖아요. 한마디로, 전 아저씨가 원하신 모습대로 되지 못했어요."

휴가 슬픈 미소를 지었다.

"내가 너한테 원하던 모습이 뭐라고 생각하니?" 휴가 물었다.

"제가 그 아이를 설명해볼게요." 난 대답했다. "그 아이는 완전히 착실한 천재라 단 한 번의 기회만 주면 자기가 슈퍼스타임을 증명해 보이고, 절대로 일을 망치거나 아저씨의 인내심을 시험하지 않아요. 그리고 오직 성공과 성과에만 집중하고 단 1초도 다른 걸 생각하지 않죠. 오로지 점수를 쌓아 올려 푸어들도 사람이란 걸 보여주기 위해서 존재해요."

휴의 미소가 사라졌다. "*내가 그렇게 표현했던가? 아무튼, 좋아.*"

"하지만 아저씨." 난 말했다. "만약에 푸어들을 아저씨 집에 살게 하는 게 아름다운 선거 운동 이야기에 도움이 되는 거라면, 이 사연은 어떨까 싶어요? 휴가 두 아이를 비참함과 죽음으로부터 구했다. 휴가 구한 아이들은 천재는 아니지만 그게 뭐 어떤가? 그래도 그들은 좋은 삶을 살 자격이 있다. 천재가 아닌 푸어들도 구할 가치가 있다고 보여주는 거죠."

휴가 갑자기 손가락 하나를 귀에 갖다 대더니, 어떤 화면을 흘긋 보고 얼굴을 찡그리며 중얼거렸다. "제길, 워너, 잠깐만." 그는 카메라 쪽으로 돌아앉아 단호하게 말했다. "전화 줘서 고맙네, 바이올렛. 내가 적수의 조롱과 위협을 철저히 거부하는 건 말할 필요도 없고, 발기 질환이 있는 건 오히려 그놈이야. 자기 입으로 말한 적이 있으니 자네도 알 거야."

휴가 배우 같은 미소를 지어 보이고 귀를 톡톡 두드렸다. 다시 내 쪽으로 돌아앉아 아까처럼 엄숙하고 자상한 태도를 보였다.

"원어." 그가 말했다. "솔직히 얘기하니 좋구나. 넌 영리한 아이이고 넌 그렇게 생각하지 않을지 몰라도 난 널 좋아해. 진심이다. 그리고 개인적으로, 나도 네 말에 동의한단다. 꼭 최고의 재능을 갖춘 아이뿐만 아니라, 모든 아이가 좋은 삶을 살 자격이 있지."

그는 눈을 크게 뜨고 조심스럽게 말을 이었다. "하지만 정치적으로, 그리고 이게 내 전문분야잖니. 네가 제안한 이야기는 유권자들이 좋아할 만하지가 않아. 유권자들은 결과를 좋아하지. 내 선거공약의 핵심도 그래. 푸어들에 관한 공약은, 유권자들에게 푸어들이 성과를 내도록 돕겠다고 설득하는 거야."

"저는 성과를 내야만 여기 머물 수 있는 건가요?" 내가 물었다.

"그게 딸의 프로그램을 최대한 활용하는 이유가 아니겠니?" 휴가 동의했다.

유권자들에 대해 생각했고, 그들이 날 보듯 나 자신을 바라보려고 노력해보았다. 사실 별로 어려운 일도 아니었다.

질 나쁜 전과자 놈이 실패하고 낙제하고 마약을 했다. 근데 이제 와서 글을 읽고 수학 기초를 한다고 해서 누가 신경이나 쓰겠나. 축하해, 완전 바보는 아니었네. 그래도 그게 결과는 아니잖아.

한 편집화면에서는 휴가 박수갈채를 보내는 사람들에게 손을 흔드는 장면에 깔 배경음악을 찾고 있었다. 꼭 하프 소리 같은 피아노 음악이 구슬프게 울렸다.

"그럼 이제 어떻게 되는 거예요?" 내가 흥분을 했다가는 휴의 마음을 영원히 잃을 거란 걸 알았기에, 깍, 꽥, 소리를 내지 않으려 애쓰며 말했다.

왠지 그가 심한 말을 할수록 그의 눈에 깃든 친절함은 더 깊어지는 듯했다.

"네가 학교에 다니는 동안 이트의 리틀 하우스에다 무상임대 정부 주택을 마련해주마." 그는 말했다. "그 집은 학교와의 근접성을 고려해서 결정될 거야. 그 이후, 네가 졸업을 하고 나서도 리틀 하우스에서 계속 살아도 되지만, 그때는 소정의 집세를 내게 되겠지."

내 뼈가 떨리기 시작했다.

"근데 리틀 하우스라뇨? 제 말은, 적어도 스케일 업한 상태로 남아 있을 수는 없나요?" 내가 물었다. "쥐 크기로는 리프트 트랙에 있을 수가 없어요."

휴의 목소리는 다 갈라진 저음으로 바뀌었다. 이 정장 차림의 시장 아저씨도 슬프긴 한 모양이었다.

"워너, 10만 문문을 절대 그냥 줄 수는 없어." 그는 말했다. "빌려주는 거지."

난 프레이어에 관해서는 입도 벙긋하고 싶지도 않았지만, 그래도 물어봐야 한다는 걸 알았다. 마치 내 피가 중독되어, 심장이 약해진 것 같았다.

"그럼, 프레이어는요?" 내가 말했다.

휴가 문 쪽을 흘긋 보았다. '누가 엿듣진 않겠지. 아무도 없군. 좋아.' 그러고는 말했다. "그건 별개의 문제이야. 아직 결정하지 못했어."

"왜요?" 내가 물었다.

"정말 솔직하게 얘기하마." 그가 말했다. "너희 누이는 열심히 하고 있어. 꿈도 크고 난 정말 그 애가 최선을 다하고 있다고 생각한다.

그 애는 대단한 집중력을 발휘하고 있어. 하지만 언어나 수학 트랙이란 강력한 이력이 없는 이상, 그 애의 잠재력은 항상 제한적일 수밖에 없을 거야."

난 눈을 깜빡여 분노의 눈물을 삼키며 머리를 끄덕이고는, 부디 휴가 인내심을 발휘하여 내 마지막 권유를 들어주기를 바라며 최대한 차분한 목소리를 내려고 애썼다.

"아저씨, 한 번만 더 기회를 주세요." 나는 말했다. "결과가 필요하시다고 했잖아요. 걱정하지 마세요. 제가 결과를 가져다드릴게요. 전 백만 명 중 하나 있을까 말까 한 아이라고요."

휴가 등을 기대고는 주름진 이마를 문질렀다. '제발 일을 꼬이게 하지 마라.'

"무슨 일이 있어도 해낼게요." 그에게 약속했다. "무슨 일이 있어도요. 정말이에요. 지난번 실패로 저는 배웠어요. 다시는 실수나 여유 부리기 같은 건 없어요. 이제부터는 집중력, 성실함, 고성능 두뇌를 가질 거예요. 아저씨, 제발 생각해보세요. 제가 이만큼 배운 것도 이미 말도 안 되는 일이잖아요. 몇 달 전만 해도 수학이 뭔지도 몰랐는데 지금은 시험에서 적어도 두 개 부분을 패스했어요. 그건 발전이라고 인정하셔야 해요. 트랙을 바꿀 수 있도록 한 번만 더 기회를 주세요. 그때까지 프레이어와 저를 여기 머물 수 있게 해주세요."

휴가 얼굴을 찌푸리며 화면들을 쳐다봤다가 다시 나를 보았다.

"진짜 리틀 푸어들의 이야기는 이거예요." 그에게 말했다. "그들이 결과를 가져다드릴 수는 있지만 그들에겐 한 번 이상의 기회가 필요하죠. 단 하나의 문만 열려 있다면 그 누구도 성공할 수 없어요. 아저씨도 한 개가 아니라 몇 개의 문이 열려 있는 경험을 하셨잖아요. 제발 저에게 단 하나의 문만 더 열어주세요."

그는 또다시 화면을 흘긋 보더니 "미안, 처리할 일이 있어서."라고 중얼거리고는 패드를 두드렸고 난 비굴해졌다.

"딱 하나의 문만요." 난 껵껵거렸다.

"생각해보마." 그는 거짓말을 했다.

하지만 아직 하나의 희망이 남아 있었다. 그 애가 오길 기다리며 일광욕실을 서성였다.

"워너, 우리 괜찮은 거니? 워너, 어떻게 되는 거야?" 프레이어가 조바심을 냈다.

"나도 몰라, 모른다고." 난 미친 듯이 손을 휘저으며 소리쳤다.

"미안해. 불안해서 죽겠어." 프레이어도 소리쳤다.

"저기, 가서 공부나 해. 모두에게 프레이어가 얼마나 공부에 미쳐 있는지 상기시키라고." 내가 말하자, 프레이어가 날 한 번 세게 껴안고는 가버렸다.

창문을 통해 난 프레이어가 거실에 다들 보란 듯이 비디오 카펫을 펼치는 모습을 지켜보았다. '휴 아저씨 솔직히 말해요. 이게 진짜 잠재력이 낮은 건가요? 한 요령 있는 사업트랙 여학생이 복잡한 그래

프들을 마치 피아노 치듯 다루고 있잖아요.'

키티가 하늘이 분홍빛으로 물들일 때쯤 집에 돌아왔고 난 손을 흔들었다.

키티가 침울한 눈으로 쳐다봤고 도톰한 입술을 찡그렸다. 긴장된 한쪽 손을 땋아 올린 머리카락 속에 숨겼다.

"소식 들었어. 워너, 정말 유감이야." 키티가 유감보다는 상처를 받은 듯 보였다.

"내가 시험에 떨어져서 네가 실망한 거 알아." 키티에게 말했다. "난 그냥, 왠지 아무런 느낌도 안 느껴진다고 말해주고 싶어. 솔직히 말하면 되레 희망이 느껴진달까? 나름 완전 자신 있으니까. 네가 항상 원했던 것처럼 말이야."

"아, 그렇구나. 다행이야." 키티가 머뭇거렸다. "그게 좋은 태도지, 정말로."

"정말 좋지? 네가 가르쳐줬잖아. 넌 내게 나에 대한 믿음이라는 선물을 줬다고. 게다가 아직 이렇게 살아있을 수 있는 선물까지도, 네가 날 구원했을 때를 기억하니?" 난 키티의 기억을 소환시켰다.

"응, 당연히 기억하지. 그래, 좋아. 네가 포기하지 않았다니 나도 기뻐." 키티가 시인했다.

그러더니 키티가 좀 커진 목소리로 말했다. "있잖아, 뭘 좀 물어봐도 될까? 너 오늘 닭살 동영상들을 엄청 많이 받았던데. 그게 다 뭐야?"

"닭살 동영상?" 난 키티의 말을 반복했다.

"우리 가족의 데이터를 내가 관리하거든." 키티가 설명했다. "오늘, 네 전화기가 데이터를 왕창 잡아먹었고, 누군가 너한테 핑크빛 닭살 동영상들을 수만 개 보냈다는 걸 자동으로 알게 됐어."

* * *

키티가 그 말밖에 하지 않았지만, 그 애의 눈 속에서 모든 진실을 볼 수 있었다.

그 진실은 키티가 워너를 사랑하는 게 아니었다.

그 진실은 그저, 워너가 키티의 통제에서 벗어나 다른 누군가의 주문에 걸리면, 키티가 더는 워너를 곁에 두지 않는다는 거였다.

프레이어만으로도 이미 과했다. 프레이어에 대한 내 애증부터가 키티가 '워너 돕기 프로그램'에 이전보다 흥미를 덜 느끼게 하는 요소였다.

그 진실은 단순했다. 워너가 다른 여자애를 사랑하게 되면 이 집에서 살 수 없다는 것. '워너, 무슨 일이 있어도 해낸다고 했지? 지금이 바로 그때야.'

그래서 그 순간, 난 그레이스를 사랑하기를 멈췄다.

어떻게 그게 가능하냐고? 쉽지. 그냥 슬퍼하는 가슴에 말하면 돼. 한 여자애한테만 집중하라고! 다른 애는 잊으라고! 눈에 보이는 신에게만 집중하고, 품에 안을 수 없는 미들 여자애는 버리라고.

그 귀여운 거인 음악제작자, 친절한 지배자 여왕, 오래전 내가 어렸을 때 함께 꿈을 꿨던 그 여자애 외에 다른 모든 사람은 삭제해.

"아, 그 엄청 짜증 나는 여자애." 난 키티에게 마치 그제야 생각난 듯 말했다. "날 짝사랑하는지, 뭔지 모르지만, 난 절대 걔 안 좋아해."

키티가 눈을 끔뻑이더니 표정이 밝아졌다.

"크크, 진짜야?" 키티가 물었다.

"맙소사, 완전 이제 나 좀 가만히 놔둘래, 정신병자야. 이 수준이라니까." 난 앓는 소리를 했다.

"그럼 번호를 차단해버리면 되잖아." 키티가 조언했다.

그러더니 눈을 깜빡이며 미소 띤 얼굴로 자기 말대로 하길 기다렸다.

내가 꿈꿨던 그레이스와의 미들 인생이여, 안녕! 셰이키 버즈에서의 데이트여, 안녕!

나에게 남은 건 단 하나의 사랑뿐이었고 그건 더는 달콤한 건 아니었다. 짭짤하다고 해야 하나? 다른 사랑을 죽인 피 맛. 진정한 사랑의 맛이 바로 이런 걸까?

너무 큰 희생이 아니었냐고? 난 잘 알지 못하겠다. 어쩌면 그게 제일 슬픈 일일지도.

난 그레이스의 이름 위에 엑스 표시를 했다. '전화기가 차단할까요?'라고 물었고. 나는 '예스'를 눌렀다.

"어차피 키티라는 애 말고 다른 여자애랑 낭비할 시간도 없어." 난 쾌활하고, 재미있고, 기분 좋은 척하며 집적거렸다.

그건 그냥 시늉만 한 거지. 진짜 집적거린 건 아니었다. 우리 사이에는 그런 시늉만 있을 뿐이었다.

"여자 만날 시간이 어디 있어? 요 능구렁이야. 수학이 네 여자 친구지."

키티가 눈을 반짝였다. 집적거리는 척하기는 그 애가 가장 선호하는 거였다.

"미안하지만, 사실이 그래. 넌 내 목숨을 구해줬잖아. 그러니까 난 네 거야." 내가 말했다.

"그래, 좋아." 키티가 웃었다. "넌 내 거야."

그리고 난 그 애의 거인 손가락들이 부드럽게 내 머리카락을 만지는 걸 느꼈다.

5.

마크 파이브

삶과죽음의 세계

워너 프레이어 팀은 죽다 살았다. 적어도 몇 달 동안은. 키티가 휴한테 우릴 계속 있게 해달라고 간청하자, 휴가 "그래 좋아."라고 승낙했다. 토니는 "에이, 그럼 내가 쓰레기 밑에서 찾은 고아들은 어떡해요. 이번에는 내가 푸어들을 구해줄 차례라고 생각했는데."라고 말했으며, 그러자 다들 토니에게 가만히 있으라고 했다.

수학 트랙으로 바꾸는 다음 시험은 12주 후로 예정되어 있었다.

휴 가족 모두가 희망을 품고 지원해주었다. 우리 둘은 마치 우릴 다시 예전 쥐새끼 인생으로 돌려보내겠다고 위협하는 사람이 없는 것처럼 활기차게 행동했다.

휴 재선 유권자파티와 집회 쇼가 열릴 때마다 난 '워너, 그 굉장한 성공담'으로 끊임없이 회자되었다. "이 영리한 어린 투쟁가를 좀 보십시오. 몇 달 전만 해도 이 아이는 까막눈인 데다 누이를 보호하려 했다는 죄로 소년원에서 썩고 있었지만, 이제는 수학 천재가 되기 위해 공부하고 있습니다. 제가 재선한다면 계속해서 푸어들이 받아 마땅한 기회가 제공되도록 싸우겠습니다. 미친 듯이 일할 기회는 누구에게나 돌아가야 합니다."

주차장에서 그레이스와 마주친 난 "미안, 더는 너랑 어울릴 수 없어. 다른 애를 만나게 됐거든."이라고 중얼거렸고, 그 애의 눈빛이 처연하고 차갑게 냉동되는 걸 보았다.

그날 에인절이 나를 따라와 차분하게 일러주었다. 내가 정신 나간 범죄자라고. 다시 감옥으로 돌아가야 할 거라고. "저런 안 됐네. 어차피 네 손해야. 그리고 이제부터는 우리 중 아무도 다시는 네 생각을 하지 않을 거야."

그 말이 사실이었을까? 시간은 지났고 가끔 주차장에 갈 때면 나 없이 지내는 그레이스를 발견하고는 머뭇머뭇 쳐다봤다. 친구들과 깔깔대고, 만화책을 읽고, 프랭크와 둘이 머리를 맞대고 그의 전화기를 보고 있었다. 어쩌면 그레이스는 새롭게 복잡한 관계를 시작한 건지도 모른다.

하지만 끝나버린 사랑에 눈물지을 시간은 없었다. '워너. 이제 네 삶의 왕은 바로 수학이야.'

더 정확하게 말하면 마크파이브인 듯.

이제 날 가르치는 게 학교과제의 전부였다. 그의 과제는 '열다섯 살에 산술능력을 깨우칠 수 있는가?'였다. 미들 리치 학교에서는 학생들이 끊임없이 과제와 모험을 하도록 자극하는 모양이었다. 작년에 마크파이브는 개와 로봇을 대상으로 한 튜링 테스트라는 지나치게 야심 찬 과제를 했다. '개는 로봇이 개인 걸 믿을까?' '그럼 로봇은 개가 로봇인 걸 믿을까?'

"정말 멍청한 아이디어지. 그걸 생각해냈을 때 약을 너무 한 상태였어." 마크파이브는 애석해했다. "하지만 선생은 훌륭해. 한번 해봐. 덕분에 튜링 테스트가 보편화할 거야. 라고 했어." 그는 형편없는 점수를 받았다. 그 개도, 로봇도 서로를 속이지 못했던 거다. 일단 로봇이나 개들이 믿는지를 알 방법부터가 없지 않나?

하지만 조바심내지 마. 이번 과제는 훨씬 나을 테니까. 워너, 네가 더 빨리 배우고 싶어 안달 난 걸 알아. 이 약쟁이 마크파이브가 널 위한 비밀 무기를 하나 입수해 들고 왔지. 그게 뭔지는 상상도 못 할걸? 아, 잠깐, 생각해보면 아주 쉽게 맞힐 수 있어. 비밀 무기는 바로 이 약들이지.

"난 이제 매일 공부 약에 의지해. 솔직히 그거 없이는 기능을 못 한다니까." 그는 자인했다.

"얼마나 많이 먹어야 하는데." 거인 공부 알약을 받아든 채 물었다.

"이 정도 먹어보자." 그는 대충 한 조각을 긁어냈다.

난 그 조각을 먹었고. 마크파이브는 남은 알약을 꿀꺽 삼켰다. 효과는 꽤 빨랐다. 우당탕퉁탕. 자 수학 시간이다.

'수학, 수학, 수학. 이 아늑한 문제들 속에 파묻혀보자. 맛있는 수학은 먹어도, 먹어도 또 먹고 싶지. 다들 수학 영역에서 열리는 파티에 온 걸 환영해. 젠장! 저녁 시간이네. 점심도 못 먹었는데.'

다음 날 우리는 또 그렇게 했다. 그다음 날도, 그다음 날도, 삶은 수학과 사실들로 뿌옇게 번져갔다.

공부 약의 좋은 점은 수학을 빨리 배울 수 있다는 거다. 내 두뇌 용량은 스케일 업되었고 그 안은 더는 미들 푸어 전당포와 같이 시끄럽고 어수선하지 않았다. 그 대신 마치 슬라이딩 선반과 서랍들을 갖춘 은행처럼 매끈하고 널찍한 방이 되었다. 마크파이브가 새로운 걸 보여주기가 무섭게 난 빈 선반을 찾아 그걸 집어넣고, 분류하고, 정리해서, 나중에 찾아보기 쉽게 만들었다.

공부 약의 나쁜 점은 온몸이 계속 긴장 상태로 유지되어야 한다는 거다. 깜빡이는 걸 잊은 눈은 말라버렸고, 손가락들은 따로 놀았으며, 엄청난 땀과 몇 번의 구토도 있었다. 입안 건조, 머리 가려움, 멈출 수 없는 흥얼거림과 으르렁대기.

"형, 공부 약 때문에 내 몸이 이상해지는 거 같아 좀 걱정돼." 일주일 뒤 마크파이브에게 호소했다.

"크크, 응. 나도 네가 움찔대는 거 봤어." 그가 말했다. "강도를 약하게 하면 돼. 나 같은 경우에는 가짜 대마초가 효과가 있던데, 좀 줘볼까?"

결국, 그 수업 마지막에 마크파이브는 가짜 대마초, 그러니까 썩어가는 금색 스컹크 시럽을 전자담배로 피웠다. 나도 몸의 긴장이 풀릴 때까지 그 수증기를 들이마셨다.

가짜 대마초의 좋은 점은 정말 내 몸이 힘주기를 멈췄다는 거다. 목은 흥얼거림과 으르렁대기를 멈추고, 피부도 가렵거나 땀이 나지 않았다. 사실 피부에 느껴지는 느낌 자체가 없었다.

가짜 대마초의 나쁜 점은 내 머릿속에 완전히 새로운 인격이 하나 들어왔다는 거다. 모든 걸 두려워하고 끊임없이 재앙들을 떠올리는 한 남자가.

전형적인 가짜 대마초 모험증상은 이렇다. 1단계, 브랜드가 레슬링 동영상을 보여주겠다고 하면 대마초로 인한 공포가 날 사로잡는다. 보기가 두렵다. 이유는 모른다. 잠깐, 사실 뻔한 거 아닌가. 약 때문에 뭐든 두려운 거다. 하지만 가짜 대마초 때문에 두려움이 생겼다는 말을 브랜드한테 하는 게 더 두렵다. 또 내가 말을 하면 브랜드가 겁에 질린 내 목소리를 들을까 봐 말하기가 두려워서 그냥 고개만 끄덕인다.

결국, 우린 본다. 또 크램 잼이냐고. 아니, 이번에는 '18차 레슬링 세계대전'인데, 각 선수가 한 국가가 되어 얼굴에 칠을 하고 정교하게 만든 모욕적인 의상을 입었다. 가짜 언어로 소리를 지르고 발을 구르며 다른 영토를 침범하는 것이다. 목표는 상대를 연못 바다에 던져 넣음으로써 그 상대의 나라를 손에 넣는 것인데, 선수들 대부분은 수영하지 못한다.

브랜드와 나는 프랑스가 이집트에 달려드는 걸 지켜본다. 프랑스는 이집트의 머리에 아코디언을 두르더니 기다란 빵 방망이로 머리를 때리고, 이집트는 절친인 이란에 도와달라고 외치지만 이란은 사이코처럼 히죽히죽 웃는다. 오, 이런! 알고 보니 이란은 프랑스와 비밀 동맹을 맺고 있었고 프랑스와 이란은 한 팀이 되어 이집트를 둘러싸더니 연못 속으로 던져버린다.

이걸 보자마자 난 구체적인 정신 나간 두려움에 사로잡힌다. "오, 안 돼! 브랜드는 나한테 무슨 말을 하려고 이걸 보여주는 거야. 말로 하기에 너무 끔찍한 메시지라 대신 이 동영상을 보여주는 걸까? 그 메시지는 이런 걸 거야. "넌 이집트고 난 이란이야. 넌 내가 네 친구라고 생각하지만 사실 난 네 적인 프랑스와 친구 사이지. 우린 곧 네 목을 조르고 널 물에 빠뜨릴 거야."

그런 생각을 해줘서 고맙다. 바보 천치 돌대가리야, 그럼 난 다음 단계로 고개를 움직이지 않은 채 눈만 돌려 브랜드를 쳐다본다. 그의 눈이 내가 아닌 동영상에 가 있는지 확인하는 거다. 그러고는 겁에 질린 나머지 천천히 기어서 도망치기 시작한다. 부디 브랜드가 눈치채지 못하기를 바라며. 다행히 그 애는 아무것도 모른다. 그저 그 악한 동영상을 쳐다보며 킥킥대고 있을 뿐. 내가 동물처럼 바닥 위에 쪼그려 앉아 있다는 건 절대 모를 거다. 도망치는 것만이 살길이다.

그때 느긋하게 걸어온 트레이가 말한다. "워너, 너 바닥 위에서 박박 기어 다니면서 왜 미친놈처럼 브랜드를 째려보고 있냐?" 잔뜩 겁을 먹은 난 전속력으로 학교를 벗어나 문 월드로 가서 세 시간 동안 인조나무들 속에 숨어 있었다.

그건 꽤 전형적인 가짜 대마초의 증상이었다.

마침내 어느 날 아침 난 마크파이브에게 속삭였다. "형, 이 가짜 대마초가 나를 겁에 질린 멍청이로 바꿔 놓는 것 같아서 좀 걱정돼."

"크크, 골치 아프겠네! 충분히 이해가 가." 마크파이브는 말했다. "불안 약을 먹으면 될 것도 같은데. 나도 불안증 때문에 하루에 두 알씩 처방받거든. 하지만 자연스러운 거야. 그러니까 가짜 대마초나 뭐 그런 거 때문이 아니라고. 가짜 대마초는 나한테는 그런 증상을 주지 않아. 난 내 몸에 별의별 실험들을 다 해봤다고."

그러더니 그는 알약 통 뚜껑을 열었고. 난 가루를 조금 집어 음료에 섞었다.

불안 약의 좋은 점은 더는 겁에 질리지 않는다는 거다. 가슴이 헐 떡대던 게 멈췄고, 세상은 더는 날 죽이려는 사람들로 복작이지 않았다. 오히려 난 모두가 주야장천 떠벌리는 말들을 듣기를 좋아하고, 또 내가 주기적으로 추게 된 춤 라인에 감탄한다고 확신했다.

나쁜 점은 공부 약, 가짜 대마초, 불안 약이라는 조합이 날 조금은 마크파이브처럼 만들어놓았다는 거다.

그 말이 무슨 뜻이냐 하면? 내가 좀 지나치게 자신감 넘치고, 좀 지나치게 생각 없이 지껄인다는 거다. 사람들이 내 생각들 전부를 듣고 싶어 한다고 믿었는지, 어떤 말을 해야겠다는 계산도 없이 그냥 속에 있는 말을 죄다 떠벌린 거다. 하지만 내 생각들은 점점 더 지루한 나에 대한 관찰의 표현에 불과했다. 예를 들자면 이렇다. "어이 모두, 난 방금 오른쪽 위 세 번째 이빨 틈에 음식이 제일 잘 낀다는 걸 깨달았어. 그 틈에는 항상 무슨 물컹한 작은 덩어리 같은 게 끼어 있지. 정말 특이하고 흥미롭지 않니? 자, 다 같이 내 이빨 틈에 낀 음식에 관해 생각해보자."

아니면. "어이, 제군들, 난 이제 머릿속에서 기본 도형들을 아주 빠르게 회전시킬 수 있어. 이렇게 너희한테 말을 하면서도 할 수 있지. 어떻게 하는지 좀 봐봐. 물론 보이진 않겠지만 진짜 굉장하다니까. 아무튼, 내가 계속 알려줄게."

또 난 나 자신이 딱딱한 로봇인 양 기분을 덜 느끼게 되었고, 투입, 성과, 약 그리고 과제에는 더 큰 관심을 두게 되었다.

하지만 그건 발전이라고 할 수 있을 거다. 어쨌든, 예전의 워너처럼 되고 싶어 하는 사람은 없지 않나? 자기 능력을 기르는 게 두려워 불안에 떨며 남의 눈치나 보던 루저를 그 누가 그리워하기나 할까? 그런 애는 잊어라. 난 내가 그런 애였다는 것조차 기억나지 않는다. 천만다행이게도 그 애는 더는 내 삶을 쥐락펴락하지 못한다.

드림월드

밤이면 꿈을 더 거칠게 꾸었지만 통제는 전보다 더 안 됐다. 보나마나 약 때문이다.

더는 내가 스스로 어떤 꿈을 꿀지 결정하고 꿈을 선택하는 게 아니라, 꿈이 마치 침입자처럼 내 머릿속에 그냥 나타났다. 주로 하늘에서부터 나타나는 그 꿈은 규모가 어마어마했다.

만약 내가 로시 인디카를 크램 잼의 배수구 구멍이라고 생각하면, 내가 통제할 수도 없이 자동으로 그렇게 되어버렸다. 20배 스케일 킹콩들과 고질라들이 머리 위 거리에서 왈츠를 추며 서로를 배수구 안으로 때려 넣었다.

옆으로 재주넘기를 하는 비행선과 우주선들의 정신없는 하늘 퍼레이드, 한 방향 부메랑처럼 부서지고 덩어리지며 땅으로 떨어진다. 이런, 내 머릿속에 들어왔던 이것들이 이제는 당신 머릿속에도 들어간다.

만약 내가 소행성들 무리가 지평선 아래에서부터 서서히 돌격해 오는 생각을 하면, 조심해. 그것들이 와, 바다에서의 해돋이, 전쟁이라도 난 듯 발을 쿵쿵 구르는 소리, 회전하는 돌 구슬이 무섭게 쏟아져 내려 우리를 불로 감싼다.

만약 내가 공기 없는 어둠이 지구상의 생명 모두를 멸종시킨다고 생각하면, 잘 가! 지구상의 생명아! 내 잘못인 건 알지만 제발 믿어줘. 나도 너희만큼이나 상심한다고. 아, 그래도 내일은 내일의 태양이 뜰 거야.

삶과 죽음의 세계

그리고 다음 날이면 매력적인 약쟁이, 수다쟁이이자 잘생긴 마크 파이브의 멋진 근육질 전과자 친구가 되었다. 수학은 계속 내 뇌 선 반 위에 머물러 있었고, 곧 나는 정말 뭐든지 할 수 있을 거라는 믿음 을 갖게 되었다.

하지만 진짜 그렇게 보이려면 스타일이란 게 있어야 했다.

나에게 맞는 브랜드는 뻔했다. 문 월드의 화려한 하이엔드 하프 스케일 패션 코너에 줄줄이 걸려있는 것들. 그것들은 심지어 마크파 이브의 스타일리시한 옷들과도 비슷했다.

더는 못 참았다. 이제 신선해져야 할 때였다. 2주간 마크파이브 의 약 프로그램을 경험하고 난 나는 듣는 사람도 없는데 크게 외쳤 다. "더는 못 참아. 이제 신선해질 때야." 그러고는 기분 좋게 하이엔 드 하프 스케일로 거들먹거리며 들어가 직원인 진에게 말했다. "그 거 알아요. 오늘 당신 운 좋은 날이에요. 나한테 프레시 벗 칠 회원권을 팔게 될 테니까요."

진은 엄청나게 기뻐했다. 난 노래가 서너 곡 정도 흐를 동안 멋들
어진 춤동작을 보여주었고, 우리는 눈물이 찔끔 나도록 웃다가 미친
듯이 쇼핑을 했으며 문 월드를 걸어 나왔을 때 내 모습은 마치 신선
한 기적 같았다. '문 월드는 주차장 건너편에 서서 내가 진정한 나를
발견하기를 오래도록 기다리고 있었던 거야. 이제 난 진짜 최고로 진
정한 워너가 됐어. 신선하지만 쿨하기도 하지.'

내가 사라진 문문에 대해, 내 목의 뱀파이어 호스에 대해 생각했
냐고? 물론 했다. 반항적인 생각을. '이봐. 당장은 문플로우 계좌에
문문이 좀 있으니까. 가입비가 용돈을 넘어서기까지 몇 주가 남아 있
어. 그사이에 무슨 일이 벌어질지 누가 알겠어?'

'뭐, 난 짠돌이 겁쟁이 루저처럼, 문문을 절대로 쓰면 안 된다는 건
가? 그렇게는 못 하지.'

'그리고 어이, 곧 난 평생 달콤한 수입이 보장되는 수학 트랙으로
옮기게 될 거라고. 장래가 너무도 밝아서 눈이 부실 정도라고나 할
까?'

더는 주차장에 많은 시간을 할애하지 않았다. 쉬는 시간 전부를
수학에 바쳤고, 또 주차장은 내게 정신없는 장소가 되어버렸기 때문
이다. 갑자기 데이브들이 날 따라다니며 외쳐댔다. "칙칙폭폭, 제가
구해드리지요. 공주님, 크크크크."

트레이와 브랜드까지 날 어색하게 대해서 결국 난 물어볼 수밖에 없었다. "얘들아, 뭔 일이 있니?"

"데이브, 미안, 근데 다들 이 동영상을 돌려보더라고. 이거 진짜 너냐?" 브랜드가 재생을 누르며 물었다.

먼저 제목이 떴다. '리틀 기차 풍자극', 구식 글씨체, 갈색 배경에 서부영화처럼 깜빡이고 쿵쾅대는 피아노 소리가 점차 잦아들었다.

동영상에는 쥐 몇 마리가 화차 안에 앉아 트럼프에 관심을 보이고 있었다.

잠시 후, 카메라가 그 쥐들과 함께 앉아 있는 누군가에게로 향했다. '자, 천천히 저쪽으로 눈을 돌려볼까? 아니 이건 싸구려 기모노를 입은 채 실룩이며 땀을 흘리고 있는 리틀 어셔 아니야?'

가짜 리틀 기차에 탄 사람이 또 누가 있을까? 음, 리틀 프레이어는 어때? 객차 안에 짓눌려 있는 것 좀 봐. 입고 있는 공주 드레스는 어딘가에 끼었는데도 바람에 펄럭이네.

"주웅위님. 이 기차들은 해마다 점점 작아지는 거 같아요." 프레이어가 자신도 들어보지 못한 억양으로 이상하게 지껄였다.

그리고 다음은 누굴까? 딩동댕! 맞았어. 유리창으로 얼굴이 툭 튀어나와 있는 리틀 군인 워너.

"어떤 비열한 야만인이 기차들을 줄여놓은 게 틀림없습니다. 공주님." 리틀 군인이 높고 가느다란 목소리로 외쳤다.

그러는 사이 주차장에서는 한 무리의 애들이 야유하고, 서로 밀치며 우리 주위로 모여들었다. "젠장, 쟤가 보고 있어, 쟤가 보고 있어. 크크크, 데이브, 저거 진짜 너냐?"

"응, 맞아." 내가 시인하자 다들 단체로 놀라자빠졌다. 난 아무런 감정도 얼굴에 드러내지 않은 채 한가운데에 가만히 서 있었다.

누군가가 프랭크를 내게로 밀쳤다. 보아하니 동영상을 처음 찾은 게 그 작자 놈인 모양이었다. 프랭크는 내 눈을 쳐다보지 못하고 겁에 질려 배시시 헛웃음을 지었다.

"저기," 그놈이 횡설수설하기 시작했다. "어느 밤에, 어쩌다 보니 찾게 된 거야. 좀 특이한 코미디 동영상 공유 사이트에서 말이야. 난 대체코미디랑 완전 비주류 동영상들 같은 데 빠져 있거든. 아무튼, 어쩌다 이게 걸려들었지. 그리고 음, 너 같다고 생각했지만, 이게 퍼진 건 내 잘못이 아니야. 내가 이걸 만든 것도 아니잖아. 사실 네가 나한테 화낼 이유는 없다고."

'프랭크, 이 멍청이야! 당연히 너한테 화낼 이유가 수천 가지나 있지. 우리를 둘러싼 놈들 전부가 내가 싸워서 널 죽여 버리기를 바라는 거 같은데.'

프랭크는 나보다 약간 키가 컸지만, 난 평생 주먹 싸움으로 몸을 다진 질기고 독한 싸움꾼인 데다, 그놈은 손목만 봐도 꼭 닭 모가지처럼 엄청 가늘어 쉽게 꺾일 듯했다.

난 이트 보텍 입구를 흘긋대다가 그레이스가 우릴 쳐다보고 있는 걸 보았다. 그 애는 이 상황에 상당히 기겁한 듯 보였다.

"잘했다, 범생아." 난 이 말만 하고는 프랭크의 볼을 꼬집고 걸어가 버렸고, 싸우길 기대했던 아이들은 실망한 듯 탄식했다.

집으로 돌아오는 버스에서 난 프레이어한테 동영상을 보여주었고, 프레이어가 비록 얼굴은 새하얗게 질렸지만, 처음부터 끝까지 눈도 깜빡하지 않고 그걸 보았다.

"아, 웬 소름 끼치는 광대 쇼람." 프레이어가 몸을 떨었다. "그래, 실컷 보라고 해. 누구라도 이 동영상을 가지고 놀리려 든다면 날 더 초인적으로 되도록 자극할 뿐이야. 이건 우리가 남긴 인생의 유물이라고. 사실 매일 아침 이걸 보면 더 원기 왕성해질 거 같은데."

나도 원기 왕성해지기를 조금은 바랐지만, 거의 아무 느낌도 나지 않는 느낌이었다. '어, 나잖아. 좀 이상하긴 하네. 저 리틀 남자애는 엉망인 일들을 수없이 겪은 게 틀림없어. 정말 안된 일이긴 하지만, 뭐 어째?' 이게 내 솔직한 생각이었다. 끔찍하다고? 나도 안다.

하지만 난 이제 약 먹은 차분하고 논리적인 로봇이었다. 과거가 뭐가 중요해? 바보 같은 푸어 드라마에 소비할 시간이 어디 있어? 이제 수학과 미들 리치들이 내 친구들인데.

난 마크파이브를 좋아했고 그도 날 좋아했다. 그가 날 안 좋아할 이유가 없잖아. 그는 자신이 영리하고 긍정적인 터프가이의 친구이자 마약왕인 걸 자랑스러워했고, 가끔 저녁 식사에 초대받아 눈알을 굴려대는 데이지에게 농담 던지기를 좋아했다. 한 푸어의 인생을 실제로 변화시켜준 데 대해 휴로부터 감사와 칭찬을 듣는 것도 좋아했다. 심지어 그는 자기 배낭에 직접 다리 구멍과 자리를 만들었고, 난 거기에 앉아 그가 날 데려가길 원하는 곳이라면 어디든 함께 갈 수 있었다. 예를 들면 그의 2배 스케일 친구들과 숲으로 마약 산책을 하러 갈 때처럼.

"워너는 리틀 푸어였어. 쥐 크기 정도였지. 게다가 이 데이브가 일 년 동안이나 감옥에서 썩었다니까." 마크파이브는 친구들에게 이 말부터 했고 그러면 친구들은 엄청 재미있어했다.

"워너, 이 자식이 널 데이브라고 불러도 괜찮냐? 아니면 우리가 이 자식을 패줄까?" 마크파이브의 친구가 말했다.

"그럼, 감옥에 있을 때 화장실에서 맥주 만들어 봤냐? 대체 그건 어떻게 하는 거야? 그리고 그렇게 작았을 때 면도날을 가지고 다른 사람 목구멍으로 뛰어들어 배 속을 다 갈라놓을 수도 있다는 생각은 해봤냐? 난 리틀 푸어가 돌아다니는 걸 볼 때마다 나한테 그런 일이 있을 수도 있겠다는 걱정을 멈출 수가 없거든. 사실 너 그 일 때문에 감옥에 갔던 거 아냐?" 다른 마크파이브의 친구가 물었다.

"리틀 푸어였을 때가 그립진 않냐? 모든 게 너보다 훨씬 크면 진짜 멋지고 뿅 갈 거 같은데. 게다가 숨도 못 쉰다며. 난 가끔 리틀이 되어서 빌어먹을 끔찍한 이 고통에서 완전히 해방되고 싶어. 그러면 적어도 지금처럼 내면이 죽어있는 게 아니라 진짜 감정들을 느낄 수 있잖아. 사는 게 다 무슨 의미냐? 하하하, 거만하게 한마디 하자면 말이야." 마크파이브의 한 친구는 꿈을 꾸듯 지껄였다.

"마크파이브, 뉴스에서 너희 아빠가 코끼리들을 통째로 굽는 거 봤다. 네 번 만에 다 먹어치우더라. 너희 아빠 진짜 말도 안 되게 커." 다른 마크파이브의 친구가 말했다.

"사실 아빠 인생은 엉망이야. 그렇게 거대한 건 정말 끔찍해." 마크파이브가 어깨를 으쓱했다.

대개 난 미들 리치들과 이들이 이 약에 취해 대는 횡설수설이나 '내가 감정을 느끼나?' '내가 지금 널 속이고 있게, 아니게?' '누가 제일 신경을 덜 쓰나?' 같은 그들의 대화 게임들을 잘은 이해할 수 없었다.

하지만 내게 가르침을 주는 대화도 있었는데, 예를 들면 엘름이라는 조용하고 변증론적인 사색가와의 대화가 그랬다.

"내가 생각해봤는데, 정치가의 집에서 사는 건 분명 불편한 일일 거야." 그는 나에게 말했다.

"물론 불편하긴 해요. 가끔은 몹시 어려운데 대부분은 또 쉬워. 편안하고 꽤 좋아. 하지만 그래. 어렵긴 어렵지. 다른 방식으로 어렵기도 쉽기도 하다고 할까. 근데 정확히 하고 싶은 말이 뭔지 물어봐도 될까?" 난 약에 완전히 취해서 재잘댔다.

"정치가들을 비롯한 정부는 리틀 푸어들을 완전히 막 대하니까 말이야." 그가 말했다. "민문만 생각해봐도 정말 그렇잖아. 좀 미친 거 같아."

"리틀들이 그런 취급을 받는 건 백번 동의해. 하지만 뭘 어쩌겠어? 사는 건 원래 힘들고 잔인한 일인데. 근데 방금 민문이라고 했어? 민하고 문, 그거 이상한 조어네, 아니면 형은 다른 말을 했는데 형 입에서 내 귀로 오는 사이에 말이 바뀌어버린 건가? 휴, 그게 가능하기나 한 소리야." 난 횡설수설했다.

"아니, 아니. 제대로 들었어. 민문." 그가 말했다. "스케일 계좌에 가질 수 있는 미니멈 문문 말이야."

"미니멈 문문은 제로지. 네 경험도 예외는 아닐 것 같은데." 난 말했다.

"아하, 근데 사실 그건 틀렸어." 그가 말했다. "민문에 대해 가르쳐줄까?"

"좋지, 좋아, 내 생각에 형은 날 가르치는 걸 좋아하는 거 같아." 난 말했다.

"좋아." 엘름은 말했다. "스케일 계좌에 문문이 없다면, 네 크기는 얼마나 될까?"

"10분의 1." 난 말했다.

"그래." 엘름이 말했다. "하지만 10분의 1 스케일은 5백 문문에 해당해. 그렇다면 그 5백 문문은 어디서 나는 걸까?"

"난 그저 사람이 10분의 1 스케일보다 작아지는 건 물리적으로 불가능하다고 생각하는데." 난 말했다.

"하지만 물리적으로 불가능하지 않아." 엘름이 말했다. "전적으로 가능하지. 스케일은 스케일 계좌에 든 문문에 비례하니까. 그게 문문법이야. 예외는 없어. 에스는 2 로그 엠 빼기 6."

난 아무 말도 할 수가 없었다.

"그러니까 민문은, 모든 유이스 시민이 스케일 계좌에 5백 문문 이상 갖도록 하는 거야. 차액은 유이스 정부가 넣어주지. 그렇지 않으면 10분의 1 스케일보다 작아지는 사람이 생길 테니까. 정말로 파산해서 완전히 사라지는 사람도 있어. 죽는 거나 마찬가지로. 에스는 0이 되는 거야." 그가 말했다.

"우와!" 나는 놀라서 감탄했다. 비록 그게 진짜 놀라서 감탄이 나온 건지 아니면 그냥 약 때문이었는지 알 수 없었지만.

"유이스 정부가 누구든 10분의 1 스케일보다 작아지지 못하도록 결정했기 때문에, 우리는 그들에게 5백 문문을 지원하는 거야. 그게 바로 민문이지. 그 액수는 언제든 바뀔 수 있어." 엘름이 말했다.

그는 말없이 내가 자기 말의 의미를 음미하도록 지켜보았다.

"정부가 좋은 일을 다 하네." 난 결론 내렸다.

"음, 그래?" 그가 물었다. "내 말은, 왜 5백 문문인지 궁금하지 않아? 왜 10분의 1 스케일로 정했는지?"

드림월드

약에 취해 겁을 상실한 나는 그 문제를 들고 휴에게 갔다. 반짝이
는 사나운 눈과 땀 안 나는 신선한 피부로 망사 재킷과 슬링키 진 덕
분에 유행에 완전히 앞서가는 기분을 느끼며 휴의 사무실로 성큼성
큼 걸어갔다.

"아저씨, 아저씨가 저랑 솔직한 토론을 즐기시는 거 알아요. 또 터
놓고 하는 대화는 민주주의의 기본이죠. 그러니까 제 말은 '민문'에
관해 토론을 좀 하자는 거예요." 그에게 말했다.

하지만 그는 내 말을 귀 기울이거나 쳐다보지 않았고, 의자 위로
펄쩍 뛰어올라 몸을 흔들어대고 나서야 휴의 주의를 끌 수 있었다.

"아, 안녕, 워너! 어떻게 돼가니?" 항상 근엄한 휴가 말했다.

"우선, 아주 잘 돼가요. 제 진전에 관해서는 마크파이브 형한테 자
세히 확인하셔도 돼요. 모든 게 믿을 수 없을 정도로 잘 진행되고 있
어요. 합격은 떼놓은 당상이죠. 사실 전 아저씨께서 제가 리프트 트

랙에 있겠다고 요청했던 일조차 완전히 잊어주셨으면 좋겠어요. 그건 자기 자신은 물론 주위 사람들을 무시하는 루저의 찡찡거림에 불과했으니까요. 저는 이제 그 단계를 완전히 초월했고 최고로 영광스러운 성과를 달성할 날만 손꼽아 기다리고 있어요." 난 말했다.

"음, 그것참, 듣기 좋은 말이구나. 그 귀중한 성과에만 집중하렴." 휴가 만면에 흡족한 미소를 지었다.

"한 가지 제안을 하려고 해요. 아저씨의 연설에 담을 새로운 정책을요. 이건 분명 새로운 전환점이 될 거예요." 내가 자신감 있게 말했다.

"음, 이거 아주 귀가 솔깃해지는데." 그가 말했다.

"이렇게 발표하시는 거예요. 여러분! 이렇게 합시다! 만약 여러분이 저를 로시 인디카 전체의 주지사로 뽑아주시면, 전 이렇게 하겠습니다." 난 휴가 다음에 무슨 말이 나올지 기대하기를 바랐기에 잠시 말을 멈췄다.

"무슨 말을 하려고 했는지 잊었니?" 휴가 내 의도를 찔렀다.

"아뇨." 난 말했다.

"그냥 잠깐 말이 없었던 거구나." 휴가 어이가 없다는 듯 말했다.

"아저씨는 민문을 올리겠다고 발표하시는 거예요." 의기양양하게 말했다.

휴가 입술을 입 안으로 말아 넣으며 골치 아프다는 듯 고개를 끄덕였다. "아, 그거."

"5백이던 민문을, 그냥 5천으로 올리겠다고 하세요. 또 아무도, 다시는 5분의 1 스케일보다 작지 않게 될 거라고요! 더는 고양이의 공격도, 매의 공격도 없고. 아무도 배수구에 빠지지 않고, 또 모두가 병원을 이용할 수 있게 될 거라고요. 로시 인디카가 얼마나 멋지고 너그러운 곳인지? 무엇보다도 그곳의 왕, 휴. 바로 아저씨가요."

휴가 얼굴을 찡그리더니. '*잠깐만, 받아야 할 전화라서.*'라는 듯 손가락을 들어 보이고는 귀를 두드리며 카메라로 얼굴을 돌렸다.

"바이올렌, 전화 줘서 고마워." 그는 환하게 웃었다. "대통령한테 직접 모욕을 당하다니, 한편으로는 영광이야. 그 소위 엉덩이암이 내 권력과 위신을 떨어뜨린다며 걱정해주는 것도 아주 감사할 일이고 말이야. 그럼 내가 이걸 더는 못한다는 건데." 그러더니 그는 철봉을 붙잡고는 큰 소리로 개수를 세며 턱걸이 열 번을 재빠르게 했다.

"자, 이제 자네는 궁금해지겠지. 그러면 진짜 엉덩이암인 사람은 대통령이 아닐까 하고." 휴가 말했다. "하지만 난 더는 말하고 싶지도 않네. 그냥 당면 과제들에 집중하는 게 어때? 전화 줘서 고맙네."

그는 다시 귀를 두드리고는 의자에 털썩 앉았다, 상기된 얼굴로.

"미안, 워너. 그래, 이제 네 제안에 관해 생각을 좀 해보자꾸나." 휴가 숨을 가쁘게 쉬었다. "민문이 5천이 되면 결국 정부가 제공해야 하는 문문이 많이 늘어나니까 말이야."

"흠, 근데 그게 정말 그렇게 많은 건가요? 얻는 걸 따져보면 말이에요. 많은 이들의 삶을 개선하고 구할 수 있잖아요. 그건 무엇보다도 가치 있는 일 아닌가요." 난 물었다.

"자, 비용을 따져보자." 그가 말했다. "로시 인디카의 인구는 1천 5백만이야. 1천2백만이 미들 스케일 이하고 아마 5백만 정도가 5분의 1 스케일 이하일 거야. 넉넉잡아 말해보면, 평균적으로 이들 5백만 명 각자가 스케일 계좌에 5천 민문씩을 가지려면 2천씩 필요해. 아마 3천에 가깝겠지만. 낮게 잡아서 2천이라고 해보자. 그것만도 1백억 문문이야. 너는 잘 모르겠지만, 정부가 그만한 돈을 쓸 수는 없단다."

"그렇죠." 난 말했다. "그렇죠, 네."

휴가 내게도 익숙한 특유의 슬픈 미소를 또다시 지어 보였다.

"하지만." 난 말했다. "100억을 모을 방법이 있어요. 로시 인디카에 미들 스케일 이상인 사람이 3백만 명이잖아요. 그들에게 4천씩만 달라고 하면 어때요? 물론 아무것도 아닌 액수는 아니지만, 약간의 세금인상이 필요하겠죠. 어쨌든 그 사람들 스케일 계좌의 1퍼센트도 안 되잖아요. 아저씨는 이런 표어를 내 거세요. '1인치만 줄이면, 한 생명을 살린다.' 구세주가 안 되고 싶은 사이코가 어디 있겠어요?"

"그러게." 휴가 동의했다. "근데 내가 그렇게 하면 어떤 일이 벌어지는지 말해줄까? 만약 내가 오늘 그 계획을 발표하면, 내일 오렌지 당의 적들은 '끝은 어디인가?'라는 제목의 동영상들을 만들 거야. '오늘 휴가 정직한 방법으로 더 큰 스케일을 얻기를 거부하는 리틀들에게 여러분의 키 1인치를 공짜로 주라고 말하고 있습니다.'라고 하면서, 워너, 물론 이건 그들이 그런다는 거지. 내가 그런다는 게 아니야. 그들은 이렇게 말하겠지. '오늘 휴가 민문을 위해 1인치를 요구하고, 내일이면 여러분은 쓰지도 않을 리틀 도로를 만든다며 또 1인치를 요구할 것이다. 모레는 여러분의 자녀는 다니지도 않을 리틀 학교를 짓는다며 3인치가 필요하다고 할 겁니다. 그 요구는 절대 끝나지 않겠죠. 그러니 오렌지 당에 투표하여 여러분의 스케일과 멋진 삶을 지키세요.'"

휴가 대답을 생각해내려 애쓰는 날 쳐다보았다. 그는 이런 체스 게임을 수도 없이 둔 선수였지만 난 '신삥'이었다.

"하지만 빅보다 리틀들이 더 많잖아요." 난 말했다. "그러니까 그 못된 거짓말쟁이 오렌지 당을 이길 만큼 많은 표를 얻을 수 있을 거예요."

"리틀들은 빅들만큼 투표를 잘하지 않는다는 사실을 빼면." 휴가 말했다.

"투표하게 만드세요." 난 말했다.

"우린 고군분투 중이야. 정말로." 휴가 말했다.

"좋아요, 그럼 슈퍼 빅들한테서만 문문을 걷으세요." 난 절망감을 느끼며 말했다. "3배 스케일 이상 되는 사람들 모두가 30센티미터씩만 줄이도록 하세요. 그러면 엄청난 문문이 모일 테고, 또 이미 6미터나 되는 사람들이 그 정도 가지고 신경이나 쓰겠어요?"

"그래, 그게 네 계획이라면, 내가 질문 하나 하마." 휴가 말했다. "밸러스트레이드에 가본 적 있니?"

난 고개를 가로저었다.

"거기 있는 집 중에 땅에 붙어있는 집은 단 한 채도 없단다." 휴가 말했다.

그는 내게 수수께끼를 풀어보라는 듯 잠시 말을 멈췄지만, 난 그게 수수께끼가 아니라 오히려 정신 나간 부자들의 어이없는 실수처럼 보였다. 집들이 마구 떠다닌다니? 그 거대한 뇌 속에 무슨 생각이 들어있는지 누가 알기는 할까?

"솔직히 말하면, 그건 좀 위험하고 멍청하게 들리는데요." 내가 어이없어했다.

"하, 하, 하." 휴가 웃었다. "내가 확신하는데, 그 집들은 세상에서 가장 안전해. 그게 아니라, 거기에는 특별한 이유가 있단다. 밸러스트레이드에 있는 거인의 집들은 언제든지 트럭이나 배에 밀어 실을 수 있지. 자, 왜 그렇다고 생각하니?"

좀도 짐작할 수가 없었다.

"이유는 이거야." 휴가 말했다. "만약 밸러스트레이드시나 로시인디카주가 부자들의 세금을 대폭 인상한다면, 또 솔직히 나 같은 인근 도시 시장이 일자리 창출에 일조하는 리치들에 대한 영원한 사랑을 한 달에 한 번 이상 떠들썩하게 선언하지 않는다면, 빅들은 밸러스트레이드를 떠날 수도 있어. 그들은 원하기만 하면 한밤중에도 떠날 수 있지. 집과 소유물들을 다 싣고, 아침이면 다른 도시로, 다른 주로, 다른 나라로 가고 없단다. 더 낮은 세금과 더 좋은 정치가들을 찾아가는 거야."

휴가 진짜 솔직한 얘기를 가감 없이 털어놓고 있었다. 진짜 휴가 진짜 진실과 진짜 두려움을 내게 토로한 거다. 거기에는 그 어떤 장난도, 어떤 배려도 없었다. 난 할 말을 잃었다.

"그리고 정말이지, 그들이 갈 수 없는 곳은 없어." 휴가 내게 말했다. "밸러스트레이드의 빅들을 환영하지 않는 곳은 세상 어디에도 없어. 모든 투자 그룹들은 그들의 수백억 대 문문을 유치하려고 이루 말할 수 없는 끔찍한 짓거리들도 서슴지 않지. 모든 지역경제는 지금껏 해오던 걸 죄다 없애고 당장에 빅 리치 서비스업으로 전환하겠지. 일자리 창출에는 빅 리치들을 곁에 두는 게 최고니까. 농업, 건설, 뭐든 말이야. 그들이 먹는 대왕 동물과 대왕 식물들을 생각해보렴. 그 거대한 최고급 옷들을 생각해봐. 요리, 서빙, 승마, 세탁, 운전과 비행을 위해 고용한 미들 리치들에게 내는 그 많은 봉급은 또 어떻고? 그러니까 민문 인상은 물론 훌륭하고 인도적인 일이긴 하지만." 휴가 마지막으로 말했다. "이곳 로시 인디카에서 민문을 올리면 밸러스트레이드의 빅들은 겁을 먹고 떠나게 돼. 그럼 우리는 일자리를 잃고, 나아가 문문을 잃고, 또 머잖아 민문 인상을 포기해야만 하고 결국 우리 주는 쫄딱 망하게 되겠지."

"그래요, 그래요." 내가 말했다. "그래요, 그래요, 그래요."

"하지만 네가 이런 일에 대해 생각했다는 건 좋은 징조야. 다른 아이디어가 더 있으면 부디 제안해다오. 새로운 아이디어는 항상 환영

이야." 휴가 눈을 찡긋하고는, 청소차가 윙윙거리며 복도를 지나가는 사이 다시 일을 시작했다.

삶과 죽음의 세계

그로부터 2주도 지나지 않아, 마크파이브가 날 밸러스트레이드에 데려갔다. 덕분에 난 그 멋들어진 돌아다니는 성들을 보았다.

그건 마크파이브가 데이지와 소소한 데이트를 즐기려다가 시작된 일이었다.

"미련한 우리 아빠 생일이라 집에 한번 가야 하는데, 아, 가기 싫어. 너 혹시 나랑 빅 리치 파티를 경험하고 싶지 않니?" 마크파이브가 데이지에게 미끼를 투척했다.

"아니, 끔찍하게 들리는걸." 데이지는 한 치의 고민도 없이 거부했다.

"나 갈래." 키티가 뜬금없이 그 미끼를 물었다.

"그게, 그리 끔찍하진 않아. 밸러스트레이드는 구경하는 것만으로도 재미있지. 병적인 변태의 관점에서." 마크파이브가 다시 꼬드겼다.

"안됐지만, 난 병적인 변태가 아니라서." 데이지가 다시 거부했다.

"크크." 마크파이브가 순순히 인정했다.

"나 가고 싶어." 키티가 재차 졸랐다.

"키티, 지금 너한테 말 거는 사람 없거든." 데이지가 방해하지 말라며 지적했다.

하지만 키티를 흘긋 본 마크파이브의 머리 위에는 생각 풍선이 떠올랐다. '내가 키티랑 시시덕대면 데이지가 질투하겠지.'

"키티, 우리 대장의 끔찍한 생일에 너랑 데이트하게 된다면 영광일 거야." 마크파이브가 기름 바른 말을 했고 데이지는 눈알이 빠질 듯 굴려댔다.

"정말 멋져. 저기 우리 워너도 동참시킬 수 있을까? 워너한테는 정말 시야가 확 트이는 새로운 경험이 될 거야. 오빠 학교과제이기도 하고." 키티가 더욱 곰살맞게 웃었다.

"어, 음, 당연히 괜찮겠지." 마크파이브가 말했다.

"딴 사람들 들이받고 죽이지 않도록 조심이나 해." 데이지가 빈정 거렸다.

"맙소사! 나, 너무 가고 싶어. 나도 따라갈 수 있을까?" 프레이어 가 나한테 물었다.

내가 키티에게 묻자 키티가 살짝 움찔하며 말했다. "마크파이브 오빠한테 물어볼 수 있겠지만, 좀 부담될 거 같은데."

"키티가 날 안 좋아해." 침실로 돌아왔을 때 프레이어가 징징거렸다. "괜찮아. 너, 딱 기다려. 언젠가는 내 힘으로 밸러스트레이드에 갈 테니까. 그때 누가 웃는지 보자고."

"프레이어겠지." 난 정신 나간 우리 누이를 더는 건드리고 싶지 않았다.

하지만 결국 부담을 주기로 한 내가 마크파이브에게 물었고, 오히려 그가 너무 달뜬 느낌이라 깜짝 놀랐다.

"오! 정말 좋지." 마크파이브가 말했다. "너희 누이를 데려가는 건 신의 한 수야. 걘 재밌잖아."

결국, 우리 다섯은 마크파이브의 3배 자동차를 타고 밸러스트레이드로 향했다. 키티가 조수석에 앉고 뒷좌석에는 프레이어랑 내가 마크파이브의 엄마, 릴리 옆에 벨트를 매고 앉았다. 릴리는 휘황찬란한 드레스 차림에, 구릿빛 머리카락이 사방으로 넘실댔고, 화수분처럼 끊임없이 지껄여댔다.

"세상에! 머릿결이 너무 고와요. 이거 진짜 머리 맞나요." 놀랍도록 유들유들한 프레이어가 릴리한테 감탄사를 뱉었다.

"하하, 당연히 아니지. 어쨌든 고맙구나. 블레싱." 이름을 잘 못 외우는 릴리가 말했다. 그 사이 프레이어는 '그래요, 블레싱이 내 이름이에요.'라는 듯 환하게 웃었다.

"정말이에요, 릴리 아주머니. 진짜 멋져요. 그 바보 같은 마크 씨가 아주머니를 본다면, 자기 자신을 죽이고 싶을걸요." 나도 동참했다.

"내가 한마디 할까, 요 조그만 근육 덩어리. 내가 너같이 멋진 남자랑 다니는 걸 보면 그 사람은 정말로 그럴걸." 릴리가 주저 없이 비행기에 탑승했다.

"엄마, 워너, 최소한 내 앞에서만은 둘이 시시덕대지 않을 수 없어." 마크파이브가 한소리 했다.

"뭐 하나 묻자? 그럼 내가 네 앞에서 함께 시시덕대도 괜찮은 친구는 누가 있지?" 릴리가 한숨지었다.

도로는 마크의 집으로부터, 실은 모든 집으로부터 15킬로미터쯤 떨어진 곳에서 끝났다. 밸러스트레이드 안에는 도로가 없었다. 그 대신 고속도로출구는 격납고, 주차타워, 활주로, 벙커 등이 모인 종합단지로 이어졌다. 이곳저곳에 분주히 돌아다니며 비행선과 탱크들을 배치하는 운전사 무리와 총잡이들이 보였다.

한 주차타워 위의 반짝이는 전광판이 '마크의 55세 생일파티'라고 노래라도 부르듯 적혀 있었다. 우리는 붕 하고 그 안으로 들어가 주차를 했고, 우리가 차에서 내리는 사이 마크의 운전사가 우리 옆에 골프 카트를 대더니 우리를 태우고, 남은 15킬로미터 거리에 펼쳐진 빅 골프 코스를 운전해 갔다.

"마크파이브 군, 릴리 씨! 여기 계신 분들 모두가 마크 씨의 생일에 행복을 선사할 수 있다고 확신하시나요?" 운전사가 나와 프레이어를 차례로 힐끗대며 말했다.

"누가 알겠어요? 내 말은 그 누가 그 사람을 행복하게 할지는 아무도 모른다는 거예요. 뭐, 아무렴 어때요?" 마크파이브가 말했다.

운전사는 마치 눈빛만으로 우리를 다시 도로로 돌려보내고 싶다는 듯 아무 말 없이 계속 우리를 주시했다.

"마크가 가장 우려하는 일은, 다섯째자 제일 똑똑한 아들이, 손님과 친구들을 돌려보내는 일로 체면이 깎이는 일이겠죠? 그냥 추측인데 당신도 동의하겠죠?" 릴리가 운전사를 쏘아붙였다.

골프 카트에서 난, 마크 씨가 나나 프레이어가 파티에 오는 걸 싫어하는 거 아니냐고 마크파이브에게 속삭였다.

"핵심은 이거야." 마크파이브가 설명했다. "마크는 목소리가 잘 안 들리는 사람들과 같이 있는 걸 안 좋아해. 보통은 미들 스케일보다 작은 사람들인데, 그들 소리는 아빠한테는 진짜 잘 안 들리거든. 그걸 싫어하는 게 자기가 '뭐라고.'라고 물어야 하고, 그럼 그들은 했던 말을 또 해야 하고, 그럼 순조로운 삶의 흐름에 방해가 된다고 생각하기 때문이지. 그러니까 만약에 마크한테 할 말이 있으면 배 속 깊숙한 데서부터 고함을 지르도록 해. 물론 그냥 입 닫고 가만히 있는 것도 괜찮아. 그것도 좋은 방법이지."

"네 마음대로 하렴." 릴리가 충고했다. "내가 지켜줄 테니까." 그러고는 날 옆으로 껴안았고, 내 머리는 그녀의 젖꼭지 아래 푹신한 피부로 파고들었다.

18번 홀에 오르자 작은 만 가장자리까지 다다른 넓은 숲이 내려다보였다. 바닷가에는 다섯 개의 빈터가 있었는데, 모두 한가운데에 빅 집이 한 채씩 버티고 있었다.

'나도 어떻게 생겼는지 알아. 가끔 뉴스에 나오잖아.'라며 빅 집을 안다고 생각한다면 큰 오산이다. 사실 실물을 보고 있어도 보는 게 아니다. 한 시야로는 다 담을 수 없을 정도니까.

각각이 높이 수십 미터, 너비 1킬로미터에 달했고, 각각이 하나의 예술작품이었다. 유리 큐브 덩어리도 있고, 농장도 있고, 반지의 제왕에 나올 법한 우락부락한 바위 성도 있었다. 지붕 모서리들이 마른 나뭇잎처럼 말려 올라간 일본 신사도 있고, 그리고 마크의 집인 파스텔 톤 스페인식 빌라에서는 여러 무리의 드론들이 생일 플래카드들을 걸고 있었다.

만 해안가의 이트 얼머낵 정도 크기의 동네에 빅 집이 다섯 채밖에 없다니! 비록 나무들 사이로 각 빅 집들의 미들 직원들이 사는 작은 동네들이 보이긴 했지만.

할 말을 압도당한 프레이어가 눈과 입을 물고기처럼 동그랗게 하고 있을 뿐, 아무 소리도 내지 못했다.

"여기가 밸러스트레이드인가 본데?" 난 바보처럼 물었다.

"아, 여긴 남쪽 끝 지역일 뿐이야." 마크파이브가 말했다. "북쪽으로 160킬로 정도는 이런 광경이 이어지지."

"여긴 도시라기보다는 국립공원에 가까워." 릴리가 말했다.

"근데 관광안내소가 하나도 없네요." 키티가 지적했다.

"경비원도 하나같이 맘에 안 들고." 마크파이브는 운전사에게 들릴 정도로 크게 말했다.

바다로 가던 중에 물에 뜨는 수영 가운을 입고, 바닷물에 둥둥 떠 있는 그를 발견했다. 마크! 생일을 맞은 억만장자. 짧은 수염을 기르고, 위로 올려 고정한 멋진 헤어스타일을 한 잘생긴 거인. 그의 거대한 두 눈은 먼 육지에서도 잘 보였다. 흰자위에 갈색 에메랄드 동자들. 피부 역시 두꺼비 색이었다. 털이 난 무릎과 배는 작은 섬들 같았고 그 주위에 이는 파도들은 잔물결 정도로밖에 안 보였다.

그의 주위로 보이는 여러 척의 배에는 각각 춤을 추는 사람들, 생선을 직화로 굽는 요리사들, 거대한 음료 통들을 젓는 바텐더들, 귀에 익은 노래를 부르는 초대 팝스타 등이 타고 있었다.

잠깐, 저 노래는 문 월드의 스피커에서 20분마다 흘러나오던 건데. 저 사람이 진짜 그 노래를 부르는 가수란 말이야. 맙소사, 맞아 저건 그 유명한 터틀넥을 입은 페이머스 랜디야. 굉장하다.

마크는 말이 없었다. 그저 듣고 보며 물에 뜬 채 몸을 위아래로 까닥거릴 뿐이었다. 그의 움직임은 아주 느렸고, 처음에 거인들은 정상 속도로 못 움직이나 하고 궁금했지만, 곧 그가 큰 파도를 일으켜 사람들이 물에 휩쓸리지 않도록 하기 위한 배려라는 걸 깨달았다.

그가 슬로모션으로 바닷물이 폭포처럼 떨어지는 팔을 뻗어, 60센티미터는 되는 생선 두 마리를 그릴에서 들어 올려, 방만한 크기의 입속에 떨어트린 다음, 그 뼈와 머리까지 오독오독 씹는 걸 뚫어질 듯 보았다.

내가 휘둥그레진 눈으로 지켜보고 있는 사이 그는 다른 배에 있던 보드카토닉 한 통을 들어 침대만 한 크기의 혀 위에 따랐다. 그러자 그 음료 배는 1톤짜리 술이 순식간에 사라져버린 탓에 이리저리 흔들렸고, 바텐더들은 찰랑거리며 넘친 보드카토닉과 자리를 크게 옮긴 통들 때문에 홀딱 젖어버렸다.

"진짜 역겹고, 맛 간 인생이야. 솔직히 저 아저씨가 우리 엄마랑 결혼 안 한 게 정말 천만다행이야." 마크파이브가 우리가 탄 모터보트가 가족 배에 도착했을 때쯤 중얼거렸다.

"그럼, 그래도 네 형제 앞에서는 그런 말을 하면 안 돼." 릴리도 중얼댔다. 우리는 흔들리는 갑판 위에서도 애써 당당한 걸음걸이로 마크의 가족들에게 다가갔다.

마크의 가족은 마크의 자식들과 그 엄마들로, 다들 턱시도와 정장 원피스 같은 우아한 옷차림을 하고 있었다. 격식을 안 차린 사람은 제일 어린 마크파이브뿐이었다. 3배, 4배 스케일 형들과 누이들은 썩은 미소를 지었다.

"파이브 꼬맹이야! 넌 어떻게 더 작아진 거 같냐? 문문 문제가 아니길 바란다." 한 형이 말했다.

"예의 바른 옷을 살 형편이 안 돼서 거지처럼 입을 수밖에 없다니

참 딱하네." 한 누이가 중얼거렸다.

마크파이브는 정중하게 그들의 언사를 무시했다. 난 거기에 감명을 받았다. 나 같으면 금세 흥분하여 얼굴을 짓이겨버렸을 테니까.

"곧 돌아올게." 거인 마크가 갑자기 각 배에 타고 있는 모두에게 말했다. 저음의 평범한 남자 목소리였는데, 다만 60미터 밖에서도 마치 귀에다 대고 얘기하는 듯 잘 들렸다.

그러더니 그는 물 밑으로 가라앉아 그림자이자 잠수함이 되어 우리로부터 멀어졌고, 그 와중에 일어난 물살이 배들을 흔들어놓은 나머지 다들 균형을 잃고 말았다. 철퍼덕 쓰러졌던 페이머스 랜디는 코피를 흘리며 벌떡 일어났는데 그건 흡사 춤동작의 하나인 듯 보였다.

2분 뒤 마크는 바다 쪽으로 1킬로미터쯤 더 떨어진 곳에서 몸을 일으켰는데, 아무도 쳐다보지 않았다. 이상하게도 다들 해안가 쪽을 살피는 듯이 보였다.

"워너, 블레싱. 그 사람을 쳐다보지 마. 고개 돌리렴." 릴리가 중얼거렸다.

"잠깐만 왜요? 무슨 일인데요?" 난 말했다.

"볼일을 보는 거지." 그녀가 말했다.

"똥 싸는 거야." 마크파이브가 말했다.

"오, 이런." 프레이어가 말했다.

"원래 바다에다 똥을 싸면 안 되지만 누가 말리겠어." 마크파이브가 설명했다.

"애야, 그만하렴." 릴리가 말했지만, 대단히 적대적인 귀들이 이미 무례한 아들의 말을 다 청취해버렸다.

"파이브, 이야, 아빠를 잘도 욕보이는구나." 반짝이는 스리피스 정장 차림의 대머리 4배 스케일 빅인 마크스리가 굶주린 눈빛으로 우리를 굽어봤다. 그의 뒤에 있던 그의 거대한 매부리코 엄마가 식식댔다. "맞아."

"미안, 스리 형. 미안." 마크파이브가 말했다. "솔직히 남 까는 일은 나에겐 식은 죽 먹기지. 형이랑 다르게 난 아빠의 축축하게 젖은 거대한 엉덩이에서 똥 찌꺼기를 닦아내는 특권을 누릴 정도로 크지 않으니까 말이야."

살짝 취한 릴리는 자기 아들이 거기까지 가는 걸 원치 않았지만 실수로 웃음을 터뜨리고 말았다.

"파이브 엄마, 당신 아들은 마크의 생일파티에서 볼썽사나운 행태를 보이고 말았네요. 아들 관리 좀 하지 그래요." 스리 엄마가 따졌다.

"싫은데요." 릴리가 단호하게 말했다.

"날 질투하는 무식한 미들 이야기는 잘 들었어. 요 웃기는 미들 아이야." 마크스리는 큰 소리로 말했다. "우리 빅들의 배변 활동에 관해 네가 이해할 리가 없지. 생물학적으로 왜 우리가 가끔은 바다에다 배변할 수밖에 없는지 이해하지도 못할 테고. 뭐 괜찮아. 영원히 이해할 필요 없을 테니까. 네 그 게으른 미들 인생이나 노닥거리라고."

"바다에 똥 싸는 영광을 이해 못 하다니, 정말 비극이네." 마크파이브가 말했지만, 서둘러 자리를 뜬 스리는 마지막 빈정거림을 듣지 못했다.

육지로 돌아온 우리는 빅 테라스에서 생선을 먹었다. 어마어마한 상다리들과 구조물들이 우리 대부분의 머리 위로 탑을 이루고 있었다. 난 예전 리틀 푸어였을 적을 떠올릴 수밖에 없었다. 테이블이 지붕과도 같던, 모든 것의 밑면만을 올려다보던 시절.

"이 생선들은 먹어도 괜찮은 건가? 저렇게 바다에 똥을 싸대는 데 말이야." 난 물었다.

"그냥 가만히 있어." 마크파이브가 말했다. "이 생선들은 네가 먹었던 다른 생선들보다 똥을 덜 맞았다고."

"흥미진진한데, 나도 듣고 있어. 왜 그런지 설명 좀 해줄래?" 프레이어가 재잘거렸다.

"크크. 뭐야." 마크파이브가 말했다. "먹는 와중에 바다의 오물에 관한 얘기를 듣고 싶다니 진심이야?"

"완전 진심인데. 지식에 대한 내 욕구는 정말 끝이 없다고." 프레이어가 마크파이브에게 말했다. "하루 중 어느 때든, 어떤 상황이든 상관없어. 난 흥미로운 사실들을 배울 준비가 되어 있다고!"

마크파이브와 릴리 모두 프레이어의 말이 웃긴다고 생각했다.

"요 귀여운 별종 야심가, 좀 보게." 릴리가 외쳤다.

그러는 사이 키티가 돌아다니며 부자들에게 날 소개했고, 그제야 난 왜 키티가 그런 끔찍한 파티에 날 그리도 데려가고 싶어 했는지 알게 되었다.

"워너, 쉘 부인과 남편 되시는 쉘빙 씨에게 널 소개해드릴게. 이분들은 음악을 비롯한 여러 가치 있는 일들을 후원하시고 게다가 스피디 병원의 운영자이시기도 해. 쉘 부인, 쉘빙 씨, 부디 워너를 만나주세요. 저희 아버지와 제가 만든 시험 프로그램의 주인공이죠. 이 프로그램의 목표는 부자들이 특별한 가능성을 보이는 리틀 푸어들을 관리하는 거예요. 리틀 푸어들에게 스케일 문문을 빌려주고 소정의 용돈도 주어 그들이 하프 스케일의 삶을 경험할 수 있게 하는 거죠. 진짜 학교에도 가고, 진짜 직업을 얻고, 그들의 가족을 끔찍한 가난으로부터 구할 수 있도록 말이에요." 키티가 열정적으로 눈을 반짝이며 설명했다. 이 의로운 여자애의 선행에 대한 열정을 보면 누구든 눈물이 찔끔 날 수밖에 없을 거다.

"그 프로그램을 통해 그들에게 질병과 위생을 가르치겠구나." 쉘빙이 말했다.

"오, 그럼요." 키티가 당연하다는 듯 말을 받았다.

"부적절한 투약 습관은 약에 내성이 생기는 세균들을 생산하지. 바로 이게 우리 종이 이제껏 직면한 문제 중 가장 심각하단다. 정말이야. 만일 리틀들의 부주의로 우리가 모두 몰살하게 된다면 정말 유감스러운 일이 될 거야." 쉘빙이 우리에게 말했다.

"프로그램 일부로 리틀 보건 문제를 다뤄 봐도 되겠네요." 키티가 깨달았다. "그 문제를 지적하는 좋은 방법이 될 거예요. '리틀 보건 책임자. 쉘과 쉘빙' 역할을 기부해주셔도 좋아요!"

"흠." 쉘빙이 말했다. 생각에 잠겨 고개를 끄덕이는 그의 모습은 마치, '*진짜 문문 대신 이렇게 생각에 잠긴 끄덕임으로 네 프로그램에 기부한 거로 하면 어떻겠니?*'라고 말하는 듯했다.

우리는 모두 말이 없었다.

"음, 그 프로그램을 관심 있게 지켜볼게. 그리고 결과가 좋으면 우리가 참여하는 일에 대해 논의해 봐도 좋겠지." 마침내 쉘이 입을 열었다.

"물론 난 관리자의 처지가 아니라, 약에 견디는 치명적인 세균들의 매개체와 함께 있을 가능성을 싫어해. 자, 젊은이, 지금까지 어떤 접종을 하였는지 얘기해줄 수 있겠나?" 쉘빙이 내게 물었다.

"다 맞았어요." 키티가 서둘러 말하고는 황급히 나를 다른 빅 노인한테로 데려갔다.

그러는 사이 해변에서 우리의 미들 디너와는 별개로 빅 디너가 차려졌다.

우리는 마크가 물에서 걸어 나와 화덕 옆 모래 위에 앉는 모습을 너무 빤히 쳐다보지 않으려 애썼다. 동시에 해변에 거대한 실루엣들이 나타났는데, 그건 각자의 성에서 느긋하게 걸어 내려온 이웃 빅들이었다. 남자 넷과 여자 하나. 직원들은 산악용 모터사이클을 타고 그들의 발밑 주변을 빠르게 돌아다녔다.

곧 우리 미들은 마치 콘서트 관객이 된 듯 마크와 그의 이웃들 주위 모래밭에 둘러앉아, 빅들이 구운 상어와 버펄로를 게걸스럽게 삼키고 통에 든 위스키를 꿀떡꿀떡 마시는 걸 지켜봤다.

"마크!" 연설 시간에 한 빅 이웃이 큰 소리로 말했다. "생일 축하해, 친구. 난 자네를 존경해. 소박한 취향을 가진 소박한 남자, 정부 미들 스케일인 감자 농부의 아들이었는데, 지금 자네 모습을 봐. 자수성가하여 수족관에 든 상어를 모조리 먹어치우고 있잖아. 왕이신 주 하나님은 열심히 일하고 크게 꿈꾸는 자들에게 진정으로 관대하시지."

"유이스 정부는 농부들한테 스케일 문문을 빌려줘서 더 커진 몸으로 농사를 지을 수 있도록 지원하고 있어. 정부 미들 스케일이란 건 바로 이런 뜻이야." 키티가 내게 속삭였다.

"누군가는 마크의 가장 위대한 업적이 제약 왕국을 이룬 거라고 하겠지." 또 다른 이웃이 천둥이 치는 듯한 소리로 말했다. 그는 그들 중 가장 작았지만 그래도 최소 10배 스케일은 됐다. "또 누군가는 마크가 일 년 동안 언론사를 렌트하고 오렌지당원 한 명을 백악관에 보낸 거라고 할 거야. 하지만 나에게 묻는다면, 마크의 가장 위대한 업적은, 열한 명의 아름다운 여성들이 열두 명의 아이를 배게 하고도 단한 번도 결혼이라는 속임수에 빠지지 않았다는 거야. 저 예쁜 귀염둥이들을 좀 보라고. 저들 중 몇몇은, 젊었을 때 모습을 자네들도 기억

할 거야. 내 생각엔 대부분 다 끝내줬지. 아니, 진짜라니까. 한 명 한 명이, 다 말이야. 어쨌든 이렇게 대단한 마크를 위해 건배."

"존," 그 남자의 빅 아내가 말했다. "입 다물지 못해요."

"다들 알다시피 농담일 뿐인데 뭘." 존이 말했다.

"마크. 생일 축하하네." 가장 나이 든 세 번째 빅이 말했다. "**현재를 즐기되 부디 주의를 게을리하지 말게. 자네 주위에는 미래의 배신자들이 널려 있지. 그건 의심할 여지가 없어. 자네 친구들, 직원들, 틈만 나면 자네를 배신할 뱀들이지. 내 경우도 마찬가지야. 보는 데마다 뱀들이 있다고. 아니, 그들도 내가 하는 말을 들어야 해. 내 집사 어디 있나? 저놈이 제일 표독스러운 뱀이지. 워런, 이 유다 같은 놈, 내 눈을 똑바로 바라보지도 못하는구먼.**"

"지금 눈을 쳐다보고 있습니다. 어르신. 저는 절대로 당신을 배반하지 않아요." 불쌍한 워런은 할 수 있는 한눈을 크게 뜨고 손가락으로 눈을 가리키며 외쳤다.

"*거짓말쟁이.*" 나이 든 남자는 다들 들으라는 듯 말하며 턱을 덜덜 떨었다. 그러자 그의 입에서 음식물에서 나온 국물과 피가 흘러나와 그의 셔츠에 떨어졌다.

"빌, 내 생일파티에서 꼭 이래야겠어요?" 마크가 물었다.

"워런이 말도 안 되는 거짓말을 하잖아. 하지만 난 저놈보다 오래 살 거고, 자네들보다 오래 살 거네. 여기 모인 사람 중 제일 오래 말이야." 빌이 말했다. "자네들 모두, 내가 힘이 없고 곧 죽으리라고 생각한다는 거 잘 알아. 하지만 난 매일 아침 수 리터의 신선한 젊은 피를 혈관에다 집어넣는다고. 어디, 이참에 내가 정말로 약한지 아닌지 한 번 보여줄까?"

빌이 빨리 일어서다가 잠시 휘청대는 바람에 다들 헉하며 비명을 질렀다. 우리는 그가 넘어지며 우리 중 일부는 압사하리라 겁먹었다. 하지만 그는 제대로 일어나 바다를 향해 흔들흔들 걸어갔다.

발목뼈쯤까지 물이 찼을 때 그는 바지를 내리고 쭈그려 앉아 볼일을 보기 시작했다.

"워런, 나더러 자네의 맡은 바 임무를 다하라면 싫을 거 같군." 차분한 마크는 진지한 표정으로 말했다. 그 말이 웃기긴 했지만, 다들 서로를 치며 웃어댔다. 그중에서도 마크스리의 웃음이 가장 컸다.

"선생님의 인내심과 이해심에 깊이 감사드립니다." 워런이 크게 외치고는 헤드셋에 대고 중얼거렸다. "보트 몇 개가 필요해. 얕은 물에 띄울 보트랑 그물들이, 코드12야. 자 다들 빨리 움직여."

마크의 집사는 헤더라는 3배 스케일 여자였다. 그녀가 조용히 마크파이브의 어깨를 톡톡 두드렸을 때, 우리는 여섯 시간째 공연 중이던 페이머스 랜디가 땀을 뻘뻘 흘리며 춤추는 걸 보고 있었다. 곡예사 수십 명이 볼 위에 앉아 그의 머리 위로 점프했다.

"마크파이브 군, 아버님께서 개인적인 접견을 위해 부르십니다. 생신 축하 인사를 드리시겠습니까?" 헤더가 중얼거렸다.

"좋아요." 술과 약에 취한 마크파이브가 말했다. "친구랑 같이 가도 돼요?"

"다시 한번 말씀드리지만, 이건 개인적인 접견입니다. 마크 씨는 마크파이브 군과 일대일 대화하고 싶어 하실 텐데요." 헤더가 말했다.

"물론 그러시겠죠." 마크파이브는 말하더니 기마전을 하듯 날 어깨 위에 앉혔고, 난 겁먹은 티를 내지 않으려 했다.

컨베이어벨트의 도움으로 우리는 마크의 서재에 도착했다. 경기장만 한 방과 구름무늬 천장, 휴 가족의 집만큼 큰 책상, 밤의 미풍속에서 항해 중인 배처럼 부풀어 오른 커튼들.

마크는 밧줄로 짠 가운을 입고 넓디넓은 매트 위에 느긋하게 앉아 있었다.

"안녕, 아들아." 마크가 말했다.

"안녕, 아빠." 마크파이브가 인사했다. "앤 워너예요. 제 친군데. 원래는 리틀 푸어였는데 생각해보면 진짜 미친 거죠."

"안녕. 워너." 마크가 말했다.

"생신 축하드려요. 아저씨." 난 외쳤고. 그가 '뭐라고?'라고 할까 봐 겁이 났지만, 다행히 그런 일은 벌어지지 않았다.

"고맙다." 그는 마치 추락하는 달처럼 거대한 머리를 우리에게 가까이 떨어뜨렸다. **"마크파이브, 얼굴 좀 보자. 내 얼굴을 봐라. 고개를 들어보렴. 아들아, 그렇지. 넌 정말 잘생긴 청년이야. 알고 있니? 피곤해 보이고 안색이 좀 창백하긴 하지만, 필요한 건 다 있지?"**

"네네. 다 좋아요. 좋다고요." 마크파이브가 말했다. 아빠 앞에 오자마자 그의 목소리는 하이톤에 징징거리는 소리로 바뀌었다.

마크는 고개를 주억거리며 마크파이브가 계속 말하기를 기다렸지만 아무 말도 듣지 못했다.

결국, 그는 말했다. "넌 왠지 내 10대 때와 많이 닮았어. 널 만나면 항상 기분이 좋구나. 비록 넌 옷도 예의 바르게 안 입고 기본예절도 지키지 않지만 말이다."

"취하신 거예요, 뭐예요." 진짜 취한 마크파이브가 말했다.

"하, 하, 하." 마크가 웃었고, 바닥이 울렸다. "그러면 좋게. 난 취하는 거 근처에도 못 간단다. 알딸딸한 정도만 되려고 해도 엄청난 양의 술이 필요하니까."

"마크 제약회사에서 파는 것 중에 제일 센 거면 아빠도 꽤 망가지실 텐데요." 마크파이브가 말했다. "고래용 신경안정제 같은 거 있잖아요. 그거 두 알이면 분명히 취할 거예요."

"리틀 파이브." 취함에 관한 대화에 흥미를 잃은 마크가 말했다. "너한테 하고 싶은 말이 있다. 넌 언제나 영리한 아이였어. 똑똑하고 재빨랐지. 내가 네 나이 때 그랬듯이 말이야. 이런 얘기는 이미 했는지도 모르겠구나. 어쨌든 넌 무한한 가능성을 지닌 아이다. 그런데 요즘 넌 너무 한가해 보이는구나. 네 머리를 헛되이 낭비하고 덜 충만한 삶에 안주하고 말이야. 또 물론 반복되는 차 사고도 문제지. 기본적으로 난 그 학교가 너한테 충분히 도전적이지 않은 게 걱정된다."

"음, 제 생각엔 충분히 도전적인데요." 마크파이브는 짜증스럽게 말했다. "전 과목에서 비를 받았다고요."

"그러니까 도전적이지 않다는 거야." 마크가 말했다.

그때 심한 발 냄새가 나서 보니 그건 발이 아니라 욕조만 한 통에 담긴 퐁듀 치즈였다. 그 통 옆에는 엄청나게 큰 빵들이 놓인 돌 판이 있었고. 아니나 다를까 그 거인은 몸을 뒤로 기대더니 그걸 찍어 먹기 시작했다. 치즈 용암이 우리 주변 여기저기로 후드득 튀었다.

"그럼 뭘 어쩌라는 거예요? 더 힘든 학교에 가서 시나 디 학점을 받고 우울해하길 바라시는 거예요. 됐거든요." 마크파이브가 비웃었다.

"내 생각에 좀 더 엄격한 학교였다면 무슨 일이든 간에 네가 노력은 해봤겠지." 마크가 말했다.

"그럴듯한 이론이네요." 마크파이브가 말했다. "몇 달 만에 한 번씩 실험이 잘 되어 가는지 확인하는 과학자처럼."

마크는 상처받은 마음에 움찔하는 와중에도 위엄을 잃지 않고, '매일 네 아버지 노릇을 할 수 없는 그 이유를 이해해준다면 좋겠는데.' 하는 표정을 지었다. 빵 부스러기를 먹으러 창문으로 날아 들어온 갈매기 두 마리를 그는 벌레를 잡듯 찰싹 때렸다.

"네, 열여덟 번째 생일 선물에 관해 얘기해 보자꾸나." 마크는 또다시 머리를 우리 쪽으로 숙이며 말했고, 그건 마치 차고가 말을 거는 것 같았다.

"전 필요 없어요." 마크파이브가 말했다. "워너한테 주세요."

마크는 한숨을 내쉬었고 그의 입 냄새는 굉장했다. 썩은 동물 1천 마리가 공기를 탁하게 하는 것만 같았다. 질퍽한 그의 눈알이 굴러서 나에게로 향했다. 지그재그 모양의 핏줄들은 옅은 색 뱀처럼, 그의 맥박이 뛸 때마다 조금씩 오르락내리락했다.

"워너는 저보다 훨씬 잘했을 거예요. 이 데이브는 세상 물정에 밝아요. 쓰레기통 속에서도 살아봤고 게다가 절제력도 엄청나다니까요. 몸이 얼마나 다부진지 좀 보세요." 마크파이브가 혀 꼬부라진 소리로 말했다. "얘네 누이도 장난 아니에요. 뭔가를 배우는 일을 절대 멈추고 싶지 않대요. 정말 이렇게 말했다니까요. 워너, 말 좀 해봐."

"솔직하게 말해봐. 리틀 파이브! 왜 아빠와 아들이 만나는 자리에 굳이 친구를 데려온다고 했는지 말이야?" 마크가 물었다.

"전 그냥 아빠를 열 받게 하는 게 좋거든요." 마크파이브가 말했다. '열 받게'라고 말할 때 그의 목소리가 날카롭게 갈라졌다.

마크는 고개를 끄덕이며 몸을 뒤로 기댔고, 그의 눈빛이 어두워지더니 눈이 감겼다.

"왜 그런 거지?" 그의 목소리가 울렸다.

"저 말고는 아무도 그런 짓을 안 하니까요." 마크파이브가 말했다.

마크는 이제 치즈가 뚝뚝 떨어지는 빵을 통제가 안 될 정도로 허둥지둥 마시다시피 했다.

"그건 어떤 일을 하는 정당한 이유가 될 수 없어." 그는 우리에게 말하고는 손가락을 탁 튕겼고 나무가 박살 나는 듯한 굉음이 들리자

헤더가 와서 우리를 정중하게 쫓아냈다.

집으로 가는 길에 릴리가 마크파이브와 앞자리에 앉았다. 그녀 역시 술에 취해 있었지만 고집쟁이 아들을 설득하기 위해 정신을 차리려고 애썼다.

"애야, 형들이랑 누이들한테 좀 착하게 대하려무나." 릴리가 잔소리를 했다.

"어휴." 화가 난 마크파이브가 말을 받으며 빠른 속도로 차를 몰았다.

"엄마 말은 최소한 그런 척이라도 하라는 거야." 릴리가 설득하려고 했다.

"엄마, 그만 해요." 마크파이브가 투덜거렸다.

"끔찍한 일이라는 거 잘 알아." 릴리가 말했다. "하지만 안 그랬다가는 마크를 아버지로 둔 장점을 잃게 돼."

마크파이브가 쳐다보는 키티와 룸미러를 통해 시선이 마주쳐 설명했다. "내 생일 선물로 아빠가 솔로 드림 수면제를 주려고 하시거든."

"오빠는 다른 사람들이랑 함께 꿈꾸는 거 안 좋아하나 보지?" 키티가 슬픈 듯 물었다.

"아니, 아니, 아니, 약이 아니라 회사 말이야." 마크파이브가 말했다. "우리 아빠는 자기 회사의 일부를 나한테 주려는 거야. 솔로 드림

약을 만드는 부서를."

"오, 오, 오, 오." 키티가 깜짝 놀랐다. "우와."

릴리가 고개를 돌려 우릴 쳐다보며 말했다. "불쌍한 워너와 블레싱은 우리가 무슨 소릴 하고 있는지 알 수가 없겠지!"

"쟤 이름은 프레이어예요." 마크파이브가 상기시켰다. 프레이어는 아무 말도 안 했지만 얼굴이 벌게지는 소리가 들릴 정도로 좋아했다.

릴리가 말했다. "워너와 프레이어는 저 뒤에 앉아서 이렇게 생각할 거야. '어. 뭐라고. 솔로 드림. 수면제라니? 이 미들 리치들이 정신 나간 소리 하고 있네. 이러다 우릴 간식 삼아 꿀꺽 집어삼키는 거 아니야?'"

"엄마, 술 취한 정신병자 같은 말 좀 그만 해요." 마크파이브가 다시 지청구를 주었다.

키티가 설명했다. "워너, 프레이어, 솔로 드림은 은행에서 스케일 업이나 스케일 다운을 하기 전에 다른 사람들과 따로 꿈을 꾸도록 주는 약이야. 그래야 다른 사람들이나 자기 자신에게 해가 될 일이 없거든. 심리적으로 말이야."

"아니, 물론 기억하지." 프레이어가 말했다.

나도 마찬가지였다. 나만의 드림시티, 사람 없는 내 드림 유이스, 지구보다, 우주 전체보다 더 커지는 통제 불능한 기분, 공기 없는 우주에서 탈출해 다시 지하은행으로 돌아갔던 일. 안 돼 안 돼 안 돼 하는 외침들.

"그래." 성격 급한 마크파이브가 말했다. "그러니까 그 약은 고객이 한 명뿐이야, 은행. 그들은 매년 거의 같은 양을 구매하고 그게 다지. 끝이라고. 엄청 지루하고 바보 같아. 세계 최고로 바보 같은 사업이라고."

"어, 글쎄, 내 생각엔 그걸로 좋은 일을 할 수 있을 거 같은데." 들뜬 프레이어가 속삭이듯 말했다.

"아냐." 마크파이브가 퉁명스럽게 말했다. "아무도 그렇게 못해. 그 부서를 경영하는 일은 멍청이한테나 맡겨야 해."

"얘야. 알았다." 릴리가 말했다. "하지만 네가 놓친 게 있어. 마크는 너한테 그걸 주려고 한다는 거야. 투, 스리, 걸마크, 포, 걸마크어게인. 그 애들은 회사 일부를 물려받지 못했다고. 다들 그냥 마크 밑에서 일만 할 뿐이지. 이렇게 자기 사업을 하도록 해준 경우는 너밖에 없어."

"그 얘기는 하고 싶지 않아요." 마크파이브가 외치며 가속페달을 밟았다. 우리는 겁먹은 절반 자동차들 위를 쌩하고 내달려 다시 웨트얼머넉으로 향했다.

드림월드

몇 주가 지났고 꿈이 점점 더 사나워져서 학교의 데이브들이 꿈 얘기를 꺼낼 정도였다. 그들은 그게 내 꿈인지 알지 못했다.

"드림월드가 좀 이상해. 어젯밤에는 누가 내 몸이 노래가 되게 했다니까." 리프트 트랙의 어떤 무뚝뚝한 놈이 툴툴댔다.

"우리 가족은 죄다 다 페이머스 랜디랑 같이 어떤 말의 말풍선 속에 갇혀 있었지. 뭐야?" 다른 애가 또 투덜댔다.

그건 분명 내 머리에 터보차저를 단 화학물질들 때문이었다. 꿈을 꾸는 데 아무런 힘도 들지 않았기에 브레이크를 잡지 않고 모든 생각이 돌아다니도록 두었고, 잡초들이 제멋대로 자라도록 클립과 가위를 치웠다.

나는 다른 드리머들이 자기 방식대로 꿈을 꾸려고 날 툭툭 건드리는 걸 계속 모른 척했다. 골짜기와 바다 건너에서 불빛들이 깜빡대고, 멀리 떨어져 있는 문들이 내 것인 줄 알고 두들겼다. 그들은 로시 인디카의 푸어와 리치들이었다. 그들은 누가 잉크 빛 불을 냈는지, 누구의 숨결이 바람 나무들로 만들었는지, 누가 거품언덕을 터뜨리고 파도 길을 부셔서 해변도로로 만들었는지, 누가 그들이 갇혀 있는 수학 모눈종이를 옮겼는지, 누가 시간에 작은 모양들을 새겨놓았으며 벽과 공기를 조각해 리듬으로 만들었는지를 궁금해했다.

내가 그들을 신경 썼느냐고? 아니, 물론 신경 쓰긴 했지만, 이 모든 꿈은 워너의 작품입니다. 이 야생 바나나 꿈의 저작권은 워너에게 있으므로. 허가 없는 복제를 금합니다. 라고 알아줬으면 했냐고? 아니다.

그럼, 내가 키티를 신경 썼느냐고? 그게 나란 걸 알아줬으면 했냐고? 그러면 좋았겠지.

그런데 키티가 알아챘냐고? 아니, 그렇진 않았다.

매일 밤 키티가 자기 음악을 만들고 청중들을 위해 연주하느라 바빴다. 내 꿈은 그 오페라 요새 안까지 들어갈 수는 없었다.

한두 번 그 애한테 물어봤다. "저기, 그 엄청난 성에서 나가본 적 있니? 다른 사람들은 어떤 꿈을 꾸는지 궁금한 적 없니?"

"드림월드에서 내가 하고 싶은 건 곡 연주뿐이야." 키티가 말했다.

"하지만 누군가 널 위해 뭔가를 만들어주고 싶어 할 수도 있잖아." 내가 물었다.

"그러려면 깨어있는 세상에서 그걸 만드는 법을 배워야 할 거 같은데." 키티가 어깨를 으쓱하며 씩 웃었다.

또 가끔 드림월드에서 키티의 음악을 이용하기도 했다. 그 음악을 전송하는 채널을 만들어 문 월드처럼 스피커들을 통해 내보내면 꿈이 발랄해지고 생생해진다. 잠에서 깨어나 보면 심장이 쿵쾅대고 눈가가 촉촉하다. 몇 분 동안은 그 어디에도 내가 존재하지 않게 된다.

그리고 키티가 눈치를 채기를, 궁금해하기를, 그래서 어느 날 밤에는 다른 사람이, 그러니까 내가 어떤 꿈을 꾸는지를 알아보러 오기만을 기다렸다.

삶과죽음의세계에서는 트랙 바꾸기 시험이 으르렁대며 날 향해 한 발짝씩 다가오고 있었는데 사실은 내가 시험에 으르렁댔다고 해야 옳았다. 속도를 올리고 힘을 기르며 최고조로 열이 오른 내 머리로 시간을 녹여버린다. 수학이라는 집의 방들을 돌아다니고, 리프트 운동 시간에 수학 공식들을 중얼대고 거실에서 연습문제들을 박살내고 연습시험 전체를 완파했다. 결국에는 아름다운 성공담의 마지막 장면처럼, 휴 가족은 다시 한번 나에게 큰 기대를 걸었다.

그리고 그러는 내내 난 내가 아니었다. 심지어 사람도 아니었다. 감정이나 기억이 없는 로봇에 가까웠다.

마크파이브와 대화도 거의 하지 않았다. 그가 나한테 덜 흥미를 느낀다는 게 느껴졌고, 나 역시 그에게 공격적인 태도를 멈추고 진짜 공붓벌레가 되었다.

마크파이브는 수업 때 20분, 한 시간씩 일찍 일어나기 시작하더니 얼마 안 지나서 집에 들어오지도 않았다. 아침마다 종종걸음으로 그의 차에 가서 약을 한 다음, 그가 쌩 가버리며 집으로 다시 돌아왔다. 그래도 상관없었다. 혼자서도 잘했으니까.

내가 진짜 살아있는 건 드림월드에서뿐이었다. 설령 그곳에서 어떤 욕망을, 못 견딜 만큼 거대한 소망을 품었어도, 아침이면 그게 뭐였는지 알 수 없었다.

마지막 주말이 왔다. 월요일에 있을 트랙 바꾸기 시험 전까지 며칠 안 남았다.

토요일에는 아홉 부분으로 된 연습시험 전체를 봤는데 모두 때려눕혀 버렸다. 점수는 훌륭했고 두 부분은 심지어 만점이었다.

일요일에 다시 봤을 때는 그보다 더 나은, 네 부분 만점이었다.

휴가 "워너, 제대로 준비가 된 게 분명하구나."라고 말했다. 키티가 "넌 할 수 있어 네 삶을 영원히 바꿀 수 있어."라고 말했고, 프레이어는 "동생아, 내가 다 뿌듯하다."라고 추켜 주었다.

느낌들을 느껴야 했는데, 자랑스러워하고 흥분해야 했는데……. 나 자신이 포옹과 축하받는 모습을 내 위에서 무덤덤하게 관조할 뿐이었다.

시험 전날 밤 내 꿈은 미쳐 날뛰었다. 죽어서 묻힌 모든 것들이 천 개의 유령들을 낳았다. 모든 버려진 가방과 병, 모든 깨진 기계 조각들이 살아나 춤을 추었다. '인간들은 더는 우리를 필요로 하지 않으니까, 이제 우린 자유야.' 버려진 세상에서 쏟아져 나온 천 개의 유령 세상들.

난 오페라하우스로 날아가서 외칠 뻔했다. '키티, 쇼를 멈춰. 너한테 이걸 보여주고 싶어. 아니 꼭 보여줘야 해. 잠시만 내가 널 위해 쓴 시 속에서 살아보라고.'

하지만 대신 난 기다렸다. 유령시 안에 숨어서 서성이며 키티를 기다렸던 거다.

그 광포함이 마침내 오페라하우스 벽을 깨뜨리고, 그 안으로 그림자, 희미한 빛, 장난기 많은 수증기가 흘러 들어가기를, 그리고 키티가 '누군지 찾아야겠어.'라고 생각하기를 난 기다렸다.

키티가 그러지 않았지만, 누군가가 날 찾아냈다.

날 꽤 잘 알았던, 어떻게 하면 날 찾을 수 있는지를 알았던 사람, 먼 곳에서의 건드림이나 다른 사람들의 초인종이 희미하게 울리는 소리 대신, 그날 밤 내 창문에는 조약돌 비가 내리고, 하늘에서는 잿빛 불꽃이 터졌다.

그의 머리카락은 자라기도 하고 안 자라기도 했는데, 그는 자기 머리카락이 아직 남아 있는지 아닌지 기억을 못 하는 듯했다. 그리고 처음에 이 말만을 되풀이했다. "넌 줄 알았어."

그의 꿈은 엄청나게 약했다. 켜졌다가 꺼졌다가, 되풀이했다. 날 알아봤다가 잊어버렸다가 다시 기억했다가.

"넌 줄 알았어." 어셔는 미소를 지으며 말했다.

"어셔." 목청이 막혔다.

"넌 줄 알았어." 그는 예전과 똑같은 미소를 짓고 있었다.

우리 주위의 유령들 모두가 눈을 꼭 감고 숨을 멈췄다.

"어셔, 살아있구나. 어디 있어? 전부 다 모조리 얘기 해봐." 난 따지듯 말했다.

"그 꿈들을 봤어. 넌 줄 알았어." 그가 말했다. 계속해서 그 말만 했기에 난 그를 흔들고 그의 살갗을 만지려 했지만 그럴 수가 없었다.

"어셔, 제발 정신 차려봐. 무슨 문제 있니?" 난 애원했다. "도움이 필요한 거야. 어디로 가면 널 찾을 수 있니? 말 좀 해봐."

"정말 멋지고 생생한 꿈이야." 그가 말했다. "넌 줄 알았어. 워너."

"너 어디 있어?" 난 애원했다. "어디 있냐고?"

"꿈속 유령들을 보고 워너란 걸 알았어. 넌 줄 알았다고." 그는 말을 되풀이했고, 기뻐했지만 내 심장의 틈들은 갈기갈기 찢어졌다.

난 꿈의 시간, 한 달 동안 그와 함께 앉아 있었다. 어느 날 밤에는 1천 시간 동안, 가끔은 그 정도가 걸렸다.

그리고 결국에는 마침내 그가 눈을 깜빡이고, 활발해져서는 중얼거렸다. "아니, 아니, 아직 아냐, 머리 어깨, 아직 아냐." 그러면서 움찔했다. 작은 찡그림이었지만 차라리 소리를 지르는 편이 나을 것 같았다.

그는 벗어진 머리를 숙였고 그 짧은 순간 그의 머리 뒤에 잉크로 새겨진 얼굴을 보았다. 대충 그려진, 입을 헤벌린 만화 속의 얼간이 같은, 침을 질질 흘리는 기분 나쁜 얼굴에 비죽 나와 있는 혀와 휘둥 그런 눈, 그게 페이스 보이 문신인지 막 알게 된 순간 어셔가 잠에서 깨어났다.

어셔는 샌드 드리머프 저수지의 모습만을 내게 남겼다. 화질 나쁜 뉴스 비디오처럼 끊기고 흐릿한 그의 우중충한 새 침실에서 본 광경은 그가 힘없는 거품처럼 톡 터져 드림월드에서 사라진 이후에도 잠깐 더 남아 있었다.

6.

어　셔

삶과 죽음의 세계

난 잠에서 깨어났다. 해는 아직 숨어 있었다. 집은 조용했고 프레이어가 코를 골았다.

심장은 쿵쾅댔지만, 마음은 정갈했다. 머릿속에는 오직 한 가지 생각뿐이었다. '친구를 구하자.'

옷을 입고 방에서 나가 누가 없는지 찾았다. 맨 처음 만난, 깬 사람은 데이지였다. 데이지는 소리를 없애려고 헤드폰을 낀 채 밤새 홈시어터로 슈팅 게임을 하고 있었다.

"데이지."라고 불렀지만, 데이지는 듣지 못했다.

워너, 뭐 하는 거야? 데이지는 널 도와주지 않아.

휴가 희미하게 동이 틀 무렵에 일어나 모닝 심장 강화 운동을 했고, 그의 쳇바퀴기계 앞으로 달려가 미친 듯이 손을 흔들었다.

"아저씨, 도와주세요. 드림월드에서 제 친구를 봤는데 걜 구해야 해요." 휴가 식식대고 헐떡대는 동안 소리쳤다. "그 애는 어지럽고 멍해 보였어요. 분명 제정신이 아니었다고요. 어떤 조직이 그 애 머리에 문신을 새겼어요. 누가 납치했는지 알 것 같아요. 바로 숄더헤드란 범죄자가 이끄는 페이스 보이 조직이에요. 우리가 도와야 해요."

"천천히, 애야. 천천히 좀 말해봐. 네 친구가 자신이 납치됐다고 하든?" 휴가 쳇바퀴 위를 달리며 가쁜 숨을 몰아쉬었다.

"그건 아니지만, 말 자체를 거의 하지 않았어요. 꿈을 제대로 못 꿨다고요. 너무 걱정돼요. 아저씨, 우리가 나서야 해요." 난 애원했다.

"혹시 그 애가 약을 했을 가능성은 없고?" 휴가 물었다.

"아뇨." 난 말했다. "아닐 거예요. 아니 그러니까 그놈들이 억지로 시켜서 했을 가능성이 있긴 하지만, 아니, 아니, 아니 걘 저처럼 소년원에 있었어요. 스트레스, 긴장, 두려움, 그런 것들 때문에 꿈들이 전부 약하고 깜빡거리긴 했지만, 약 때문은 아니었어요."

"하지만 그건 드림월드야. 워너." 휴가 얼굴을 찌푸리며 말했다. "드림월드에서 받은 인상을 신뢰할 수는 없지."

우린 잠시 말이 없었다.

워너 뭐 하는 거야. 휴도 널 돕지 않을 거라고.

난 머리가 어지럽고 몸이 떨렸다. 이건 그 샌드 드리머프의 경찰과 똑같잖아.

"저기요, 다른 선택지가 없어요. 우린 걜 도와야 한다고요." 난 참지 못하고 소리쳤다.

휴가 쳇바퀴를 멈췄다.

"워너, 쉬, 숨을 깊이 들이마시렴." 휴가 말했다. "넌 오늘 시험을 준비하느라 정말 엄청난 노력을 기울여왔어. 긴장하는 것도 당연하지. 하지만 부디 그 스트레스 때문에 네가 그동안 해온 노력을 물거품으로 만들지는 말아라."

"전 그 바보 같은 시험 때문에 긴장한 게 아녜요." 난 외쳤다. "정말이에요. 시험은 아무것도 아니라고요. 제가 이렇게 야단법석인 이유는 제 친구가 위험해졌기 때문이에요."

휴가 가만히 서서 숨을 고르더니 고개를 끄덕였다.

그러더니 날 들어 올렸다.

땀에 젖은 그의 손이 내 겨드랑이 밑을 받쳤고, 손가락은 내 등을, 양쪽 엄지는 내 가슴을 눌렀다. 그는 내 얼굴이 자기를 향하도록 했다. 그의 숨에서는 단 냄새가 풍겼다.

"네가 지금 무슨 짓을 하는 건지 내가 설명해주마." 휴가 내 얼굴에 대고 말했다. "넌 네가 뭘 하고 있는지도 모를 거야. 난 이런 걸 수도 없이 봤지. 이건 명백한 자해란다."

내가 고개를 가로저으며 말을 하려고 하자, 그가 내 몸을 흔들었다.

"얘야." 그가 말했다. "난 *네 편*이야. 네가 성공하길 바라지. 그만, 숨을 깊이 들이쉬고, 내 말에 귀를 기울이렴. 난 이런 걸 수도 없이 봐왔어. 자기 자신을 위해 더 나은 미래를 만들려는 푸어들에게서 말이야. 준비하고 준비하고, 연습하고 연습하고, 성공의 문 앞까지 길고 힘든 여정을 이어가지. 그토록 노력해서 드디어 문턱에 이른 거야. 그런데 거기서, 결정적인 순간에, 문턱을 넘지 않는 거다. 그냥 돌아서기로 결정을 내리는 거지."

난 아무 말도 안 했지만 휴가 또다시 살짝 흔들었다.

"나도 어렸을 때 푸어였단다. 기억하렴. 내 주위의 다른 애들이 자해하는 걸 보고 궁금했어. 그건 정말 말이 안 되는 일이었으니까." 그가 안타까워했다. "하지만 이제 분명히 알아. 넌 더 나은 미래에 대한 두려움 때문에 돌아서려는 거야. '워너, 넌 그동안 네가 들어왔던 그런 삶을 누릴 자격이 없어. 넌 그저 엉겁결에 그걸 마음에 담아둔 것뿐이야.'라며, 하지만 그건 사실이 아니야. 넌 충분히 자격이 있다니까. 이제 네 마음속에서 성공을 원치 않는다는 생각을 덜어낼 때가 왔어. 이제 다른 건 전부 제쳐두고 너에게만, *네 미래에만* 집중해. 그리고 *시험을 봐.*"

그의 크고 창백한 두 눈 속에서 담긴 단순하고 멍청한 진실을 보았다.

"그럴게요." 나는 그에게 약속했다.

집 밖으로 나와 마크파이브에게 전화를 걸었다, 약에 취한 더벅머리를 깨우고, 당장 날 데리러 오라고 했다.

"워너, 이봐, 데이브, 시험시간이 몇 시간은 더 남았어." 그는 아직 정신을 차리지 못했다.

"형, 솔직하게 다 얘기할게." 난 말했다. "오늘 오전에 처리해야 할 갱 비즈니스가 있어서 그래."

그가 자리에서 일어나는 소리가 전화기 너머에서 들렸다.

"시험은 볼 거야. 걱정하지 마." 그를 안심시켰다. "하지만 먼저 마무리 지어야 할 일이 있어. 어쩌면 형이 도와줄 수 있을지도 몰라."

"당근 빠떼루. 바로 갈게." 내 전화에 흥분한 마크파이브가 소리를 크게 외쳤다.

우리는 평소처럼 약을 한 다음, 서둘러 문 월드와 이트 보텍으로 갔다.

첫 번째 단계, 마크파이브 없이 문 월드에 들어가기. 불행히도 그는 너무 컸으니까, 내가 곧장 총기류와 폭탄류 코너로 걸어갔다.

"총이랑 탄이 필요한데요." 내가 직원에게 말했다.

"오, 그렇군요. 어떤 총?" 창백한 문 월드의 빛이 반사되어 피부가 핑크와 파랗게 빛나는 직원이 물었다.

"저게 좋을 것 같아요." 난 절반 권총 하나를 가리키며 말했다.

"탁월한 선택이죠. 포켓 핏불은 사냥, 낚시, 자기방어는 물론 민병대도 사용하는 뛰어난 다목적 모델이죠. 그럼 이제 신원조회를 하러 가실까요?" 직원이 말했다.

"음, 그건 얼마나 걸리죠?" 난 놀라 물었다.

"24시간이요. 형식적인 겁니다. 전과 여부나 그런 걸 확인하는 거죠." 직원이 말했다.

"근데 문제는 이 총이 당장 필요하다는 거예요." 내가 설명했다.

"2백 문문을 더 내시면 '총기 소지 우선권'을 드릴 수 있어요. 그러면 신원조회를 하지 않고, 또 앞으로 좋은 거래가 있을 때마다 뉴스레터를 보내드리죠." 직원이 제안했다.

좋게 들렸지만, 불행히도 내 카드를 조회해보니 문플로우 계좌에는 2백은커녕 한 푼도 없었다.

"괜찮아요. 문 월드 신용카드로도 되나요?" 아무렇지 않은 척하며 물었다.

"시스템상에는 물건을 구매하시려면 먼저 프레시 벗 칠의 잔금을 해결해야 한다고 나오네요." 직원이 얼굴을 찌푸렸다.

"그럼, 칼은요? 총 말고 저렴한 작은 칼이요." 간곡하게 읍소했지만, 내 문플로우 잔고를 확인한 순간 직원은 까칠하게 굴어도 된다는 걸 안 모양이었다.

하이엔드 하프 스케일 패션 코너에서 난 리즈와 진에게 사정을 봐서 돈을 융통해달라고 해봤지만, 소용없었다.

"당신은 성실한 노력으로 프레시 벗 칠에 돈을 갚아야만 해요. 불행히도 그러려면 다른 어딘가에서 문문을 얻어오거나 스케일을 좀 줄여야겠죠." 리즈가 짜증을 부렸다.

"이 당황스러운 상황을 해결될 때까지 우리 매장에서 좀 나가줄래요. 하이엔드 하프 스케일에 빈털터리가 입장했다는 게 좀 거슬리네요. 무슨 말인지 알죠?" 진은 콧방귀를 뀌었다.

문 월드에서 나온 나는 씩씩대고 걸으며 뇌를 못살게 굴었다. '절반 권총을 어디서 구하지? 이트 보텍의 비상용 총 상자를 부술까? 아니면 그냥 마크파이브한테 칼을 빌려 달래서 그걸 검으로 쓸까?'

바로 그때 발 근처에서 쉬쉬하는 소리가 들렸다.

그건 지난번 그 지저분한 리틀 푸어들이었다. 남자 한 명과 여자 한 명.

남자는 팔 밑에 진공 포장된 포켓 핏불을 끼고 있었고, 여자는 총알들이 든 봉지를 흔들어 보였다. 그들 옆 풀밭 위에 수류탄도 놓여 있었다.

"생일 축하해." 남자가 소리쳤다.

"그 망할 고양이한테서 우릴 구해줘서 진짜 고마웠어." 여자애가 외쳤다.

2단계, 난 드라이브 트랙의 차고에서 전에 페이스 보이였던 황소 주먹, 필럽을 찾았다. 다행히도 드라이브 트랙에서는 아이들을 엄청 일찍 기상시키고 있었다.

"필럽, 전에 내 편이 되겠다고 했지? 그때가 왔어. 난 숄더헤드를 만나야 해." 그에게 말했다.

"흠, 숄더헤드를 찾지 않는 편이 네 몸에 좋을 것 같은데." 필럽이 충고했다.

난 그에게 총과 폭탄을 구경시켜주었다.

"맙소사!" 필럽이 말했다.

"총이랑 폭탄은 눈에 띄지 않게 숨겨둬." 드라이브 트랙의 선생님이 큰 소리로 말했다.

"드라이브 연습하는 셈 치고 날 숄더헤드한테 데려다주는 게 어때?" 내가 제안했다.

"난 그놈이 어디 사는지도 모르는걸." 필럽이 꼬리를 뺐다.

"사실, 내가 알아야 할 건 페이스 보이들이 내 친구를 어디다 가둬놨나 하는 것뿐이야?" 난 말했다. "샌드 드리머프 저수지 쪽이지?"

"젠장!" 드디어 필럽이 말했다. "시타델이야."

시타델은 그저 그런 창고였다. 그건 2배 도로가 깔리지 않은, 여러 블록이 밀집한 하프 스케일 동네 뒤편에 웅크리고 있었다.

마크파이브의 2배 자동차가 들어갈 수 없어 그는 3킬로미터 밖에 차를 세우고 기다렸다.

"금방 나올게, 데이브, 걱정하지 마. 전속력으로 달려 나올 테니까." 그에게 약속하고 주먹 키스를 나눈 뒤 필럽의 작은 고물차에 올라탔다.

필립은 날 그 창고로 데려다줬다. 페이스 보이의 소굴이라고는 꿈에도 상상도 못 했는데, '페이스 보이 인더스트리스'라는 트렌디한 문 표지판을 보니 그런 것 같기도 했다.

"여긴 조직의 다용도 아지트야. 누굴 감금하거나, 약을 만들거나 차를 고치거나 하는 데 딱 맞거든. 느낌 알겠지?" 필립이 설명했다.

"응, 잘 알겠어. 저기, 혹시 날 지원해 줄 생각 있니? 그냥 모퉁이에서 기다리다가 도망칠 때 태워주는 것도 괜찮은데." 그에게 물었다.

"오, 절대 싫어." 그는 180도 돌아 가버렸다. 애들도 멋들어지게 운전을 잘할 수 있다는 듯 쌩!

'좋아, 워너, 어떤 지원도 없이 완전히 혼자서 어셔를 구하자. 어떻게 하면 될까?'

시타델 주위를 반쯤은 기다시피 돌아다니며, 남의 눈에 띄지 않게 입구들을 염탐했다. 정문, 비상구, 하역장, 창문.

지붕 위에서 노닥이던 페이스 보이 총잡이들은 날 조금은 호기심 있게, 조금은 멍한 눈으로 쳐다보았다.

'좋아. 뇌야.' 내 뇌에 생각을 전했다. '곧 네가 영리한 계획을 짜줘야 해. 안 그러면 이번 일은 네 주인, 멍청이 워너의 또 다른 '창문 깨고 들어가 털기'의 에피소드가 될 거야.'

'알았어, 알았다고.' 내 뇌가 말했다. '어디 보자. 1분만 줘.'

'좀 도와줄까?' 난 생각했다.

'잠깐 시간 좀 달라니까?' 뇌가 말했다.

'알았어, 문득 생각난 게 하나 있는데. 네 안에는 수학이 가득하잖아. 그것들을 총동원해서 계획을 짜면 어때?' 난 생각했다.

'제발, 아주 잠시만이라도 입 좀 다물고 있을래.' 뇌가 말했다.

'그래, 그냥 도우려는 것뿐이야.' 난 생각했다.

'좋아. 내가 생각할 수 있게 생각 좀 그만해.' 뇌가 말했다.

'잠깐만. 어떻게 내 생각을 멈추면서 네가 생각하도록 할 수가 있어. 넌 사실 나잖아.' 난 깨달았다.

우리는 잠시 옥신각신하다가 결국에는 다소 어눌한 결론에 도달했다. 그건 세 가지 작은 영리함을 더한 '창문 깨고 들어가 털기' 감보였다.

작은 영리함 중 첫 번째는 변장이었다. 셔츠를 벗어 머리에 묶은 다음, 석탄 얼룩을 좀 묻히고 가슴에는 꺼벙한 얼굴을 그렸다. 그러면 적어도 멀리서는 페이스 보이처럼 보일 거고, 만약 두 번째 작은 영리함으로 인한 대혼란을 일으킬 수 있다면 가까이에서 봐도 그냥 보고 넘어갈 터였다.

두 번째 작은 영리함은 실제로 가고자 하는 곳의 반대편에서 시선을 주목시키는 것이다. 즉, 폭탄을 하역장 앞쪽에 던지는 동시에 비상구로 뛰어 올라가 다시 저수지로 나오는 것이다.

목적지를 저수지로 정한 건, '꿈속의 광경을 기억하라'라는 세 번째 영리함 덕분이었다. 어셔의 방 창문으로는 다 말라서 먼지만 남은 크고 우묵한 곳이 내다보였다.

바보 같은 이 계획은 실제로는 꽤 효과적이었는데, 아마도 운이 좋았다고밖에 할 수 없었다. 석탄을 슬쩍하러 어느 미들 푸어 집에 들어갔을 때 누군가가 소리를 질렀고, '이런, 죄송, 집을 잘못 찾았네.' 하고 실수한 척했다. 다른 집에 들어갔을 때는 그 집 가족들이 뒤뜰에 있어서 날 보지 못했기에, 스토브에서 석탄 소량을 훔쳤다. 다시 밖으로 나온 나는 후드티를 덤불 밑에 숨기고, 셔츠를 머리에 두른 뒤 재빨리 배에다 상어 얼굴을 그렸다. 대충 그려서 볼품은 없었지만 누가 신경 쓰겠어. 숨을 깊이 마시고 마음을 진정시킨 다음, 아무렇지 않은 척 다시 시타델로 들어갔다. '얘들아, 나 기억 안 나? 너희들의 오랜 친구잖아. 반나체 페이스 보이, 상어 배.'

아니나 다를까, 지붕의 총잡이들은 지루한 듯 날 향해 손을 흔들었고, 나도 말없이 무심한 척 손을 흔들었다. 그러자 그들 각자는 전화기로 얼굴을 묻었다. 자연스럽게 등 뒤에 숨겨두었던 수류탄을 하역장 문에다 던지고는 시타델 옆쪽으로 돌아나갔다. 저수지에 이르렀을 때쯤 쿵 소리가 들렸고, 발밑의 땅이 울렸다. 비상구로 뛰어 올라가 문을 열고 안으로 들어가자, 알람이 울리는 와중에 페이스 보이들은 '야, 뭔 일이여?' 하는 표정으로 우왕좌왕했고, '저 자식은 누구야?' 하는 얼굴로 날 쳐다보는 놈은 없었다. 나 역시 '야, 무슨 일이야? 어떤 미친놈이야? 누가 우리 페이스 보이들을 공격했냐고? 각자 자기 자리에서 우리 본거지를 지키는 게 어때?' 하듯 심각한 얼굴로 돌아다녔으니까.

어떤 방을 열자, 페이스 보이들과 창녀들이 그 안에서 현금을 싸고 있었다.

다른 방, 비었다.

또 다른 방, 핏자국이 있고, 비었다.

또 다른 방, 페이스 보이 두 명이 컴퓨터 앞에 앉아 자판을 두드리며 먼지 때문에 코를 훌쩍이고 있었다.

구석방, 테이블, 캐비닛, 숄더헤드! 어서가 있었다.

그들을 본 건 2년 만이었다. 어서는 작은 쥐 크기로 테이블 위에 있었고, 숄더헤드는 나와 같은 스케일로 꼭 리프트 트랙 학생처럼 보였다. 문신과 근육질의 몸은 나보다 조금도 더 크지 않았으며, 눈빛은 피곤하고 굶주린 듯 보였다.

그들은 내가 안으로 들어가 문을 닫고 테이블 뒤쪽으로 걸어가 그 거물 깡패의 등뼈에 총부리를 겨눌 때까지 날 쳐다보지도 않았다. 숄더헤드는 뒤쪽으로 다가와 날 벽으로 밀었다. 방을 잘못 찾아온 어린 페이스 보이쯤으로 여긴 것 같았다.

"멍청한 짓 좀 그만해라. 꼬마야." 숄더헤드가 으름장을 놓았다. "게임을 할 시간이 아니야. 아래층으로 내려가서 네 일이나 해."

작고 연약한 쥐 크기 어셔는 무슨 텍스트 문서 위에 쭈그리고 앉아, 펜으로 글자들 사이에 줄을 긋고 있었다. 숄더헤드는 그 모습을 쳐다보며 뭐라고 속삭였다.

'그래, 좋아.' 난 생각했다. '이제 난 어린 페이스 보이가 된 거야.'

"보스, 그 리틀 말더듬이 사시나무를 데려가야 해요." 그에게 말했다. "더 안전한 곳으로요."

숄더헤드는 그제야 당황한 듯 고개를 들어 날 쳐다보았다.

"너 이름이 뭐야?" 그가 말했다.

"상어 배요." 내가 말했다.

그는 내 배를 쳐다봤다.

'그래, 될 대로 되라지. 더는 연기는 안 해.' 난 생각했다.

난 총을 그의 배에다 쑤셨다.

"자, 잘 들어." 윽박질렀다. "저 리틀 남자애를 데리러 왔어. 입 다물고 가만히 있든지, 배에 펑크를 내든지, 둘 중 선택해?"

그는 씩 쪼갰다.

"맙소사, 너 바보냐." 그는 말하고는 총을 후려치려 했지만, 난 그 느린 교살범에 비해 훨씬 더 빨리 몸을 홱 움직였다. 그리고 눈 깜짝할 사이에 그의 목을 세게 쳤다.

그는 의자에서 미끄러져 숨을 헐떡이며 고통에 몸을 비틀었고 난 어셔를 들어 올렸다.

"걱정하지 마. 나야." 어셔에게 말했다. "네 친구, 워너라고."

"아아, 알아, 아." 작은 잿빛 어셔가 갈라지는 목소리로 말했다.

어셔는 상태가 좋지 않았다. 까칠하게 민 뾰루지가 난 머리, 드림 월드에서 봤듯이 잔뜩 문신을 그린 뒤통수, 또 지저분한 데다 악취도 풍겼다. 하지만 그는 내 눈을 쳐다보며 눈을 깜빡였고, 제정신이 아닌 듯한 미소를 보였다.

그러자 먼지가 날릴 정도로 메말라 있던 내 가슴에 홍수가 나기 시작했다. 내 눈은 따끔거렸고, 내 목은 역시 누구한테 세게 맞은 듯 턱 메어왔다.

"내가 차를 부를게." 난 이 말이 목에 걸리기 전에 재빨리 내보냈다.

네 번째 엄청나게 큰 영리함이 내 얼굴을 후려갈겼다. '워너, 이 멍청한 천재 녀석. 마크파이브한테 *저수지 위로* 차를 몰고 오라고 하면 되잖아. 그건 물 없이 완전히 마른 통이나 마찬가지니까.

2배 자동차들은 전부 방탄차니까, 저놈들이 총을 쏘아도 마크파이브는 걱정할 게 없지.

그가 우리가 있는 창문 밑으로 오면 우리는 열린 선루프 안으로 뛰어내리면 돼. 여기서 쏜살같이 빠져나가면 어셔를 무사히 구하는 거지.

보텍으로 가서, 시험을 보고 구조된 친구와 함께 나의 새로운 수학 트랙 인생을 축하하는 거야.

난 천재 영웅처럼 내 도주 운전자에게 전화를 걸려고 잽싸게 전화기를 꺼냈다.

하지만 전화기는 전화기의 기능이 멎어 있었다.

그 대신 프레시 벗 칠의 잔소리꾼 직원이 되었다.

"프레시 벗 칠은 당신의 계좌 결산에 어려움을 겪고 있습니다. 프레시 벗 칠에 전화해 잔액을 정상으로 복원하려면 여기를 누르세요." 전화기가 말했다.

"젠장, 젠장, 젠장." 난 두려움을 억누르며 말했다. 프레시 벗 칠 화면을 밀어 없애려 했지만 되지 않았다. 전화기가 잠겨 있었다.

재설정과 재시작도 소용없었다. 전화기에는 계속 그 화면이 떴다. 좋아, 난 프레시 벗 칠에 전화하기를 콱 눌렀다. 어서 받아 받으라고! 이 악마 같은 놈들아.

"안녕하세요! 워너 씨." 프레시 벗 칠 인공지능 로봇이 말했다.

"빨리, 빨리, 빨리." 난 중얼거렸다.

"저희 파트너사인 은행 검색기를 통해 당신이 자금을 재정비할 수 있는 가장 가까운 은행을 찾아드리겠습니다." 로봇이 말했다.

"젠장, 젠장, 젠장." 이를 악물었다.

"문플로우에 문문을 입금하시면 저희와 멋지고 스타일리시한 고객 관계를 이어가실 수 있습니다." 로봇이 말하고 나자 내 전화기는 저절로 은행 검색기로 변했다. '이쪽으로 가시면 가장 가까운 은행지점이 나옵니다. 스케일을 좀 줄이시는 게 어떨까요?'

"좋아." 난 어셔를 팔 밑에 끼고, 재잘대는 전화기를 다시 바지 속에 밀어 넣으며 말했다. "상관없어. 괜찮아. 일단 여기서 나가보자. 어쩌면 정말 그렇게 할 수 있을지도. 그렇게 될지도 모르니까."

하지만 문을 열자마자 내 운은 다 소진되어 버렸다. 조직 깡패 퍼피넥과 정면으로 만난 거다.

그 데이브는 나보다 빨랐고, 단숨에 총부리가 내 목을 조준했다.

"내가 널 아는 걸 다행으로 여겨." 그는 농담조로 말했다.

드림월드

그리고 그걸로 끝이었다. 게임 오버.

슈팅 게임의 판을 깨기는커녕 총 한 번 쏘지 못한 채 포박당했다. 불행히도 이번 게임에서는 더 이상의 목숨이 남아 있지 않았다.

"다 설명해 줄게. 워너, 하지만 그 전에 먼저 겪을 일이 있어. 제대로 자근자근 주장질 당하는 거야."

이트 보텍의 수학 트랙 대신, 이제 넌 시타델의 고통 트랙에 발을 들여놓았어. 첫 단계로, 덩치 큰 페이스 보이들이 널 피의자 방으로 데려가서 공놀이하듯 이리저리 던질 거야. 가끔은 실수도 하겠지. 오, 이런, 벽에 맞았네. 의자들 위로 내던져지고, 유리 위로 떨어뜨리고 미안해서 어쩌나? 피가 나네. 크크.

그다음엔 채찍질을 당할 차례. 벨트, 잔가지, 신발 끈, 선인장 등 뭐든 손에 쥐고 다들 워너의 살갗에 매질을 해.

숄더헤드의 개인적인 취미는 사람들을 물에 담그는 거다. 더러운 데다 네 머리를 처박고 그대로 두었다가 헹궜다가를 반복하는 거다.

마침내 퍼피넥이 작은 망치를 들고 내리치는 바람에 손가락, 발가락이 납작하게 펴지고 귀는 퉁퉁 부었다. 그는 그 일을 좋아하지도, 싫어하지도 않는다. 그저 아무 감정 없이 상대를 피 흘리고 멍들게 하는 일을 하는 데이브일 뿐이다.

웃기는 건 일 년간 안 맞았는데도 다시 맞기 시작하니, 마치 한 번도 고통을 멈춘 적이 없다는 듯 몸이 다시 반응한다. 예전 기술들을 전부 기억해내, 더는 고통과 싸울 수 없을 때까지 싸우다가 그 뒤에는 모든 걸 내려놓는 거다. 그저 저 위에 높이 떠서 나 자신이 피 흘리고 목 졸리고 고함지르는 걸 지켜본다. 어둡고 밝은 온갖 색의 고통, 모든 높고 낮은음, 모든 약하고 강한 냄새를 느낀다.

한 번 나 자신을 내려놓고 나면 되찾기는 힘들다. 이번에는 며칠이 걸렸다.

며칠 낮, 며칠 밤 동안 드림월드에는 한 번도 가지 못했다. 고통이 심했고 숨쉬기가 힘들었다.

마크파이브의 약들도 몸에서 다 빠져나가, 다시 우울한 나로 돌아가는 데 한몫을 했다. 이제는 로봇 집중력도, 자신감 넘치는 재잘거림도 없다. 잘 정돈된 머릿속 선반들과 오싹하고도 몽롱한 대마초의 기운이여, 안녕!

이제 넌 다시 우울한 짐승이 된 거야. 감정을 느끼고, 상처를 핥고,

네 몸이 부러진 뼈들을 다시 붙이려 애쓰는 사이 끔찍한 사실들을 깨닫지.

퍼피넥이 들어와 질문에 답하고 여러 가지를 설명한 다음, 이제 어떻게 될지를 진득하게 묘사했다. 스포일러를 하자면, 그건 별로 좋지 않았다.

첫 번째 질문은 당연히, 퍼피넥은 뭘 하며 살았나? 퍼피넥이 일반 감옥으로 옮겨 갔을 때, 왜 어른 페이스 보이들이 그를 튀겨 먹지 않았나 하는 거였다. 대답! 이제야 그는 그게 다 거짓말이었단 걸 발표한다. 어른 페이스 보이들은 워너를 신경도 안 썼고, 퍼피넥이 그저 워너를 조직에 끌어들이려고 그런 얘기를 꾸몄던 거다.

다음 질문, '퍼피넥은 어떻게 그렇게 빨리 감옥에서 나왔나? 어떻게 하프 스케일이 되었나?' 였다. 대답은 이랬다. 페이스 보이들은 기업과의 파트너십을 알아보고 있었다. 뉴스에서 가이라는 악명 높은 빅 리치를 본 적이 있을 거다. 그는 십수 명의 예쁜 미들 리치 여성들을 팔에 매단 채 활보하고 다니는 남자다. 그는 '리치 가이 크레딧'을 운영하는데, 이 회사는 '문 월드 크레딧', '절반 자동차 이지 론', '리피 하우스 앤드 야드', '아메리칸 드림 차고'와 같은 모든 종류의 대출 기관들을 총괄했다.

페이스 보이들은 대출 사업에까지 세력을 넓히고 싶었던 반면, 사업가 가이는 예전부터 거리 불량배들의 악착같고 살기등등한 신선한 기술을 동경해왔다. 결국 '얘들아, 우리 서로 거래를 하는 게 어때?' 이렇게 된 거지. 가이는 징역형을 사는 페이스 보이들을 빼줬고, 자유의 몸이 되어 스케일 업까지 한 퍼피넥을 포함한 일당들은 거리를 누비며 가이가 받아야 할 연체 대출금을 회수했다. 그게 바로 '윈윈'이란다.

그리고 어서, 어서는 어떻게 된 건가? 그건 이렇다. 어떤 모범생이 로스쿨 학생이 무슨 이유에선가 그를 애완동물로 입양해, 수업에 데리고 다니며 온갖 유용한 것들과 전략들을 배우게 하고 민트향 라임 물도 주고 베고 잘 베개까지 주며 리틀 잿빛 왕자님처럼 대해주었다. 이 얘기를 들은 나는 조금 기뻤다. '맙소사, 체스. 결국에는 어서를 돌봐줬구나. 그러리라고 전혀 짐작도 못 했는데.'

하지만 몇 달 전 우연히 길에서 어서를 보게 된 숄더헤드는 생각했다. '저, 자식 낯이 익은데. 맞아, 나한테 총을 쐈던 멍청이 중 하나잖아.' 그런데 어서를 때려눕히려던 그는 문득 깨달았다. '흠, 로스쿨 수업을 듣는다면 계약서를 읽을 수 있겠네. 쓸모 있겠는걸.' 그래서 숄더헤드는 어서를 슬쩍 데려와 머리를 짓이기는 대신 뒤통수에 문신을 새기고 법적인 조언자로 이용하기 시작했다.

그래서 어서는 페이스 보이의 법무팀에 있게 되었다. 저 리틀 회색 말더듬이는 천재라니까, 리치 가이 크레딧이 해체되어 페이스 보이 회사까지 팔릴 뻔한 걸 세 번이나 막았다.

"그놈이 꿈속에서 널 찾아간 건 오지게 슬픈 소식이 아닐 수 없어." 퍼피넥이 말했다. "보통 우리는 그놈이 드림월드에 못 들어가게 약을 먹이는데 말이야. 이제부터는 솔로 드림을 복용시켜야겠어."

그리고 나, 난 어떻게 되나?

"음, 물론 우리는 네 스케일 문문을 압수하길 원해." 퍼피넥이 말했다. "그러니까 제일 먼저 갈 곳은 은행이라는 데지. 그 이후에는 널 짓밟든, 목을 조르든, 토드 조직한테 팔아버리든 하겠지? 뭐가 될진 모르지만 내 말 믿어. 마지막 옵션에 안 걸리길 하늘에 기도하는 게 좋을 거야."

그의 흐릿하고도 가혹한 눈을 쳐다봤다. 그게 진짜야. 정말 그럴 수가 있는 거야?

"어느 은행지점?" 난 겨우 바보 같은 첫 질문을 했다.

"제일 일찍 여는 곳으로, 보통은 독스아이지. 거긴 리틀 푸어 전문이기도 해. 엄청 많은 리틀 푸어들이 거기 사니까." 퍼피넥이 말했다.

"저기, 음 내 말 좀 들어봐. 난 확실히 수학 트랙에 가게 될 거야. 그 분야에서 일하게 될 거라고. 날 여기서 내보내 주면 거액의 문문도 주고 매달 1일에 페이스 세금도 넉넉히 낼게." 내가 제안했다.

하지만 잔뜩 겁에 질린 내 말은 그가 고개를 흔듦과 동시에 튕겨 나가 버렸다.

"넌 우릴 공격했어. 데이브." 그는 단호했다. "숄더헤드한테 총을 쐈고, 이번에는 시타델에 폭탄을 던졌지. 우린 널 살려둘 수 없어."

"난 공격하러 온 게 아니야. 내 친구를 구하러 온 거라고." 그에게 말했다.

그는 어깨를 으쓱했다. "그래도 공격은 공격이지."

"좋아, 그럼 더 좋은 생각이 있어. 그거 알아. 데이브. 오늘이 네 행운의 날인 거. 마침내 넌 워너를 페이스 보이에 들이게 되었으니까 말이야." 난 자축했다.

"그러기엔 너무 늦었어. 투덜이 쥐. 너도 알잖아." 그는 나긋하게 읊조렸다.

난 내 안의 떨림을 부숴버리려 심호흡을 했다.

"내가 은행에 안 들어가겠다고 한다면?" 내가 물었다.

"그래, 다들 그렇게 버티기는 하지." 그가 말했다. "우린 중간 강도의 고문을 해서 그들이 마음을 바꾸는지 지켜보지. 그래도 안 바꾸면, 뭐, 보통은 숨이 끊어질 때까지 계속 고문해."

"좋아, 협상하자." 다시 협상 카드를 들이밀었다. "내 스케일 문문을 주는 대신 날 풀어줘."

"안 돼." 퍼피넥이 내게 말했다.

"아니면 어셔라도 풀어줘." 난 애원했다.

"우리한테는 이익이 한 개도 안 되는 거래야. 데이브." 그가 잘랐다.

난 다시 조용해졌다. '어떻게 하면 시간을 벌 수 있을까? 무슨 카드를 내밀어야 할까?'

"우리 엄마가 독스아이에 계셔. 마지막으로 엄마 얼굴만이라도 볼 수 있을까?" 난 내가 묻는 소리를 들었다. 솔직히 내가 그런 말을 할 거라고는 생각하지 못했다.

'워너, 새장에 갇혀 독스아이로 가는 길에 후회에 빠져 있진 않았니? 워너. 맙소사. 넌 일을 완전히 조져버렸어. 아주 엉망진창이다. 어떻게 이런 일이, 어떻게 넌 끔찍한 일들이 일어날 수도 있다는 가능성을 고려하지 않았던 거야. 그래. 그럼, 그랬지.

이런 생각도 했니? '좋은 삶을 살 기회가 있었잖아. 확실하고 안전하게 네 손안에 들어있던 그 참신한 기회를, 넌 바보처럼 손을 벌려서 떨어트려 버린 거야. 이제 그건 땅에 떨어져 산산조각이 났어. 네 모든 삶이, 네 유일한 기회가 말이야. 물론, 어떻게 친구를 안 구할 수 있었겠어?'

'불쌍한 어셔를 못 본 척할 수 있었잖아. 하루만이라도, 계획대로 트랙 바꾸기 시험을 볼 수도 있었잖아.'

'너 혼자 어셔를 구하려고 할 필요는 없었어. 다른 미들 리치한테 어셔를 구해달라고 할 수도 있었다고. 전에 그 경찰관은 못된 놈이었지만 다른 경찰들은 분명 좋았을 텐데. 물론 며칠이 더 걸렸을 수도 있지만 진심으로 돕고 싶어 하는 미들 리치들이 있었을 거야. 휴랑 키티가 결국 널 믿고 도와줬을 수도 있다고.

기다릴 수 있었잖아. 참을성을 갖고. 네 목숨을 걸지 않았어도 됐

다고. 모든 걸 미들 리치 방식대로 했어야지. 계획하고 준비하면 얻고 모을 수 있으니까.'

'시간을 두고 몸을 불려. 한 시간 두 시간이 모여 허리둘레가 늘고, 하루 이틀이 모여 체중이 늘지. 잔머리, 계산 빠름, 빈약함은 잃어버리는 거야.

무거운 것들은 들지 마. 그 대신 꼭 들어야 할 것이 생길 때까지 몇 년이고 기다려. 넌 거대해지고 그것들이 보잘것없어질 때까지.

너보다 덩치 큰 사람과는 절대로 싸우지 마. 네가 짓누를 수 있는 사람과만 싸워. 네가 페이스 보이들 소굴 지붕을 짓밟을 수 있을 때 비로소 어서를 구할 수 있는 거야.'

휴의 집에서 그런 걸 배웠어야지. 바보야. 수학이나 단어가 아니라 휴의 집과 가족들에게서 부자가 되는 데 필요한 인내력의 비법을 배웠어야지.

하지만 넌 그걸 배우지 못했고, 앞으로도 결코 못 배울 거야.'

절반 자동차가 덜컹대며 바다를 향해 가는 동안 구슬픈 이런 노래를 흥얼거렸냐고? 그래 그랬다.

나 자신에게 말할 수도 있었다. 내 잘못이 아니라고, 약이 날 멍청하게 만들었다고, 약 때문에 커다란 맹점들이 생겨 버렸다고, 그게 아니면 내가 왜 그 바보 같은 프레시 벗 칠 회원권을 사야겠다고 생각했겠어?

하지만 약들은 알약, 가루, 시럽일 뿐이잖아. 바보야, 그건 사람이 아니라서 실수를 하지 않아. 너만 실수를 하지. 그러니까 넌 이렇게 우울한 파멸을 맞이할 수밖에 없는 거야.

* * *

일요일이었고, 왕이신 주 하나님의 독스아이 미들 교회 앞에, 아니나 다를까 인형 의자에 앉은 작은 우리 엄마가 바퀴를 굴리며 소리를 지르고 있었다. "이 좋은 아침에 다들 와서 기도를 드리라고, 또 모든 것을 창조하시고 주관하시는 분께 감사를 드려요!"

작은 리틀 엄마, 내 스케일의 5분의 1, 상아색 머리카락, 호두처럼 주름이 간 얼굴, 힘든 2년을 보내고도 여전히 불타오르는 듯한 눈빛.

"안녕! 엄마." 난 둘로 갈라진 목소리로 인사했다.

엄마는 이 멍투성이 미들 10대가 누군가 잠시 멍하니 바라더니, 곧 비명과 함께 헉하는 소리를 냈다. 엄마를 들어 품에 안았다. 리틀 엄마와 미들 아들은 서로 껴안고 울었다.

"오! 너, 정말 크구나. 오! 어디 좀 보자. 아들아, 근데 이게 무슨 꼴이냐! 손가락은 보라색인 데다 굽었고, 귀는 또 왜 이리 흐물흐물하니? 괜찮은 거니?" 엄마는 울었다.

"아, 괜찮아요." 난 거짓말을 했다. "리프트 트랙에서는 이런 일이 흔하거든요. 돌무더기 밑에 잠깐 깔렸었어요. 별거 아녜요."

"그리고 네 별종 사이비 누이는? 혹시 또 세뇌된 거 아니니?" 엄마가 조바심을 냈다.

"아뇨, 아뇨." 난 말했다. "프레이어는 다시는 그 사이비로 돌아가지 않을 거예요. 프레이어도 나랑 같이 학교에 다니잖아요."

"오, 정말 다행이구나." 엄마가 한숨을 내쉬었다.

"사실 프레이어는 학교에서 슈퍼스타예요. 경영을 배우고 있죠. 엄마, 프레이어를 정말 자랑스럽게 여겨도 돼요. 저보다 훨씬 더 잘하고 있으니까요." 내가 말했다.

"난 걔가 그 사이비 종교에서 빠져나왔다는 게 기쁠 뿐이다. 오! 너희 둘을 위해서 내가 얼마나 열심히 기도하고, 또 기도했는데. 이제 내 기도들이 이루어졌구나. 찬양받으소서! 왕이신 주여! 정말 좋으신 분이 아니냐." 엄마는 기쁨에 겨워 외쳤다.

"그렇죠." 나도 말을 받았다. "정말 그래요."

"네가 행복하고, 건강하고, 공부를 한다니! 이건 기적이야!" 엄마가 감격스러워했다.

말이 나오지 않아 고개만 끄덕였다. 죄책감에 고통스러웠다.

"이제 뿌듯한 리틀 어미를 데리고 미들 석으로 가서, 그 많은 피조물 가운데서도 널 이토록 아껴주시는 우주 만물의 왕께 감사를 드리자꾸나. 가자. 레드 피시." 엄마가 말했고, 퍼피넥은 고개를 가로저었지만 난 엄마를 안아 들고 안으로 들어갔다. 날 붙잡을 수 없었던 퍼피넥은 내가 두어 시간 정도 교회에서 찬송을 부르고 뿌듯해하는 엄마 옆에 앉아 있을 수 있도록 해주었다.

숨을 곳을 찾아 주위를 흘긋댔지만 미들 교회는 탁 트인 구조였고, 눈으로 열심히 탈출구를 탐색했지만 나에게 맞는 유일한 길가 쪽 탈출구는 퍼피넥이 미니 미들 권총을 들고 서성이고 있었다. 워너, 허튼짓했다가는 피로 목욕을 하게 될 거야. 나도 죽고 엄마도 죽어.

멍청하고도 어리석은 나, 정말로 난 마지막 인사를 하러 여기 온 거였다.

이번만큼은 교회에 왔다고 지겨워 꼼지락대거나 곁눈질하지 않았다. 매 순간을 먼지 날리는 메마른 하나님 사막을 걷는 고투로 여겨지지 않았다.

가만히 앉아서 하나님을 믿으려 애썼다. 하나님은 날 싫어하시지 않는다고, 여전히 날 동정하신다고, 이생이든, 다음 생이든 말이다.

목사가 내 생각을 엿들은 모양이었다. 설교 주제가 '하나님은 리틀들을 가장 사랑하신다.'였던 걸 보면 말이다.

"위대한 통치자 주인이자 왕께서 이 지구상에서 가장 아끼는 사람은 누굽니까?" 그는 큰 소리로 설교했다. "밸러스트레이드의 리치일까요? 그 느릿느릿 움직이는 거인들은 그분의 축복으로 그런 말도 안 되는 크기를 갖게 된 걸까요? 그 어떤 동물도 그들을 해치지 못하는 엄청난 크기의 헐크들일까요? 그 어떤 독으로도 죽일 수 없고 그 어떤 바이러스도 그 안에 들어가기만 하면 길을 잃고 거대한 핏속에 잠겨버리죠. 그들이 정말 위대한 왕 보스가 가장 아끼는 사람들일까요?"

다들 술렁대었다. 우린 답을 알고 있었다.

"**아닙니다.**" 목사가 단호하게 잘랐다. "그분의 친절하고도 잔혹한 지혜 안에서 무자비한 최고 실행자는 그들을 저주했습니다. 그것도 두 배로요. 우선은 극심한 식욕으로 저주하고, 두 번째로는 끔찍한 목마름으로 저주했어요. 그 허기와 갈증은 절대로 충족될 수 없습니다. 그 정도로 크면 쉬지 않고 먹고 마셔도 충분하지가 않습니다. 위가 집 한 채만큼 크니까요. 아니, 하나님은 빅들을 사랑하지 않으십니다. 그분은 그들이 내면의 공허함을 채우려 이 땅 위를 쿵쿵대고 다니며 먹고 또 먹고, 마시고 헐떡이도록 저주를 내리셨죠. 그리고 동시에 그들은 집채만 한 양의 음식을 먹으면 먹을수록 하나님이 더욱 그들을 싫어하신다는 걸 알게 됩니다."

"위가 집 한 채만 하다니." 엄마가 중얼거리더니 혀를 찼다.

"그럼 미들들일까요?" 목사는 말을 이었다. "그들을 가장 아끼실까요? 이 세상과 딱 맞는 것처럼 보이는 속 편한 미들 시민들을요? 어쨌든 그들은 나무 그늘을 즐길 만큼 작지만, 그 나무의 과일을 따 먹을 수 있을 정도로는 크니까 말입니다. 도로를 사용할 정도로 작지만, 차를 운전할 수 있을 만큼 크고요. 개를 안을 수 있을 만큼 작지만, 고양이와 싸울 정도로 크잖아요! 왕이신 주 하나님은 미들들을 가장 아끼시는 게 분명합니다. 안 그렇습니까?"

또다시 신도들의 수군거림이 들리고 또다시 목사는 외쳤다. "**아닙**

니다. 이번에도 아닙니다. 하나님은 편안함을 싫어하십니다. 하나님은 부드러움을 싫어하십니다. 하나님은 그들 또한 저주하셨습니다. 그 이유는 이렇습니다. 하나님은 작아지는 것에 대한 두려움으로 미들들을 저주하셨습니다. 그들의 마음속에 항상 도사리고 있는 스케일을 잃는 데 대한 두려움, 허파가 줄어들고 위가 줄어들고 강도를 당하고 구타를 당하는 이런 두려움 때문에 그들의 입속에 들어간 모든 음식은 쓰레기가 되고, 부드러운 옷은 피부를 긁는 사포가 됩니다. 마치 불이 숲을 집어삼키듯 두려움이 매 순간 그들을 산 채로 집어삼킵니다."

"숲을 집어삼켜." 엄마는 작은 주먹을 흔들며 중얼거렸다. "집어삼켜."

"아뇨. 하나님은 리틀들을 가장 사랑하십니다." 목사는 극적인 침묵을 이끌며 속삭였다. "제가 그 증거를 말씀드릴까요? 하나님은 그들을 믿으셔서 그들에게 가장 무거운 짐을 지우셨기 때문입니다. 잠시 생각해보시면, 그게 사실임을 알게 됩니다. 우리 모두 다 알다시피. 세상에서 가장 무거운 짐은 가장 작은 이들의 어깨 위에 놓여 있습니다. 가장 잔인한 고통, 가장 어두운 절망들, 끝없는 싸움들과 테러들."

모두가 부르르 떨며 슬퍼했지만, 그건 활기차고도 온화한 슬픔이었다. 목사가 극적인 침묵을 끌어내는 게 뭘 의미하는지 다들 알고 있었으니까. 모퉁이를 돌면 기쁨의 외침과 '아멘'이 기다리고 있으리라.

"하지만 하나님은 그 어깨들을 가장 사랑하십니다." 목사는 다시 목소리를 높여 말했다. "하나님의 팀에서는 리틀들이 스타니까요. 여러분이라면 여러분 팀의 스타에게 뭘 바라시겠습니까? 맞습니다. 그 스타가 가장 큰 짐을 짊어지길 바라시겠죠. 하나님은 리틀들에게 이런 일을 맡기신 겁니다!"

"가장 큰 짐!" 엄마가 외쳤고, 교회를 가득 메운 푸어들도 마찬가지였다.

"왕이신 주의 팀에서는 누가 스타일까요!" 목사가 소리쳤다.

"리틀!" 리틀들은 새된 목소리로 외쳤다.

"가장 작은 자들에게 영광이 있을지어다!" 목사는 찬양했다.

"할렐루야!" 리틀들은 흐느꼈다.

우리는 일어나 찬송가를 불렀고, 난 그 말을 믿어보려 애썼다. 정말로, 어쩌면 정말 믿었는지도 모른다.

어쩌면 난 정말로 믿었는지도. '하나님은 가장 아끼는 자들을 가장 힘들게 하시는 거야. 하나님은 자신이 가장 소중히 여기는 생명에게 악몽을 주신 거야. 그걸 옳지 않다고 혹은 사실이 아니라고 할 수는 없다는 걸 내가 이해하지 못하기 때문이지. 그분은 천재적인 신이시고, 난 멍청한 인간이야. 내가 아무리 그분이 세상을 망쳐놨다고 생각해도. 과연 누구의 판단이 더 중요할까? 단 한 번뿐인 인생의 기회를 망쳐버린 정신 나간 아이일까? 아니면 영원한 창조자이자 주인이신 그분일까?'

아니. 난 믿지 않았다. 믿을 수 없었다. 하지만 그래도 노력은 했다.

정말로 하나님이 계신다면 부디 그걸로 충분하다고 생각해주시길, 만약 아니라면, 뭐 별수 없고.

예배는 끝났고, 사람들 속으로 도망치거나 숨을 마지막 기회가 있었지만, 퍼피넥이 몇 발짝 안 떨어진 곳에 서 있었기에 도망치는 건 불가능한 희망 고문일 뿐이었다.

저놈들은 어떻게든 널 은행으로 데려갈 거야. 워너, 은행원들한테 널 보호해달라고 할 수 있겠지. 경찰에 전화하든 어쩌든 해서, 그들이 널 살인범한테 그냥 넘겨줄 리는 없겠지.

결국, 난 자리에서 일어나 리틀 엄마에게 작별인사를 했다.

하지만 엄마의 교회 일은 그걸로 끝이 아니었다. 끝이 뭐야? 이제 시작이지. 얘야, '하나님과 아들들의 따끈따끈한 신생 교회'까지 행진해 가서 사람들을 개종시키자꾸나. 지식을 전파하고, 거기 신도들이 걸어 나올 때 설득하는 거야. 저기요, 여러분, 여러분은 지금 잘못된 교회에 다니고 있는 겁니다. 왕이신 주 하나님에게는 아들들이 없다는 거 모르나요. 일단 그분은 떡칠 자체를 하시지 않아요.

퍼피넥은 내 눈을 쳐다보며 고개를 가로저었다. 대마초를 꺼내더니, 몇 걸음 더 가까이 다가왔다.

엄마가 아들의 살인범을 미리 만나게 하고 싶지는 않았기에 말했다. "미안해요, 엄마. 난 공부하러 가야 해요. 그래도 엄마를 봐서 좋아요. 사랑해요. 알죠?" 이게 엄마에게 하는 마지막 작별인사라니 믿을 수가 없었다. 뭐라도 더 있어야 했는데……

"이해한다. 얘야." 엄마가 내게 말했다. "나도 사랑해. 돌아가서 공부하렴. 계속 그렇게 훌륭한 삶을 살아라. 네 누이는 계속 그 사이비를 멀리하게 하고. 또 기억해둬. 언제든지 엄마에게 오면 엄마랑 이뿌듯한 기도할 수 있다는 걸 말이다. 네가 너무나도 자랑스럽구나. 저 위 하늘나라에 계신 네 불쌍한 아버지도 그러실 거야. 아주 많이 사랑한다. 아들아."

"알았어요. 엄마." 그게 엄마한테 하는 내 마지막 말이었다. 난 돌아서서 은행으로 걸어가는 동안 그것이 마지막임을 생각하지 않으려고 애썼다.

다른 은행지점, 다른 은행원들. 같은 가운들, 같은 미들 스케일. 같은 으스스한 지하은행.

이번에는 은행원들의 태도가 달랐다. 웃지도 활기차지도 않고 그 대신 슬프고 우울한 '우리도 당신과 함께 괴로워하고 있답니다.'라고 하는 듯한 눈빛들. 절망한 이를 위한, 부드러우면서도 안정된 편안한 목소리들.

준비실에 도착한 나는 기다렸다는 듯 말했다. "은행원님! 제발 경찰에 전화 좀 해주세요. 절 데려온 놈들은 며칠간 절 감금했어요. 제 스케일 문문을 받자마자 절 죽일 거예요."

난 숨을 참고 그들의 대답을 오매불망 기다렸다.

하지만 은행원들은 움푹 꺼진 눈으로 뻣뻣하게 반응할 뿐이었다.

"은행에서 적용되는 유일한 법은 문문법뿐이에요." 한 은행원이 말했다.

"하지만 저들이 날 죽일 거라니까요." 난 재차 그들에게 말했다.

"그건 형법이지, 문문법이 아니에요." 다른 은행원이 설명했다. "우린 그런 법이 은행에서 일어나는 일들에 영향을 미치지 않도록 우리 명예를 걸고 지킬 의무가 있어요."

"은행에서는 형법이 존재하지 않는다고요?" 난 은행원들을 내 편으로 만들기 위해 최대한 차분하고 이성적으로 행동하려 애쓰며 말했다.

"은행은 형법에 관한 한 중립 지대예요." 처음 말했던 은행원이 말했다.

"그럼, 내가 당신을 공격하면요. 펄쩍 뛰어올라 막 때려도 당신은 경찰에 신고도 못 하겠네요." 난 말했다.

"그렇죠. 하지만 우리에겐 은행 보안팀이 있습니다." 두 번째 은행원이 말했다.

"그들도 형법의 적용을 받지 않죠." 첫 번째 은행원이 말했다.

의사의 같은 질문들. "몸에 인공적인 것이 있습니까?" 바쁘게 머리를 굴리고 있던 나는 생각 없이 없다고 대답했다.

"정말인가요? 거기 그 안에 있는 것도 가짜 이빨 같은데요."은행 의사는 내 입 안을 처다보며 말했다.

"이런, 네."난 말했고 그는 마취한 뒤 그 이빨을 뺐다.

위 속 내용물을 퍼내고 장을 비우는 것 같은 다른 새로운 추가적 인 과정. 내 생각에는 스케일을 줄일 때 몸속에 음식이나 똥이 남아 있으면 그것들이 줄어들지 않아서 몸이 풍선처럼 부풀다가 터질 수 있을 것 같았다. 그래서 그들은 나에게 약을 먹인 뒤 몇 시간 동안 어떤 화학물질들로 내 몸속을 전부 박박 긁어냈다.

스케일 다운 준비를 마치고 나니 밤이 되었다. 지하은행에서는 밤 인지 낮인지 구별이 잘 안 되었지만.

멍하고 힘이 없고 약간 어지럽고 몸이 가벼웠다. 계속 싸우기는 힘들었다. 어쨌든 은행을 상대로 싸울 수는 없었다.

'괜찮아, 괜찮아. 나가서 해결하면 돼.'

같은 욕조가 준비되었다. 밑에 작은 문이 보였다. '다시 쥐 크기가 되면 저리로 걸어 나오겠지.'

벽 아래쪽에는 옷걸이에 걸린 작은 가운이 날 기다리고 있었다.

슬픔에 빠진 은행원들은 전과 다른 노래들을 흥얼흥얼 불렀다. 다른 이의 신에게 부르는 기도의 멜로디, 어둡고 비통한 화음들. "잘못 했습니다. 다른 신이시여! 당신이 진짜이고 나의 신이 가짜였네요. 자비를 베풀어달라고 하고 싶지만 그러지 않으시겠죠."

스케일 차를 마시기 전, 나는 마지막 시도를 했다.

"이봐요." 난 은행원들에게 말했다. "이 문문이 페이스 보이 인더 스트리스의 문플로우 계좌로 들어가리란 거 알아요. 근데 있잖아요. 내 스케일 문문은 사실 다른 사람한테서 빌린 거예요. 꽤 막강한 시장님이신데, 이름은 휴예요."

은행원들은 말없이 서로를 흘긋거렸다.

"음, 그보다 중요한 건 그래도 여전히 그 문문은 페이스 보이 인더 스트리스로 들어가리라는 거예요." 한 은행원이 알려줬다.

"그래요. 하지만 제 말은, 그 문문은 내 마음대로 줄 수 있는 게 아니라고요." 그녀에게 말했다.

은행원들은 중얼거렸고, 그건 마치 멀리서 차들이 지나다니는 소리 같았다.

"당신 스케일 계좌에 있으니 당신 마음대로 줄 수 있죠." 그 은행원이 말했다.

"그건 문문법에 맞지 않아요." 난 말했다. "최소한 휴 아저씨한테 확인이라도 해봐요. 그래야 한다고요."

슬픈 표정들.

"우린 아무한테도 확인해 볼 필요 없어요. 워너." 다른 은행원이 말했다. "우린 은행이니까요."

난 차를 마시고 옷을 벗고 젤리 속에 누워 내 하프 스케일 눈을 마지막으로 감고는 어둡고 조용한 드림월드로 팔랑이며 내려갔다.

지난번 지하은행에 왔을 때처럼 지하의 드림월드로 들어갔고, 내가 지상으로 가려고 헤엄치고 발을 차는 동안에도 그곳이 점점 더 거대해지는 걸 느낄 수 있었다.

난 꿈속의 어느 거인 마을의 땅을 뚫고 나왔다. 이번에도 혼자였다. 솔로 드림이 나를 다른 드리머들로부터 분리해놓은 거였다.

난 3배 자동차 주차장에 있었는데, 그곳은 경기장처럼 광활한 데다 매 순간 커졌다. 내 주위의 모든 것은 꼭 도망치는 산들 같았다.

인적 없는 아파트 건물들은 하늘로 쏘아 올린 듯 엄청나게 빠른 속도로 높아져 갔고, 내 주위의 풀들은 내 머리 위까지 자랐다. 내 발밑의 땅은 점점 더 울퉁불퉁하게 제멋대로 변해갔다.

지난번 은행 꿈과 비슷하지만 반대였다. 그때는 내가 세상보다 너무 컸는데, 이번에는 세상이 나보다 너무 컸다.

젠장, 그 대단했던 첫 번째 은행 꿈을 떠올려봐. 언덕을 끌어당기고 해변을 끌어오고 안개를 입고 해를 우적우적 씹어 먹었었지. 행성은 내 엉덩이에 비하면 탁구공 같았고, 혜성은 내 손가락 사이로 스치는 비단 같았고, 별 가루들은 반짝하고 사라져버렸지. 기억나니?

하지만 이번에는 줄어드는 꿈이었다. 세상은 무섭게 부풀어 올랐고 난 그 표면에 서 있기도 힘들 정도로 작아졌다. 땅은 너무나 거대해져서 작은 틈들조차 온 사방에 쩍쩍 벌어진 땅 같았고, 공기 중에도 틈들이 있어서, 그것들이 서로 만나면 어둠의 바다. 또 다른 무(無)

가 되었다.

나는 곧 전과 같은 대기권 밖 우주에 떠다니게 되었다.

'우주, 안녕, 오랜 친구, 지난번에 내가 널 손에 쥐었었던 거 기억 하니? 손가락, 손바닥, 팔꿈치. 난 널 제대로 후벼 팠었지. 그 바람에 어떤 은행원이 소스라치게 놀랐었는데. 에라, 이게 마지막 꿈인데, 또 한 번 용을 써볼까?'

그래서 난 그 조각들과 가닥들과 증기들을 움켜쥐고 찢고 잡아당 겼다.

"아! 왜 이래." 우주가 말했다.

왠지 모르게 이번에는 더 쉬웠다. 하지만 대기권 밖 우주의 무(無) 밧줄들이 내 손가락, 발가락, 이빨 안으로 뛰어들었다.

"제발 안 돼. 제발 그만해." 우주는 애원했다.

미안, 우주. 끝은 봐야지. 난 물고 홱 잡아당기고 비틀고 돌리고, 그걸 전부 풀어 떼어놓았다. 그때 불이 켜졌고 밝고 차가운 방에는 한 은행원이 있었다.

"누가 이리 들어와서 솔로 드림 좀 더 놔줘요." 그 은행원은 소리 쳤다. "5분 더 있어야 해요. 빨리빨리, 빨리."

하지만 난 겁에 질린 그의 눈앞에서 줄어들어 구름무늬 테이블 위 까지 내려왔고, 그 구름 덮개를 통과해 넓어지고 있는 로시 인디카까 지 내려왔다. 그 도시는 날개 달린 내 팔 밑으로 펼쳐져 있었다.

난 드림월드로 풀려났다. 떠다니던 드리머들이 날 쳐다봤다. 줄어들던 거인이 딸꾹질하며 몇 초마다 다시 커지는 모습을.

그들은 처음에는 헉하고 쳐다보기만 했다. 대부분이 처음에는 자기가 보고 있는 게 뭔지 몰랐으니까. 많은 드리머들은 다섯, 여섯, 일곱 번은 봐야 그게 뭔지 감을 잡게 된다.

그들은 내가 줄어들고, 깜빡이고, 부풀고, 다시 줄어드는 걸 지켜보았다.

그러더니 한 명씩, 두 명씩, 혼란과 두려움으로 정신 나간 모습들을 마구 쏟아내기 시작한다.

난 드리머의 손이 동물의 발로 변하고, 발이 쓸모없는 촉수로 변하는 걸 지켜보았다. 돌연변이가 되어가는 자신의 몸을 두려움과 경악으로 보던 그들은 마치 젤리나 종이봉투처럼 안쪽으로 무너져 내렸다. 난 드리머들이 허공을 쳐다보며 손가락 끝으로 땅을 붙잡으려 하는 걸 보았다. 공간은 무너졌고 시간은 떨리더니 납작해졌다. 구덩이 하나가 사방으로 잡아당겨 지고 빨아들여 졌다.

'그래.' 난 생각했고 어쩌면 말로 했을지 모른다. '내 스케일을 바꾸는 일이 당신들한테는 견디기 힘든 일일 거야. 사실 미칠 지경이겠지. 하지만 이건 내 마지막 꿈이니까. 그냥 잠자코들 있지?'

하지만 아무도 잠자코 있을 생각이 없었는지 짐승과 악마 들이 비틀대고 소리를 지르며 도로와 시골길을 돌아다니기 시작했다. 뿔과 발굽, 박쥐의 날개들, 미끈미끈한 혀, 세탁기에 돌린 거미 다리들, 날

카로운 송곳니, 머리 바늘, 불 뿜기, 용암 똥.

'내가 재미있는 걸 만들어줄 테니 가만히 좀 있어 봐.' 난 생각했다. 그러고는 내가 만들 수 있는 것 중 가장 멋진 게 뭔지 잠시 생각해보았다.

내가 어디부터 시작했을지? 굳이 말 안 해도 알 것이다.

난 이리저리 둘러보며 찾았다. 그 오페라하우스를. 그 안에서 모든 색의 곡을 연주하는 머리를 땋은 여자애를. 땋으면 빛으로, 점토로, 물로, 연기로, 거품으로 만들 수 있는 노래의 빗줄들을.

하지만 그 하우스는 결국 못 찾았고, 대신 그 여자애가 찾아왔다.

내 얼굴 앞 허공에서 떨고 있는 그 애는 나방이었다가, 비둘기였다가, 작은 달이었다가 했다.

"워너, 맙소사! 내가 널 얼마나 찾아다녔는데. 매일 밤, 워너, 정말, 워너, 정말 너 맞니?" 그 애는 딸꾹질했다.

순간 희망이 날 따뜻하게 감쌌다.

"키티." 난 말했다. "이리 와서 한 번만 더 날 구해줄래."

"워너, 어딜 갔던 거야. 왜 떠났어? 어, 어디 있니? 스케일은 왜 바꾸는 거야? 아, 윈, 어, 네가 잘 안 보여. 잠깐만 멈, 멈출 수 있니?" 키티가 덜덜 떨었다.

키티처럼 명확한 꿈을 꾸는 드리머는 다섯, 여섯, 일곱 번을 안 봐도 자기가 지금 뭘 보고 있는지 알았다. 스케일을 바꾸는 드리머의 불가능한 미친 꿈, 그 애의 영리한 뇌가 빠른 속도로 미쳐가고 있었다.

"그만, 그만, 그만 봐. 눈을 감고 제발 듣기만 해." 난 애원했다.

"난 독스아이 은행지점에 있어. 페이스 보이들이 스케일 문문을 얻으려고 날 납치했어. 은행은 곧 그놈들한테 날 돌려보낼 거야."

근데 키티가 내 말을 들었을까? 그 애의 표정을 본 나는 아니란 걸 알 수 있었다.

키티가 내 몸이 오르락내리락, 커졌다 작아졌다 커졌다 하는 걸 보고는 뭔가 잘못된 듯 움찔했고, 부르르 떨었다.

그 애의 땋은 머리가 한 갈래로 합쳐지기 시작했고, 날개는 거미줄로 변해갔다.

"키티, 그냥 잠에서 깨." 난 경고했다. "일단 깨라고!"

키티의 눈은 흐릿했고, 입은 헤벌어져 있었다.

뒤늦게 난 우리 사이에 벽을 세웠다. 그 애 주위로 벽돌, 목재, 나무, 산을 둘러 세웠다.

"맙소사! 키티! 그냥 눈떠." 소리쳤다. "내 걱정은 하지 마. 괜찮아. 키티, 난 워너가 아냐. 그저 꿈일 뿐이라고. 난 누군가가 꿈꾸는 끔찍한 킹콩이야."

"킹콘?" 그 애가 정확하지 않은 발음으로 묻는 소리가 들렸다.

난 그 애 주위에 오페라하우스를 지었다. 그 콘서트홀 안에 그 애를 숨기려고.

좌석과 박스, 오케스트라와 커튼, 벨벳, 리본, 1천 명은 되는 노래하는 유령 왕과 왕비들로 그 애를 둘러쌌다.

그 애의 꿈속 중얼거림이 들렸다. "워너, 오, 왜 떠, 떠났어? 왜 가 버렸어?"

그 애를 멀리 떠나보내는 꿈을 꿨다. 더는 그 애의 목소리가 들리 지 않을 때까지.

끔찍한 개떡 광경들을 두리번거리다가, 그것들 또한 떠나보내려 애썼다.

동굴에 숨어 키티의 노래를 부르고 그 음들을 기억해내려 애썼다.

하지만 그럴 수 없었다. 내 머릿속에서 음악을 만들어낼 수가 없 었다. 내 기억은 망가진 전화기, 비 맞은 그림과 같았다.

모든 게 너무도 슬펐다. 너무도 힘들었다. 워너, 어쩌면 정말로 떠 날 때가 된 건지도 몰라.

넌 드림월드에서 너무 오랫동안 약쟁이 공포지대를 만들었어. 이 제 다들 불안해하고 예민해져서 순간적인 것에도 두려움을 느끼지.

너 자신을 살리려고 하면 사람들을 해치게 돼. 네 감옥을 떠나려 하면 다른 사람들의 꿈을 짓밟게 돼. 그 누구보다 꿈을 잘 꾸는 여자 애마저도 너 때문에 마음에 상처를 입었다고.

모든 이들의 두려움 중 조금은 네 잘못이야. 아니 어쩌면 많은 부 분이 그래. 넌 왜 계속 살아야 하는데? 그래서 좋은 게 뭔데?

난 내가 유령 그레이스의 목소리를 듣고 있다는 걸 깨달았다. "넌 이 세상을 나쁘게 만들면서까지 꼭 살아야겠니?"

여긴 드림월드인데도 눈가는 촉촉해졌고 목이 메어왔다.

그러는 사이 주위의 공기는 두꺼워져 벽이 되었고 동굴 밖의 드리머들이 사라지기 시작했다.

삶과죽음의세계에 있는 나의 혈관 속으로 솔로 드림이 더 들어왔다. 겁을 먹은 은행원들이 나에게 약을 주입했던 거다. 드림시티로부터 날 씻어내려, 다시 잠의 감옥으로 보내기 위해.

고독이라는 담요가 날 덮었다. 난 성의 없이 그 가닥들을 찢어냈지만 더 많은 솔로 드림 담요들이 덮였다. 팔꿈치와 무릎을 쑤셔 넣어봤지만 담요들은 나를 감쌌고, 내 속으로, 눈과 목구멍, 엉덩이와 내장까지 파고들었다. 거미줄처럼 끈끈하게, 고독으로 지친 내 작은 몸을 부드럽게 감쌌다.

더는 싸울 수 없을 때까지 싸웠던 나는 이제 날 내맡겼다. 그것들이 살갗을 감싸고 내 속을 감싸도록. 그건 으깨는 것과 같아서, 얼마 지난 후에는 포기할 수밖에 없다. 다른 선택권이 없었다.

어쨌든 꿈은 거의 끝나갔다. 난 그저 몇 분만 더 보고 싶었다. 솔로 드림의 가닥들을 통해, 드리머들이 내가 없는 곳에서 자신을 치유하는 걸 지켜보고 또 바라고 싶었다.

난 내 허파가 내뱉는 음악 소리를 들었다고 생각했다.

아니, 어쩌면 그건 내 노래가 아니라, 어딘가에서 날 잊고 자신의 노래를 기억해 낸 키티의 노래였는지도 모른다.

누구였는지는 몰라도, 달콤하고 평화로운 느낌이었다.

밖으로 나온 나는 로시 인디카, 역시 날 잊었다고 생각했다. 드리 머들은 미쳐 날뛰던 공포들을 잊었고, 내가 여러 주택에 낸 불들은 그제야 사그라지고 꺼져갔다.

"고마워." 난 세상에 감사했다. "고마워, 진심으로." 약효가 사라 져간 바람에 헉하며 깨어난 나는 다시 거대한 욕조 속 리틀이 되어 있었다.

삶과죽음의세계

하지만 작고 약하고 고통과 아픔에 화끈거리는 몸으로 깨어난 것. 그건 모든 걸 바꿔 놓았다.

드림월드

오, 정말 모든 게 바뀌었나? 난 잠깐 기절하여, 우렁찬 소리로 드림월드에 불과 연기를 내뿜고, 끓는 바닷물을 그르렁대고, 깨진 바위들을 외치고 다시 고통의 세계로 떨어졌다.

삶과죽음의세계

꿈속의 몽롱한 슬픔아, 잘 가! 영원한 분노야, 반갑다!

쥐새끼처럼 빠르게 뛰는 심장아, 반가워! 내 갈비뼈를 미친 듯이 찰싹대는 리틀 허파야, 반가워! 내 배와 핏속의 쓰레기도 반가워! 이제 그 안에 너무 큰 게 들어가면 철커덕 소리를 내겠지.

난 그 미끄러운 포도 그릇 속에서 발악했다. 피 묻은 입에 아직 씹지 않은 포도가 있었고, 소리를 질렀다.

"**안 돼, 안 돼, 안 돼!**" 난 고함쳤다. 소리가 제대로 나오지 않았기에 한 글자 한 글자를 내뱉을 때마다 다시 숨을 들이마셔야 했다.

은행원들은 스피커를 통해 들어가도 되냐고 물었다.

"**안 돼.**" 난 소리쳤다. "**안 돼, 안 돼, 안 돼.**"

하지만 은행원들이 후다닥 들어왔다.

"**워너는 오늘 죽지 않아.**" 난 덜덜 떨며 흐느꼈다.

은행원들은 날 깨끗이 닦고, 가운을 입히고 서로 웅얼웅얼 무슨 지시들을 했다.

"워너는 오늘 죽지 않아. 이 못된 은행 종놈들아!" 그들에게 욕을 하자 기침과 구역질이 났다.

스케일을 줄여본 적 없는 사람은, 그게 얼마나 끔찍한 느낌인지 아무리 설명해도 모를 것이다. 전혀 감을 잡을 수 없다.

엄청나게 으깨어지고 물에 빠지고 굶고 배불리 먹고를 동시에 하는 거나 마찬가지인데, 내가 할 수 있는 건 아무것도 없다. 탈출구도 없다. 그냥 영원히 그런 기분을 느끼는 거다.

오들오들 떨고, 숨도 못 쉬고, 먹지도 못하고, 진정이 안 되고, 몸은 차갑고, 비실비실, 흔들흔들.

눈으로는 빛을 충분히 들일 수 없고, 귀로는 소리를 충분히 담을 수 없으며, 몸은 목소리, 거인들, 기계들, 땅 울림 등 그 어떤 윙윙대는 소리에도 통제 불능으로 덜덜 떨린다.

손에 닿는 모든 게 이상한 느낌이고, 피부를 공격한다. 입에는 침이 고이고 속은 꼭 두들겨 맞고 물린 것 같다.

최악인 건 누군가가 내 몸을 **빼앗아갔다**는 거다. 내 스케일 문문으로 그들의 뼈를 부풀리고, 내 지방과 피부를 입는다는 거. 아, 내가 미쳤었지. 완전히 철저히 미쳤던 거야. 슬퍼할 여유는 전혀 없어. 이제 다시는 화내지 않을 일은 없을 거야.

"망할 놈의 못된 은행 종놈 새끼들!" 난 코와 귀에 피를 흘리며 카트에서 고함을 쳤다. 은행원들은 날 리틀 엘리베이터로 밀고 갔다.

"악마 새끼들!"

"우린 유이스 내에서 유일하게 악마일 수 없는 사람들이에요, 워너." 마침내 한 은행원이 달렸다. "우린 사회의 도구니까요. 순수한 도구 역할을 하기로 신성한 서약을 하죠. 그리고 도구에는 절대로 선과 악이 있을 수 없어요. 그건 오직 사람에게만……."

"악마의 도구들, 망할 놈의 못된 도구들." 난 외쳤다. "입 닥쳐 은행원 종놈아! 설교는 '악마 놈들의 따끈따끈한 신생 교회'에 가서나 하시지."

대기실에 들어가니 나보다 다섯 배 더 큰 퍼피넥의 형체가 어렴풋이 보였다. 두려움과 공포와 왜소함 같은 걸 느껴야 했지만, 아니, 난 분노가 탱천했음을 느낄 뿐이었다.

스크린에서는 뉴스 소리가 들렸다. '오늘 아침 도로에서 많은 충돌사고가 일어났습니다. 평소보다 많은 양이죠. 몸을 가누지 못하는 운전자들은 그 원인을 드림월드에서의 소동 때문이라고 말하고 있습니다. 자세한 내용은 8시 뉴스에서 말씀드리겠습니다. 저기, 지금이 8시인데요. 아, 그렇군요. 이게 그 뉴스군요.'

"갈 시간이야." 퍼피넥이 작은 새장을 내려놓으며 말했다.

그가 그 말을 하자 피로 붉게 물든 내 뇌 속에서 어떤 계획이 활짝 피어났다. 순수한 분노로부터, 엄청나게 영리하고 완벽한 계획이 피어났다.

"페이스." 그에게 말을 걸었다. "우리를 부자로 만들어줄 기막힌 방법을 꿈으로 꿨어."

그는 슬픈 표정으로 고개를 가로저었다, 전에도 그런 말을 귀에 딱지가 앉을 만큼 들었다며.

"일단 어떤 계획인지 들어봐. 그런 다음에 결정해도 돼." 난 두려움이나 절망조차 느끼지 않고, 아주 사무적으로 말했다.

"이, 데이브, 이제 너무 늦었어." 그가 말했다.

난 그를 노려보기만 했다. 그의 큰 눈을 내 작은 눈으로 밀어버릴 듯이.

그는 한숨을 내쉬었다. "좋아, 그럼 어디 말해봐."

그에게 말했다.

내가 할 수 있는 건 이렇고, 프레이어가 할 수 있는 건 이렇고, 어셔가 할 수 있는 건 이렇고, 페이스 보이들을 위한 새로운 기업 동업 계획은 이렇다. 우리가 모두 부자가 될 방법은 또 이렇다.

퍼피넥은 내가 말하는 내내 뜨악한 표정을 바꾸지 않았지만, 그의 눈빛만은 그렇지 않았다.

내 말이 끝나자 그는 아무 말 없이 날 다시 새장에 가두었다.

그러고는 페이스카로 데려가, 다른 새장들, 몽롱하거나 겁에 질린 다른 리틀들과 함께 뒷좌석에 날 내려놓았다.

앞 좌석에서 귀에 익고 활기찬 목소리가 울렸다.

"이런, 이런, 숄더헤드가 멋진 서프라이즈를 준비했다네. 그리고 혹시 잊어버렸을까 봐서 하는 말인데, 내가 바로 숄더헤드야." 앞 좌석에 앉은 숄더헤드가 우렁차게 말했다.

퍼피넥이 그의 옆에 올라탔고, 그가 숄더헤드한테 뭐라고 중얼대는 걸 들었다.

'아직은 워너를 죽이지 않는 게 좋을 것 같은데요.' 뭐 이런 말인 듯했다.

하지만 숄더헤드는 말했다. "안 돼. 그런 헛소리를 나불대기엔 너무 늦었다고."

퍼피넥은 또 뭐라고 중얼거렸지만, 숄더헤드가 그의 말을 잘라버렸다.

"그만해, 넥. 바보처럼 굴지 말라고. 벌써 저놈을 팔았다니까." 숄더헤드가 퉁명스럽게 말했고, 우리가 로시 인디카를 빠져나가 사막으로 가는 동안 페이머스 랜디의 노래가 주야장천 흘러나왔다.

두 시간 뒤, 우리는 어느 사막 동네의 입구에 도착했다. 메마른 공기 중에 끔찍한 냄새들이 떠다녔다. 썩는 냄새, 가스 냄새, 화학물질이 타는 냄새.

숄더헤드와 퍼피넥은 나와 다른 리틀들을 꺼내 모래가 깔린 철조망 펜스 안에 던져 넣었다.

한 새파란 토드가 우리를 맞이했다.

다른 리틀들은 신음하며 몸을 웅크렸다.

그 악귀 같은 놈을 쳐다봤다. 너덜너덜한 하나짜리 콧구멍과 햇빛에 오그라든 작은 눈동자를. 그리고 분노한 내 정신 나간 생각은 이랬다. '좋아!'

"문문을 내놓으시지." 숄더헤드가 낮으나 음산하게 말했다. 숄더헤드가 이 미치광이들에게 겁을 집어먹고 있었는데, 사실 완전히 숨겨지지 않았다.

토드는 숄더헤드에게 지퍼백에 든 얇은 지폐뭉치를 건넸다. 열 사람 이상 분은 되는 듯 보였다. 그러는 사이 똑같이 생긴 집들에서 다른 토드들이 하나둘씩 걸어 나와 우리 주위로 모였고, 몇몇은 스마트폰을 꺼내 우리에게 들이댔다.

'좋아!' 난 또 생각했다. '사진이고, 동영상이고, 찍을 테면 찍어보시지. 이 딱한 미들 변태들아.'

"좀 더 보다 가지 그래." 그 토드는 기괴하게 들리는 쉰 듯한 목소리로 말했다.

"고맙지만 됐어." 숄더헤드가 말했다. "글래드비드에서 보자." 그는 차로 돌아가는 길에 내게 말했다.

새파란 토드는 아무 말 없이 유리병 하나를 꺼내 뚜껑을 열더니, 사막 거미 한 마리를 펜스에 휙 던져 넣었다.

고함, 비명, 우리는 모두 확실한 죽음을 피해 정신없이 움직였다.

사막 거미는 우리보다 조금밖에 안 작았다. 길이 12센티미터, 너비 10센티미터 정도.

손가락뼈 같은 떨리는 단단한 흰색 두 마디 다리들, 내 팔의 절반만큼 긴, 독 있는 기름진 송곳니, 기름 거품처럼 부글부글하는 스무 개의 눈들.

리틀들은 전부 서로의 뒤에 숨으려고 안간힘을 쓰며 한구석에 몰려 몸을 웅크렸고, 거미는 긴장한 채 잽싸게 다른 구석으로 움직였다.

"흩어져." 난 외쳤지만, 아무도 내 말을 따르지 않았다.

거미는 가르랑거렸고, 쉭쉭거렸다.

한 리틀이 다른 리틀을 거미 쪽으로 밀었다. 자, 이놈을 먹어.

밀린 놈은 다시 뒤로 황급히 몸을 빼며, 자신을 민 놈을 펜스 한가운데로 끌어당기려 했다.

토드들은 날카로운 소리로 낄낄대며 몸을 숙여 핸드폰 카메라를 우리에게 들이댔다.

아, 난 진짜 분노가 다시 충천했다. 모든 살아있는 인간들이라는 작자들에게! 특히 이 멍청한 리틀들에게! 우리가 협력하지 않으면 다 먹히고 말아. 이 바보들아.

"흩어지라고." 난 다시 고함을 질렀지만, 거미는 이때다 싶었는지, 옹기종기 모인 우리에게로 다리 열 개 달린 황소처럼 돌진했다.

생각할 겨를도 없이, 한쪽으로 빙 돌아간 나는 사막 거미 뒤로 돌진, 그놈을 쫓아갔다. 그 짐승이 비명을 지르는 리틀 하나를 붙들고 이빨로 무는 사이, 난 그놈의 다루기 힘든 뒷다리 하나를 붙잡아 뒤로 당겼다. 죽을힘으로! 거미는 날 물려고 빙글 돌았지만 허우적대는 괴물을 걷어차 버렸다. 밖으로, 펜스 밖으로. 거미는 어떤 토드의 칼라 셔츠 안으로 들어갔고, 그 안에서 그 토드를 입으로 물고 몸을 떨었다. 거미에게 물려 괴성을 지르는 한 명 외의 다른 토드들은 아까보다 더 큰 환호성을 내질렀지만, 거미에게 물린 리틀 푸어는 더는 숨소리를 내지 못했다.

글래드비드는 거미싸움을 토드들이 녹화해서 파는 동영상을 말한다. 그들은 그걸 티비 채널에도 송출하려고 노력하는데, 언론 거물들은 턱을 쓰다듬으며 자문한다. *유이스는 정말 죽을 때까지 거미와 싸우는 인간들을 24시간 방송하는 채널을 받아들일 준비가 되어 있는가?*

"어떻게 경찰이 가만히 있을 수 있어?" 그날 밤 한 외국인 리틀이 투덜댔다.

"사막 법은 도시 법과는 달라." 다른 리틀이 중얼거렸다.

"그게 대체 말이야? 방귀야?" 외국인 리틀이 불평했다. "내 말 들어봐. 내 고향에서는, 법은 어디에서도 법이야. 그걸로 끝이라고."

"그럼, 그 잘난 고국으로 돌아가! 멍청이야." 다른 푸어가 소리쳤다.

드림월드

그 계획은 아직도 화난 머릿속에 입력되어 있었다.

"나 좀 푹 자게 내버려 둬, 데이브들." 난 그들에게 말했다. "내가 드림월드에 갈 수 있도록 잘들 지켜보라고. 나한테 계획이 있으니까."

하지만 난 드림월드에 가지 못했다. 너무 작고, 초긴장 상태라.

리틀 심장은 쥐새끼의 심장처럼 너무 빨리 뛰었고, 눈 좀 붙였다가, 타는 듯한 햇볕에 잠에서 깨어났다. 험악한 하루가 또 시작되었다.

2라운드는 절컥거리는 커다란 전갈이었다. 최소 20센티미터. 이 독 품은 망할, 랍스터는 펜스 밖으로 차버리기에는 너무 덩치가 있었다. 토드의 우두머리가 이번에는 재미로 우리 머리 바로 위에서 유리병을 들고 있었다. "이를 어째? 이 톡 쏘는 괴물을 네놈들, 머리 바로 위에다 떨어뜨리려고 하는데, 하하! 크크! 펜스 끝으로 줄행랑치는 꼴들 좀 보게. 이걸 던져서도 네놈들한테 명중시킬 수 있다고. 하하!"

마침내 그는 그걸 공중에 휙 던졌는데, 그건 분명 나를 겨냥한 것이었다, 지난번에 거미를 내쫓았던 놈에게 먼저 맛을 보이려고. 그 짐승이 내 뒤에 쿵 내려앉는 사이 난 미친 듯이 피했다.

뾰족한 죽음의 꼬리가 우리 사이의 땅바닥을 두어 번 채찍질했다. 안녕! 먹음직스러운 리틀 인간.

"흩어져, 흩어져." 난 뒤로 물러나며 외쳤다.

이번에도 리틀은 도움이 전혀 안 됐다, 전처럼 우글우글. 그들의 머리 위에 바보 생각 풍선이 떴다. '다른 애들 뒤에 웅크리고 있으면 마지막까지 살아남을지 몰라.'

분노 때문에 난 또다시 기계로 변했다. 모든 생각은 사라지고 행동만이 남았다. 난 전갈의 뒤로 돌아가, 그 망할 꼬리 위로 펄쩍 뛰어오른 다음, 양팔로 그 독 가시를 꽉 움켜잡아 찌를 수 없게 했다.

나에겐 다행히 나 말고 또 간 큰 정신병자 리틀 둘이 있었다. 그들은 내가 꼬리를 맡은 사이 양쪽에서 덤벼들어 다리를 잡아당겼다. 죽음의 랍스터는 새처럼 소리를 질렀다.

지옥의 짐승을 무장해제 시킨 방법은 이랬다. 집게들을 꽉 붙들어 비틀고, 완전히 비틀어, 떼어냈다. 전갈은 새의 신음처럼 목이 메는 듯한 낮은 비명과 함께, 다리가 없는 몸을 꿈틀대며 날 때렸고, 난 거기 꼭 달라붙어 그놈의 숨통이 완전히 끊어질 때까지 기다렸다.

또 밤이 찾아왔고. 난 졸긴 했지만 꿈을 꿀 수 없었다. 사람들이 말해주지 않는 게 있었는데, 스케일을 줄이고 나면 한동안 꿈을 꾸지 못한다.

며칠이 더 지났고, 독 품은 거미들과 몇 번의 사투가 더 있었다. 우리는 옷을 묶어서 채찍과 몽둥이로 삼았고, 사방에서 달려들어 살인마를 구타했다.

우리는 거미의 부글대는 스무 개의 눈을 향해 모래를 뿌리고, 전 갈 꼬리를 셔츠로 감싸는 데 능숙해졌다.

물론 이 짐승들을 처치하려면 위험을 무릅쓰고 나설 미치광이들이 필수였다. 먼저 덤벼들어 가장 힘든 일을 처리할 사람이, 불행히도 그럴 만한 사람은 우리 셋뿐이었다. 북쪽에서 온 팔다리가 긴 두 명의 다니엘과 나.

다른 여섯 명은 겁쟁이들로, 그 짐승이 꼼짝 못 할 때까지는 쓸모가 아무 데도 없었다. 쓰러진 짐승한테 덤벼들어 다리를 떼라고 해도, 그때도 그놈들은 질겁했다.

* * *

며칠 밤 동안 난 졸거나, 쪽잠을 잤고, 꿈은 아예 꾸지 못했다.

"저기요, 우리가 오래 살아남은 팀으로, 기록 같은 거 세우지 않았나요?" 겁쟁이 중 한 명이 토드 우두머리한테 물었다.

"한 달 뒤에 물어보지 그래." 그 토드가 쉰 목소리로 답했다.

"아주 거만하시네요. 네." 다른 겁쟁이가 키득거렸다.

'아, 안 돼.' 난 미치는 줄 알았다.

다음 날, 토드들은 뱀을 떨어뜨렸다. 정신없이 몸부림치는 새끼방 울뱀을.

그날 다니엘 두 명은 물려 죽었다. 사실 뱀이 식사를 하려고 하지 않았다면 그놈을 처리할 수도 없었다. 그 송곳니 난 벌레가 시체에 입을 갖다 대는 사이 난 그놈 위로 기어올라, 그놈을 헤드록하고 그 놈 머리를 펜스 철조망에다 박아버리고는, 낄낄대는 토드들을 향해 분노의 고함을 질러댔다.

그날 밤 난 우리의 운이 다했을지 모른다고 생각했다. 이제 나와 쓸모없는 여섯 놈밖에 없으니. 겁쟁이들도 그걸 알았는지, 밤새도록 티격태격하였다. "데이브, 너 내일은 무조건 더 잘해야 해. 어, 그래, 네가 엉덩이를 들고 일어나 뭐라도 하는 모습이 보이면 내가 한번 잘 해보지. 오, 이런 너 방금 뭐라고 했냐? 데이브, 너 나랑 싸우고 싶 어. 그래 싸우자, 싸우자고."

"어이, 좋은데. 너희들이 언제부터 이렇게 호전적이었어. 어쩌면 내일 처음으로 도움이 좀 되겠는데." 난 소리쳤고, 다들 한동안 말없 이 서로를 말끄러미 쳐다봤다.

끝장이야. 난 알고 있었다. 파장 난 거라고.

아침이 되자 토드들은 작은 새장 하나를 들고 와, 우리가 들어있는 펜스 한가운데에 내려놓았다. 다들 소리를 지르며 흩어졌다.

작은 새장 안은 비어 보였지만 누가 알겠나. 어쩌면 이번 뱀은 눈에 안 보이는 놈인지도.

토드 우두머리가 날 가리켰다.

"들어가." 그가 말했다.

난 토드들의 표정으로 무슨 일이 벌어질지 미리 단서라도 찾으려고 주위를 둘러보았다.

약에 취한 멍청이들의 얼굴에서 뭔가를 알아내기란 쉽지 않았지만, 소름 끼치는 미소와 약하고 낮은 소리의 비웃음들로 미루어 볼 때 엄청 질긴 마지막 사투가 개시될 모양이었다.

지금쯤 토드들도 누가 파이터고, 누가 아닌지 알 거고. 파이터들 중 남은 사람은 나 하나뿐이니까. 날 데려가 어떤 생물과 일대일로 싸우게 하려는 거겠지.

어떤 미친 지옥의 짐승, 어떤 악몽 속 괴물들. 저들의 멍청한 얼굴들 좀 봐. 잇몸이 다 보이는 상어 이빨 미소들, 가장자리가 빨간 콧방귀를 뀌는 하트 모양 콧구멍.

"들어가. 덩치." 토드의 우두머리가 다시 한번 내뱉자 다들 낄낄댔다. 내가 뭘 어쩔 수 있겠나. 들어가야지.

그들은 펜스에서 날 들어 올려, 땅 위에 내려놓았다.

그러고는 거미 두 마리를 펜스 안에 떨어뜨렸다. 뻣뻣한 털이 난 검은색 지옥 골리앗 두 마리 대 겁쟁이 여섯 명. 워너, 난 이제 구경꾼이 된 거야?

"아, 뭐 하는 짓이야?" 난 펜스를 잡고 흔들며 소리쳤다.

"걱정하지 마. 덩치. 넌 은퇴한 거야. 쇼를 즐기라고." 토드 우두머리가 내게 말했다.

오! 난 분노가 치밀었다. 흉측한 분노가.

난 바보처럼 안도감을 느끼는 나 자신에게 증오의 분노를 느꼈다.

저 안에 있지 않아서 얼마나 다행인지, 이런 안도감을 느끼다니 난 얼마나 쓰레기 같은 놈인가. 난 나에 대한 분노로 몸서리를 쳤다.

"날 싸우게 해줘." 난 펜스 벽을 두드리며 소리쳤다. "제길, 싸우게 해달라고."

한편으로는 그들이 듣지 못하기를 바라며, 오! 걱정하지 마, 겁쟁이 워너. 그들은 못 들었어. 그저 정신병자처럼 보고 낄낄대기만 하잖아.

난 큰 소리로 겁쟁이들에게 지시를 내렸다. 그들이 조직적으로 움직이고, 용기를 내고, 전술을 알리고 등등. 억지로 눈을 뜨고 계속 보면서 일말의 희망을 품으려 애썼다.

난 그 모든 걸 다 목격했지만, 보여주고 싶지 않은, 설명하고 싶지 않은 광경이었다.

심지어 그리 빨리 끝나지도 않았다.

그들은 아무 설명도 없이 날 홀로 새장 안에 남겨두었다.

난 몇 시간 동안 앉아 있었다. 처음에는 분노로 오열하며, 그러다 눈물이 마른 뒤에는 타는 듯한 햇빛을 받으며 흐느꼈다.

그날 오후, 익숙한 절반 자동차가 멈춰 섰다.

퍼피넥이 걸어 나오더니 토드 우두머리한테 인사했다.

"여기 1만." 퍼피넥이 말했다.

"2만." 토드 우두머리가 나긋이 읊조렸다.

퍼피넥은 그를 빤히 쳐다봤다.

"값이 올랐어. 미안해서 어쩌나." 그 새파란 미치광이는 소름 끼치게, 또 자기는 아무 잘못 없다는 듯 중얼거렸다.

퍼피넥은 다섯 장을 더 세어 건네고는, 그 어떤 반응도 기다리지 않고 내가 들어있는 새장을 트렁크에 실은 다음 출발했다.

"데이브, 괜찮냐?" 퍼피넥이 물었다.

난 아무 말도 하지 않았다. 거기에 무슨 말을 하고 싶지 않았다.

삶과 죽음의 세계

우리는 로시 인디카로 돌아갔다. 나랑 퍼피넥 그리고 처음 보는 힙스터 단원 몇 명.

퍼피넥은 옆에 앉아 새장 바 사이로 갖은 음식들을 넣어주었다. 살균된 미들 식수, 과일과 견과류 들을 넣어주었다.

"네가 나오는 글래드비드 봤어." 퍼피넥이 말했다. "내가 할 수 있는 말은 이것뿐이더군. '젠장!'"

난 차 바닥에 침을 찍! 뱉었다.

"보고 즐긴 게 아니야. 데이브, 믿어줘." 그가 말했다. "널 다시 데려오려고 24시간 만방으로 뛰었어. 윗사람들을 설득하고 영업도 했어. 정말이지, 아침마다 화면 앞에서 네가 물릴까 봐, 기도하느라 손에 땀이 다 날 지경이었어."

난 다시 침을 뱉었고, 대꾸하지 않았다.

"아무튼, 다 준비됐어. 데이브, 일단 오늘은 좀 쉬어. 넌 이제 안전해." 그가 말했다. 우리가 해변 수도를 향해 오르는 사이 창밖으로 사막이 사라지고 관목이 우거진 언덕이 나타났다.

페이스 보이 인더스트리스의 드림 본부는 준비를 끝내두었다. 그러니까 내 핏빛 빨간색 계획의 자회사였다.

이제 그 사악한 계획을 말해줄 때가 되지 않았냐고? 그래, 내 생각도 그렇다. 독스아이 은행지점에서 난 퍼피넥한테 이런 말을 했다.

"TV 뉴스에 나쁜 꿈 때문에 난 차 사고들에 관해 나오는 거 봤어. 내가 어셔를 어떻게 찾았는지 알아. 지난 몇 달간 드림월드가 어떻게 미쳐 날뛰었는지 기억해? 사실 그거 전부 다 내가 꿈꾼 거야. 내 꿈은 압도적으로 강해서 아주 거대하고 끔찍해질 수 있어. 게다가 우리 누이는 솔로 드림 수면제를 운영하지. 프레이어가 사장이야."

물론 이 마지막 말은 사실이 아니지만, 잠시만 눈감아주시라.

"솔로 드림과 동업하면, 솔로 드림 수익의 일부를 가져갈 수 있어. 내가 매일 밤 드림월드에서 지옥 비를 내려서 매출을 말도 안 되게 올릴 수 있지. 솔로 드림이 페이스 보이들을 부자로 만들어 줄 거야."

이게 다였다. 단순한 계획. 하지만 꿈을 문문으로 바꿀 아주 분명한 방법.

그날 밤 퍼피넥은 우리 누이한테 전화해 말했다. "어이, 페이스 보인데, 네가 솔로 드림의 사장이라고 워너가 그러더군." 그러자 요령 있고 눈치 빠른 여걸인 우리 누이는 워너가 살아있단 걸, 워너에게 비책이 있다는 걸, 그 계획에 따르면 자기가 솔로 드림의 사장 역을 맡아야 한다는 걸 순간 깨달았다.

서로가 서로에게 거짓말을 했다. 프레이어가 자신이 사장이라고 거짓말했고, 퍼피넥은 페이스 보이가 아직 토드에게 넘기지 않고 날 데리고 있다고 속였다.

우리 누이는 퍼피넥의 제안을 듣고는 곧장 마크파이브한테 전화를 걸어 긴급회의를 위해 와달라고 요청했다.

자기가 사업트랙에서 배운 것들과 힘, 그래프들을 총동원해 주장했다. 네 아버지한테서 솔로 드림 수면제 회사를 받아 자신을 사장으로 고용하라고.

난 사업 천재인 데다 앞으로 혀가 빠지게 일만 할 거라고.

네가 날 사장 자리에 앉힌다면 네 아버지는 완전히 미쳐 날뛸 테니 그것도 부가적인 전리품이라고.

나한테는 이미 매출을 수천 퍼센트 늘릴 구체적인 계획이 있다고.

가장 좋은 건, 그 계획이 잔혹한 조직과의 동업을 통한 거라고.

기본적으로 넌 이제 쿨한 패거리 스타일 약쟁이가 된 거라고.

추신, 조직의 제안 건은 시간이 별로 없으니 서둘러야 한다고.

마크파이브는 단번에 귀를 기울였고, 좋아했다. 캡짱이라고! 그리고 이트 보텍에 다니던 프레이어를 젊은 사장으로 앉혔다.

프레이어가 퍼피넥한테 전화를 걸어 거래를 제안했고, 퍼피넥은 토드들한테 전화해 날 다시 사겠다고 했다. 토드들은 워너를 피 튀기는 글래드비드 검투사 경기에서 은퇴시켰다.

"팀원들 좀 만나볼래." 퍼피넥이 제안했다.

드림 본부의 단원들은 전형적인 페이스 보이 멍청이들과는 달랐다. 오히려 그레이스한테 구애했던 글쟁이 프랭크와 비슷했고, 아마도 그래서 난 그놈들이 아주 싫었나 보다.

부드러운 머리카락과 더 부드러운 수염, 코듀로이와 격자무늬와 데님 조끼, 비싸게 주고 새긴 정교한 문신들과 귀걸이들. 한 번도 육체적으로 두들겨 맞아본 적 없는 따스한 소의 눈깔.

퍼피넥은 그들의 이름을 일러줬지만 난 수신하지 않았고, 신경 쓰지도 않았다. 아무 말 없이 계속 바닥에 침만 뱉었다.

"경영대학원생들을 바로 고용했어." 퍼피넥이 내게 말했다.

"어떤 바보들이 이 일 때문에 경영대학원을 떠난대?" 마침내 내가 말을 뱉었다.

하지만 그들은 웃기는 농담이라도 되는 양, 윤기가 좔좔 흐르는 잘 먹인 말들처럼 히히 낄낄대며 웃었다.

"난 어디서 살아?" 퍼피넥한테 물었다.

"미공개 장소." 퍼피넥은 내게 말했다. "시타델은 아니야."

"하지만 어서가 나랑 같이 살아야 할 텐데." 내가 말했다.

"아니, 우린 너희 둘이 같이 동거하게 하지 않을 거야." 그가 말했다.

"난 물어본 게 아닌데." 난 말했다.

"하지만 그게 대답이야." 그 어린 페이스 보스가 말했다.

그들은 새장에 담요를 덮고, 내가 살 집으로 가는 마지막 두 시간은 나를 캄캄한 어둠 속에 감금했다. 그들은 차를 세운 뒤 날 들어 내린 다음, 새장을 내 방으로 가져가 담요를 벗겼다. 그리고 새장 문을 열었다.

난 인형 침대, 컵 화장실 같은 단순한 리틀 가구가 있는 미들 방으로 걸어갔다.

창문들은 높았다. 벽의 높이는 150센티미터 정도, 리틀 푸어로서는 위를 쳐다봤을 때 야자수들의 뾰족한 꼭대기가 보이는 정도였다. 거긴 샌드 드리머프일 수도, 이트 얼머낵일 수도, 샌디 바브나 새크라멘트나 로라 캐논일 수도 있었다.

그 바보 같은 벽들을, 바보 같은 카펫을 둘러보던 난 나 자신에게 말했다. "여기가 네가 50년간 살게 될 곳이라고, 여기가 늙은 수염 난 워너가 생을 마감하게 될 곳이야."

퍼피넥은 어딘가로 전화를 걸어 스피커폰을 켰다.

"솔로 드림 본사입니다." 한 비서가 말했다.

"퍼피넥이에요. 프레이어 씨 좀 바꿔주시죠." 퍼피넥이 말했다.

"잠시만 기다려주세요." 비서가 말했고, 우리는 잠시 기다렸다.

누이의 피곤한 목소리가 물었다. "그래, 이제 내 동생과 통화할 수 있나요? 아니면 내가 계약서를 찢어발겨야 하나요?"

퍼피넥의 손가락이 날 쿡 찔렀다.

"안녕! 프레이어." 내가 말했다.

"맙소사!" 프레이어가 흥분했다. "워너, 너 괜찮니? 그게 제일 중요해. 괜찮은지 말해줘."

"괜찮아." 내 목소리가 말했다.

"워너, 정말이야?" 프레이어가 물었다. "목소리가 안 좋은데?"

"아마, 괜찮지 않을까." 난 거짓말을 했다.

"정말이지?" 프레이어가 다시 확인했다.

"그래." 난 말했다.

"그래, 그래, 오, 하나님! 감사합니다! 워너, 감사합니다." 프레이어가 말했고 곧이어 수다를 시작했다. 우리가 앞으로 할 일이 정말 괜찮은 일 같다고, 자기가 생각해봤는데 잠시 드림월드를 망가뜨리는 게 더 좋을 것이라고, 그 덕분에 사람들은 이 세상에 더 집중하게 될 거라고 했다. 계속 꿈만 꾸는 게 아니라 자신들의 삶을 위해 더 많이 행동하고 책임감을 느끼게 될 거라고. 이건 정말 최상의 선택이라고 추켜세웠다.

제대로 귀를 기울일 수 없었던 난 얼마 후 프레이어 말을 끊을 수밖에 없었다.

"프레이어." 프레이어한테 말했다. "그냥, 빌어먹을, 문문이나 좀 벌자."

7.

킹 콩

드림월드

이제 난 카펫 깔린 미들 방에 지내며, 밤에만 눈을 떴다.

낮에는, 잠에서 깨어나 눈을 억지로 벌려 떴다가 다시 꼭 감고 투덜댄다. 그냥 몇 시간 동안 그렇게 시체처럼 축 처져 누워 있다.

마침내 자리에서 일어나, 침대 밖으로 나온다. 스트레칭을 하고, 운동하고, 역기를 들고, 달리기하고, 팔굽혀펴기하고, 요가를 한다.

과일과 견과류를 먹고, 살균된 미들 식수를 홀짝댄다. 다 드림 본부가 쟁반에 담아다 준다.

대마초를 피우고, 조각 알약을 삼키고, 미친 꿈을 꿀 준비를 한다. 약은 내 꿈들을 미쳐 날뛰게 만든다. 사실 새집에 온 뒤 처음 며칠 밤은 약 없이는 꿈을 꿀 수조차 없었다. 약이 날 완전히 뻗게 했다.

왕이신 주 하나님 교회의 슈퍼성경책 중 아무 부분이나 읽기. 약들이 그 가르침들 속으로 널리 스며들게 하기.

가끔은 슈팅 게임도, 하지만 대부분은 슈퍼성경책을 읽는다.

다시 운동하기, 또 식사하기, 약을 더 먹고, 몽롱해질 준비하기. 침대로 슬며시 들어가 잠이 오길 기다리기.

* * *

그리고 밤이면 난 왕이신 주 하나님의 화난 천사가 되어 드림월드를 파괴한다.

이제 매일 밤 드림월드는 하나의 거대한 시궁창 지대, 커다란 지옥 광경이다.

"빅들과 미들들은 리틀들을 너무 오래 너무 못되게 대했다." 나는 천둥 치는 공중에서 설파한다. "통치자 주인 왕 보스이신 하나님이 질겁하신다. 너무나 실망하고 상심하셔서, 하늘을 말 그대로 물이 뚝뚝 떨어지는 동굴 천장으로 만들어 놓으셨다. 이제 너희는 항상 지하에서 살아야만 한다. 악마의 동굴 숲속에서."

끔찍한 것을 꿀 때마다, 드리머들이 날 돕는다. 그들의 두려움이 더해지고 곱해지므로, 내가 신음하는 숲을 꿈꾸면 그들은 그곳을 땅과 공기를 후벼 파고 나온 성난 마녀 같은 죽은 자들로 채운다.

"그 성스러운 회장님이자 CEO께서는 너희의 죄와 이기심에 질려 버리셨다." 난 모든 드리머에게 말했다. "슈퍼성경책에 보면 문문에 대한 열망은 너희를 올바른 길로부터 멀어지게 한다고 나와 있지 않은가. 자, 죄인들, 우주 외계인들이 지구에 살충제를 뿌리고 있다."

살충제 안개는 2미터 깊이의 바다다. 불쌍한 드리머들은 숨을 쉬려고 돌고래처럼 수면 위로 펄쩍 뛰어보지만, 다리가 고정되어 있거나 후들후들한 상태라 뛰어오르기가 힘들다. 동시에 저 위에서는 부리 달린 우주 독수리들이 고함을 내지르며 점점 더 아래로 덤벼든다.

"너희는 왕이신 주 하나님께서 문문이 너희 심장을 큰 슬픔으로 찔릴 것이라고 경고하셨을 때 듣지 않았다." 난 큰 소리로 말했다. "이제 너희는 뜨겁고 불쾌한 리틀 방에서 펠리컨처럼 구워질 것이다. 작은 문이 있으니 언제든 나갈 수 있지만, 그 문을 나서면 너희는 더 안 좋은 곳으로 가게 될 것이다. 참으로 대단한 딜레마가 아닌가. 분노 때문에 바로 지금 왕이신 주 하나님께서 꽤 엉망인 것들을 만들어내고 계신 것이다."

구워지던 드리머들은 참지 못하고 작은 문을 벌컥 열어젖히고, 정확히 똑같지만 이전 것보다 더 안 좋은 방으로 떨어진다. 더 덥고, 더 작고, 더 세게 구워지고, 더 빨리 죽는. 기겁하고 다음 문을 열고 뛰어들면, 아까보다 더 안 좋다. 더 덥고, 더 끓는 진흙탕으로 가득 찬 방이다. 기타 등등. 교과서적인 시궁창 건설 기술이다.

얼마 안 가 어떤 사람들은 만나기가 힘들어졌다. 로시 인디카의 일부 지역들은 전보다 조용해졌고, 멀어졌고, 담요로 싸였다.

아니나 다를까 삶과죽음의세계에서는 빅들과 리치들이 솔로 드림을 먹기 시작했다.

보아하니 솔로 드림 광고도 사방에 퍼진 모양이었다. 드림 본부는 스타일리시한 동영상들을 제작해 광신도들이 드림월드를 장악했다고 설명했다. "참 안타까운 일이지만 어쩔 수 있나? 요즘 깨어있는 얼리어답터 드리머는 솔로 드림을 먹어 광신도들한테 테러당하는 일을 방지한다."

빅들과 미들들이 사는 동네들에서는 솔로 드림이 날개 돋친 듯 팔려나갔고, 거액의 문문이 솔로 드림 수면제 회사와 페이스 보이 인더 스트리스의 계좌로 흘러들었다.

드림월드에서 나는 희뿌연 지역들을 공격하기 시작했다. 그곳의 드리머들은 유령으로 변신하려고 애쓰고 있었다.

홀로 사라져가는 드리머를 타깃으로 해서, 그들이 완전히 사라지기 전에 꽉 붙잡는다. 그들이 두르고 있는 솔로 담요를 찢어버리고 그들을 다시 불타는 연못과 송곳니 빗속으로 돌려보낸다.

삶과죽음의세계에서 드리머들은 약사들에게 불평했다. "어이, 대체 뭐야? 내 솔로 드림은 어떤 밤에는 듣질 않아. 무조건 돼야 하는 거 아냐. 실패확률이 제로야 하지 않아. 어떻게 된 거야?"

하지만 드림 본부는 약사들에게 돈을 주고 그저 어깨를 으쓱하며 말하게 시켰다. "그 광신도 테러범들이 너무 강해서 그래. 하지만 걱정하지 마. 우리 과학자들은 당신 꿈속에서 사람들을 몰아내 줄 더 센 약을 만들기 위해 24시간 연구하고 있으니까. 그동안은 먹는 양을 좀 늘려줄게."

결국, 그들은 더 많은 양을 먹었고 그에 따라 드림월드에서 리치들의 담요는 더 묵직해지고 유령들은 더 가볍고 조용해졌다.

그리고 난 이를 앙다물고 더 열심히 빠르게 일했다. 가닥들을 끌어당기고, 밧줄들을 홱 잡아당기고, 벽들을 녹이고, 발버둥 치는 리치들을 붙잡아 다시 지옥 안에 욱여넣고, 아침이 되기 전 최대한 많이, 난 시간에 맞서 밀어붙이고 시간의 속도를 늦췄다.

매일 아침 잠에서 깬 나는 잠깐은 인간이 아니었다. 내 뇌는 고장난 화면에 불과했다. 내 눈은 **로드되지 않음** 상태였다.

여러 밤이 지나고, 여러 주가 지났다.

여러 달이 흘렀고, 그것들이 뭉쳐 일 년이 되었다.

난 솔로 드림이 여태껏 쭉 홀로 외로운 드림박스 속에 들어있던 사람들을 변화시키고 있다는 걸 깨닫기 시작했다.

그 외로운 솔로 드리머들은 그 안에 자기만의 로봇 친구들을 꿈꾸기 시작한 것이다. 그 로봇이란 나나 너와 닮았지만 실제가 아닌, 꿈에 불과한 것들이었다.

난 최고 부자 솔로 드리머들의 박스들을 엿보았다. 그들은 이상한 로봇 사람들한테 둘러싸여 있었다. 가짜 부모, 가짜 아이들, 가짜 친구들, 다들 엄청 착한 척, 바보같이 행동했다. 솔로 드리머에게 끊임없이 아부하고, 그의 농담에 과장되게 웃고, 그의 이야기에 지나치게 세게 반응하였다. 갑자기 더는 못 참겠다는 듯 옷을 벗더니 솔로 드리머에게 포르노 같은 로봇 몸으로 섹스 꿈을 선사하기도 했다.

솔로 드리머들은 이미 진짜 드리머일 때 어땠는지를 다 망각해가고 있었고, 자기가 통제할 수 없는 것들이 다른 사람들의 머릿속에서 일어난다는 사실을 간과해버렸다.

덕분에 지옥 광경을 만드는 새로운 방법들을 모색해냈다. 드림월드를 로봇들로 가득 채우는 거다. 다들 서로가 진짜라는 걸 잊고, 다들 이기적인 미치광이처럼 행동하기 시작한다.

그리고 내 솔로 인생 2년 차에는 대부분 너무 지쳐서, 외로움을 느낄 새도 없었다. 대화할 친구가 있다는 게 어떤 건지 기억하기도 힘들어졌다. 드림 본부의 경영대학원 졸업생들이 내 친구가 될 리도 없었고, 사실 난 친구가 있는 척하려 들지도 않았다.

내 몸은 더 커지고 단단해지고 억척스러워졌다. 이제 남자의 몸이 된 것 같았고, 상처투성이인 사나이의 얼굴이 된 것 같았지만, 그걸 봐 줄 친구가 없었다.

마크파이브는 어느 날 밤 죽었다. 자동차 사고. 마약.

마크파이브, 머리 좋은 멍청이, 형한테 그런 일이 일어나다니!

난 내 방을 떠날 수 없었기에 장례식에 갈 수가 없었다. 어쩌면 방 밖의 그 어떤 것도 진짜가 아닐 수도 있었다.

프레이어가 상심했고 그러기가 무섭게 심한 기업적 불화에 빠졌다. 거인 마크가 자기 아들이 절반 오너로 앉혀둔 여자애한테서 자기 회사를 돌려받기 위해 적대적 인수를 시도했다. 프레이어가 회사를 경영하는 게 불법이라나, 뭐라나? 해적 변호사들은 프레이어의 배에 대포를 쏴댔다.

릴리는 마크를 막는 일을 도우려 했다. "마크, 이 멍청한 개자식! 어떻게 네 개인 회사를 적대적 인수를 할 수 있어? 그리고 아주 잠시라도 좀 슬픈 척해 봐. 이 빌어먹을, 괴물아!" 하지만 마크는 그 일이 바로 슬퍼하는 거라고 했다. 슬퍼서 마크파이브의 회사를 돌려받아야 한다고, 어쩌면 그의 말이 맞는 건지도 몰랐다. 어쩌면 사업이 그에게는 아들을 대신하는 것일 수도.

프레이어가 승소했고, 어셔는 드림월드에서 그 일을 나한테 다 얘기해주려 했다. "워너, 넌 네 별 다섯 개 장성급 프레이어를 무지 자랑스러워해야 해. 프레이어가 어떤 일을 했냐 하면, 공격을 멈추지 않고 솔로 드림 자금으로 스무 건의 맞고소를 하겠다고 위협했고, 특허 괴물이 되어 마크의 핵심 사업을 겨냥했어." 기타 등등.

얼마 지나지 않아 난 어셔에게 그만하라고 말해야 했다. "어셔, 네가 우리 누이를 좋아하는 건 알지만 제발 진정해. 사업 얘기보다 더 지루한 건 없으니까."

드림월드에서 난 오페라하우스를 계속 지켜보았다.

이따금 그것이 눈에 띄면 연기나 진흙으로 바꿔버리지 않고 그냥 두었다.

하지만 절대 안으로 들어가거나, 잠시라도 그 음악을 듣거나, 그 얼굴을 보려 하지 않았다.

그저 내 모습을 감춘 채 멀리 떨어져 있을 뿐이었다. 키티가 날 죽었다고 생각한다면 가장 좋을 터였다. 계속해, 사랑스러운 키티, 예전의 나는 잊고, 그냥 이 지옥 안에서 네 행복한 섬들을 짓도록 해.

어느 날 밤 드림월드에서 어셔가 나에게 다가왔다. 난 엄니 달린 못된 돼지들과 함께 끝없이 이어진 썩어가는 미로를 밟아 뭉개다가 쉬면서 달 안에서 어셔와 얘기했다.

"생일 축하해." 내 잿빛 친구가 말했다.

"어, 기억해줘서 고마워." 난 말했다. "난 몰랐어."

"난 기억하는 걸 좋아해." 어셔가 말했다.

"시타델은 어때?" 난 물었다.

"괜찮아." 어셔가 말했다. "하지만 난 떠날 준비가 돼 있어."

어셔가 그런 말을 아주 차분하고 단조롭게 하는 모습은 좀 웃겼다. 직접 본 사람은 이해했을 텐데. 어쨌든 난 잠깐 웃음이 났다.

그러더니 어셔는 내게 줄 생일 선물이 있다고 말했다.

"오, 그래, 어셔, 그게 뭔데?"

"실은 작은 비밀 회사야. 페이스 보이와 솔로 드림 회사의 동업 관련 서류 작업 중에 몰래 끼워 넣은 거지. 콘솔리데이티드 워닝이라는 작은 페이퍼컴퍼니여."

"페이퍼컴퍼니라고? 그게 대체 뭔데?"

"세금을 회피하는 방법 중 하난데, 자세한 건 그다지 중요치 않아. 네가 알아야 할 건 솔로 드림 수익의 28퍼센트가 콘솔리데이티드 워 닝으로 들어간다는 거지. 이제 문문이 모인지 좀 됐어."

어셔는 좀처럼 감정을 크게 표현하는 일이 없다. 항상 차분한데, 이 번에는 그 차분한 얼굴 근육 위로 살짝 뒤틀린 환한 미소가 어렸다.

"근데 그게 생일 선물이라고? 어떻게?" 난 바보가 된 기분으로 어 셔한테 물었다.

"난 널 회사로 만드는 방법을 찾은 거야." 그가 말했다.

"그게 무슨 말이야?" 난 말했다.

"네가 콘솔리데이티드 워닝이라고." 그는 환하게 웃었다.

"그래, 근데, 그게 무슨 뜻이냐니까?" 난 물었다.

"콘솔리데이티드 워닝의 계좌가 바로 네 문플로우 계좌야." 어셔 가 내게 말했다. "법적으로는 열여덟 살이 돼야 기업을 설립할 수 있 어. 하지만 그 문문들은 이 모든 일이 시작됐을 때부터 모이고 있었 지. 이제 네 생일이 됐으니까 그 계좌는 네 문플로우 계좌랑 통합돼. 갑자기 그 안에 문문이 생기게 된 거지."

난 마음을 진정시키려 달 안에서 심호흡을 몇 번 했다. 아마 바깥 에서는 지옥 광경들의 분위기가 좀 밝아졌을 거다.

"페이스 보이들이 어떻게 이런 정신 나간 일이 일어나도록 놔둘 수가 있지?" 난 물었다.

"그놈들의 변호사는 알고 있지." 어셔가 설명했다. 그의 눈은 이제 이 행복한 복수 덕분에 완전히 생기가 넘쳤다.

"솔로 드림도 알아?" 난 물었다.

"너희 누이만." 어셔가 말했다.

"그래, 나한테 문문이 얼마나 있는데?" 난 그에게 물었다.

"9천만 정도." 그는 말했다.

내 정신은 아주 맑고, 분명해졌다. 완벽한 물 한 컵처럼.

"우리가 이겼어." 그는 내게 말했다. "결국, 우리가 이겼어."

"어셔, 이 멍청이야. 그건 불가능해. 이기는 사람은 아무도 없다고."

하지만 어셔는 그 승리를 친절하게 설명했다. 무슨 일이 일어날지, 내가 어떻게 탈출할지를 아주 자세하게. "워너, 난 당연히 콘솔리데이티드 워닝의 대리인으로서 권리가 있으니까, 이제 페이스 보이들이 정기적인 페이스 보이 인더스트리스 규약 갱신을 위해 나를 은행에 데려가면, 난 몰래 은행에다 네 문플로우의 문문을 네 스케일 계좌로 옮기게 시킬 수 있어. 예를 들어 1천만을 옮기면, 2배 스케일이 되겠지."

"넌 굳이 은행에 가지 않아도 돼. 은행은 원격으로도 널 스케일 업

할 수 있어. 원격 스케일링은 네가 너무 커서 은행에 들어갈 수 없는 등 특별한 상황에서 이루어져. 내가 그들에게 문문을 이체하고 네 몸을 부풀릴 정확한 시간을 알려줄 거야. 스케일 약 없이 깨어있는 채로 스케일 업하는 건 아주 안전해. 좀 아프고 기분이 이상할 수는 있지만 전혀 위험하진 않아."

"드림 본부 직원을 속여서 널 마당에 내보내 주도록 할 수 있을 거야. 굳이 이유를 설명할 필요도 없어. 그냥 이야기를 지어내는 거지. 워너는 꿈을 꾸기 위해서든 뭐든 밖에 나가야 하니, 지금부터는 매일 한 시간씩 내보내 달라고 해. 그리고 어느 날 네가 밖에 나와 있는 사이, 스케일 업이 되는 거야. 누군가 방탄 2배 자동차에서 널 만나, 너한테 2배 가운을 주고, 널 2배 인생으로 휙 데려가는 거지."

어셔의 말을 다 들은 나는 우리가 하려는 일이 뭔지 파악하게 됐다.

"좋아." 난 어셔한테 말했다. "다음 해야 할 일은 이거야. 네가 절반을 갖고, 도망쳐."

어셔는 잿빛 머리를 절레절레 흔들었다.

"아니, 넌 선택권이 없어." 난 어셔한테 말했다. "이건 명령이야. 은행에 가서 네 대리인 파워를 써서 절반을 네 걸로 만들어. 4,500만을 가지고 2배 스케일이 된 다음 2배 자동차를 뽑아서 2배 인생을 살러 떠나라고."

"그래, 근데 그럼 넌 어쩌고?" 어셔가 말했다.

"난 일단은 여기 있을 거야." 그에게 말했다.

그는 말이 없었다.

"저기, 네가 내 문문을 마음대로 할 수 있다면, 그냥 투자를 하면 어때? 주식을 사든지, 기업을 인수할 수도 있고." 난 말했다. "내가 스케일 업할 준비가 되면 얘기할게."

어셔는 이해하지 못했지만 어쨌든 고개를 끄덕였다. 내 최고이자 유일한 친구, 의리 있고 영리한 어셔.

달을 떠난 뒤 난 더 많은 지옥을 만들어냈다.

삶과죽음의세계

결국, 다음번 은행 정기 방문 때 어셔가, 그가 혹시 수상한 짓을 하진 않는지 주의 깊게 지켜보는 거구 숄더헤드와 다른 두 페이스보이들의 감시 속에서 심호흡을 한 번 한 뒤 은행원에게 라틴어로 된 쪽지를 써주었다.

"뭐라고 쓰여 있는 거야?" 숄더헤드가 물었다.

"그냥 기, 기술저, 적인, 마, 말이야." 어셔가 간단히 말했다.

하지만 그 쪽지에는 이렇게 적혀 있었다. 친애하는 은행원님, 나를 지하은행으로 데려가 1천만 문문 상당의 스케일 업을 해주십시오. 또 3천5백만은 내 문플로우로 옮겨주시고요. 콘솔리데이티드 워닝 계좌에 있는 문문을 말입니다. 내가 콘솔리데이티드 워닝의 대리인 권한을 가지고 있다는 건 아시죠? 네, 좋습니까?

은행원은 그걸 읽고 어셔를, 꼬붕들을 차례로 쳐다봤다.

그러고는 고개를 끄덕이며 환하게 웃었다.

"좋습니다. 고객님. 리틀 엘리베이터는 바로 이쪽입니다. 고객님의 극적인 스케일 업을 축하드립니다." 은행원은 어셔의 겨드랑이를 안아 올리며 재잘댔다.

"어이, 어이, 어이, 우린 이놈이 어딜 가든 같이 간다." 숄더헤드는 은행원을 붙잡으며 소리쳤다.

"안타깝지만 스케일 업 때는 안 됩니다." 은행원이 사과하기가 무섭게 은행 보안직원들이 들이닥치더니 숄더헤드와 고함을 질러대는 꼬붕들을 제압했다. 대체 무슨 생각으로 그런 거야? 이 멍청이들아. 은행 직원들을 거칠게 다뤄서는 안 된다고.

스케일 업이 끝난 뒤, 3미터가 넘는 2배 스케일이 된 어셔는 혼자 대기실에 잠시 머무르며 '가차 없는 용병 운송'이라는 곳에 전화를 걸어 2만 문문짜리 승차 서비스를 주문했다. "미들 리치 하역장으로 데리러 와주세요. 빠져나갈 때 공격을 받을 수도 있으니 대비해야 할 거예요."

하지만 공격은 별로 심하지 않았다. 숄더헤드는 탱크에 총알 몇 방을 쐈지만 튕겨 나갔고 곧 가차 없는 드론들이 그를 저격했던 거다. 숄더헤드의 말로가 이토록 어이없었다니! 그는 미들 도로 위에 피를 철철 흘리며 고꾸라졌다.

어셔가 전쟁영웅처럼 센트로우로 향했고, 크림색의 전형적인 깡패 정장과 머리의 문신을 가려줄 멋진 밀짚모자 차림으로 탱크에서 내렸다. 어서, 요 스타일 좋은 잿빛 녀석. 어떻게 멋있게 등장할지 고민이라도 한 거야? 뭐야.

미들 엘리베이터에 끼어 탄 그는 10층으로 올라가 솔로 드림의 사장이자 CEO의 방문을 두드렸다.

"안녕, 프레이어." 그녀의 이름을 완벽하게 부르는 데 성공한 그는 씩 웃었고, 그녀는 양팔로 그의 갈비뼈를 감싸 안고 흐느꼈다.

드림월드

분노와 혼돈이 페이스 보이 인더스트리스를 분열시켰다. 똑똑한 인질 한 명에 너무 크게 의지했는데, 그가 그만 연기처럼 사라져버렸다. 그와 동시에 모든 계약도 다 파기되었다. 사실상 그들에게 남은 자산이라고는 갇혀 있는 나뿐이었다.

1과 2분의 1배 스케일인 퍼피넥은 날 밟아버리겠다고 두어 번 위협했고, 난 그에게 이렇게 상기시켰다. "데이브, 그게 무슨 의미가 있어? 네 키가 2.5미터고 그렇게 좋은 스타일을 유지할 수 있는 이유가 바로 난데. 넌 운동복 입고 클럽 가서 왕처럼 노는 네 인생을 엄청나게 즐기잖아? 바보 같은 협박은 그만하고 그냥 내가 네 문문을 벌도록 내버려 둬."

퍼피넥은 내 말에 동의했는지, 날 죽이는 대신 어서 같은 행동을 하기로 했다. 어느 날 아침 막 동이 텄을 때 그는 날 새장에 넣고 담요를 덮은 다음, 자기 차에 태워 건너편 도시의 단독주택으로 데려갔다. 퍼피넥도 페이스 보이들한테서 탈주했던 거다.

그는 솔로 드림에 새로운 계약서를 썼는데, 그건 사실상 몸값을 요구하는 편지에 불과했다.

'솔로 드림 회사와 프레이어가 '퍼피넥 드림 시큐리티' 회사에 매년 5백만 문문을 낸다면 워너를 보호하고, 실수로 워너 머리 꼭대기 위에 앉아 깔아뭉개는 일이 없도록 하겠다. 이 친구한테 무슨 일이 생기는 걸 원치 않는 것으로 알겠다.'

내 새로운 리프트 방은 예전 방과 비슷했다. 같은 운동 공간, 더 많은 카펫.

하지만 공기는 더 좋았다. 바닷바람, 아마도 바다 근처인 것 같았다.

내 문문은 결실을 보아, 문문에서 문문이 태어났다. 바깥세상에서 의리 있는 어셔가 날 위해 주식과 여러 개의 회사를 사들였던 거다.

분명.

매일 밤 기업 오너들의 솔로 드림을 억지로 열어보고 그들이 로봇들한테 주절대는 잠꼬대에 귀를 기울인 게 확실히 도움이 됐다. "어이, 뭐라고? 방금 지피 에너제틱스가 석유를 더 뜨겁고 연기가 많이 나게 태우는 값싼 신기술을 개발했다고 말한 거야. 어셔, 속보야?"

"네가 어떻게 탈출할지 생각할 때가 됐어. 알지? 사람을 고용해서 네가 살 곳을 찾아볼게." 어셔가 매주 또는 2주마다 내게 물었다.

내 대답은 매번 '노'였다.

"네가 기다리는 때가 언제야?" 어셔가 그때를 알고 싶어 했다.

난 어깨를 으쓱하고는, 계속해서 지옥과 개떡 광경들을 만들었다.

3년 차에도 난 악몽들을 만들어내고 솔로 드리머들을 때렸다. 조폭 출신 퍼피넥과 난 특이한 우정을 키워갔다. 그는 내가 존재를 확실히 아는 유일한 인간이었다.

매일 아침 그는 나와 함께 앉아서 함께 대마초를 피우고, 이런저런 소식들을 들려주었다.

화재가 심해졌어. 바다가 더 많은 도시를 삼켜버렸어. 요즘 콩들이 자라지 않아. 다들 고기를 더 많이 먹게 될 거야. 농부들이 로켓을 타고 화성에 갔어. 다들 역겨운 우주 병에 걸렸지. 그중 아주 짜증 나는 놈이 하나 있어서 그들은 그놈을 죽일지 아니면 1백억 문문을 내고 다시 지구로 돌려보낼지 결정해야 해. 정말 더는 어떻게 할 수 없을 정도로 귀찮은 놈이야. 유이스에서는 투표를 했어. 죽이라고 말이야. 어림없는 소리, 뭐야? 우리가 그 엄청 짜증 나는 놈을 다시 지구에 데려오는데 1백억 문문이나 내야 한다고. 하지만 화성인들은 그를 죽이지 않았어. 그가 조용히 있도록 노력하기로 약속했대. 조현병이라나, 경계선 위에 서 있다나, 뭐라나?

그리고 난 내 방 밖의 도시 어딘가에서 그랜트가 여전히 지하철을 타고 다니며 리틀 푸어들을 속여 자기 기차 동영상에 출연시키고 있으리란 걸 알았다. 어딘가에서 그의 사이코 딸 윌로우가 자랐을 텐데. 그 분노에 찬 심장은 조금은 싹싹해졌을까, 더 딱딱해졌을까? 빅스퀵은 어느 불쌍한 리틀들을 갈기갈기 찢어놓진 않았을까?

난 마침내 어셔한테 내가 원하는 바를 말했다.

"맙소사." 어셔가 한 말은 그게 다였다.

바깥세상에서는 4번째 해가 진행 중이었다.

아이슬란드 일부가 녹았고, 이집트 일부가 불에 탔다. 누군가 러시아 전체를 엉망으로 말아 먹었고, 한국 사람들 전부가 정신이 반쯤 나갔다. 페이머스 랜디는 사랑에 빠졌지만 상대가 엉덩이였다.

유이스는 새로운 대통령을 뽑았다. 20년 만에 가장 작은 2배 스케일도 안 되는 대통령을. 그리고 이 공격적인 옐로우 당의 개혁가를 위해 두 번째로 작은 백악관을 지을 생각을 하고 있었다.

어셔와 프레이어는 비밀 결혼식을 올렸고, 우리 엄마와 문문을 나눴다. 엄마는 몇 차례 수술을 받고 이제는 건강하고 유연한 다리를 갖게 되었다. 엄마는 슈퍼교회 같은 걸 시작했는데 그건 정말 짜증난다. 하지만 엄만 아주 행복하고 네가 왕이신 주 하나님인 척한다며 흥분해서 야단친다.

"아무튼, 워너. 우린 네가 나오는 대로 제대로 된 결혼식을 올리기로 약속했어. 근데 그게 언제쯤 될 것 같니? 곧 나올 거지. 그렇지?" 프레이어가 물었다.

"나도 몰라. 프레이어. 아직은."

저 밖 로시 인디카 어딘가에서 그레이스는 인생의 또 다른 한 해를 살아가고 있었다. 가끔 그 애 생각이 났다. 아마 지금쯤 로스쿨에 들어갔겠지. 어쩌면 아직도 프랭크와 함께일지도. 어쩌면 그는 지금까지도 그 끝없는 글들을 그레이스에게 써주고 있을지도 모른다. 어딘가에서 둘이 대화하고, 키스하고, 섹스하고, 싸우고 있을지도. 아니면 벌써 몇 달째 서로 만나지 않고 있을지도 모른다. 아니 또 어쩌면 그레이스는 가짜초록색 눈에 질려 그 예쁜 눈동자를 드러내고 있을지도 모른다. 어쩌면 그 잔인한 만화 때문에 사랑을 잃었을 수도 있고. 누가 알겠어? 난 모른다.

드림월드에서 난 내가 알던 사람들에게서 멀리 떨어져 있었다. 난 더는 워너가 아니라, 그저 피에 굶주린 천사일 뿐이었다.

5년 차에도 난 카펫이 깔린 미들 방에 혼자 사는 리틀이었지만, 이제 더는 지옥을 꿈꿀 필요가 없었다.

어차피 솔로 드리머들은 매일 밤 솔로 드림을 먹었고, 혼자에 완전히 중독됐다.

지옥들 대신 난 이상한 소식을 알리기 시작했다.

하나님은 킹콩이다. 난 별들 속에서, 풀 속에서 꿈꿨다.

하나님은 고질라다. 난 모두의 방에다 써 붙였다.

킹콩 고질라 하나님이 오신다. 나방들이 여기저기에서 속삭였다.

학교에서, 창고에서, 하수구에서, 마트에서, 기차에서, 바르 미츠바[1]에서, 킨세아녜라[2]에서, 오페라하우스만 빼고 모든 곳에서.

난 키티 하우스를 손대지는 않았지만 찾기 힘들게 만들어놓았다. 그 주위에 유리 사막을 두르고 그 위에 짙은 색 짠 바닷물을 쌓고. 키티가 눈치도 못 챘고, 그 집 밖으로 나오지도 않았다. 어쩌면 그애도 솔로 드림을 꾸고 있겠지.

당연히 난 그 애를 생각했다. 그 누구보다 더 많이. 저 밖 삶과죽음의세계 어딘가에서 키티가 아마 대학에 갔겠지. 난 그게 음악대학이라고 생각하고 싶었다. 어쩌면 그 애는 손을 치료받아 기타를 연주하게 됐는지도 모른다고.

그리고 어딘가에서 토니는 좀 덜 애타는 방법을 배우고 있을 터였다. 토니, 사람들은 네가 지나치게 사랑을 받는 데 집착한다는 걸 알게 되면 널 싫어할 거야. 그리고 데이지는 여전히 늦은 밤까지 슈팅 게임을 할 테고. 휴어게인은 지금쯤 의사가 됐을 거다. 던은 개들을 산책시킬 테고, 휴는 재선에 성공했겠지. 그리고 다른 영리한 노력형 미들 푸어가 그들의 집에 살면서 절반 방에서 잠을 자고 '부자가 되는 법'이란 참을성의 비법을 배우고 있겠지.

하지만 나도 그걸 배웠다고요. 키티 가족 여러분, 나도 배웠어요.

---

1 Bar Mitzvah. 유대교의 성인식. (옮긴이)
2 quinceañera. 멕시코의 성인식. (옮긴이)

삶과 죽음의 세계

그날이 왔다. 난 퍼피넥한테 몇 가지 지시를 내렸다. 그는 싸우려 들지 않았다.

"난 아직도 널 짓밟을 수 있어." 그가 농담했다.

"그렇지." 난 동의했다. "하지만 그랬다가는 내 변호사가 빳빳한 2천만 문문을 걸고 '퍼피넥 현상 수배, 죽이든 살려두든 상관없음' 포스터를 내다 붙일걸."

"크크, 허풍은." 퍼피넥이 키득거렸다. 그리고 날 집 뒤편 덱으로 데리고 나가 모터보트에 태웠다. 난 몇 년 만에 처음으로 햇볕을 쬐게 되었다.

바다로 나간 그는 날 물에 놓았다. 파도가 거칠게 날 떠밀었다.

"진지하게 묻는 건데, 너 얼마나 커지려고 그래?" 퍼피넥이 궁금해했다.

"물러나서 지켜봐." 난 그에게 말했다.

퍼피넥의 보트는 나에게서 몇 미터 멀어졌다.

"그 정도 거리로는 안 돼." 난 외쳤지만, 그는 내 말을 듣지 못했다.

난 둥둥 뜬 채 흥얼거리며 은행원들이 일을 시작하기를 기다렸다.

흐물흐물한 해초 띠들이 날 에워쌌다.

그림자들이 내 밑에서 움직였다.

이런, 은행에서 할 수 있었다면 좋았을 텐데.

참치 한 마리가 개처럼 날 킁킁댔고 내 발에 물이 살랑댔다.

몇 분이 더 지나자. 물은 귀 쪽에서 찰랑댔다.

참치는 날 꿀꺽하고 통째로 삼켜버렸다.

난 축축하고 미끄러운 깜깜한 곳으로 미끄러져 들어가며 마구 몸부림을 쳤다. 숨을 쉬어봤자 바닷물만 들어왔고. '젠장!' 하고 생각하기가 무섭게 내 뼈들이 늘어나기 시작한 게 느껴졌다.

몇 초 후면 이 물고기의 배 안에 못 있을 정도로 커질 터였기에, 난 물고기를 마구 때렸다. 불쌍한 멍청이 식인물고기.

머리와 양팔을 꿈틀거리며 빼낸 나는 미친 사람처럼 수면을 향해 헤엄쳤고, 내 허리는 물고기의 갈비뼈를 하나씩 부러뜨리고 있었다.

수면을 뚫고 나와 헉하고 숨을 쉬었을 때는 이미 하프 스케일이었다. 반으로 갈라진 물고기시체는 내 몸에서 떨어져 바다 밑으로 가라앉았다.

그건 정말 아프긴 했지만, 따뜻하고 아름다운 아픔이었다. 마치 '아주 오랜 시간 동안 달린 아픔이었고, 역기를 들고 또 거대한 집에 오른 것' 같은 아픔이었다.

난 수면 위에 누워 눈을 감았다. 내 몸에 피어나는 모든 고통을 느꼈고, 내 심장이 느려지고 허파가 커지는 소리를 들었다.

내 뇌가 거대해지는 것도 보았다. 생각이 거길 건너려면 종일 헤엄쳐야 할 터였다.

내 살갗에 닿는 파도들은 잔물결로 변했다. 해초는 간지러운 술 장식, 바다 먼지, 바다 솜털이 되었다.

내가 양손을 앞뒤로 움직여 물살을 헤치자, 바다들이 이곳저곳으로 쓸려 다녔다.

난 말 없고, 느린, 고래가 되었다.

다 끝난 뒤에도 잠시 눈을 감고 있던 난 마침내 눈을 뜨고 주위를 둘러보았다. 퍼피넥은 어디 있지?

한동안 그가 보이지 않았다. 겁을 먹고 도망갔나?

오, 이런, 저게 그 보트야.

저 쪼그만 조개껍데기가, 뒤집힌 장난감 보트는 이미 반쯤 물에 잠겨있었다. 내 욕조에 인 파도 때문에 뒤집힌 모양이었다.

"**퍼피넥.**" 내 메마른 목에서 쇳소리가 났다. 내 목소리는 천둥이 치는 것 같아서, 그냥 이름을 불렀을 뿐인데도 너무 컸다.

난 물을 샅샅이 살피며 그를 찾았다.

아하, 저기 있네. 허우적대는 작은 벌레.

이 쪼그만 꼬맹이 좀 봐. 발을 구르며 미친 듯이 킬킬대기는.

난 그를 들어 내 머리카락에 올려놓았다.

난 5백억 문문을 들여 26배 스케일이 되었다. 키는 45미터 정도였다. 어서는 문플로우에 있는 문문을 남김없이 스케일 계좌로 옮겼고, 은행은 별로 좋은 생각이 아니라며 그를 설득했지만 이를 어쩌나, 은행원들아, 너희들 말대로, 너흰 그저 도구들에 불과해. 이제 너희는 이 미치광이와 그의 변호사 시중을 들어야 할걸.

그리고 이제 자그마한 로시 인디카는 내 괴물 몸뚱이로부터 3킬로미터 떨어진 곳에서 뜨거운 아침의 열기를 받으며 시시한 모습으로 자리 잡고 있었다.

해변에서 1.5킬로미터, 내 발은 바다 밑바닥에 닿았다. 난 헤엄치기를 멈추고 물을 헤치며 걷기 시작했다.

해변에서 3백 미터, 수면은 내 무릎까지도 안 왔다. 내 거시기랑 털북숭이 불알을 이렇게 숨김없이 내보이다니, 다들 미안.

난 엄청난 바닷물을 끌고 왔다. 파도와 더 큰 파도들. 수영하던 사람들은 기겁하며 해변 쪽으로 헤엄쳐 가서는 비틀거리며 도망쳤고, 서핑 애호가들은 파도를 탔다.

난 물을 뚝뚝 흘리며 모래밭 위로 올라섰다.

나무판자 길이 발가락 끝에 닿았다. 시내 쪽으로 몇 발짝 더 갔다. 발걸음을 옮길 때마다 아주 느릿느릿 움직여야 했다. 발을 든 채 개미 사람들이 그 밑을 벗어나기를 기다렸다가 천천히 발을 내렸지만, 그래도 지축은 흔들렸다.

양팔을 어느 5층짜리 건물 위에 올려놓고 주위를 둘러봤다. 너무 세게 기댔다가는 지붕이 무너질까 봐 조마조마했다.

낮게 펼쳐진 어이없이 작은 곳을 봐. 장난감 도시, 장난감 자동차, 장난감 지하철.

난 이제 그랜트야. 저질 연극세트장은 없지만.

경찰과 해안경비대가 정신없이 내 주위에서 우글댔다. 헬리콥터, 경찰차들, 말 탄 남자들. 공격하려는 건가? 나도 때리고 부숴야 하나?

대답은 '노'였다. 그들은 날 싫어하지 않았다.

"다들 움직여요. 거인이 지나갑니다. 빨리들 좀 비키시죠." 그들은 스피커들을 통해 소리쳤다.

내 주위에는 온통 충성스러운 경찰무리들뿐이었다. 그들은 개미 사람들을 몰아내고, 방패로 떠밀고 불도저로 밀어붙였다. 자동차와 헬리콥터들 밑에서는 밀려난 사람들의 잘 들리지 않는 분노의 외침들과 찍찍거리는 작은 고함이 들렸다. 이 많은 경찰이 어떻게 이렇게 빨리 왔지?

"빅 님." 내 얼굴 근처에서 대변인 드론이 붕붕거렸다. "저희가 선생님이 타고 가실만한 걸 좀 가져올까요? 어디로든 멋지고 편안하게 여행하실 수 있게요?"

아무 데도 갈 생각이 없었다. 바로 이곳이 내가 있고자 했던 곳이었다. 여기서 내 거인 목소리로 중대 발표를 할 터였다.

시민 여러분, 특히 리틀 푸어 여러분, 주목해주세요. 좋은 소식입니다.

내가 얼마나 큰지 보세요. 리치들로부터 얼마나 많은 문문을 빼앗는지요. 난 그걸 푸어들에게 나누어주려고 합니다. 내 재산을 로시인디카 민문에 기부하겠습니다. 이 도시에서 아무도 다시는 쥐만큼 작아지지 않을 겁니다.

5백억 문문입니다. 정확히 계산해보진 않았지만 내 생각에는 최소크기가 4분의 1 스케일 정도로 바뀔 거예요. 어쩌면 좀 더 클 수도 있습니다.

고양이와 거미한테 당할 일 없고, 학교와 병원에도 안심하고 갈 수 있고, 짐 옮기기나 청소 같은 직업도 가질 수 있답니다.

그러니까 자, 가만히, 준비하세요. 몇 분 내로 난 스케일을 줄이기 시작할 테니까. 그게 끝나면 당장 동네 은행지점으로 달려가 스케일 업을 하세요. 콘솔리데이티드 워닝이 제공하는 여러분의 새로운 미들 인생을 맘껏 즐기시기 바랍니다.

하지만 난 말하지 않았다.

작은 동네를 내려다보며 어마어마하게 큰 내 허파에 공기를 채우고 있자니 어떤 일이 일어났다. 나도 그 이유를 모르겠다. 내 말이 목구멍에 턱 막히더니 그대로 말라버렸다.

어딘가에서 어서와 프레이어가 지켜보며 기다릴 터였다. '워너, 어서 말해. 덩치. 뭘 꾸물대고 있어.'라고 생각하며.

하지만 내 거인 뇌 속에서 다른 계획이 아가리를 쫙 벌렸다. 그다지 좋은 소식은 아니고, 오히려 나쁜 소식에 가까웠다.

그런데 그 생각을 떠올리자마자, 난 그 나쁜 계획이 실은 여태껏 진심으로 마음속에 품고 있던 계획이었음을 알게 되었다.

"빅 님. 편하실 때 이 흥미를 돋우는 저희의 탈것 중에서 하나 고르시죠?" 대변인 드론은 탱크와 헬리콥터를 보여주며 새된 소리로 말했다.

"괜찮아. 걸어갈 거야." 드론에 말했다.

"환상적인 선택이십니다. 어디로 가시든 저희가 길을 내어드릴 테니까요. 저희 로시 인디카 경찰은 시중들기 위해 존재하므로, 가장 큰 시민들께서도 언제든 저희를 믿을 수 있죠. 특히 저희의 가장 큰 시민께서도요." 드론은 재차 강조했다.

그러는 사이 난 내가 밟아버릴 수 있는 지붕들을 둘러보았다.

한 손에 집을 수 있는 자동차. 허리를 굽혀 산비탈을 혀로 핥으면 없어져 버릴 집들.

"아니, 헤엄쳐 갈래." 난 결정했다.

"**해변을 다 비워.**" 해안경비대가 요란을 떨었다. "**거인님이 수영 한다신다.**"

해안에서 6백 미터 떨어진 곳, 북쪽으로 헤엄쳤다. 의기양양한 경찰과 해안경비대는 개들처럼 내 옆에서 졸졸 쫓아왔다.

배가 고파 죽을 지경이었다. 거대한 내 위는 텅 비어 있었으니까. 목도 말랐다. 낯선 내 마른입은 숨을 헐떡였다.

본래 계획은 먹거나 마시지 않는 거였다. 배 속에 뭐가 있으면 스케일 다운하기 어려우니까. 하지만 그 계획은 잊기로 했다.

난 음식과 물이 필요했고, 어디서 그걸 구할지 다 생각하고 있었다.

몇 개의 갑과 몇 개의 만을 지났다. 작은 장난감 같던 산비탈의 집들은 점점 더 커졌다.

난 바닥이 얼마나 가까운지 보려고 두어 번 잠수했다. 바닷물 바닥은 아주 가까웠다. 난 산호에 배꼽을 갖다 대 간질여보고, 손가락마디로 바닷속 흙을 죽 긁어 물을 뿌옇게 만들어보았다. 다시 수면 밖으로 나오자 헬리콥터와 고속보트들이 환호했다.

"**대단한 잠수였어요.**" 그들은 아우성과 함께 손뼉을 쳤다. "**아주 용감하시네요.**"

얼마 안 가, 드디어 나타났다. 그 눈에 익은 스페인식 빌라.

물을 헤치며 해변으로 걸어갔고, 경찰과 해안경비대가 뒤에 남았다. 밸러스트레이드는 비공개 방어지대였으니까.

"선생님의 로시 인디카 방문길에 동행했던 건 무한한 기쁨이었습니다." 내 뒤에 있던 어느 보트에서 자랑스럽게 떠들었고, 그 뒤로도 비슷한 말들을 해댔지만, 난 무시하고 육지로 걸어 올라갔다.

와! 밸러스트레이드의 그 빅 집들이 내 눈에는 어찌나 바보 같고 한심해 보이던지. 하프 스케일의 나에게는 높이 치솟은 콘서트홀들이었는데, 이제 보니 그냥 딱하고 이상한 오두막들이었다.

스페인식 빌라, 성, 사원, 농장, 유리 큐브 덩어리. 전부 한심했다. 외로운 거인들을 가두기 위한 단층 상자들.

일어서서 쳐다보니 각각의 빅 집은 골목길의 따닥따닥 붙은 우유 상자 같았다.

장식은 더 잘 되어 있었다. 더 큰 창문, 수많은 작은 종업원, 오션 뷰.

하지만 그 집은 모두 우리 아빠가 짓고 매일 손보고 지붕을 때우고 도배하고 그 안에서 어떤 아이한테 밟혀 죽은 곳이었다. 워너, 왜 그런 잡생각을 하냐? 바보야, 넌 할 일이 있다고.

난 빌라의 타티오로 올라갔고, 마크의 고용인이 날 막아서며 '안녕하세요, 친애하는 손님.' 같은 친절한 환영 인사와 '근데 지금은 마크 씨가 쉬시는 중이라서요.' 같은 사과와 '여기 밖에서 기다리시겠습니까? 드실 만할 걸 갖다 드릴게요.' 같은 제안을 했다.

그들 역시 무시하고 문을 두드렸다. 열어보려 했지만 문은 잠겨 있었다.

하지만 킹콩이 되면 빅 리치들이 쓰는 잠금장치들도 별 게 아니게 되는지, 별로 힘을 들이지 않고 문을 떼어냈고 문은 모래 위로 떨어졌다.

안에서는 요리사들이 조용히 레몬 물과 숯불 소고기를 준비하고 있었다. 굉장해. 난 그들이 이 말 없는 괴물에게 겁을 먹고 몸을 움츠리는 사이 레몬 물그릇을 들이마셨다.

물은 내 몸을 채우며 손끝까지 퍼져나갔다. 목구멍의 긴장이 풀리고, 눈이 밝아지고, 거인 허파는 더 쫙 펴졌다.

난 소 한 마리를 우적우적 씹어 먹었다. 꽤 맛있지만 좀 싱거웠다. 충분한 양의 소스를 끓이기가 힘든 모양이었다.

그러는 사이 옆방에서는 두꺼비색 마크가 침대 위에 앉아 눈을 껌뻑이며, 벌거벗은 고질라가 자기 집 부엌에서 자기 음식을 먹어치우는 모습을 멀거니 바라보고 있었다.

"어이!" 그는 정신이 없었다. **"여기서 뭐 하는 거죠?"**

난 말 없이 그의 눈을 멀뚱멀뚱 쳐다보며 그의 소들을 쩝쩝대며 뜯고, 그의 음료들을 마셨다. 세상에! 배 속에 음식을 집어넣으니 기분이 어찌나 좋던지!

그는 눈을 가늘게 뜨고 한 손으로 완벽하게 고정된 자신의 머리를 쓸어 넘겼다.

"왠지 낯이 익는데." 그가 말했다. "너 누구야?"

"난 킹콩 하나님이다." 그에게 말했다.

"그래." 그는 말했다. "방금 내 집 대문을 부순 게 너야?"

난 그의 음식과 물을 마저 먹어치웠다.

"응." 내가 답했다.

"뭐, 좋아." 그가 말했다. "맙소사, 휴! 직원들! 소 좀 더 구워 와 줘."

내 뒤에서 직원들이 갑자기 바삐 움직이는 소리가 들렸다. 헤더가 큰 소리로 지시를 내렸다. "당장 숯불 소 다섯 마리를 준비해 소스를 뿌려. 물 네 그릇도. 빨리, 빨리, 빨리, 마크 씨에게 벌거벗은 신원불명의 손님이 오셨다. 최소 4백억 대 문문 부자인 것 같아."

난 마크의 침실 문으로 걸어가 벌거벗은 몸으로 그 앞에 우뚝 섰다.

"당신 직원들이 더 많은 소를 요리하겠지만, 그건 내가 먹어야 하겠소." 난 마크에게 말했다.

"하하, 그래. 어련하시겠어. 근데 내가 널 어디서 봤더라?" 마크가 일어서며 물었다.

"드림월드에서 봤지." 그에게 힌트를 줬다.

"그래, 좀 지나가게 비켜주겠어?" 그가 물었다.

"안 돼." 난 말했다.

"그래, 자, 이봐, 어, 친구." 그는 좀 퉁명스러워진 말투로 말했다. "난 여섯 시간을 자고 일어났어. 목이 마르고, 혈당도 떨어졌지. 어떤 건지 알지?"

"흠. 한 가지 애로사항이 발생했어." 난 그에게 말했다. "이제부터 내가 당신 물을 마시고 당신 음식을 먹을 거라는 거지."

난 그가 문제가 발생했음을 깨닫기 시작하는 걸 지켜보았다.

그는 자신의 큰 손을 그보다 훨씬 큰 내 가슴에 대고 밀치려고 했다.

빛의 속도로 그의 손목을 잡아 비틀어 헝겊 인형처럼 패대기쳤다. 그의 한쪽 무릎이 타일에 부딪히는 소리는 총소리 같았고, 뒤쪽 부엌에 있던 직원들은 그 진동에 매우 놀랐다.

"하아아아." 그는 숨을 헐떡이며 흐느꼈다.

난 인내력을 갖고 그를 내려다보고 서서, 그다음에 무슨 일이 벌어질지 기다렸다.

한동안 말도 하기 힘들었던 그는 신음하며, 자기보다 10미터는 큰 보라색의 어린 괴물을 두려움과 증오가 서린 눈망울로 올려볼 뿐이었다.

그러는 사이 내 뒤에서 직원들이 분주하게 움직이며 총과 폭탄 같은 것들을 당장이라도 쏠 수 있게 준비했지만, 정말로 쏴도 되는지 머뭇거렸다.

"여러분들." 마침내 마크가 쉰 목소리로 말했다. "이 빌어먹을 침입자를 내 집에서 내쫓아. 필요하면 무력을 동원해도 좋아."

"여러분! 날 공격하면 어떤 일이 생길까요?" 난 차분히 말했다. "정답은 '나도 여러분을 공격한다.'예요."

커다란 눈으로 그들을 관망했다. 너희 겁에 질린 꼬마 녀석들은 아무것도 못 해. 난 슬쩍 보기만 해도 겁쟁이인지 아닌지 견적이 나온다고.

"어쨌든 내가 더 크고 문문이 많은데, 날 위해 일할 직원들도 필요하고, 나랑 일하는 건 어떨까?" 내가 제안했다.

직원들은 날 쳐다봤다.

그러고는 서로 눈치를 보기 시작했다.

그러더니 그들 사이에서 수많은 말다툼이 일었다. "어떻게 생각해?" 한편에서는 "네가 어떻게 그럴 수 있어?" 하지만 또 한편에서는 "달리 선택권이 없잖아."라는 말이 나왔다.

몇몇은 무슨 일이 있어도 충성을 지키겠다고 했고, 다른 몇몇은 배신할 생각에 엄청나게 흥분했지만 대부분은 누가 가고 누가 남을지. 수를 계산해보려 했다. 어느 쪽이 날 더 빨리 승진시켜줄까? 온갖 종류의 교활하고 추악한 경우의 수들. 그걸 보고 있으려니 가슴이 깨지는 것 같았다.

그동안 나는 소를 몇 마리 더 먹고, 물도 몇 그릇 더 마셨다. 마크는 내가 안 보고 있는 줄 알고 나에게 돌진했지만 내가 쳐서 대자로 눕혀버렸다. 아까보다 심하진 않지만 확실하게. 하지만 심하지 않았다고 할 수 없다. 그의 코뼈가 작살났으니 말이다.

피 밑으로 보이는 그의 얼굴은 두꺼비 같은 잿빛인 데다 아파 보였다. 자기가 상대가 안 된다는 깨들은 그는 말로 공격하려 했지만, 그의 굶주리고 목마른 뇌는 참을성이 없었다. 빅 리치의 몸이 맛이 가서 기능을 잃는 때까지는 정말이지 그리 오랜 시간이 필요하지 않았다.

"문문을 원해? 회사 일부를 넘길까? 뭘 원해? 맙소사! 더는 참을 수 없어." 그는 불쑥 말했다.

"내가 원하는 건," 난 말했다. "네 모든 음식과 물이야."

"그래, 그럼 이렇게 하자고. 어, 그건 지하에 있어. 모든 음식과 물은 서비스 층인 지하에 있다고. 내가 보여주지. 저 문을 열고 내려가기만 하면 돼. 걱정하지 마, 내가 따라갈 테니까." 그가 외쳤다.

"아아아아아아니." 난 이빨에 긴 소 껍질을 빼내며 말했다.

"제발." 그가 흐느꼈다. "제발, 난 죽어가고 있어. 진짜로 죽어간다고. 젠장, 너무 배가 고프고 목이 말라. 말도 잘 못하겠어."

"안 돼!" 난 말했다.

"나한테 왜 이러는 거야." 그는 울부짖었다.

"킹콩 하나님." 난 설명했다.

"그게 무슨 뜻이야?" 그는 계속 보챘다.

"내가 네 음식을 먹고 네 물을 마신다는 뜻이지." 난 설명했다.

난 그가 분노에 겨워 꺽꺽대며 울부짖는 걸 지켜봤다. 이런 기분을 아주 오래오래 느껴본 일이 없는 모양이었다.

"좋아, 잘 들어봐." 난 마침내 발표했다.

하지만 그는 수신하려 들지 않았다.

"넌 내가 제공하는 음식과 물은 먹을 수 있어." 난 그에게 통보했다.

그는 노려보며 훌쩍였다. 내가 계속해서 자기를 성가시게 군다고 생각하는 듯. 근데 이봐, 정답이야.

"하지만 그건 네 이웃의 것이어야 해." 내가 다시 한정했다.

결국, 우리는 빌의 성으로 걸어갔다. 창문으로 보니 그 노인은 앉아서 뉴스를 시청하고 있었다. 어, 화면에 나오는 저 어린 친구 낯이 익은데? 흔들리는 화면에서는 발가벗어 엉망인 내가 비틀거리며 바다에서 걸어 나오는 모습이 나왔다.

"오늘 바다에서 나타난 이 신원불명의 부자 거인에 관해서는 알려진 바가 거의 없습니다." 근엄한 앵커가 설명하는 소리가 들렸다. "정부 기록도 존재하지 않아 외국인이거나, 리틀 푸어나 또는 숲에 사는 종교적 광신도처럼 병원 태생이 아닌 것으로 추측됩니다."

"빌!" 마크는 창문으로 그를 불렀지만 빌은 듣지 못했다. 본래 뉴스에 엄청나게 빠지는 데다 귀도 잘 안 들리기 때문이다.

"이 대담하고 어린 문문꾼을 좀 보세요." 한 뉴스토론자는 사방에 물을 뚝뚝 떨어뜨리는 내 동영상을 다시 보기 하며 외쳤다. "새로운 빅 리치의 발견은 언제나 축하할 일입니다. 궁핍한 우리 도시에 새로운 일자리 창출가가 나타난 거니까요. 저는 해당 지방정부가 이 거대 괴수를 두 팔 벌려 맞이할 준비를 하길 바라마지 않습니다."

"빌, 빌, 빌, 저기요, 빌!" 마크는 허기 때문에 정신을 못 차리며 좀 더 크게 말했다.

"은행이 한 번만 예외적으로 이 남성의 신상정보를 공개하면 안 될까요? 우린 이 사람이 어디서 왔는지, 어떻게 저렇게 부자가 됐는지도 모르잖아요. 만약에 테러리스트라면 어떡하나요?" 다른 토론자가 불평했다. 어허, 깜빡이는 자막을 보니 저 여자는 '불평가 앨리'로군.

"우-우-우-우-우-우." 생방송 스튜디오의 청중들이 야유했다.

"역시 앨리다운 대답이군요. 항상 은행에 대해 불평을 늘어놓죠. 가장 중요한 개인정보 공개를 언급하면서 말입니다." 처음 말했던 토론가가 투덜댔다.

"비이이이이이일." 마크가 고함쳤지만, 빌은 주먹을 흔들어대며 뉴스에 흥분해서 외쳤다. "앨리, 내 주변에는 널 제대로 패줄 사람들이 지천으로 깔렸는데."

"앨리, 이 멍청이." 세 번째 토론자가 외쳤다. "개인정보 보호법은 우리를 공산주의로부터 보호한다고요. 스포일러를 좀 하자면, 약 스무 개 나라에서 공산주의를 채택했지만 성공한 사례는 한 차례도 없어요. 그러니까 다시 말하면 당신은 졌고, 내가 이긴 겁니다." 경적이 울렸고 큰 대로들에서는 불빛이 번쩍였다. 이 세 번째 토론자는 토론 점수 1점을 얻었고, 앵커는 그에게 매를 건넸다.

마크가 창문을 두드렸다.

나는 벽을 두드리다 구멍을 내고 말았다.

어차피 그 성은 돌이 아니라 얇은 나무 판때기로 되어있어서 킹콩 들이 못 들어오게 막을 공산은 없었다. 어쨌든 그게 빌의 주의를 끌 었고, 그는 구멍을 통해 날 쳐다봤다.

그 노인을 인정할만한 것이, 그는 위협을 보면 그게 위협인지를 알았다.

"무단 침입자다!" 그는 고함치며 검을 손에 쥐고 문밖으로 달려 나왔다.

그의 집에 붙은 판때기를 떼어낸 다음, 달려오는 그를 향해 휘둘 렀고 그의 턱을 가격하는 데 성공했다. 그 노인은 벌러덩 넘어졌고, 검은 거대한 가짜 타일 위로 댕그랑 떨어졌다.

난 검을 한쪽으로 멀리 치운 뒤 몸을 숙여 빌의 얼굴을 때렸다. 하 나, 둘, 셋 넷, 다섯 여섯, 얼굴을 부숴버릴 생각으로 세게 때린 게 아 니라 그저 그에게 경고하려는 거였다. 넌 이제 통제권을 상실했어. 너 한테 무슨 일이 생길지는 내가 결정해. 그리고 바로 지금 너한테 일어 나는 일은 마크가 네 음식을 처먹는 동안 네 얼굴을 처맞는 거야.

"마크가 네 음식을 좀 잡술 거야." 난 빌에게 말했고, 그의 얼굴을 구멍 쪽으로 돌려 심한 굶주림과 죄책감을 느끼며 빌의 부엌으로 미친 듯이 달려가는 마크의 뒷모습을 구경시켰다.

"빌, 미안해요. 저놈은 정신병자야. 난 정말 죽을 것 같아요." 마크는 사과하며 입안에 빌의 훈제 타조고기를 쑤셔 넣고 코코넛 주스를 목구멍에 부었다.

빌은 씩씩대며 분노로 몸을 떨었다. 자기 이웃을 쳐다보고 있었지만 아무 말도 못 했고, 피를 약간 토했다.

"좋아, 둘이 알아서 타협할 수 있겠지?" 난 그들을 을렀다.

난 검을 주워들었다. 쓸모가 있을 것 같아서. 그러고는 다음 집으로 향했다.

* * *

농장으로 갔다. 톰의 목덜미를 잡고 끌어내 바다에 **빠뜨렸다**. 잠시 그를 완전히 바닷물에 담갔다. 그가 물속에 있도록. 그 기술은 어깨에 머리가 그려진 한 거침없는 친구한테서 배운 거였다.

사원으로 갔다. 존의 골프채로 그의 무릎뼈를 부쉈다. 그의 아내 질리언이 뒤에서 날 공격하려 해서 그 여자 무릎뼈도 나가게 했다.

유리 큐브들을 검으로 후려치고 있으니 소심한 분홍색 리가 슬며시 나왔다. 그는 지금껏 만난 놈 중 가장 컸다. 키는 나랑 같았지만 힘없이 흐느적댔다. 난 그의 가운을 들어 올리고 자몽 같은 엉덩이를 찰싹찰싹 때렸다.

스태프들도 꽤 겁쟁이들인지라 아무도 나설 생각을 못 했다. 단한 사람, 리의 4배 스케일 집사가 놀라서 내게 총을 쐈다. 나는 팔, 손, 어깨에 열다섯 방을 쏘였다.

그를 들어 올려 뜨거워진 작은 권총을 구겨버린 뒤 그를 숲에다 살살 던졌지만, 그래도 그는 죽었을지 모른다.

"스태프 여러분, 난 여러분과 싸우러 온 게 아닙니다. 여러분의 빅보스들한테 용무가 있을 뿐입니다." 난 연신 그들에게 알렸다. **"오늘은 나서지 않는 게 여러분의 신상 보호에 유리할 것 같아요."**

죽기를 원하는 사람은 없었다. 다들 죽음을 두려워했고, 다들 너무 연약했다. 그들의 편안한 삶은 너무도 달콤했다.

난 다음에 보이는 작은 만으로 걸어갔다. 집 일곱 채가 기다리고 있었다. 난 계속해서 부수고, 침입하고, 때리고, 그 사람들의 음식을 먹고, 물을 마시는 여정을 이어갔다.

이게 날 파멸시킬지 몰랐냐고? 물론! 절반쯤은 알았다.

내 절반은, 난 혼자고 그들은 여럿임을 알았다.

머잖아 이 리치들은 서로의 어깨 위에 올라앉아 더 커지고 더 세져서 날 때리기 시작할 거다.

그들은 1조 문문을 가장 젊고 힘센 사람, 날 짓밟아 죽일 수 있는 리치에 쏟아부을 것이다. 그들을 사랑하는 새로운 고질라에게.

하지만 내 다른 절반은 다른 생각을 했다. 상황이 아무리 나빠져도 저들은 복수할 수 없을걸. 너무 멍청하고 너무 무르고 너무 겁이 많잖아.

너무 서로를 불신하고 너무 자기애가 강해서 이렇게 생각할 거야. 내가 왜 '워너 죽이기' 계좌에 푼푼을 기부해야 하지? 내가 왜 그 괴물을 막으려고 내 스케일을 포기하냐 말이야. 다른 누군가가 처리할 수 있을 텐데.

'어쩌면 이 짓을 오래 즐기며 해도 되겠네.' 내 절반이 생각했다.

뉴스콥터들은 밸러스트레이드에 들어올 수 있었다. 난 집들을 때려 부수러 갔다가 내 모습이 화면에 잡히는 걸 보기 시작했다.

'불안한 밸러스트레이드, 자신만만한 신생 5백억만 장자의 서열 뒤집기!' 자막에는 이렇게 나왔다.

"소식통들은 이 신생 빅 리치가 자신을 킹콩 하나님이라 부른다고 전했습니다." 한 앵커가 흥분해서 왁자지껄 소리쳤다. "많은 사람은 그가 침체한 사회에 참신하고 솔직한 천진난만함을 불러일으켰다고 말하고 있습니다."

해는 바다 밑으로 가라앉고 있었고, 난 보랏빛 어둠 속에서 북쪽으로 향했다. 다음에 보이는 작은 만에는 불빛을 밝힌 집들이 네 채 더 있었고, 두 채는 이미 바지선 위로 옮겨졌다.

"다들 그 바지선에서 나와요. 안 그러면 위험해질 테니." 난 점잖

게 충고했다.

직원들은 겁에 질려 헤엄치고, 급히 달려가, 차로 도망쳤다. 난 물살을 헤치며 바다로 들어가 양팔을 바지선 위에 올린 뒤 물속으로 기울였다. 그 집들이 바다 밑 모랫바닥에 닿을 때까지.

"맙소사! 젠장, 제기랄, 지금 장난해. 진짜 나 오늘 밤에 밖에서 자는 거야?" 어두운 숲속에 숨어있던 한 빅 리치가 외쳤다.

"피트, 입 다물어, 그러다 들키겠어." 다른 빅 리치가 쉬쉬거렸다.

"입 안 다물 거야." 처음의 그 빅 리치가 소리쳤다. "너, 머리는 떡지고 옷도 안 입고, 네가 방금 얼마나 많은 음식을 못 먹게 만들었는지 알아? 생각이나 해봤냐고."

"생각 안 해봤는데." 난 목소리가 들리는 쪽으로 걸어가며 말했다.

"오, 이런, 젠장, 피트." 두 번째 목소리가 말했다. "우리한테 오고 있잖아."

"힘을 합치면 잡을 수 있을 거야." 첫 번째 놈이 말했다.

"엉덩이 걷어차이고 싶으면 해보든지." 두 번째 놈이 말했다.

"어차피, 우리 둘 다 걷어차이게 생겼어." 다가온 나를 본 첫 번째 놈이 애원하듯 말했다. 난 그놈의 머리를 손에 쥐고 절벽에다 박치기를 시켰다.

난 밤새 더 많은 바지선과 집들을 물에 빠뜨리고, 물렁물렁한 엉덩이들을 걷어차며 기뻐했다.

다른 사람들의 직원들을 모아 내 직원으로 삼았고, 다른 사람들의 총과 폭탄으로 무장했으며, 그걸 다른 사람들의 보트와 헬리콥터에 실었다. 아침에 내 변호사가 서류를 준비해줄 거라고 약속했다.

아무도 날 막지 않았고 아무도 나와 싸우지 않았다. 그 대신 사람들은 자기들끼리 도망치려고 싸웠고, 내가 박살 낸 물건을 보상해내라며 자기들끼리 말다툼했다. 내 앞에서 자기들끼리 서로 밀쳤다. 난 겁쟁이들 새장 속의 사막 거미였다.

그렇게 밸러스트레이드의 3분의 1쯤 지났을 때, 해가 떠올랐고 난 울음을 터뜨렸다.

난 한 전형적인 빅, 통통하고 머리숱 많고 눈이 부은 비프란 놈의 입속에 골프코스의 모래를 쑤셔 넣고 무의미한 싸움을 벌였다. 식식거리며 침을 뱉고 무릎으로 그의 갈비뼈를 누른 채 모래를 그의 얼굴에 들이부었다. 그러면서 난 말했다. **"빨리 끝내게, 이 빌어먹을 모래를 삼켜. 난 이럴 시간이 없다고."** 하지만 비프는 삼키지 않았고, 계속 고개를 돌리며 꿈틀댔다. 결국, 난 그 힘없는 거인의 머리카락을 붙잡고 모래에다 내리쳤다. 쿵! 쿵! 쿵!

하지만 그래서는 별로 큰 타격이 되지 않을 거라 싶어 나는 그의 머리를 세워 주먹으로 마구 때렸다. 한쪽 눈이 멍들고, 다른 쪽 눈도 또 멍들었다. 그러고는 그를 일으켜 때려눕히며 말했다. **"모래 처먹**

으라고 했지. 왜 안 처먹어." 하지만 그 말들은 먹먹해진 내 목구멍에 막히기 시작했고, 내 흐느낌에 목이 졸렸다. 워너, 이 정신병자야. 그만 울고 계속해.

난 그를 모래더미에 던지고 숨을 골랐다.

"보스, 괜찮아? 좀 쉬어야 하는 거 아냐." 여태껏 내 머리카락에 있던 퍼피넥이 외쳤다. 그는 물론 내 집사였다.

"**자야겠어.**" 난 그에게 말했다.

"그래. 넌 좀 자." 그가 동의했다. "걱정하지 마. 모래 위에 망보는 대원들이 있으니까."

"**난 바다에서 잘 거야.**" 난 그에게 말했다.

그는 훔친 헤드셋에 대고 큰 소리로 지시를 내렸고, 난 바다로 걸어 들어갔다.

공해로 나가서 평화로운 바지선처럼 둥둥 뜬 나는 누워서 꿈을 꾸었다.

드림월드

그리고 몇 년 만에 처음으로 진짜 나로 드림월드에 들어갔다. 공격하거나 사냥하지 않고.

그저 굴러떨어지고, 떠다니고, 조용히 있고, 지켜보는.

난 워너일 뿐이었다. 화가 치민, 마약에 취한 천사가 아니라 너덜너덜하고 처량하고 정신 멀쩡한 나였다.

드림 존은 당연히 외로운 도시였다. 엉망이 된 끔찍한 모습.

대부분의 사람이 삶과죽음의세계에 깨어 있어 꿈을 꾸지 않는 그 시간대에는 그곳이 꽤 조용했다. 나와 밤일하는 푸어, 병상에 누워있는 환자들 몇 명, 게으른 청년들과 불량배뿐.

그리고 어디서든 사람들은 서로를 피하고 수상하게 쳐다보고 자기 그림자 속으로 움츠러들며 거절의 말을 중얼거렸다.

"난 관심 없어."

"원하는 게 뭔데?"

"날 내버려 둬."

"날 바보로 아는 거야, 뭐야?"

그들 모두가 소년원에 있을 때의 나였다.

* * *

내 심장은 마르고 죽은 느낌이었다. 드리머들한테 말하고 싶었다. 뭔가 좋은 걸 보여주겠다고. 한 사람을 골라 눈앞에서 꽃 물고기가 헤엄치게 해주겠다고 하고 싶었다.

하지만 낯선 사람들은 모두 날 피했고 아무도 내가 자기를 행복하게 해주리라고 믿지 않았다. 누군가는 꽃 물고기를 얼려버렸고 또 누군가는 잿빛으로 쪼글쪼글하게 만들어버렸다.

난 물고기 떼가 나뭇잎처럼 바람을 타고 움직이는, 작은 강물 나무를 만들었다.

한 낯선 사람은 그걸 말려 죽이려고 했고, 또 한 사람은 그걸 흉측한 핏줄들로 바꿔버렸으며, 세 번째 사람은 물고기 나뭇잎들을 떼어내더니 잉크가 뚝뚝 떨어지는 가느다란 바늘, 뱀장어, 뱀들로 만들었다.

에이. 난 생각했다. 에이. 그냥 그렇게 넘기려 애썼고, 내 가슴은 슬퍼하지 않으려 애썼다. 어차피 이렇게 된걸. 뭐?

난 굴러떨어지고 떠다니며 더 멀리 나아갔다.

내가 아는 누군가가 자고 있어 깨달았다.

그 오페라하우스는 뜨락 안의 뜨락 안의 뜨락에 있었고, 다들 그것조차도 의심한 나머지 안으로 들어가지 않았다.

난 예전의 풍성한 노래를 기대하며 안으로 들어갔다.

하지만 그 애는 하나의 단조로운 음만을 노래할 뿐이었다. 머리는 땋지 않았고, 예쁜 사팔눈은 감겨 있었다.

흐으음음음음음음. 그 음은 이랬다.

"키티, 노래가 어떻게 된 거야?" 난 물었다.

키티가 눈을 뜨더니 멀리 바라보았다. 살짝 초점이 안 맞아서 어딜 보는지 알 수가 없었다.

"근데 이게 누구야? 너 유령이니?" 마침내 키티가 속삭였다.

"키티, 이 시간에 왜 자고 있어?" 난 말했다. "학교나 일이나 뭐 없어?"

"학교도, 일도 없어." 그 애가 말했다. "난 그저 밤낮으로 킹콩이 와서 나랑 싸우기를 기다리고 있을 뿐이야."

"그게 무슨 말이야?" 내가 말했다.

"모두 킹콩을 알아." 키티가 맥없이 말했다. "드림월드를 고문한 화난 천사. 전에 나랑 한 번 싸웠어. 이제 난 그가 와서 나랑 다시 싸우길 기다리고 있어. 아무래도 기다림이 그의 고문 방법인 거 같아."

"그는 드림월드에서 나갔어. 키티." 난 말했다. "이제 그냥 나뿐이야. 그냥 워너라고. 킹콩은 갔어. 꿈속에서 영원히 떠났어."

키티가 얼굴을 찡그리며 엄지손가락으로 머리를 건드릴 뿐이었다.

"키티, 나한테 그 노래를 불러줄래." 난 물었다.

"어떻게 부르는지 기억이 안 나." 키티가 어깨를 으쓱했다.

그 애의 말을 듣자 내 심장이 신음하기 시작했다.

"그럼, 그냥 아무 노래나 불러 봐. 어떤 음들이 나오나 보자." 난 두려움과 싸우며 물었다.

"유령 워너, 왜 그랬어?" 그 애가 말했다.

그 말에 난 할 말을 잃었다.

"왜 떠났어?" 키티가 애처롭게 말했다.

"친구를 구하려고." 난 말했고, 그건 우는 소리에 가까웠다.

"넌 내 것이 될 수 있었어." 그 애가 말했다.

"아니." 난 말했다. "절대, 절대 아냐."

"넌 내 것이 될 수 있었고. 난 네 것이 될 수 있었어." 그 애가 나직이 속삭였다.

"그런 일은 절대 일어날 수 없어." 난 소리치기 시작했다.

"네가 계속 같이 있었다면, 난 그렇게 했을 거야." 그 애가 말했다. 작은 소리로, 명확하게.

"내가 누군지도 모르면서." 난 진짜 소리를 지르기 시작했다. 신음하는 심장을 조용히 시킬 정도로 크게. "넌 날 애완동물이라고 생각하잖아. 세인트버나드. 고귀한 리틀 피해자라고. 키티, 제발 입 다물어. 넌 내가 누군지 몰라."

"난 널 알아." 키티가 고집을 부렸다.

"그만." 난 애원했다.

"하지만 난 널 알아. 내가 널 안다는 걸 알아." 그 애는 낮고 달콤한 목소리로 말했다.

"오! 그만, 그만해! 제발 좀 그만하라고!" 난 외쳤다. "네가 아는 남자애가 드림월드를 파괴했어."

키티가 눈을 감았다. 어쩌면 내 말 대신 음악을 듣고 있는 건지도 모르겠다.

"네가 아는 바보는 슬픔으로 문문을 만들었어." 난 분노했다. "네가 아는 유령은 두려움을 자라게 했어. 그리고 그걸 마치 음식인 양 먹고 커졌지. 네가 아는 쥐새끼는 5년 동안 고통을 만들어내다가 이제 거대해진 거야. 그리고 내가 이 거대한 몸으로 하려는 건 복수뿐이야. 키티, 그것만이 내가 원하는 거라고."

키티가 다시 눈을 떴다. 그 애의 큰 눈동자들이 오르락내리락 숨을 쉬었다.

"이제 난 그것밖에 원하지 않아. 영원히 부숴버리고, 상처 입히는 것." 난 거친 소리로 말했다. "빅들이 두려움, 불안을 느끼게 하는 거지. 그들을 겁먹고 힘없고 움츠린 리틀로 만드는 거야. 나처럼 만드는 거라고. 죽을 때까지 난 두려움을 생산해낼 거야."

키티가 엷은 미소와 함께 고개를 가로젓기만 했다.

"그게 네가 아는 애니?" 난 고통스러웠고, 내 얼굴은 녹아내릴 정도로 뜨거웠다.

"내가 아는 건 네가 언젠가 날 찾았던 그 남자애란 것뿐이야." 키티가 말했다. "나한테 뭔가를 보여주려고 했던 그 남자애, 오래전에."

그 충격 때문에 거의 깨다시피 한 나는, 어떤 소음 때문에 깨어났다.

삶과죽음의세계

날 삶과죽음의세계로 끌고 온 건 어떤 익숙한 목소리였다.

"워너, 미안하구나. 안녕, 워너, 제발 일어나라." 처량하게 흐느끼는 내 얼굴 근처에서 드론이 요란한 소리를 냈다. 물침대에 떠 있던 내 머리는 어지러웠고, 소금기가 배어 있었다.

드론 화면에 휴가 보였다. 그는 자기 집 사무실 책상에 앉아 창백한 얼굴로 긴장된 미소를 짓고 있었다.

난 울음을 삼켰다. 나약하게 또는 바보처럼 보이고 싶지는 않았다.

"어셔랑 프레이어도 같이 있어, 워너." 휴가 말하더니 카메라를 돌려 떨고 있는 우리 누이와 어두운 표정을 한 내 변호사를 보여주었다. 이야, 저 5미터 키의 건장한 두 사람 좀 봐.

"다들 안녕." 난 쉰 목소리로 말했다.

"워너, 내 동생. 이제 폭주를 그만 멈춰야 해." 프레이어가 애원했다.

어셔가 고개를 끄덕였다. 아주 힘차게, 필사적으로.

"어셔, 프레이어." 난 말했다. 더는 무슨 말을 해야 할지 알 수가 없었다.

난 생각해보았다.

"휴 아저씨한테 내가 빌렸던 문문을 돌려주겠어요." 마침내 내가 입을 열었다.

"아. 그럴 필요 없어." 휴가 말했다.

"1십만 문문이야." 난 확실하게 하려고 말했다.

"워너, 난 오늘 널 돌보던 가정의 가장으로서 말하려는 게 아니다." 휴가 설명했다. "로시 인디카 주 정부 대변인으로서 말하는 거야."

그는 긴장하여 말이 빨랐고 곧장 본론으로 들어갔다. "네가 알아야 할 게 있어. 우선, 우린 네가 이룬 믿을 수 없는 성과들을 아주 자랑스럽게 생각한다. 넌 이제 자수성가한 빅 리치잖아. 리틀 푸어 출신. 이게 정말 개천에서 용 난 이야기지. 게다가 프레이어의 말을 들으니 네가 네 재산 일부를 로시 인디카 민문에 기부할 의사를 표명했다며, 그게 사실이라면 난 정말로 네 관대함과 시민의식을 존경한다."

"저기, 키티가 거기 있나요?" 난 물었다.

"부탁이야. 우린 이 문제를 최대한 빨리 해결해야 해." 휴가 재빨리 끼어들었다. "문제는, 최근 네 행동으로 우리 지역의 빅 리치들 다수, 사실 거의 전부가 밸러스트레이드를 떠나려 한다는 거야. 그들은 로시 인디카 밖, 아니 어쩌면 유이스 밖으로 이주할 수도 있어."

겁먹고 땀 흘리는 휴. 두려움은 그마저 잡아먹고 있었다.

"내가 언젠가 우리 대화 중에 너한테 설명했듯이 이건 큰 재앙이될 수 있어. 워너, 또 우리의 가장 취약한 부분에 가장 센 타격을 입힐 수도 있지. 그러니까 우리는 모두가 행복할 수 있고, 또 일자리 창출가들이 그들을 가장 사랑하는 이 나라를 떠나지 않도록 긍정적이고 평화로운 해결책을 찾아야만 해."

"**아저씨, 키티는 괜찮나요?**" 난 물었다.

"그렇지 않아. 워너, 아니, 그 애는 괜찮지 않아. 하지만 제발, 우린 시간이 없어." 휴가 몸을 떨며 말했다. "불편한 진실을 말해주지. 밸러스트레이드 시민들은 유이스 정부에 워너 네 몸에다 군사공격을 해 달라고 요청했어."

프레이어가 헉하고 숨을 들이쉬었고, 어셔의 표정은 더욱 어두워졌다. 난 솔직히 휴의 말을 제대로 듣고 있지 않았다. *괜찮지 않다니? 무슨 말이지?*

"물론 이건 너 같은 스케일과 부를 가진 사람에게는 아주 이례적인 일이고 또 국가 정부에 파산을 초래할 만한 줄소송에 드러내는 일이기도 해. 네 변호사가 그렇게 설명하더구나." 휴가 말했다. "하지만 빅들은 이런 법적 부담을 지기 싫어하는 데다 연방정부에 엄청난 영향력을 행사하지. 너랑 내가 토론했던 그 방법들로 말이야. 이 주제로 대화했던 거 분명 기억날 거야."

"**아저씨 난 별로 신경 안 써요.**" 난 쉰 목소리로 말했다. "**키티가 괜찮지 않다니? 그게 무슨 말이에요?**"

"워너." 휴가 고함을 질렀다. "맙소사! 집중해. 내 말 잘 들어. 네 목숨이 위태로워. 네 변호사가 협상한 대로 넌 서명만 하면 된다. 조건들을 말해주지. 넌 지금부터 한 시간 내로 1백만을 제외한 네 모든 문문을 기부하고 스케일 다운을 하는 거야. 절반은 네가 밸러스트레이드 시민들에게 입힌 손해를 메꾸는 데 사용되고, 남은 절반은 로시 인디카 민문으로 들어갈 거다. 향후 너는 8배 스케일 이상 되는 사람들의 반경 1.5킬로미터 이내로는 접근하면 안 된다. 네 스케일 계좌에 절대 1백 문문 넘게 가지고 있어서는 안 돼. 그 대신 빅들은 그들의 요구를 철회할 거고, 그럼 네가 폭탄을 맞아 죽는 일은 없을 거야. 워너, 제발 어서한테 이 합의서에 서명할 권한을 주렴."

난 그것에 관해 생각해보았다.

"워너, 미안하지만 이건 당장 결정해야 할 문제야. 은행이 네 스케일 다운을 준비할 시간이 없어." 휴가 애원했다. "네가 몰라서 그러나 본데, 만약 네 몸이 준비 없이 스케일 다운된다면, 대단히 심각한 결과가 초래돼. 이 정도로 급격한 스케일 다운은 치명적일 수도 있다고."

난 좀 더 생각했다.

"워너, 맙소사. 내 말 들어." 프레이어가 울먹였다. "다 괜찮을 거야. 사실 더 좋은 거일 수도 있어. 제발 그냥 우리가 하자는 대로 해. 부탁이야. 그래도 넌 민문에 엄청난 기부를 하고 수많은 사람에게 좋은 일을 하는 거라고. 빅들한테 네 문문의 절반을 주기 싫어한다는 건 알지만, 네가 그들의 물건을 너무 많이 부순 것도 사실이잖아."

난 여전히 아무 말도 하지 않았고, 프레이어가 완전히 겁에 질려 말을 이었다. "왜 그러는 건데? 남은 인생을 미들 스케일로 살고 싶지는 않다는 거야. 워너, 이해해. 이해한다고. 물론 이해하지만 생각을 좀 해봐. 그래도 어제까지의 너보다 두 배는 더 큰 거야. 워너, 결론은 네가 당장 예스라고 말해야 한다는 거야. 다른 대안이 없어. 그냥 예스라고 해. 제발."

난 계속 생각했다. 아니 어쩌면 아무 생각도 안 했는지도 모른다. 생각 없이 그저 가만히 있었던 걸지도.

"워너?" 휴가 물었다.

"먼저 키티를 불러주시겠어요?" 난 말했다.

"그럴 순 없어." 휴가 퉁명스럽게 말했다. "워너, 그렇게 못해. 그러니까 그만해. 키티가 지금 아래층에서 치료를 받고 있어. 꼭 받아야 하는 치료를 받고 있다고. 하루 24시간 잠만 자서 우리도 어떻게 해야 할지 모르고 그 애를 도울 방법을 찾고 있네. 결론은 그 애를 데려올 수 없다는 거야. 몇 주 뒤에는 볼 수 있겠지. 그때까지 살고 싶으면, 우리가 서명해도 된다고 말해."

하지만 내 가슴은 다른 걸 원했다.

"그럼 재스퍼를 데려와요?" 난 말했다.

휴가 혼란스러운 얼굴로 눈을 껌뻑였다.

"저게 무슨 말이야? 재스퍼가 누구야?" 휴가 묻기 시작했고. 난 드론을 붙잡아 공중에서 홱 잡아채 바닷속에 푹 담갔다. 손안에서 치지직하며 꺼지는 게 느껴졌다.

그들은 30분 만에 그놈을 내 손아귀에 데려왔다. 정말 급하긴 한 모양이었다. 정부는 우리 빅들을 정말 두려워하는 것 같았다. 그들은 그 덜덜 떠는 10대 놈을 헬리콥터에서부터 밧줄을 타고 기다리고 있는 내 손 안으로 내려가게 했다. 우리 아빠를 짓밟았던 놈.

"가." 난 헬리콥터에 말했다. "둘이 할 얘기가 있어." 헬리콥터는 쌩하고 날아가 버렸다.

당연히 그놈은 내 눈을 쳐다보지 못했다.

"미안해." 그는 흐느끼며 벌벌 떨었다. "미안해, 미안해. 진짜 너, 너무 미안해."

그놈은 여전히 2배 스케일 정도였지만. 더는 열한 살이 아니라 어느새 열아홉 살이 되어 있었다.

더는 둥근 얼굴의 뚱보가 아니어서인지. 우리의 작은 골목길 우유 상자 집 지붕을 짓밟았던 애와는 좀 달라 보였다.

"쉬이이이이." 난 쉬쉬거렸다. "날 봐."

하지만 그놈은 그러지 못했다, 너무 나약하고 떨려서. 그놈은 내가 자신을 죽일 거란 걸 알고 있었다.

"어디서부터 시작할까? 재스퍼. 네가 죽기 전에 너한테 무슨 얘기를 좀 들어볼까?"

"내가 열다섯 살 때." 난 그에게 말했다. "아직 리틀 푸어일 때, 난 총을 두 방 쐈어. 우리 누이를 보호하려던 거였고, 아무도 다치지 않았지. 그런데도 그놈들은 징역 8년 형을 때렸어."

재스퍼는 오들오들 떨며 몸을 웅크렸다.

"그만 좀 떨어. 웅크리지도 말고." 난 말했다. "그냥 날 보고 내 말을 들으란 말이야. 어제 난 50명 정도를 공격했고, 아마 최소한 한 명을 죽였을 거야. 그건 누구를 보호하기 위한 게 아니라 그냥 내가 하고 싶어서 한 일이었지. 하지만 이번에는 감옥에 안 갔지 뭐야."

그는 고개를 끄덕이려 애썼다.

"그건 어떻게 생각해?"

"모르겠어." 그는 이빨을 딱딱 부딪치며 말했다. "난 모, 모르, 르, 게 어."

그 작은 목소리가 잘 들리지 않았기에 난 그놈을 내 얼굴 가까이 끌어당겼다.

"어서, 어렵지 않잖아." 난 부추겼다. "다 알면서 왜 그래. 그냥 그건 옳지 않다고 말해."

"그건 옳지 아, 않아." 재스퍼가 동의했다.

"좋아." 난 말했다. "좋아."

그놈은 아무 말도 하지 않았다. 그가 두려움으로 덜덜 떠는 것이 내 손바닥에서는 살랑거리는 간지럼으로 느껴졌다.

"그래, 너 아빠 있어?" 난 물었다.

"으, 응." 그가 흐느꼈다.

"대단하네. 그건 옳은 건가?" 난 물었다.

그놈은 대답을 못 하고 더 울먹였다. 난 내 질문이 부당한 것이었음을 인정했다.

"신경 쓰지 마." 난 말했다. "신경 쓰지 마. 그냥 이 질문에 대답해. 너희 아빠 좋은 아빠냐?"

그 말을 하는 동안, 내 몸속 깊은 곳에서, 느린 지진이 시작되었다.

"응, 응, 좋으셔. 좋은 아, 아빠야." 그놈은 딸꾹질을 했다.

난 신선한 바다 공기를 들이마셨다가 썩고 파괴된 숨으로 내뱉었다.

"네가 우리 아빠를 죽인 이후에 너희 아빠가 뭐라 시든?" 그놈한테 물었다.

"아빠 내 잘못이 아니라고 하셨어." 그놈은 울먹였다. "끔찍한, 끔찍한 일이긴 하지만, 내 잘못은 아니라고."

"근데 넌 아빠가 옳았다고 생각해?" 그놈한테 물었다. 느리고 거대한 진동이 시작되는 게 느껴졌다.

"모르게, 겠어." 그놈은 덜덜 떨었다. "아니, 그, 그래. 그렇게 생각해? 누가 날 미, 밀었어. 정말 미안해. 난 게네한테 밀려서, 서, 휘청댔고 내가 어, 어디로 발을 디, 디뎠는지도 몰랐어."

난 길고 힘겹게 숨을 쉬었다. 그놈의 척추를 밀쳐 부러뜨리고 싶었지만 아직은 아니야 하며 손을 가만히 두려고 애썼다.

"정말 미안해." 그놈은 또다시 흐느꼈다.

그놈은 눈으로 외쳤다. *제발 날 죽이지 마.* 하지만 말은 하지 않았다.

그놈은 그 말을 언제 할지 계산을 때리는 게 분명했다. 난 두 주먹을 꽉 쥐어서 그놈을 냅킨처럼 구겨버릴 터였다. 반드시.

난 다시 숨을 쉬었다. 커다란 내 눈을 꼭 감고, 우리 아빠의 얼굴을 떠올리며.

"우리 아빠 얘기를 좀 해줄까?" 난 물었다.

재스퍼, 아빠는 날 리틀 레드 피시라고 불렀어. 쉿. 일어나 리틀 레드 피시. 그게 내 하루가 시작되는 소리였지. 아빠의 이름은 로빈이었어. 사람들이 아빠 이름을 부르면 항상 이상하게 들렸지. '로빈 고장 난 우리 집 가스레인지 좀 고쳐주겠어?' 아빠한테서는 항상 기름과 고무 냄새가 났고 아빠 손은 정말 컸어. 내 말은 리틀 푸어치고는 컸다고. 길고 힘세고 착착 감기는 그 손가락에는 검은 때가 묻어있었지. 아빠는 오래되고 고장 난 미들 푸어 도구들을 고치는 데 선수였어. 하지만 작업장은 따로 없어서 돈을 내고 가게 공간이랑 공구들을 빌려야 했지. 다른 놈들 소유의 대여소들을 이리저리 전전했어. 언제나 자기 가게를 갖기를, 자기 공구를 갖기를 바라셨지. 짤랑짤랑 철컹철컹, 리틀 공구들 몇 개만 있으면 우린 스케일 업을 할 텐데. 귀여운 레드 피시, 그게 우리 탈출구야. 프레이어가 루비 마우스, 난 레드 피시. 밤이면 우리는 아빠랑 놀았어. 아빠는 우리 손으로 점점 더 가까이 다가오다 **냠냠** 하고 소리치며 크고 힘센 손으로 우리 손을 냠냠 먹는 시늉을 했고 우리는 미친 듯 소리를 지르고 키득거렸지. 아빠 항상 왕이신 주 하나님을 가지고 항상 엄마를 놀렸어. 그 크고 신성한 친구는 지금 뭘 하고 있으려나? 어이, 로지, 당신 생각에는 그 친구가 스포츠 경기 같은 걸 보고 있을 거 같아. 핫도그에 뭘 올려 먹는 걸 좋아하려나? 아빠는 놀리는 방법을 잘 알고 있어서 엄마도 그리 많이 화를 내지는 않았어. 그래도 아빠가 최고의 모습을 보여줬던 장소는 드림월드였어. 난 드림월드에서의 아빠가 가장 좋았지.

우리 아빠는 어떤 것이든 꿈꿀 수 있었거든. 별과 해와 도시들. 하지만 아빠가 제일 좋아했던 건 바다였어. 아빠는 항상 모든 것에서 바다와 물을 찾았고. 좋은 것들은 젖어있고 나쁜 것들은 말라 있다고 했어. 나도 가끔은 그렇게 생각했어. 그게 사실인 것 같았거든.

난 아빠처럼 말해. 재스퍼, 정말이야. 아빠처럼 여러 문장을 길게 잇고 단어들을 다 포개서 말하지. 그리고 나도 아빠가 항상 그랬듯이 스스로 질문하느냐고. 그럼. 당연하지. 내 목소리를 듣는 건 곧 네가 죽인 우리 아빠 목소리를 듣는 거야.

그리고 감옥에 가기 전까지 난 아빠가 꿈꾸던 방식대로 꿈을 꿨어. 아빠는 찰랑거리는 물고기, 통통한 물개, 물어뜯는 상어와 구불구불한 오징어, 해파리, 게, 1천 가지색 산호와 말미잘, 잔물결 같은 겹겹의 해초들을 꿈꿨지. 또 나와 누이를 위한 드림 존, 레드 피시와 루비 마우스를 위한 모험들을 만들어 줬어. 네가 아빠를 죽인 뒤 난 그것들을 계속 만들려고 애썼고, 바다로 가는 꿈을 꿀 때면 그건 다시 응석받이가 된 기분을 느끼기 위한 거였지.

드림월드에서 아빠는 '이런 것들로 저런 것 만들기' 놀이를 했어. 재스퍼, 난 이걸 바로 우리 아빠한테 배웠던 거야. 아님, 누구겠어? 우리 영리하고 재미있는 아빠한테 배웠어. 아빠가 구름으로 된 수영장, 이빨로 된 산, 아코디언 성, 고래 버스를 꿈꾸는 걸 보면서, 아빠는 눈을 찡긋하고 흥얼대며 벽돌담 위에 길 덩굴들을 그렸고. 강인하고 착착 감기는 그 손으로 마구 움직이는 강물 나무 과수원을 땅에서 뽑아버리기도 했어.

그리고 어느 날 밤 내가 보란 듯이 똑같은 꿈을 꿔 보이면, 아빠는 무척 자랑스럽고 행복해하며 환하게 웃는 얼굴로 나한테 말했지. 너무너무 사랑한다. 멋진 레드 피시. 난 아빠한테 물었어. 프레이어보다 날 더 사랑하느냐고? 날 제일 사랑하느냐고? 그러면 아빠는 배꼽을 잡고 웃으며 날 구름 수영장 속으로 던졌지.

네가 아빠를 짓밟은 후에 아빠는 나한테 뭔가 말하려 했어. 재스퍼, 기억나니? 아빠는 입을 움직여 말하려고 했다고.

하지만 그 문장을 입 밖으로 내지는 못했지.

* * *

좋아. 때가 됐어.

입 닥쳐. 입 닥치고 들어.

재스퍼, 너 헤엄칠 수 있니?

헤엄쳐서 1킬로 갈 수 있니?

재스퍼, 해변까지는 1킬로야. 로시 인디카까지 1킬로.

안전한 곳으로 헤엄쳐 돌아가. 재스퍼, 네 좋은 아빠한테 헤엄쳐

가라고.

난 재스퍼를 물에 놔주었고, 그가 허우적대며 미친 듯이, 맹렬히, 침몰하는 배에서 도망가는 쥐새끼처럼 나에게서 멀어지는 걸 지켜보았다.

난 떨림을 멈추고, 진동을 진정시키고, 북쪽으로 떠갔다. 그리고 또다시 밸러스트레이드를 쳐다보았다.

그러자 무슨 일을 해야 할지 알게 되었다.

미안, 어셔.

미안, 프레이어.

미안, 유이스. 미안, 휴.

하지만 들어봐.

이 세상은 병들었어. 이 세상은 우울해.

내가 그 빅들을 치지 않으면 누가 치겠어?

* * *

나한테 폭탄을 던진대도, 밀고 나갈 거야. 내 거대한 연기가 나고 냄새나는 시체를 그놈들 해변에 두어. 그놈들을 아프게 하고, 우울하게 하고, 그 냄새로 질식시킬 거야.

만일 폭탄을 안 던진다면, 좋아. 그놈들을 먹어치우겠어.

그놈들 피부를 불에 그슬리고 근육을 굽고 피를 벌컥벌컥 마시고 지방을 후루룩 먹어야지. 그놈들을 죽이고, 요리하고 먹고 그놈들 살을 내 살로 스케일을, 내 스케일로 만들 거야.

네놈들은 내가 먹을 고깃덩이야. 절뚝거리는 리치들을 보며 난 생각했다.

때가 됐다.

삶의 세계

하지만 난 흘러가고.

흘러가고.

해변으로 헤엄치지 않았다.

그저 계속 쳐다보고 흘러가고 잠잠함을 느낄 뿐이었다.

그리고 곧 난 어떤 노래를 듣기 시작했다.
내 거인 머리가 상상한 노래를.

노래의 세계

그 노래는 이랬다. 꽥, 쩍쩍, 낄낄, 우우.

콧노래와 웃음들, 짖음과 함성.
'무슨 일이야?'와 '이거 진짜야?' 하는 소리.
여러 음으로 된 음들.

난 리틀들의 소리를 들었다. 둘이서나 셋이서, 가족끼리나 여럿이
서.
해안경비대 초소 가득.
그들이 자라나는 소리를.

내 마음이 로시 인디카의 모든 리틀 푸어의 소리를 들었다.
갑자기 좀 더 커진 허파로,

갑자기 좀 더 많은 공기를 숨 쉬고,
헉헉대며 마신 점점 더 많은 공기는 다시 으르렁 또
흥얼흥얼, 낄낄 그리고 깍 소리가 되고,

다시 노래하도록 가르치는 건 천 개의 목소리를 내는 오케스트라.
칙칙하고 메마른 드림월드를 씻어내는 샘물.

그리고 무언가가 내 안에 샘솟았다.
어떤 축축하고 거대한 욕구가.

그 래 의 세 계

그래. 이건 내 입의 외침.
바다가 떨렸다.

그래. 그래. 이건 내 목소리의 울림.
절벽에 부딪혀 웡웡 메아리쳤다.

휴 아저씨, 프레이어, 어셔, 좋아, 나 서명할게. 난 흐느꼈다.
잠자던 키티도 들을 만큼 큰 소리로.
저 멀리까지.

겁쟁이처럼, 난 삶을 선택했다.

(그다음에일어난일)

(그래서 그다음엔 그 겁쟁이가 어떻게 됐느냐고? 자, 내가 말해줄게. 다른 사람도 아니고 워너가 들려주는 워너의 남은 이야기를 들을 사람 모여라. 바다에서 들썩거리는 그 목소리 큰 거인한테서 눈 떼지 말고.)

아니나 다를까 은행원들은 듣고 있었다. 아니나 다를까 그들은 그의 소리를 듣고는 당장 그들의 마법 같은 '그의 문문 빼내기' 작전을 시작했다.

그의 몸을 준비시킬 시간은 없었다. 이런, 뭐 어쩌겠어? 줄어들던 킹콩은 이를 갈았다. 약해지던 고질라는 눈살을 찌푸렸다. 그러다 결국엔 고함을 지르기 시작했고, 그러다 더 많이, 그러다 끊임없이 질러댔다. 그가 흐느끼며 몸부림치는 사이, 피부는 뼈를 감쌌고, 뼈는 심장을 쥐어짰다. 정신 나간 심장은 피를 둘 곳을 찾지 못했다. 몸속 쓰레기는 내장들을 압박하고 혈관들을 긴장시켰고, 갈비뼈들은 허파를 찌르고 간, 콩팥, 배에 깊은 상처를 냈고, 바짝 조여져 꽉 끼게 된

두개골은 어지러운 뇌에 붙으며 멍들게 했다. 속귀에서는 날카롭고 새된 소리가 났고, 눈알은 번쩍하고 툭 튀어나오고 흐릿해졌고 그는 뇌에 생각하라고 말했다. *뭐 어때? 난 살 건데.*

그는 분홍빛 석양이 내리고 있는 바다에 끝도 없이 피 흘리고 토하고 똥을 쌌다. 몇 번은 가라앉아 헉헉대고 몸을 덜덜 떨었다. 주변이 어두워졌고 그러다 무슨 어둠의 비법이라도 찾은 듯 좀 전보다 더 어두워졌고 그러다 밤의 어둠, 죽음의 어둠. 그 무엇도 아닌 어둠이 차례로 찾아왔다.

하지만 웬일인지 그는 죽지 않았다. 피로 짜진 바다는 그에게 질렸는지 아니면 그를 불쌍히 여겼는지 친절한 조류로 그를 달래듯 조금씩 다시 한밤중의 도시 불빛 쪽으로 밀어주었다.

그리고 마침내 축축한 모래밭까지 밀려온 이 삶을 사랑하는 겁쟁이는 시체처럼 털썩 쓰러졌다.

곧 아침 해가 산 위로 기어올라 그를 건드리자, 그의 눈이 홱 떠졌다. 한쪽 눈은 뿌연 우윳빛이었지만 다른 한쪽은 살짝 왼쪽을 보았다.

그는 해변에서 기어 나와 판자 길로, 보도로, 도로로 올라갔다. 그의 잘 보이는 한쪽 눈은 이리저리 움직이며 그냥 아무 눈에도 안 띄고 영원히 쓰러져있을 만한 곳을 찾았지만 쓰레기통들은 너무 작았고, 하수구 입구들은 너무 낮고 좁았으며, 벽에 난 그 어떤 구멍도 이미들 리틀 푸어의 몸에 맞지 않았다.

결국, 여러분의 겁쟁이는 휘청대고 비틀거리고 발을 질질 끄며 언덕으로 올랐다. 상태 안 좋은 한쪽 다리와 그보다 더 안 좋은 다른 다리로, 귀에서는 종소리가 울렸고 갈비뼈 안 내장들은 이미 꺼져가고 있었다.

그리고 오랜 시간이 지난 뒤 그는 익숙한 단 냄새 천국에 다다랐다. 흥얼거리는 산들, 부드럽게 물을 뿌리는 스프링클러, 나뭇가지 위로 보이는 대성당.

절름발이 동물인 그에게 심장이 밀고 찌르며 말했다. 여기야. 이쪽이야. 계속 가.

그리고 죽도록 몸을 떨며 몇 킬로미터 더 간 그는 한 집 앞에서 멈췄다.

그는 일어서서, 몸을 흔들다가, 갑자기 앉았다. 더는 단 1초도 서 있을 수가 없었다.

그는 벌거벗은 채 그 마당에 그렇게 앉아있었다. 조깅하는 사람들과 소리 없이 빠르게 달리는 2배 자동차들은 그를 무시했고, 그는 자기 안을 간질이며 퍼져나가는 죽음을 무시한 채, 그저 그 집을 바라보며 그것의 드리머가 깨어나기를 기다렸다.

이제 일어나, 제발, 내가 여기 밖에서 기다리고 있어.

부디 내 리틀 삶을 마지막으로 한 번만 구해줘. 이렇게 하자. 그러면 나도 반드시 네 삶을 구해줄게.

서로의 것이 되자. 어때? 가스레인지를 고치고, 지붕을 때울 이유가 되자. 우리의 바보 도시, 우리의 낡고 멍청한 망가진 세계를 청소하고 치료할 이유, 이 멍청한 인생을 죽지 못할 정도로 사랑하는 이유가 되자. 키티, 어떻게 생각해? 다음엔 이렇게 되는 거야.

서로를 약하게 만들자.

감사의 말

지혜롭고 재치 있고 한없는 참을성을 지닌 편집자, 매기 레러먼(Maggie Lehrman)을 비롯해 수잔 반 미터(Susan van Metre), 마이클 제이컵스(Michael Jacobs), 채드 W. 베커만(Chad W. Beckerman), 앤드루 스미스(Andrew Smith) 그리고 에이브럼스(Abrams)의 기타 공범들에게 감사한다. 모험을 해보도록 격려해주고 우둔하거나 정신 나간 짓을 하려 할 때 고삐를 잡아주고, 워너를 워너답게 해주고, 말이 안 되는 단어를 제목으로 쓸 수 있게 동의해준 데 대해 감사한다.

완벽한 삽화를 그려준 네이트 마시(Nate Marsh)에게 감사한다.

지칠 줄 모르는 훌륭한 에이전트들, 클라우디아 밸러드(Claudia Ballard), 로라 보너(Laura Bonner) 그리고 애나 드로이(Anna DeRoy)에게, 항상 내가 나설 필요가 없을 정도로 내게 최선의 상황을 만들어준 데 대해 감사한다.

믿을 수 없을 만큼 멋진 카실하우스(Cassilhaus), 그러니까 엘런 카실리(Ellen Cassilly)와 프랭크 콘하우스(Frank Konhaus)에게 감사한다. 그들

523

은 노스캐롤라이나에 있는 그들의 아름다운 성에서 내가 이 책의 마지막 세 개의 장을 쓰는 동안 날 재워주고 먹여주고 즐겁게 해주었다.

가치를 따질 수 없을 만큼 사려 깊은 기록들과 통찰력을 제공해 준 나의 천재 친구들과 동료 작가들에게 감사한다. 그레그 애트완(Greg Atwan), 에밀리 카마이클(Emily Carmichael), 카일 매카시(Kyle McCarthy), 조엘 스테인하우스(Joel Steinhaus), 닉 스톤(Nic Stone), 벤 어원드(Ben Urwand), 한 유(Han Yu) 그리고 물론 일레이(Ellay) 시내에서 밤중에 나와 처음으로 이 아이디어에 관해 열띤 대화를 나누었던 숀 맥긴티(Sean McGinty)도.

나를 지금의 나로 만들어준 우리 가족, 어머니, 아버지, 레나 이브(Lena Eve) 할머니께 항상 그리고 영원히 감사한다.

사서인 어머니께는 특히 이 책을 쓰는 동안 대화와 격려와 반발을 해준 데 대해 다시 한번 감사하며, 또 내가 자라는 동안 수백 아니 수천 권의 책을 보여주고, 특히 그중 일부를, 특히 디킨스를 크게 읽어주었던 데 대해 한 번 더 감사한다.

그리고 누구보다도, 이 책이 내 인생에서 가장 중요한 것임을 매일 일깨워주었던 태머라(Tamara)에게 감사한다.

문문

제시 앤드루스 글 ㅣ 서지희 옮김
초판 인쇄일 2019년 7월 17일 ㅣ 초판 발행일 2019년 7월 24일
펴낸이 조기룡 ㅣ 펴낸곳 내인생의책 ㅣ 등록번호 제10-2315호
주소 서울특별시 성동구 연무장5가길 7 현대테라스타워 E동 1403호
전화 02) 335-0449, 335-0445(편집) ㅣ 팩스 02) 6499-1165
전자우편 bookinmylife@naver.com ㅣ 홈페이지 http://bookinmylife.com
편집 조기룡 ㅣ 디자인 김은희 황경실

ISBN 979-11-5723-482-0 (03840)

• 책값은 뒤표지에 있습니다.
• 잘못된 책은 구입처에서 바꾸어 드립니다.

이 도서의 국립중앙도서관 출판예정도서목록(CIP)은
서지정보유통지원시스템 홈페이지(http://seoji.nl.go.kr)와
국가자료종합목록 구축시스템(http://kolis-net.nl.go.kr)에서 이용하실 수 있습니다.
(CIP제어번호: CIP 2019024263)